1

Il s'était écoulé un temps extrêmement long depuis que Louise avait fait tomber sa dernière poignée d'olives dans la bâche. Elle crevait de froid sur son cavalet à sept barreaux. Abstraction faite de la vieille Nine, elle était la seule femme dans ce champ en restanques et essayait de maintenir son équilibre sur cette maudite échelle aux trois pieds fichés dans le sol gelé. Toutes les autres paysannes étaient retournées aux fermes qui crachaient leurs fumées blanches sur la plaine du Brûlat.

Louise pensa aux feux ronflant dans les âtres, aux chaudrons de soupe, au lard fondant, aux haricots blancs, à la chaleur d'une cuillerée dans sa bouche. A cette idée de bien-être, elle se mit à chanceler sur le barreau où elle avait posé ses pieds caparaçonnés de chaussures militaires taillées dans le cuir épais d'une peau tannée à Barjols. Cela faisait cinq ans qu'elle traînait ces godillots ferrés sur tous les chemins du coin. Eté comme hiver. Au bal ou au braconnage. Dans les ruisseaux du Grand Vallat et de la Ragle, sur les dalles de l'église du Castellet, dans les bois de Ceyreste, partout où elle savait qu'elle ne rencontrerait pas son oncle Armand.

L'oncle bataillait sous un gros olivier au tronc ventru et bosselé. Il gaulait l'arbre avec une violence toute méthodique. A chaque coup, il recevait une pluie d'olives sur sa face carrée, encadrée de favoris roux, et sur ses larges épaules engoncées dans une veste de mouton aux manches de laine. Il donnait l'exemple aux autres hommes, ses neveux et cousins rassemblés pour une cueillette qui commençait le 1er décembre et s'achevait le 1er février.

La soupe fumait dans la tête de Louise. On était à peine le 23 décembre 1879 et le froid allait encore la mordre durant cinq semaines. Louise tremblait sur ses jambes. Il lui sembla que son âme même était glacée, qu'une bise la poussait vers un avenir morne, sombre et sans joie, qu'elle en serait réduite à guetter toute sa vie le pas lourd de l'oncle. Il rôdait la nuit dans la vaste ferme depuis qu'il était veuf et avait perdu ses deux fils et son frère à la guerre de 70. Elle l'entendait souffler derrière la porte de sa chambre. Il se débrouillait toujours pour être là lorsqu'elle faisait sa toilette au puits. Ce porc la reluquait, la serrait de près, de plus en plus près. L'été passé, il s'était même permis de lui toucher la poitrine en la coinçant dans la réserve des vivres. Elle l'avait mordu au sang avant de s'enfuir chez sa cousine Valentine, qui vivait avec un éleveur de chevaux dans la plaine de Chibron, non loin de Signes. Hélas, elle était revenue, sur les injonctions de son oncle. Elle manquait de courage. Du vaste monde, elle ne connaissait que les horizons que ses grands yeux noirs sondaient parfois, et il lui était difficile de quitter l'endroit où elle était née. La ferme de ses ancêtres la retenait sur cette terre dure et ingrate où elle s'écorchait les doigts, où les hommes vaillants n'étaient pas des chevaliers mais des chevriers et des charbonniers.

— Tu traînes !

La voix d'Armand lui fit l'effet d'un coup de fouet. Elle fit s'envoler deux grives que les pièges n'avaient pas brisées. L'oncle suivit leur trajectoire en maugréant, puis il reporta son attention sur sa nièce. Il maugréa encore, cette fois contre cette garce de fille qui ne savait rien oublier. De fait, il lui sembla étrange de voir comme ces splendides et lourdes prunelles brûlaient de haine et de mépris. Cette mécréante ne baissait pas le regard.

— Tu me cherches ? demanda-t-il.

— Surtout pas ! s'exclama-t-elle sans perdre sa suffisance.

Armand marmonna quelque chose comme « je t'aurai », puis reprit son combat contre l'olivier, pensant aux nuits de beuveries à venir dans les bordels de Toulon et aux nuits qu'il s'inventait dans le lit de Louise. Noël était la période de ses vices. Pendant que les autres priaient devant les crèches, il s'agenouillait devant les minous parfumés des putes en corsets. Il était devenu athée après la mort des siens et, lorsqu'il jurait, c'était au nom du diable.

— T'arrête pas, petite, y a encore plus de mille oliviers à dépouiller, lança la vieille Nine, dont le corps était pareil à un sarment de vigne noirci sur son échelle.

Nine était une vague parente qui gagnait quatre sous par jour en offrant ses services aux uns et aux autres. Elle vivait dans un cabanon sur la route rectiligne qui menait au Brûlat et on ne lui connaissait qu'une passion : ses chats. Pour le reste, elle était d'une neutralité absolue, ne se souciant guère des dangers que courait Louise, du froid, de la pluie, de la religion et des guerres. C'était une rude et infatigable travailleuse.

Elle partirait la nuit venue, quand Armand laisserait tomber les piécettes de cuivre dans sa main tendue.

Louise déplia ses doigts. Elle arracha les fruits fripés qui luisaient sous la lumière déclinante d'un soleil d'argent dont l'orbe décrit se teintait déjà de violet. Le froid acéra ses griffes. En une demi-heure, le rideau rouge trop court du ciel pendit sur les hauteurs du Revers de Boquié. Les vallons s'assombrirent et on entendit un loup hurler du côté du bois de Sicard. Les hommes redressèrent leurs têtes. La peur passa dans les regards et Armand décida de mettre un terme à la cueillette tout en s'emparant du fusil qu'il ne quittait jamais de novembre à mars.

— Rentrons, la bête rôde.

Sur le chemin du retour et à la croisée de deux sentiers, Nine lui tendit la main. Armand donna les sous. A une autre croisée, les neveux et cousins chargés des sacs d'olives destinés à la coopérative quittèrent l'oncle et Louise. Et le couple s'enfonça dans le bois de genévriers qui les séparait de la ferme. Leurs pieds crissaient dans la neige tombée cinq jours plus tôt et au loin le loup n'en finissait pas de hurler sa faim. Ils se hâtèrent et parvinrent enfin sur une large bande blanche où s'étalait le long corps sombre de la ferme. Là les attendait Aglaé, servante et femme à tout faire et à tout accepter. A quarante-cinq ans, cette Toulonnaise avait fui la misère des bas-fonds de la cité varoise quinze ans plus tôt, suivant Armand, son amant d'un soir, qui lui avait fait miroiter les merveilles naturelles du Brûlat.

Un peu simple d'esprit et peu exigeante, elle s'était adaptée à la rudesse de la vie paysanne et aux saillies brutales de son nouveau maître, qui la prenait de temps à autre comme un animal. La ferme était pleine de leurs empreintes amoureuses. Pas un coin n'avait été épargné. Et ils avaient parfois fait « ça » en toute impudicité devant la jeune fille.

Aglaé et Louise partageaient le même silence. Elles n'avaient rien à se dire, rien à se confier. Le vocabulaire restreint de la servante ne permettait pas de converser. Elle se bornait à des « oui » et des « non », à des « hum » et à des « peuchère de moi », à des cris de chiot quand Armand, de plus en plus rarement, grimpait sur elle. En fait, elle parlait beaucoup à Dieu et à saint Pierre, son saint favori, et passait tous ses dimanches à l'église malgré les violentes remontrances et interdictions de son maître.

Louise vit la bouille d'Aglaé apparaître au fenestron éclairé de la cuisine. Une buée se forma sur la vitre, estompant la figure ronde et empâtée de la guetteuse.

Dès qu'Armand entra dans la cuisine, Aglaé fut aux ordres. Il lui donna la veste et le fusil qu'elle alla soigneusement ranger dans un coin. Louise ne s'approcha pas du feu qui chantait pathétiquement dans l'âtre ; elle ne voulait pas partager cet instant de paix près de l'oncle qui s'était immédiatement planté face aux flammes pour tendre ses mains bleuies par le gel.

Louise enleva son bonnet de laine, puis le haut matelassé dans lequel elle était engoncée, et les deux chandails tricotés qui avaient appartenu à sa mère. Elle apparut dans un solide chemisier de coton écru lacé à hauteur de la poitrine. Aussitôt le regard d'Armand isola un petit carré de peau de la jeune femme, une minuscule parcelle rose juste au-dessus de la poitrine.

— On va faire une bonne récolte cette année, dit-il quand Aglaé lui apporta un verre de rouge.

Il le but d'un trait. C'était un rituel immuable qu'il tenait de son père, avec qui il avait trinqué dès l'âge de dix ans.

— Nous pourrons creuser un nouveau puits plus profond avec l'argent, ajouta-t-il.

— Oui, répondit Aglaé.

Ce « oui » avait été dit sur un ton triste. Il supposait des choses qu'on ne disait pas à haute voix. Aglaé avait perdu toutes ses illusions. L'argent de l'huile irait se perdre dans les puits sans fond des ventres des putains.

— Et il en faudra pour la dot de la petite ! s'esclaffa-t-il en contemplant Louise.

— Oui, il en faudra, dit Aglaé dans un grincement de dents.

— Moi, je la vois bien mariée à Marcelin, le fils de Roustide, ou au beau Gérard, le notaire du Castellet.

— Jamais ! répondit violemment Louise.

Dans le mouvement négatif qu'elle fit de la tête, sa lourde chevelure brune et bouclée se libéra de la contrainte des deux barrettes. Armand et Aglaé virent soudain la guerrière qu'elle était devenue. Son regard agrandi par la colère flamboya.

— Pas un de ces rufians ne me touchera ! continua-t-elle en s'approchant à son tour du feu.

— Comme tu y vas, ma belle ! Gérard Figon est un homme établi et respectable.

— Respectable comme peut l'être un coureur de jupons. Sa renommée n'est plus à faire. Il a déshonoré plus d'une pauvre paysanne et d'une naïve lingère à dix lieues à la ronde. Et arrête de m'appeler « ma belle » ! Je n'appartiens pas au clan des femmes que tu fréquentes à Toulon.

— Tu es comme les autres, quand tu y auras goûté tu ne pourras plus t'en passer.

Goûter à quoi ? A ce morceau de chair qui pendouillait entre les cuisses des hommes ? A cet appendice qu'elle avait aperçu à diverses reprises entre les mains d'Aglaé ? Louise ne se laisserait pas avilir et dominer au point de n'être plus qu'une sorte d'esclave enchaînée entre l'alcôve d'une chambre et les fourneaux d'une cuisine. Elle eut un regard compassé pour Aglaé. La figure de la Toulonnaise était livide et molle ; elle reflétait le cœur vide, une désespérance de l'âme, un abattement et une soumission sans pareils. La maîtresse-servante restait là, tenant son petit chaudron de soupe fumante entre les mains, comme un fardeau qu'il faut poser quelque part.

Louise eut envie de la secouer et de la forcer à renverser le chaudron sur la tête de l'oncle, mais elle savait que ce serait peine perdue. De rage, elle s'empara d'un quignon de pain, d'un oignon et de quatre morceaux de sucre, puis, ayant claqué la porte de la cuisine, elle monta dans sa chambre.

La terre gelée des garrigues soufflait son haleine sur la ferme, aiguisant les dents de glace suspendues aux rebords des fenêtres et dans les fentes des jalousies. L'unique feu mourant dans la cuisine ne suffisait plus à réchauffer les murs. On se serait cru dans une tombe. Louise se recroquevilla. Le froid avait gagné le lit de fer. Il montait le long des pieds rouillés, glissait sur les montants couronnés de pignons, s'insinuait sous les deux édredons et les couvertures, sous les draps rapiécés, sous la peau de la jeune femme, jusqu'aux os. Oui, elle était bien dans une tombe.

Seule la pendule de la salle, unique objet d'art de l'habitation, était là pour lui rappeler qu'elle faisait toujours partie du monde des vivants. Tous les quarts d'heure, elle tintait ; toutes les heures, elle égrenait son petit air de musique populaire avant de laisser tomber des « dong » lugubres.

Deux « dong » marquèrent le début de la journée du 24 décembre 1879. Louise ouvrit les yeux. L'armoire aux contours vagues se perdait dans un océan ténébreux. La grosse cruche émaillée de blanc poussait son ventre fantomatique et semblait chanceler dans sa cuvette. Louise se frotta les paupières. Quelque chose dérangeait la nuit. La ferme ne craquait pas comme d'habitude en étirant ses poutres et sa charpente ou en se contractant dans le berceau des grosses pierres de l'antique bâti.

Le changement était presque imperceptible, mais Louise possédait un instinct puissant, un pouvoir qui lui permettait de voir, d'entendre et de sentir au-delà des obstacles. Elle avait développé ses sens dans les collines en chassant le gibier, en se gardant des sorcières qui essaimaient la région et des mauvais garçons qui écumaient les auberges, marchait à l'aveugle, réinventant à sa manière le jeu de la *rusco,* jeu dans lequel on devait remettre en place un morceau d'écorce arraché à un tronc.

La ferme, c'était un fait, ne respirait pas normalement. Comme pour se mettre au diapason de l'environnement, Louise s'assit sur son lit, ouvrit les narines fortement, pour aspirer la froidure des pierres et les moisissures disséminées dans les plâtres. Ce fut alors qu'elle découvrit l'odeur légèrement musquée et avinée. Elle eut une douleur à la poitrine, la pointe qu'elle ressentait toujours à l'imminence d'un danger. Rejetant brusquement les draps, couvertures et édredons, elle quitta le lit et s'avança sur la pointe des pieds jusqu'à la porte, qu'elle ouvrit d'un coup.

Armand se tenait sur le seuil, les bras le long du corps et les poings serrés. Ses lèvres aussi étaient serrées. Elles contenaient les verbes d'un désir qui lui taraudait le ventre.

— Que fais-tu là ?

— Il faut que t'y goûtes, dit-il en posant un poing sur son bas-ventre.

Il avait les yeux injectés de sang. Les veines de son cou saillaient, pareilles à des racines de pin courant sous le sol rouge des collines de la Cadière. Il empestait le vin et la gnôle à 70º. Son corps était un chaudron. Dans son cerveau en ébullition, il déchirait la chemise de sa proie, il lui prenait les seins, les pétrissait...

— Puisqu'il le faut, allons-y ! répondit Louise en maîtrisant son effroi.

Si elle résistait, il la fracasserait. Armand avait la force d'un taureau et il compensait sa baisse de vitalité par une violence grandissant d'année en année. Les excès en tout genre lui avaient troué la cervelle et ôté la raison. Les hommes de la commune redoutaient sa brutalité et son aveuglement. Louise ne voulait pas subir le sort des téméraires qui avaient eu leurs nez cassés, leurs côtes fêlées et leurs membres brisés. Elle devait garder son calme, gagner du temps, trouver une solution, lui échapper une fois pour toutes. Elle lui tourna le dos et alla s'allonger sur le lit en relevant sa chemise.

Armand fut décontenancé par l'attitude de sa nièce. Il ne savait plus s'il devait lui faire « goûter à la chose » ou pas. Son plan, auparavant net et précis comme un trait de sang sur un drap blanc, s'embruma. Il hésitait. Il était atteint dans sa virilité. Comment allait-il parvenir à la prendre s'il ne lui inspirait plus la peur ?

Soudain, le loup qui rôdait sur les hauteurs du Camps se fit entendre. Son hurlement monta comme un appel à la chasse. Armand se souvint qu'il avait été autrefois, à une époque immémoriale, une bête, qu'il était encore une bête et qu'il en serait toujours ainsi.

En entendant le loup, Louise comprit que le moment

était arrivé. Elle vit son oncle franchir le seuil de sa chambre et se diriger d'un pas lourd vers elle. Elle rassembla toutes ses forces. Il avait le regard fixé sur ses cuisses ; il n'en voyait que la jonction ombrée et mystérieuse, source du plaisir et de son pouvoir. Son cœur se mit à pomper très fort. Il redevint aussitôt un mâle.

Enfin, il allait la planter et lui ravir cette fleur que tous désiraient. Il serait le premier. Après, il y aurait peut-être le notaire Figon. Il y avait sûrement de l'argent à gagner avec cet homme avide de jeunes femmes. Mais avant de lui vendre Louise, il devait la former. Il écarta les bras et posa ses mains de part et d'autre du corps de la vierge. Cette position dominante l'encouragea à passer à l'acte, bien qu'il n'aimât pas la façon dont le regardait la fille, droit dans les yeux, droit et dur. Il ne chercha pas à s'interroger ; il s'abattit sur elle tout en abaissant le haut de son pantalon. Il n'eut pas même le temps d'écarter la toison avec son index. Quelque chose d'énorme se fracassa sur son crâne et il sombra dans le néant.

2

Louise ne bougeait plus. Armand ne bougeait plus. Le temps aussi parut immobile. Une seconde ou un siècle s'écoula. Louise se résolut enfin à repousser le poids mort qui recouvrait son corps lorsque le « dong » du premier quart de la troisième heure vibra. Quelque chose de chaud poissa ses mains. Le sang de l'oncle. La grosse cruche qu'elle avait saisie et abattue sur le crâne de son agresseur avait fendu les os. « Je l'ai tué... je l'ai tué... Sainte Marie, protège-moi... Mon Dieu, ô mon Dieu ! »

Tout se bousculait dans sa tête. Elle se vit jugée, emprisonnée, guillotinée, précipitée en enfer. Puis, tout en contenant les larmes qui emplissaient son regard affolé, elle décida de fuir. Elle prit un drap dans l'armoire, en fit un gros baluchon dans lequel ses maigres affaires furent roulées en boule, se vêtit chaudement et quitta la chambre. Le silence avait repris ses droits. Aglaé dormait au rez-de-chaussée, dans une pièce étroite où elle fabriquait des paniers en osier.

Parvenue à hauteur de l'endroit où la servante vivait, Louise retint son souffle. La voix d'Aglaé perçait à travers la cloison de la porte. C'était une voix de récitante, de pénitente qui disait :

Seigneur Jésus, nous vous prions,
Veillez sur nous dans la nuit
Vous qui nous avez tout le jour
Gardés dans votre amour.
Seigneur Jésus, nous vous prions
Pour ceux de notre maison,
Petits et grands, parents, amis,
Et même nos ennemis...

Louise reconnut un « Chant de demande », une version moderne que les fidèles entonnaient parfois dans les processions. Il y avait quelque chose de pathétique dans cette voix qui trouait la nuit. Pendant quelques instants, elle resta sur place, fascinée par l'appel désespéré de la servante. Il y avait cependant urgence. Elle rompit le charme. Il lui restait un péché à commettre. Cela ne changerait rien à la sentence des hommes ou de Dieu, le jour du Jugement. L'idée venait de la traverser.

Elle se rendit dans la réserve attenante à la cuisine, alluma une lampe à pétrole accrochée à une esse fichée dans le mur et chassa ses remords. Vaste pièce voûtée sans ouverture, elle servait à entreposer les billots de bois, les pommes de terre, les conserves et toutes sortes de bouteilles. Ces dernières, vides ou pleines, formaient des remparts poussiéreux sous les voiles légers des toiles d'araignée. Il y en avait des centaines, mais peu contenaient un vin de qualité. C'était avec cette bibine acide qu'Armand s'emplissait la panse et s'embrumait la cervelle.

Louise se repéra. Elle avait l'esprit clair et la mémoire fidèle. Une seule fois, elle avait vu son oncle trifouiller dans l'ombre et entendu tinter le métal. Pas un tintement de burin sur une pierre, ni celui du tournevis, de la serpette, de la lime ou de la gouge, mais l'inimitable bruit que font les pièces d'or en tombant dans une cassette. Pendant des mois, elle avait échafaudé les idées les plus folles sur ce « trésor », mourant d'envie d'en découvrir les rayons dans la sombre réserve. Elle y avait renoncé. L'oncle l'aurait tuée et jetée dans l'un des gouffres du plateau de Siou Blanc s'il l'avait surprise.

Peut-être avait-il tout dépensé avec les fillasses et les traînées du port de Toulon... Peut-être pas. Elle se dirigea vers le coin où trônaient les bonbonnes des gnôles. La poussière y était moins dense. Cela ne signifiait rien. L'oncle venait régulièrement tirer l'eau de feu qu'il tenait de son ami Pastourin, le bouilleur de cru de la Cadière. Tous deux en faisaient le trafic avec des vauriens d'Aubagne qui la revendaient à des tenanciers de Marseille. Vingt bonbonnes de cinquante litres sur quatre rangs reposaient dans un lit de paille. Les dix du fond étaient vides ; elles étaient toujours vides et couvertes de journaux et de chiffons.

Louise se mit à déplacer les récipients ventrus. Elle força à se casser les reins, mais elle ne sentit pas la douleur de l'effort. Il ne lui fallut pas beaucoup de temps pour parvenir à dégager les rangées du fond, qui avaient été remuées récemment, comme en témoignait l'absence de saleté sur les tresses d'osier enveloppant les corps de verre. Elle n'avait pas rêvé autrefois. Il y avait bien une niche au ras du sol et une boîte de fer logée à l'intérieur. Elle s'empara de l'objet aux angles rouillés. Il pesait lourd. Un peintre naïf l'avait enluminé d'une bataille napoléonienne. Cette peinture s'écaillait, creusant des vides entre les grognards que les boulets avaient épargnés. Fiévreuse, elle s'y prit à trois reprises pour détacher le couvercle qui coulissait comme un plumier d'écolier. D'un coup d'ongle, elle fit disparaître la tête d'un cuirassier français et le torse d'un lancier autrichien qui tentaient depuis plus d'un demi-siècle de s'étriper et parvint à vaincre la résistance de l'ouverture. Le fer crissa.

Sa respiration se bloqua.

Deux ou trois cents pièces d'or et d'argent royales, impériales et républicaines captèrent le rayon orangé de la lampe à huile. Sous cette nappe de francs et d'écus, un paquet était entouré d'un papier huilé aux coins soigneusement pliés et maintenus par une ficelle. Elle défit la ganse, ouvrit le paquet. Il contenait un portefeuille bourré de gros billets neufs. Elle n'en avait jamais vu de pareils ; elle n'en connaissait pas même l'existence. Elle compta trois zéros derrière le 1 du premier qu'elle déplia. Rien qu'avec ce morceau de papier aux dessins délicats et aux couleurs pastel, elle aurait pu vivre et se loger pendant cinq ans.

Un instant, Louise hésita, dans l'obscure conscience que ce serait mal de le fourrer dans sa poche, mais elle se souvint qu'elle n'avait jamais reçu sa part d'héritage et le billet disparut sous les plis de sa robe. Pour faire bonne mesure, elle prit une poignée de pièces avant de refermer la boîte. Puis elle masqua son vol en remettant tout en place. Après avoir mouillé de sa sueur les bonbonnes, elle sortit de la réserve, rafla une miche de pain, trois oignons et un morceau de lard dans la cuisine, s'empara d'un coutelas de chasse et quitta la maison. Désormais le temps jouait contre elle. Traçant sa route à travers les houssaies de la colline, elle grimpa vers l'ouest, vers les froids clignotements étoilés de son destin.

Dans son dos dormaient les villages du Castellet et de la Cadière, les mas et les fermes du Brûlat, les moulins à huile et les bergeries. Elle ne se retourna pas car elle ne laissait pas du bonheur derrière elle. Quand elle franchit la crête qui séparait le Var des Bouches-du-

Rhône, elle sut qu'elle ne reviendrait jamais au pays des cigales et des thyms. Face à elle s'étendait la commune de Cuges, déjà un autre monde, une autre culture, d'autres mœurs. Lorsqu'on était une fille du Brûlat, autant dire une estrangère susceptible de porter le mauvais œil, on ne pouvait pas compter sur l'aide de ces villageois repliés au sein de leurs collines.

Consciente de ce qu'elle représentait aux yeux de ces habitants superstitieux, jaloux de leur territoire, elle n'eut plus qu'un objectif : atteindre Aubagne avant le lever du jour. Dans cette ville qu'on disait grande, elle trouverait la diligence, moyen rapide pour rejoindre Marseille, et après...

Après, elle ne savait pas. Elle n'eut plus le temps d'y penser : le loup lança son hurlement. Il n'était pas loin. A un quart de lieue, peut-être moins. La peur lui comprima la poitrine. Louise ne regarda plus où elle posait les pieds ; elle se laissa glisser dans l'une des coulées de neige qui convergeaient vers le vallon de l'Escargot, bondissant parfois au-dessus des arbustes que les éboulis avaient couchés sur la pente.

Dans le fond du vallon couvert de pins tordus, sa peur redoubla. Il faisait si noir. Dans la nuit glaciale, elle cligna des yeux, emplissant ses prunelles d'un monde mystérieux et dangereux. Le loup hurla. Il se rapprochait ; il allait vite ; il la humait ; il la chassait. Elle l'imagina. Son trot sûr, l'échine tendue, la gueule pointée dans la direction de l'odeur qu'elle répandait derrière elle, avec sa peur ancestrale. Il flairait ses traces humaines, les sillons qu'elle creusait de ses godillots, les branchettes cassées.

Oui, il la flairait. Dans son crâne épais, s'ébauchaient des morsures, s'annonçait le goût du sang. Il avait si faim. Depuis deux jours, il courait dans les garrigues, rôdait autour des étables toutes pleines de chairs chaudes, des maisons barricadées, mais il n'osait pas s'approcher des clôtures, à portée des fusils. Il avait déjà perdu sa femelle et deux jeunes mâles du côté de Pierrefeu, avant d'abandonner le reste de la meute au nord d'une ville qui s'étirait entre une montagne et la mer. Il le regrettait. Attaquer seul, et un humain de surcroît, n'était pas dans ses habitudes. Avec ses frères, il cernait les proies, les attaquait de biais.

Mais il avait si faim... et si peur. Comme l'humain qui tentait de rejoindre le village... Une femelle. Elle s'était mise à courir. Il leva le museau, dilata ses narines, sentit l'odeur plus forte, la sueur diluée en une myriade microscopique de molécules. Une femelle humaine... beaucoup moins dangereuse que les mâles de son espèce, plus tendre aussi.

Louise rejoignit un chemin étroit qui menait à la route principale coupant le village de Cuges en deux tronçons. Des brumes légères flottaient devant les hautes maisons serrées où se terraient les familles dans l'attente de Noël.

Louise atteignit le cimetière envahi de voiles légers et grisâtres au-dessus desquels surnageaient des croix de fer et des anges rongés par les ans. Une Vierge pencha son visage ébréché vers elle, une pierre bancale se mit en travers de son chemin, le fuselage noir d'un cyprès apparut, des noms regrettés et des épitaphes en latin se mirent à danser devant son regard affolé. Elle n'atteindrait jamais la première maison du village, où elle aurait voulu tambouriner de ses poings à la porte, aux volets. Le loup était là.

Il avait coupé à travers les champs de câpriers, bondi par-dessus les canaux, filé ventre à terre pour couper le chemin de sa proie. Elle était à présent devant lui, vidant sa peur par tous les pores. Elle lâcha le paquet qu'elle portait à l'épaule. Il perçut le changement par le truchement de son odorat. A cette peur ancrée à l'homme depuis des temps immémoriaux succéda la volonté de se battre. Par expérience, il savait que les femelles qui entraient dans cet état pouvaient se montrer bien plus redoutables que les mâles. Celle-ci allait vendre chèrement sa peau.

Louise avait laissé tomber son baluchon. La bête aux poils gris l'observait. Elle vit la phosphorescence dans l'œil étroit. L'apparition de cette étincelle meurtrière renforça le désir soudain qu'elle avait eu de se mesurer à cet ennemi. Elle avait vaincu Armand ; elle vaincrait ce loup. Le coutelas se matérialisa dans sa main droite. La lame effilée et légèrement courbée capta toute l'attention de l'animal. Louise la fit bouger. L'acier fendit l'air, joua avec la lumière des étoiles.

Du temps s'écoula. Le loup se mit à louvoyer selon un arc de cercle dont le centre était Louise, mais ce centre pivotait et il se retrouvait toujours dans l'axe de l'arme. Il mesura le danger, l'évalua si grand qu'il préféra rompre le face-à-face. Malgré la faim.

Louise comprit qu'elle avait pris le dessus quand elle vit filer le fauve l'échine basse. Quelque chose de fort et de chaud monta en elle ; elle connut la saveur du triomphe. Elle venait de passer un cap et se sentit en mesure de conquérir le monde. Elle attendit cependant quelques minutes en guettant les moindres bruits, puis elle se remit en marche, le coutelas à la main.

Elle ne s'arrêterait pas à Cuges et irait comme prévu à Aubagne. Quand elle parvint au sommet du col de l'Ange, où les convois avaient creusé leurs quadruples sillons dans les congères, elle entendit le loup hurler à l'autre bout de la chaîne des collines. Il avait trouvé une proie du côté des bois de Ceyreste.

Désormais, elle n'eut plus qu'un ennemi : le froid.

3

Louise était au bord de l'épuisement, transie de froid, mais en elle fermentait une émotion extraordinaire et ses yeux ne quittaient plus la ligne rose des toits d'Aubagne naissant avec le jour sous la molaire ronde de Garlaban. Elle avait franchi les limites de ses connaissances géographiques, elle était allée au-delà des paluds de la commune de Gémenos, des marécages où voltigeaient les merles et les corneilles, et rôdaient les spectres des damnés. Elle arriva à l'endroit où mouraient les massifs de cannes et les étendues de vases, et où commençaient les jardins maraîchers et les vignes.

Le soleil lança ses flèches et alluma des milliers de girandoles sur la glèbe. Un fourmillement parcourut la voyageuse lorsque l'astre posa un galon d'or sur sa nuque. Elle se sentit libre et aborda avec espoir la petite ville qui s'éveillait au son des sabots et des bêlements. Tout le nord-est du département transitait par Aubagne chaque matin. La cité des santonniers et des tuiliers était le lieu de rendez-vous de tous les paysans et des éleveurs en partance pour Marseille.

Ses pas la dirigèrent vers le centre, où ses sens engourdis goûtèrent la formidable et étourdissante compagnie des maquignons, charbonniers, cadiers, lavandières et autres marchandes entraînés dans des flots ininterrompus de charrettes, de carrioles, de haquets dont les roues faisaient trembler les trois rues principales. Çà et là, il y avait des étranglements, des garrots où les véhicules et les troupeaux pris dans une sorte de gluau ralentissaient. Ce piégeage de la circulation était dû à la présence des auberges et des hôtels où la plupart des voyageurs et des journaliers s'arrêtaient pour boire du café brûlant ou du vin chaud. Devant une enseigne où un lion jaune mangeait un gigot, des chevaux fumants attendaient qu'un palefrenier posât les dossières soutenant les brancards d'une énorme diligence.

Louise n'hésita pas à emboîter le pas de ceux qui entraient dans l'établissement. C'était immense, bruyant, mêlé d'odeurs de toutes sortes appartenant à des dames et à des porchers. Mais ce fut l'odeur d'une soupe au lard et aux haricots qui l'emporta sur toutes les autres. La fringale et l'envie irrépressible de chauffer son ventre se manifestèrent soudain, emplissant sa bouche de salive. Toutes les tables recouvertes de nappes à carreaux rouges et blancs étaient prises ; il paraissait même impossible aux servantes d'y accéder, tant leurs abords étaient encombrés de bagages.

Louise s'approcha du comptoir où une brochette d'hommes en bonnets de laine sirotaient du vin chaud en mordant tour à tour dans d'épaisses tranches de pain et de gros oignons blancs. A leurs doigts noirs, elle sut qu'ils étaient charbonniers, donc rudes et sauvages. Ils ne se montrèrent pas agressifs lorsqu'elle s'accouda sur le zinc ; le sommeil et la fatigue cernaient leurs yeux chassieux. Elle n'avait rien à craindre de ces gaillards qui buvaient, mangeaient et poussaient avec force des soupirs de satisfaction.

En fait, ils ne la remarquèrent pas. Personne ne la

remarqua. Qui aurait pu montrer de l'intérêt pour une fille qui ressemblait à une souillon ? Elle avait réellement l'apparence des gens ruinés et déracinés qui quittaient les terres ingrates de l'arrière-pays pour tenter leur chance à la ville. L'aubergiste la catalogua dans cette catégorie. Il prit son temps avant de pousser son ventre rond serré dans un gilet bicolore qui rappelait le pelage du lion et la chair du gigot peints sur l'enseigne. Ce même lion trônait au milieu des bouteilles d'absinthe et de chartreuse, lapant une antilope de bronze sur les cornes de laquelle les serveuses harassées fichaient des notes.

— Qu'est-ce qu'elle veut, la demoiselle ? demanda enfin le patron en promenant son œil suspicieux sur le beau visage mâchuré de cette mal peignée.

— De la soupe.

— C'est trois sous, dit-il sur ton qui impliquait qu'elle devait d'abord payer.

Une angoisse la fit se contracter. Elle pensa à la poignée de pièces volées qu'elle avait dans la poche de sa jupe. Elle eut l'impression que le mot « criminelle » était inscrit sur son front, que les gendarmes allaient surgir, s'emparer d'elle et l'emmener en prison. Une rougeur monta à sa face. L'aubergiste plissa les yeux en se disant que la pouilleuse n'avait rien d'autre que son corps à donner. Comme il n'était pas homme à se laisser tenter par une gâterie matinale, il chercha les mots d'usage, ceux qu'il réservait aux pauvres qui nuisaient à la renommée de son auberge aux trente chambres meublées de faux Louis XV.

— C'est trois sous, répéta-t-il en montrant son agacement.

Ce second coup de semonce décida Louise à produire l'une des preuves de son larcin. Fourrageant dans les plis de ses vêtements humides, elle enfouit sa main dans sa poche et tâta les monnaies. Les petites étaient en or, les grosses titraient plus de quatre-vingt-dix pour cent d'argent. Elle passa ses doigts sur ces dernières et en prit une qu'elle posa sur le zinc.

Cinq francs. De quoi payer une tournée de rouge. La trogne du tenancier se modifia. Une invisible main modela un sourire sous ses fines moustaches lustrées. La sienne subtilisa la pièce, la soupesa, en caressa les reliefs et la fit disparaître dans le tiroir-caisse. Quelques instants plus tard, il rapporta une assiette fumante, un quignon de pain et la monnaie.

— Et un bon canon de rouge pour un sou, qu'en dites-vous, mademoiselle ?

— De l'eau du puits me suffit, répondit-elle.

Il revint avec un broc et un gobelet de fer. Entre lui et elle, tout avait été dit. Louise retourna à l'anonymat. Sa soupe avalée et des couleurs aux joues, elle se rendit au bureau des transports provençaux et acheta sa place pour Marseille.

Le soleil en majesté avait fait s'effondrer les brumes éparses et naître des nuages qui s'étalaient en gros blocs de cuivre à la dérive. Louise regardait ce paysage, ce matin nouveau de sa nouvelle vie d'errance. La Provence semée de thym et de lavande, ces espaces déchiquetés, grisâtres et violâtres, nimbés de lumière crue, où les arbres perchés faisaient comme des couronnes noires, n'était plus sienne. Elle pensa à tous ceux qui avaient quitté cette limpidité pour émigrer vers les mines et les manufactures du nord de la France. L'idée de travailler dans l'une de ces usines noires aux hautes cheminées se fraya un chemin dans sa tête. On n'irait pas la chercher là-haut.

La diligence omnibus d'Aubagne était bondée. On y parlait fort, excité par l'approche de la veillée de Noël.

Les hommes évoquaient le vin, vantant les mérites des gigondas et les vertus des champagnes. Les femmes composaient et recomposaient le repas de fête, peu soucieuses de la tradition qui voulait qu'on mangeât maigre le soir de la naissance du Christ. Elles pépiaient, faisaient jouer leurs bagues serties de pierres précieuses sous le regard de la pauvrette chaussée comme un fantassin. A un moment, elles se disputèrent sur le choix des dattes pour les « treize desserts » ; l'une tenait à les acheter place des Carmes, l'autre vantait les qualités d'une variété tunisienne qu'on ne trouvait que dans une épicerie de luxe de la rue Saint-Martin.

Louise ne comprenait rien à leur problème d'intendance. Elle ignorait le goût du foie gras, des truffes qui parfumaient les boudins, des huîtres, des carpes, des chapons, des dindes, des marrons confits, des chocolats fourrés, de la chantilly. Elle avait vaguement entendu parler de ces mets de riches au lavoir du Castellet lorsque les lingères des maisons bourgeoises évoquaient les folies de leurs maîtres. Aussi loin que remontaient ses souvenirs, le soir de Noël, chez les siens, on mangeait invariablement de la morue et exceptionnellement une orange. C'était une nuit de prière et de recueillement. Ce qu'elle entendait à présent tenait plutôt de la goinfrerie et du péché de gourmandise. Un petit péché au regard de celui qu'elle avait commis au Brûlat.

L'angoisse reprit le dessus. Elle imagina le réveil d'Aglaé. La servante aux yeux bouffis, bâillant, traînant ses pantoufles jusqu'à la cuisine, avait fait réchauffer la soupe. Puis elle avait attendu jusqu'à l'inquiétude. Elle avait posé son regard sur la veste de mouton de son amant et maître, puis sur le bouton cuivré de la porte qui la séparait du couloir menant aux autres pièces et à l'escalier desservant l'étage. Enfin, elle s'était décidée à prendre le risque de réveiller Armand en se signant à deux reprises avant de pénétrer dans la chambre.

Louise ferma les yeux... Aglaé avait dû trouver le corps ensanglanté de l'oncle. Il lui sembla entendre le cri poussé par la pauvre femme, la voir sur le chemin menant au Castellet, pleurer face au garde, au maire et au médecin. La nouvelle devait se répandre. On allait lancer des recherches, organiser des battues pour retrouver la chienne qu'elle était devenue aux yeux des habitants de là-bas. Les gendarmes viendraient après.

Logiquement, elle bénéficiait de trois ou quatre jours de répit avant qu'ils émissent l'hypothèse qu'elle pouvait se cacher à Marseille.

Louise rouvrit les yeux, loin du brouhaha des conversations qui tournaient toujours autour du repas pantagruélique de Noël qui précéderait la messe de minuit. Plus elle approchait de Marseille, plus elle se sentait dépossédée de ses certitudes. Pendant vingt ans, elle avait grandi au rythme des saisons, de la taille des arbres, des récoltes d'asperges et de champignons sauvages, des cueillettes d'olives et de safran. Elle ne connaissait rien des habitudes citadines régies par d'autres lois. A travers la vitre embuée qu'elle éclaircissait de l'index, Louise voyait la ville grandir. Elle était le poumon de la Provence, la halle de l'Afrique, la Babylone de l'Europe, et la jeune femme n'imaginait pas qu'il puisse exister de cité plus puissante, plus ancienne, plus talentueuse et plus riche sur terre.

Les magnats, les savonniers, les armateurs et banquiers participaient à ce triomphe à coups de millions. Là-bas, entre la citadelle Saint-Nicolas et le fort Saint-Jean, leurs bateaux chargés de colons et d'aventuriers partaient à la conquête du café, de la canne à sucre et du riz ou revenaient, les membrures fatiguées et les écoutilles rouillées, avec des cales pleines d'épices et de cacao. C'était cette ville brassant toute l'écume des océans et les poussières des continents qu'elle allait devoir affronter. Soudain, dans le rond humide qu'elle agrandissait du doigt, s'inscrivit Notre-Dame-de-la-Garde juchée sur le sommet d'une colline. Louise eut un regard pathétique et suppliant pour cette Vierge blanche qui étendait ses bras dans le ciel de décembre et elle lui demanda tout bas de l'aide.

Les conversations cessèrent. De la gêne passa sur les faces tournées vers le sanctuaire, mais ce moment de repentir fut bref. Les enchères à l'indigestion reprirent dès que Notre-Dame disparut, exactement à l'instant où l'équipage plongea entre la Capelette et Saint-Barnabé. Il y avait urgence à conclure. Les deux femmes optèrent pour l'épicerie fine de la rue de Rome, où l'on trouvait des dattes égyptiennes soigneusement rangées dans des écrins argentés, eux-mêmes calés dans de jolies boîtes ornées de palmiers et de chameaux. Les hommes tombèrent d'accord sur la nécessité de fumer un bon cigare à la fin du repas. Et tous les plans de table et le détail des menus furent digérés à la porte d'Aubagne, où la plupart des voyageurs montèrent dans les omnibus vernis de noir et les fiacres rutilants qui desservaient les différents quartiers de la ville.

Louise grimpa dans un lourd véhicule qui assurait la liaison avec le port. Elle ne savait toujours pas ce qu'elle allait y trouver, ni ce qu'elle comptait y faire ; elle désirait simplement se fondre dans le grouillement de la populace. Quatre chevaux tiraient cette sorte de wagon bondé qui s'enfonça en grinçant sur ses roues à rayons rouges dans ce Marseille tumultueux où des vagues humaines battaient le pavé et les parvis, déferlaient le long des rues de la Palud, de Rome, de Noailles, de l'Echelle, des Pucelles, du Pavé-d'Amour, suivant les pentes naturelles qui menaient invariablement à la mer, à l'Estaque ou sur la Corniche. Mais le plus gros de ces flots coulait vers le Vieux-Port, lieu de toutes les convoitises, de tous les plaisirs, de tous les marchandages.

A un moment, l'omnibus, tout près de l'Opéra, fut pris dans l'un de ces embouteillages monstres qui rendaient fous les Marseillais, surtout en période de fête. Louise sut alors qu'elle ne s'adapterait jamais à ces sautes d'humeur, à ces paroxysmes. La cité avait des accès de fièvre à la mesure de son gigantisme. Un homme aboya à ses oreilles. Des jurons fusèrent de toutes parts. Une femme la prit à témoin en menaçant les autorités municipales. On conspua des policiers, des soldats et même des sœurs de la Charité.

Louise n'avait jamais été confrontée à des mouvements de foule. Elle sentit poindre une peur irrationnelle. L'omnibus finit par s'engluer définitivement dans la mer grossissante des véhicules et elle le quitta, poussée, emportée par des ouvrières pressées. Elle fut ballottée le long des trottoirs, projetée contre les vitrines où s'étalaient des richesses que ses sens ne parvenaient pas à évaluer. Les rues, les immeubles l'écrasaient de toutes leurs lumières. Le sens même de sa présence ici lui échappa, à présent qu'elle était devenue un pantin promené à travers ce vaste temple de l'argent et des miracles artificiels.

Beaucoup de gens, installés dans les cafés, mangeaient et buvaient avec appétit, à cause du froid. Dans les établissements luxueux aux boiseries exotiques frangées de feuilles d'acanthe et de blasons fantaisie, on avait dressé de grands arbres de Noël, de vrais sapins de Haute-Provence. Parsemés de fils d'or, de boules rouges et vertes, de guirlandes pareilles à des chenilles argentées, d'angelots, de comètes, de lunes pailletées, de clochettes en carton coloré, ils étaient constellés de bougies allumées qui palpitaient sous les souffles d'admirateurs habillés comme des princes.

Louise ne savait plus où elle était. C'était comme un monde céleste dont la pacotille clinquante éblouissait ses yeux et noyait son esprit. Des fiacres libéraient des femmes en fourrures, aux bottines lacées, aux chapeaux surmontés de plumes, de cabochons, de perles noires et blanches, aux robes de velours moirées galonnées d'or. Des parfums inconnus, sucrés, poivrés chatouillaient ses narines habituées aux odeurs naturelles des collines et imprégnaient son imaginaire de fleurs inconnues, de pétales pareils à des ailes de papillon géant, de jungles et d'îles.

Ces femmes la toisaient, esquissant cette grimace souriante mêlée de mépris et de compassion qu'elles octroyaient aux mendiants, le dimanche à la sortie de la messe. Louise se sentit blessée par ces mimiques.

« Moi aussi, j'ai des sous », fut-elle tentée de leur crier à la face en pensant au billet de mille francs caché au sein de ses vêtements miteux.

Puis une honte la submergea. Ces mille francs se mirent à peser sur sa conscience. « Je suis une criminelle, une criminelle, une criminelle. » Hagarde, elle ne fit plus attention à rien, heurtant les passants et les réverbères avec son baluchon. On ne se priva pas de la bousculer et de l'insulter. Il y avait de plus en plus de monde à l'approche de midi. Elle se retrouva sur la Canebière, puis au-delà, au pied des vieux quartiers populaires, entre les hautes maisons étroites des Icardins et du Clavier qui lui rappelèrent celles des villages qu'elle avait laissés derrière elle.

L'ambiance de l'endroit l'apaisa ; elle retrouvait ses marques. Ici, la plupart des habitants étaient des manuels, des hommes et des femmes qui louaient leurs services au jour le jour, trimant dur douze heures durant, sauf le dimanche. Et il y avait les odeurs. Des daubes et des ragoûts mijotaient dans les minuscules cuisines. Elle en devinait le fumet. Tout le quartier était imprégné des senteurs d'ail et d'oignon, et des fraîcheurs de lessive se mêlaient à l'indéfinissable relent de salpêtre et de charbon qui montait des caves.

Elle aurait pu être au cœur du village de la Cadière. Elle y entendait les mêmes cris d'enfants se poursuivant dans les rues, les mêmes conversations sur les pas de porte, les mêmes éclats de voix. Louise reprit courage ; il y avait là des femmes et des hommes qui lui ressemblaient et à qui elle pourrait parler lorsque le poids de sa faute se ferait plus léger. Il le faudrait bien si elle voulait trouver un endroit pour dormir. Elle n'avait toujours pas la moindre amorce d'un plan concernant son avenir. La seule chose dont elle était sûre, c'était qu'elle ne devait pas rester à Marseille.

4

Au sommet du Panier, Louise était entrée dans le ciel de l'après-midi et elle avait dardé son regard sur les nuages bleus qui tournaient à l'horizon marin avec des arabesques délicates. Vue de ces hauteurs, la mer lui parut immense, livrée aux mouettes et aux gabians aux larges ailes blanches qui, par centaines, lançaient des cris stridents. Ce raffut venant du ciel couvrait les bruits de la ville. La jeune femme perdue oublia pendant un moment le petit peuple de Marseille qui vivait à travers ses vanniers, ses matelassières, ses blanchisseuses, ses rétameurs, ses rémouleurs et ses menuisiers. Elle n'entendit plus le crincrin des outils et les mélopées des femmes corses et italiennes ; elle était avec les oiseaux et filait vers les terres inconnues où poussaient les dattes et le café.

Elle eut soudain le désir violent de quitter la France. Une intuition la traversa. Louise se vit dans une forêt dense et chaude. Tout son être était attiré par une sylve à la beauté ténébreuse. Des dangers l'attendaient là-bas. Elle voulait les affronter. De ce combat futur, elle sortirait grandie, autre, femme libre enfin.

Des rires la ramenèrent sur le pavé gras. Un groupe de marins grimpait vers elle ; ils entouraient des femmes qui s'esclaffaient. Elles étaient deux pour une douzaine de gaillards et se laissaient tripoter les hanches et les fesses. Louise en resta bouche bée. Cette désinvolture ne pouvait caractériser que des femmes aux mœurs faciles. Des putains, rectifia son esprit. Pour la première fois, elle en voyait et elle comprit pourquoi elles attiraient les hommes. Leurs bouches peintes étaient comme des fruits rouges gorgés de suc ; leurs yeux alourdis de fards s'allongeaient vers les tempes, les rendaient félines, mystérieuses ; leurs robes mal protégées sous des capelines malmenées par les mains de leurs accompagnateurs laissaient entrevoir les poitrines généreuses par les échancrures bordées de volants aux couleurs criardes. Et elles semblaient n'avoir peur de rien, répondant crûment aux propos salaces des matafs en mal d'amour.

Etrangement, ce titre de « putains » ne les rabaissait pas. Louise était obligée d'en convenir : ces femmes étaient vivantes, bien plus vivantes que toutes celles qu'elle avait rencontrées durant son existence, mais peut-être était-ce un leurre ? Elle fut surtout fascinée par la plus grande des deux, une brune sulfureuse qui avait un grain de beauté au-dessus du coin gauche des lèvres. Ses mains étaient longues, très blanches, prolongées par des ongles interminables trempés dans un vernis pourpre. On aurait dit qu'ils venaient de déchirer une victime. C'étaient des ongles de sorcière... de sorcière magnifique.

Louise n'avait jamais envié personne ; elle envia cette inconnue. Elle la but des yeux. Si fort et avec si peu de discrétion que la brune l'apostropha.

— Qu'est-ce que tu me veux, toi ?

Elle avait l'accent transalpin des Piémontaises qui apprenaient le français sur les trottoirs de Nice, de Toulon et de Marseille.

— Rien, madame, balbutia Louise.

— Tu te moques de moi ?

— Non, c'est la première fois...

« Que je vois des femmes de mauvaise vie », pensait-elle, mais elle continua :

— ... que je viens à Marseille.

— Et alors ? Je ne vois pas le rapport avec la façon dont tu me reluques ! Y a que les types qui ont envie ou les bourgeoises coincées du cul qui ont ton regard.

Louise rougit. La brune était venue lui cracher ces mots au visage. Elle la dépassait d'une tête, sentait un parfum bon marché, l'alcool et le tabac. Ces odeurs que ramenait parfois à la ferme l'oncle Armand. Ces souvenirs et d'autres attristèrent Louise. La cote de la fille perdit soudain beaucoup de points.

— Laisse tomber, dit l'autre fille au chignon défait et à la figure fatiguée sous un fond de teint aux reflets cuivrés. Tu vois pas que c'est une paysanne fraîchement débarquée ? Elle est plus à plaindre qu'à réprimander. Les « crotteuses » de la campagne finissent toutes au bordel.

La brune eut un haussement d'épaules. Elle se fichait pas mal du destin des « crotteuses », des bouseuses, des crève-la-faim. Elle-même en avait été une avant d'être vendue à Gênes par son père le jour de ses quatorze ans.

Un marin lui mit la main à la croupe. Elle le gifla. Cette réaction inattendue provoqua une franche rigolade. La brune eut finalement un regard compassé suivi d'un soupir, avant de lâcher :

— Retourne chez toi, petite, il n'y a rien à gagner dans les rues de cette foutue ville. Allez, reste pas plantée comme un santon. Fous le camp dans ton village si tu ne veux pas attraper le rupia.

Louise ne broncha pas. Les deux filles en conclurent

que c'était une simple d'esprit et s'en allèrent avec leur escorte en direction des quartiers chauds.

La course sans but à travers le vieux Marseille se poursuivit. Louise n'avait pas osé se présenter à la réception des hôtels bordant les rues adjacentes de la Canebière. Elle avait tourné en rond, le bras engourdi par le poids de son baluchon et les pieds tout gonflés. Elle marchait lentement, le regard bas, suivant les murs de guingois à présent aveugles. Une heure après le coucher du soleil, les fenêtres s'étaient refermées. Les rats s'étaient emparés des rues. Ils grouillaient sur les tas d'immondices. Ils reniflaient l'inconnue qui ne cherchait pas à les éviter. Elle préférait leur présence à celle des humains, même si à leur contact elle devait attraper le rupia, maladie dont elle ignorait tout mais à laquelle elle pensait depuis que la prostituée en avait dévoilé l'existence. Elle y pensait comme à un anathème, quelque chose venu du ciel.

Dieu la punirait tôt ou tard. S'il daignait poser son regard sur elle. Elle pensa n'avoir pas de valeur. Parfois l'imposante masse d'une église se dressait au-dessus du sillon noir d'une rue et elle refusait de la voir tant elle en voulait au Seigneur de l'avoir faite ainsi, misérable, condamnée à ramper dans ce monde réservé aux puissants. Elle erra jusqu'à la Tourette et le bruit de la mer fut comme un appel. Disparaître. Pendant quelques minutes, elle écouta les vagues se briser et imagina son corps emporté sous les rouleaux d'écume. Damnée pour damnée, autant choisir sa mort, et elle préférait la noyade à la tête coupée. Elle s'avança sur le môle encombré de baraquements. Des barques ventrues de déchargement oscillaient sur les vagues qui léchaient inlassablement les rochers couverts d'algues.

Louise abandonna son baluchon, eut un regard pour les étoiles insensibles et n'attendit plus rien de ce monde ; elle se rapprocha du bord, respira profondément, ferma les yeux et s'apprêta à sauter en penchant légèrement son corps vers l'arrière et en pliant les jarrets.

— Au secours !

Elle rouvrit les yeux. L'appel se répéta, se doubla d'un cri affreux. Quelqu'un avait besoin d'aide. Une femme. Se suicider n'était plus à l'ordre du jour. Toute la volonté qu'elle avait accumulée pour se détruire, elle la mit au service de l'inconnue qui s'était mise à hurler. Louise était d'une nature généreuse ; elle se révéla guerrière lorsqu'elle vit les trois hommes dans la barque. Ils maintenaient une femme dans le fond.

Elle empoigna le coutelas et se mit à courir. L'un des hommes avait posé un couteau sur la gorge de la femme tandis que les deux autres relevaient ses jupes et lui écartaient les cuisses. Louise accéléra. Les notes martelées de son cœur étaient comme des coups sur des tambours de guerre. Elle sentit que sa haine était le trou dans lequel tout était aspiré. Disparue la peur, envolée la soumission, elle allait à nouveau frapper.

Un visage glabre, aux yeux exorbités par une tension démente, se leva vers elle. C'était celui de l'homme au couteau. Louise lança son bras droit en avant. La force surnaturelle de son coup projeta l'homme hors de la barque, la poitrine trouée. Elle se tourna vers les deux autres qui se déplièrent et s'enfuirent en tenant leur pantalon. Son regard tomba sur la victime qui pleurait et elle reconnut avec stupeur la fille brune du Panier.

— On ne doit pas rester ici, dit-elle en l'aidant à s'extirper du fond de la barque.

Dans les eaux noires, l'homme se noyait, le couteau fiché dans le sternum. La fille le vit couler, pensa à la police et à la terrible prison pour femmes où elle séjournait régulièrement pour racolage sur la voie publique. Une incompréhension se dessina sur sa face lorsqu'elle reconnut la jeune fille qu'elle avait méchamment engueulée quelques heures plus tôt.

— Eh ben, ça alors...

Elle prit à son tour l'initiative et, la tirant par la main, l'entraîna dans le dédale tortueux des vieux quartiers. Elles mirent de la distance entre elles et le mauvais garçon qui nourrissait les poissons. L'air glacé venant de la chaîne de l'Etoile bruissait des chuchotements lointains des grands boulevards. Elles s'orientèrent dans cette direction, passèrent des frontières invisibles et parvinrent dans une rue illuminée, flanquée de troquets où échouaient tous les aventuriers du plaisir et les bourgeois en quête de sensations fortes.

— Chez Bella Coco, on ne risque rien, dit la brune en franchissant la porte basse de l'un des établissements glauques surmontés d'une lanterne rouge.

Une musique endiablée vint frapper les oreilles de Louise. Elle provenait d'un lieu masqué par des tentures de velours fauve. La jeune femme regarda autour d'elle : elle était dans une sorte d'antichambre meublée de fauteuils miteux et d'un bureau surélevé derrière lequel se tenait une femme imposante au décolleté vertigineux.

— Ah, la Lisa a déjà fini sa nuit ! s'exclama la femme aux cheveux jaunes en broussaille et au visage gras d'une rougeur impressionnante.

— Je te présente Bella, et moi c'est Lisa, dit la brune en collant une bise sur la joue de la patronne des lieux. Et lui c'est Coco, ajouta Lisa en désignant un perroquet tricolore sur son perchoir.

— Je m'appelle Louise.

Bella promena son regard vif et bleu sur le visage de la jeune fille, puis sur ses vêtements et, au vu de cet examen d'expert, la classa très bas dans l'échelle sociale.

— Tu es de la campagne ?

— De Saint-Maximin, mentit Louise.

— Elle m'a sauvé la vie, dit Lisa.

— La vie ?

— Oui, c'est une bagarreuse. Elle a mis en fuite des pourris qui essayaient de me violer.

— Ça, c'est pas ordinaire, siffla Bella en détaillant mieux la figure de cette paysanne qui ne payait pas de mine.

Elle décela la volonté, la rage de vivre. Il y avait quelque chose de masculin dans cette jolie face au regard magnifique et profond. Bella se dit qu'il valait mieux ne pas s'en faire une ennemie.

— Ça s'arrose ! s'exclama-t-elle en quittant la position stratégique où elle encaissait un droit de passage.

— Ça s'arrose, répéta Coco en se dandinant.

Bella écarta l'une des tentures, découvrant à Louise une salle de bal où des dizaines de couples s'agitaient au son d'un orchestre noyé dans une épaisse fumée de cigare. Il y avait un nombre considérable de femmes. Toute leur vie se concentrait dans le bas de leur face, où luisait le rouge des lèvres goulues sur lesquelles passaient les langues et naissaient des propos coquins. C'était un lieu de chasse. Le gibier s'appelait « homme-au-portefeuille-bien-rempli » ; on le piégeait au sourire, au vin mousseux nommé pompeusement champagne, en étalant l'intimité de ses chairs. L'endroit préféré de Lisa tenait à la fois du bastringue et du bordel ; la brune piémontaise y réalisait la plupart de ses bénéfices. Elle remercia Bella, qui leur trouva une table et donna des ordres à un garçon du nom d'Emile, en disant « c'est pour moi ! » avant de retourner à l'entrée.

— De l'absinthe pour deux, commanda Lisa.

Louise rougit. Elle n'avait jamais goûté à l'absinthe qui rendait fou.

— Louise, Louise, continua Lisa. Comme c'est drôle, nos prénoms commencent par la même lettre. Que viens-tu chercher à Marseille ?

— Je ne veux pas rester à Marseille.

— Et tu veux aller où ?

— Aux colonies.

— Aux colonies, mais, ma pauvre petite, il faut de l'argent pour voyager en bateau. Quelle idée ! Vouloir se rendre dans des pays pleins de serpents et de lions avec des coupeurs de têtes et des cannibales. T'es vraiment bizarre, comme fille !

— Je n'ai plus de famille, mes parents sont morts. Et il me reste un peu d'argent de la vente aux enchères de nos terres... Il a fallu régler les dettes.

Lisa fut touchée par ces révélations. Elle se mit en tête d'aider sa « sauveuse ». Par tous les moyens. Elle connaissait de nombreux capitaines et des directeurs de compagnies maritimes. Beaucoup d'entre eux étaient passés entre ses jambes. Ça comptait, ce genre de relations nouées sur l'oreiller.

Louise mentait sans véritablement s'entendre. Les mots sortaient naturellement de sa bouche, tissant une histoire proche de la vérité. Elle assurait ainsi – croyait-elle – sa défense. Dix fois, elle prononça le nom de Saint-Maximin, où elle avait fait un pèlerinage à l'âge de dix ans. Une véritable aventure. C'était un épisode inoubliable de son existence, et elle avait parfaitement en mémoire l'instant où, poussée par sa mère, elle s'était retrouvée face au crâne de Marie-Madeleine enchâssé dans un reliquaire d'or et de cristal. Cette effrayante vision l'avait poursuivie longtemps. A présent, elle décrivait la basilique où elle se rendait chaque dimanche pour vendre des fleurs des quatre saisons, elle parlait de la misère, des travaux ingrats, des récoltes perdues, des huissiers. Il lui suffisait de répéter ce qu'elle avait entendu au lavoir ou à la rivière pendant des années.

Lisa la plaignit. L'absinthe apportée par Emile fut la bienvenue.

— On va oublier tout ça, dit-elle en posant le sucre sur les cuillères trouées.

Elle aussi avait un besoin urgent d'oublier sa vie chaotique, faite d'espoirs toujours déçus, d'amours impossibles, de trahisons journalières. L'alcool l'aidait beaucoup. Il lui ouvrait des perspectives de bonheur. Lorsqu'elle en abusait, sa tête se remplissait de choses magnifiques et d'anges.

— Tiens, bois, ça purifie. C'est le meilleur médicament contre le rupia et la syphilis.

— Je ne sais pas ce qu'est le rupia, dit Louise en se saisissant prudemment du verre contenant la boisson laiteuse aux reflets verts.

La syphilis, elle connaissait. Armand en parlait souvent, décrivant des chancres, des plaques muqueuses et des pustules. Deux hommes de la Cadière l'avaient attrapée ; ils ressemblaient à des monstres. Le rupia ne pouvait être pire.

— Zé ! appela Lise. Zé, viens voir par ici.

Un homme sec qui buvait le coup avec une grosse femme dépoitraillée quitta la table voisine. Son regard pâle et vitreux passa rapidement sur Louise. Elle n'entrait pas dans la catégorie des filles qui éveillaient son désir. Il paraissait sale. Des pellicules poudraient sa veste. Il avait les ongles et le col de la chemise encrassés.

— Qu'est-ce qu'elle veut, la Lisa ? demanda-t-il d'une voix empâtée.

— On veut voir ton rupia.

— Et qu'est-ce que vous me donnez en échange ?
— Notre bénédiction.
— Tu te fous de moi ?
— Notre bénédiction et le coup à boire, dit-elle en agitant cinq sous devant le nez pointu du bonhomme.

Zé sourit. Le coup à boire changeait tout. Comme il n'avait aucune pudeur, il se tourna, détacha la boucle de sa ceinture et abaissa son pantalon et son caleçon. Il avait les fesses couvertes de croûtes brunâtres et ulcérées, stade ultime d'une maladie qui se manifestait d'abord par l'apparition de taches rouges se transformant en bulles qui laissaient échapper un liquide séreux. A la vue de cette chair corrompue, Louise éprouva un profond dégoût. Il y eut des sifflets et des « hou », des rires aussi. Zé se reculotta et prit les sous. Il rejoignit la femme qui devait être aussi sale que lui.

— C'est peut-être toi qui as raison, dit Lisa d'un air songeur. Il vaut mieux affronter le venin des serpents sous les cocotiers que la salive de ces types empoisonnés. Aux colonies, y a sûrement beaucoup d'argent à gagner.

Elles restèrent toutes deux pensives. Puis le cheminement de leurs rêves de jungles et d'orchidées prit un tour inattendu lorsqu'un homme éméché se mit à crier qu'il avait du « Panamá ». Le nom magique fut répété. Il signifiait actions, pognon, réussite. On sentit planer l'ombre du génial Ferdinand de Lesseps.

Louise et Lisa essayèrent d'imaginer ce pays de cocagne qui nourrissait les conversations et aiguisait les appétits depuis un an. Panamá, Panamá, Panamá... L'absinthe agissait. Elles étaient en route pour un voyage tumultueux et fantasque. Lisa prépara une seconde, une troisième, puis une quatrième « potion » sous le regard contemplatif de sa nouvelle amie. Elle avait l'air d'une prêtresse avec ses bijoux de pacotille aux oreilles et aux bras, sa gorge opulente d'où montait un parfum lourd, sa bouche carnassière par laquelle elle recrachait la fumée d'un cigare qu'elle venait d'allumer. Elle versa l'alcool vert avec la foi d'un prêtre qui verse le vin de messe.

— Bois ! A Panamá ! dit-elle en poussant le verre rempli vers Louise.

— A Panamá ! dit Louise, qui prenait goût à cette boisson.

Une fois de plus, l'alcool vert grimpa en jets de flammes dans sa tête. Tout devint beau. Tout était possible. Louise glissa dans le monde qu'elle recréait. Autour d'elle, la salle au plafond bas semblait une mer agitée. La marée des jupons battait sur les bords de la piste de danse. Les musiciens aux manches remontées soufflaient, pinçaient et grattaient sur les instruments. Les femmes peinturlurées à moitié dénudées tourbillonnaient au bras de leurs cavaliers. Le plancher vibrait, les chairs s'offraient, les mains s'égaraient, les bouches se dévoraient, l'or roulait.

Louise n'était plus à Marseille, mais à Panamá. La tête lui tourna et elle s'effondra sur la table.

5

Vingt jours plus tôt.

La carte de Panamá s'étalait devant lui. L'homme vêtu avec élégance avait le regard doux mais volontaire. Sous son front plissé, ses yeux allongés, le gauche à la paupière plus lourde, le droit plus fort, étaient porteurs des rêves les plus fous. Il plia à sa volonté les courbes des fleuves dessinées approximativement et les jungles marquées par de vastes zones blanches.

« Tout homme, quel qu'il fût, échouant dans cette région du monde, était condamné à s'y perdre peu à peu », lui avait dit un jour le capitaine Roudaire.

— Pas moi ! dit à haute voix Ferdinand en posant sa main sur la carte.

Il oublia aussitôt Roudaire, qui avait formé le projet grandiose d'inonder le Sahara en faisant sauter le verrou rocheux qui sépare le golfe de Gadès des lacs Djérid et de Fedjedji. Ferdinand avait cru à cette mer intérieure aussi grande que l'Espagne. Il avait même remis un rapport optimiste au ministre Sadi Carnot. Puis l'idée de percer l'isthme qui reliait les deux Amériques s'était imposée à lui, commandée par la plus élémentaire des leçons de géographie.

— Panamá, dit-il en détachant chaque syllabe comme s'il donnait du canon dans le vaste bureau qu'il occupait dans son appartement parisien.

Un sourire se dessina sous la moustache épaisse et argentée qui recouvrait sa lèvre supérieure. Il allait trancher ce cordon. Il était sûr de lui. A soixante-quinze ans, Ferdinand de Lesseps jouissait d'une gloire immense. L'Europe lui devait beaucoup. Le canal de Suez était son œuvre. Les perruques de Chine, les tissus de Manchester, les pierres précieuses indiennes, le café du Yémen, les dentelles de Bruxelles, le savon de Marseille et bien d'autres denrées précieuses transitaient par cette voie ouverte en Egypte. Grâce à lui, les nations s'étaient rapprochées, les peuples apprenaient à mieux se connaître. Il était l'artisan de la future communauté universelle, le messie du modernisme. Son nom était sur toutes les lèvres et vraisemblablement dans les pensées de Dieu. Il ne pouvait en être autrement.

Il redressa le buste et se contempla dans le miroir vénitien dont la moitié de la surface disparaissait derrière les piles de livres et de plans. « Tu es Ferdinand de Lesseps », sembla lui murmurer son double. Il savait ce qu'il représentait. Il se gonfla d'orgueil.

Pas un entrepreneur, pas un industriel, pas un homme politique qui ne réclamât son avis ou ne sollicitât ses compétences. Pétri et nourri de principes saint-simoniens, il était l'incarnation du positivisme et du monde moderne, et son fils, Charles-Aimé-Marie de Lesseps, suivait le même chemin.

Ce fils le critiquait ouvertement ; il n'en demeurait pas moins le porte-parole obéissant, le bras droit docile, l'ambassadeur auprès des banquiers et de la presse. Ferdinand avait un urgent besoin d'hommes à sa botte et de publicité. L'aventure de Panamá avait bien mal débuté. La gloire de son nom n'avait pas suffi à attirer les capitaux. Au mois d'août, il pensait pouvoir réunir 400 millions en sollicitant le public par des ventes d'actions à 500 francs le nominal pour le compte de la « Compagnie anonyme universelle » ; il n'en avait obtenu que 30 millions. Un véritable échec.

Depuis il avait tout réorganisé et repensé son plan de « bataille ». Il cessa de se contempler dans le miroir, se déplaça jusqu'au coffre qu'il ne fermait jamais. On ne volait pas Ferdinand de Lesseps ! Là, dans une épaisse chemise cartonnée, il y avait un double des statuts de la nouvelle société, la Compagnie universelle du canal interocéanique, qui seraient déposés en temps voulu chez maître Champetier de Ribes, notaire à Paris, 10, rue de Castiglione.

En temps voulu. Il ne pouvait se permettre de perdre la seconde manche. Il aurait l'argent en émettant 590 000 actions à 500 francs. Il devait avant tout redorer son blason. D'abord prouver aux décideurs français et américains que l'entreprise était viable et faire oublier le précédent débat sur le sujet.

A ce souvenir, une colère lui empourpra la face. Sur les cent trente-cinq participants réunis au congrès international d'études du canal interocéanique, beaucoup s'étaient prononcés contre lui. Deux semaines de discussions pour rien. Il ne parvenait pas à effacer l'envie d'étrangler son ancien ingénieur à Suez, Charles Cotard. Ce salopard – il aimait beaucoup la rime Cotard-Salopard – avait eu l'outrecuidance de déclarer : « Ici, dans cette salle, on joue avec les centaines de millions. On a parlé de 1 200 millions et de dix années pour l'exécution. Nous ne pourrons pas avoir un avis sur cette question tant que nous ne serons pas éclairés sur les prix. » Dans la foulée, l'ingénieur des mines Louis Simonin renchérissait : « Je suis passé quatre fois à Panamá. Nous allons avoir là des roches terribles qui feront éclater le fer et l'acier. On dit qu'il y avait de la roche tendre ; ce n'est pas exact ; je connais cette chaîne de montagnes. Sur un parcours de cinq kilomètres, vous aurez au moins quatre kilomètres de roches dures. Je supplie mes honorables maîtres qui sont ici de nous dire ce qu'ils pensent et de nous faire un devis. »

Tous des traîtres ! Même l'inspecteur général des Ponts et Chaussées Kleitz, et Gustave Eiffel, partisans du canal à écluses, s'étaient prononcés contre le canal à niveau que lui, le génial Lesseps, voulait creuser.

Ferdinand feuilleta les statuts, les brouillons, les notes d'intention. Sur le papier, tout paraissait facile et acquis. Il n'était pas dupe. Combien de milliers d'hommes allaient périr là-bas ? On lui avait décrit le pays. Les marais sinistres et les jungles mortelles s'étalaient de part et d'autre de la route et du chemin de fer qui reliaient les deux océans, avec leurs serpents, leurs insectes venimeux, leur malaria, leurs sables mouvants et leurs herbes empoisonnées qui signifiaient, pour tout Européen méconnaissant cette nature, l'assurance d'une mort affreuse.

Il n'ignorait rien de la perfidie de cette région, mais il était lui-même un peu perfide, comme savent l'être ceux qui ont gardé leur âme d'enfant. Sa réussite dépendait de sa capacité à prendre des risques et à faire de la publicité. Il savait comment procéder ; il avait tout planifié en septembre lors de sa tournée de conférences.

Tout était prêt. Pour bien montrer l'extrême salubrité du climat tropical, il allait abattre ses cartes maîtresses. Abandonnant les liasses de papiers, il retourna à son bureau et eut un regard tendre pour la photo recolorée dont il ne se séparait jamais.

« Je t'aime », dit-il tout bas comme s'il avait peur d'être entendu par son secrétaire qui travaillait dans la pièce voisine. Ce « je t'aime » rarement dispensé s'adressait à une jeune femme. Sa très jeune femme. Elle s'appelait Louise-Hélène Autard de Bragard et avait quarante-quatre ans de moins que lui. Il se souvint du fameux « lundi » de l'impératrice où il l'avait rencontrée. Et de la veille de l'inauguration du canal de Suez, à Ismaïlia, quand il l'avait invitée à devenir sa seconde épouse, en lui remettant une rose et en lui demandant de la porter le lendemain si, d'aventure, elle acceptait sa proposition.

A présent, elle portait le nom de Lesseps et lui avait donné de beaux enfants. Cette famille était son atout. Nom de Dieu ! Qu'elle était belle, sa Louise-Hélène, avec son teint hâlé, ses cheveux frisés d'ébène, ses grands yeux noirs, ce grain de beauté sur la pommette gauche, ses lèvres parfaitement dessinées au rose délicat ! Certains disaient qu'il avait épousé sa petite-fille à un âge où on épouse la mort. Il méprisait ces jaloux et envieux. Il les enterrerait tous. En France, la moyenne d'âge était de quarante-cinq ans. Il avait passé ce cap depuis trente ans et il doublerait ce capital. A moins que Panamá n'eût raison de sa santé légendaire.

Il prit un air soucieux. Le moment des grandes révélations était arrivé. Il quitta son bureau, n'attacha pas d'importance au secrétaire perdu dans des colonnes de chiffres et sous des quintaux de lettres. D'un pas décidé, il passa de son lieu de travail à l'espace privé dans lequel prospérait sa grande famille.

Louise-Hélène se levait très tôt pour écrire. Elle avait une correspondance de ministre. On la courtisait de toutes parts. A travers elle, on cherchait à séduire

Ferdinand. Cette place stratégique, elle l'avait désirée de tout son cœur. Et aux médisants qui, à demi-mot, essayaient de lui faire avouer qu'elle s'était mariée avec Lesseps pour la fortune et la gloire, elle répondait que l'amour était seul responsable de cette union hors du commun. Riche, elle l'était avant de connaître Ferdinand. Son père possédait d'immenses domaines dans l'île Maurice. La gloire, c'était autre chose. Elle n'était pas insensible aux couronnes de lauriers, aux avantages octroyés par cette « déesse allégorique », aux marques de respect réservées habituellement aux impératrices et aux reines. Autrefois, elle avait vécu dans le rayonnement de l'impératrice Eugénie. Aujourd'hui, elle était l'un des astres du Tout-Paris.

Son petit buvard bleu sous le coude, elle s'appliqua à répondre à son amie, Caroline Daubrée, la femme du président de l'Académie des sciences, directeur de l'Ecole des mines de Paris. Les Daubrée occupaient une place essentielle dans le dispositif « Panamá ». Ils exerçaient une grande influence sur le monde des ingénieurs et des savants.

Tout en s'appliquant, d'une jolie écriture tout en arabesques, elle abusa des formalités d'usage, disserta sur la nouvelle étoile de Paris, Emma Calvé, qu'elles avaient eu l'occasion d'applaudir en Carmen, et fit part de son rêve panaméen. Mais au bout d'une heure, elle trouva que c'était dommage de ne pas profiter d'une situation digne d'être pleinement goûtée.

Sa situation de mère.

Posant sa plume, imbibant son buvard de lignes d'encre, elle referma son écritoire, se rendit dans sa chambre, où elle se pomponna le visage de poudre, puis, altière, traversa le luxueux appartement peuplé de bronzes et d'antiquités égyptiennes, et atteignit la salle d'étude des enfants.

Le professeur Legendre ne fut pas surpris de la voir apparaître. Madame de Lesseps participait souvent aux cours, aidant la jeune Ferdinande dans ses devoirs.

Louise-Hélène se laissa envahir par la douce chaleur que lui procurait la vue de ses enfants. Trois d'entre eux étaient présents : Ferdinande, Ismaël et Mathieu, âgés respectivement de sept, neuf et dix ans, et attentifs aux propos de l'homme à moustache et aux favoris roux qui savait se montrer sévère et n'hésitait pas à se servir de la baguette. Les autres avaient été envoyés à la campagne, dans la propriété de la Chesnaye, à la demande expresse et inconditionnelle de Lesseps. Louise-Hélène avait été un peu dérangée à l'idée de se séparer d'une partie de sa couvée, mais Ferdinand avait ses raisons et on ne pouvait le contrarier. Evidemment, maître Legendre parlait de l'Amérique centrale. Il commençait toujours sa séance par la leçon de géographie, mais depuis un certain temps l'étude de la France était passée au second plan. La Colombie et sa dépendance. Voilà qui était digne d'intérêt. Legendre, courtisan madré, valet appointé à cinq francs par jour, s'était spécialisé en moins de six mois. En théorie, il en savait plus sur ce pays que Lesseps et les membres de la commission technique qui travaillait sur le projet du canal.

D'une voix métallique qui n'admettait aucune fioriture ou digression, il était en train de classer la population indigène, qui comptait pour rien mais dont il fallait parler, puisqu'elle existait au même titre que les mygales et les caïmans qui infestaient cette partie du monde. Il croyait à la supériorité de la race blanche. Il décrivit au mieux les Ngobe-Bugles, les Tukes, les Emberás et les Vounaans en s'appuyant sur les rapports fumeux de l'aventurier Wyse et du général hongrois Türr, concessionnaire de millions d'hectares au nord-ouest de la Colombie.

— Ces sauvages vivent de la culture et de l'artisanat, mais je doute que votre père puisse tirer parti de leur force de travail. Ce sont les êtres les plus indisciplinés et lymphatiques qui soient au monde.

— Le canal sera creusé par des Français ! dit Louise-Hélène.

— Et par les Noirs des Caraïbes, ajouta Legendre.

— Peut-être faudra-t-il y ajouter quelques Chinois.

— Pas les Chinois ! tonna une voix qui fit sursauter les enfants.

— Ferdinand, quelle mouche vous pique ? demanda Louise-Hélène en faisant face à son époux, qui venait d'entrer dans la salle d'étude.

— Pas les Chinois, répéta-t-il. Cela nous porterait malheur.

Les enfants le regardèrent, perplexes. Il ne leur donna pas d'explications, gardant pour lui les informations officieuses qui couraient dans les milieux autorisés : des dizaines de milliers de Chinois étaient morts d'épuisement et de maladie lors de la construction de la voie ferrée panaméenne de 1850 à 1851. Leurs os étaient ensevelis sous les tonnes de remblais et enfouis dans l'humus de la jungle. Ferdinand ne désirait pas réveiller les fantômes de ces cadavres en enrôlant les fils de Pékin de Shanghai.

— Je dois vous entretenir d'une affaire importante, dit-il à sa femme en la prenant familièrement par la main.

Louise-Hélène suivit son génie d'époux jusqu'au salon d'apparat, où les tentures de velours cramoisi rehaussaient le jaune des tapisseries et le bronze doré des poignées et des ferrures des meubles en marqueterie. Ferdinand la fit asseoir sur un sofa et s'empara de son autre main.

— J'ai longtemps pesé ma décision, dit-il en plantant son regard dans le sien.

Il aimait ces duels de prunelles. Il les gagnait toujours.

— Quelle décision, mon ami ?

— Vous et les enfants, vous m'accompagnerez à Panamá, dit-il lorsqu'elle abaissa le regard.

— A Panamá ! Vous n'y pensez pas !

Ses ongles s'enfoncèrent dans la peau durcie des mains de Ferdinand. Jusqu'au sang. Un univers de nuées et de pestilences ombra son esprit. Elle vit ses chers petits dévorés par des bêtes immondes. Ferdinande ne résisterait pas au climat tropical ; elle était si fragile.

Lesseps la laissa se noyer une demi-minute, puis il se mit à argumenter. On arriverait le 30 décembre à Colón par le bateau *Lafayette*, un solide et confortable steamer, juste pour la saison sèche. Les meilleurs médecins les accompagneraient, sans compter les membres de la Commission technique internationale, des hommes de talent, sans peur et valeureux : Fontane, Bionne, Couvreux, Blanchet, Totten, Marolle, Duflos, Dauprat, Wyse et bien d'autres connus pour leurs appétits de gloire et de fortune.

— Il n'y a aucun risque en janvier-février. Il ne pleut pas et on peut considérer que la nature exubérante de l'isthme est en hibernation.

— Dieu vous entende, mon ami. Nous viendrons. Et nous vous soutiendrons de toutes nos forces.

— Il n'arrivera rien aux enfants, je vous le promets.

Il prononça ces derniers mots avec tant de conviction qu'elle le crut. Ferdinand avait des dons de médium. Ils se rapprochèrent un peu plus l'un de l'autre comme pour sceller un pacte d'union. L'amour les portait. Rien ne pouvait les abattre. Instinctivement, ils se tournèrent vers un tableau qui représentait un navire sur le canal de Suez.

C'était *L'Aigle*, la corvette impériale sur laquelle ils avaient vécu les plus beaux jours de leur existence. Ils se souvinrent de leur amie, l'impératrice Eugénie, trônant au centre des salons couverts d'arabesques, chargés d'or et de statues, du fabuleux bateau long de quatre-vingt-dix mètres. Les robes des princesses étaient pareilles à des fleurs aux larges corolles, les habits des hommes s'alourdissaient de dorures, de croix, de médailles et de cordons. On y voyait resplendir les plus beaux diamants, les plus gros rubis, les émeraudes légendaires, et rayonner les plus grands esprits.

Louise-Hélène et Ferdinand n'étaient pas encore mariés, mais tous les invités n'ignoraient rien de leur attirance. Ils avaient reçu la bénédiction des plus puissants. L'émir de Damas, le khédive du Caire, Amédée d'Italie, Frédéric de Prusse, Henri des Pays-Bas et François-Joseph d'Autriche leur avaient offert leur amitié. Leur amour naissant avait été scellé par les coups de canon, les hennissements des chevaux, les fanfares et les violons. Ils s'étaient dit oui à Ismaïlia, face à une foule admirative, une mer de peuples venus d'Asie mineure, de Judée, de Turquie, d'Arabie et d'Europe, mêlant leurs vagues de caftans, turbans, keffiehs, panamas, voiles, toques, bonnets et casques sous les oriflammes agitées par les vents du Sinaï.

Les Lesseps formaient un couple indestructible.

— Te souviens-tu du discours de monseigneur Bauer ? dit Louise-Hélène d'une voix qui le transporta de bonheur.

Ce « tu » lui fit poser la tête sur l'épaule de la jeune

femme. Il s'abandonna. Bien sûr qu'il se souvenait des paroles lancées par le confesseur de l'impératrice, du haut des deux autels élevés sur les bords du canal où devaient officier les représentants de la chrétienté et de l'islam unis dans la même foi : le protonotaire apostolique et le grand uléma.

Tous les journaux de l'époque avaient reproduit les mots de monseigneur Bauer. Lesseps les avait lus et relus des dizaines de fois ; ils étaient imprimés en lettres de feu dans son esprit. Tout en revoyant le confesseur entouré des dignitaires de toutes les religions qui le désignait de l'index, il en déroula les phrases et se gonfla d'orgueil, communiquant une chaleur soudaine à Louise-Hélène, qui revivait aussi ces instants magnifiques. La voix de Bauer sonna en eux comme les trompettes de la renommée :

« Maintenant que l'incroyable s'est fait réalité, que la prétendue chimère est là, sous nos yeux enchantés, que doit-il se passer dans l'esprit de celui qui a été l'âme de tout ce que nous voyons ici ? Dieu seul le sait. Quant à moi, il me semble avoir vu briller des larmes dans ses yeux et je voudrais pouvoir les garder parce qu'elles appartiennent à la France d'abord, à l'humanité ensuite. Qu'on nous laisse crier le nom de cet homme qui appartient à l'Histoire dans laquelle, faveur insigne, il entre vivant. »

Vivant, il était entré dans l'Histoire. Vivant, il avait été promené sous les arcs de triomphe dressés à Ismaïlia, à Alexandrie, au Caire. Vivant, il avait franchi l'Arc de Triomphe à Paris. Vivant, il assisterait à l'ouverture du canal de Panamá.

— Nous vaincrons, dit-il à Louise-Hélène en déposant un baiser sur les lèvres de sa fidèle compagne.

— Oui, nous vaincrons, répéta-t-elle.

Louise-Hélène était déjà sur le départ. Il lui restait

peu de temps pour faire les bagages et préparer les enfants à l'aventure. Peu de temps pour prier.

Son premier acte consista à allumer un cierge aux pieds de la Vierge de Notre-Dame-de-Lorette. Elle se rendit ensuite chez son médecin pour prévenir les maladies tropicales. Elle ne partait pas en voyage pour Panamá ; elle entrait en guerre contre Panamá, qui lui apparaissait plus que jamais comme le pays de tous les dangers.

6

Louise marchait le long d'une plage de rêve. Des cabanes disséminées sous les cocotiers étaient faites de simples roseaux du pays, de bois qui parsemaient les flancs verdoyants de la colline aperçue entre des flocons de nuages. Les maisons étaient nombreuses, elles étaient petites, parfaitement isolées les unes des autres par des fleurs sauvages qui s'élevaient à des hauteurs impressionnantes et répandaient des parfums lourds, et il n'y en avait pas deux pareilles. Louise n'osait pas s'en approcher. Elle ne voulait pas rompre l'extraordinaire harmonie qui semblait régner entre les habitants à demi nus. Elle sentait là une force, une liberté, se dépensant sans compter et se renouvelant sans cesse.

C'était donc cela, Panamá ?

Pourquoi ne s'y était-elle pas rendue plus tôt ?

Des enfants poursuivaient des papillons énormes ; ils la repérèrent sur le sable et s'en allèrent chercher leurs parents. Louise ne savait plus que faire. Elle était l'intruse, l'estrangère, comme on disait en Provence. Un groupe d'adultes se forma et un vieillard s'en détacha pour s'avancer vers elle. Quelques pas la séparaient de lui lorsqu'il lui adressa la parole en criant. C'était étrange, il criait en provençal.

Louise sursauta et le pays enchanteur se désagrégea.

Elle était allongée sur un lit coincé dans une pièce minuscule et sombre. Au-dehors, un rémouleur vantait son travail en criant. Elle reconnut la voix du vieillard... de son rêve. Soudain, une angoisse lui serra la gorge. Elle était passée du rêve à une réalité inconnue. Elle se redressa d'un coup. Le mouvement brusque réveilla un terrible mal de tête, suivi de nausée.

Luttant contre l'envie de rendre, elle rassembla ses idées, reconstitua son parcours de la veille. Les images qui lui revinrent en mémoire butèrent sur le sourire de Lisa et sur le rupia d'un homme dont elle avait oublié le nom.

Cette dernière vision lui souleva le cœur ; elle ne put résister au flot d'acide qui montait en un jet dans sa gorge. Se précipitant hors du lit, elle alla se soulager dans la tinette.

Elle était encore à quatre pattes lorsque Lisa et une autre femme entrèrent dans le meublé minable qui se lézardait de toutes parts et pullulait de cafards.

— Eh ben ! On peut dire que t'en tiens une bonne ! s'exclama la Piémontaise.

— Je suis pas bien, gémit Louise, il me faut des graines du fenouil bâtard et de l'herbe amère.

— Je connais pas ces plantes, répondit Lisa en s'agenouillant près de Louise pour lui ramener les cheveux sur les épaules. Et toi, Michèle ?

— Si c'est du fenouil pour les dorades, on peut en avoir. Quant à l'herbe, je ne vois que la salade sauvage.

Louise fit non de la tête. Un nouveau hoquet lui arracha une grimace et des larmes. D'une voix brisée, elle rectifia :

— Leurs vrais noms, c'est l'aneth et le chrysanthème.

— Peuchère, dit Michèle, elle croit qu'elle va mourir.

— Je vais pas mourir... Trouvez-moi des graines d'aneth et des fleurs ou des feuilles de chrysanthème, pas n'importe lequel, de la tanaisie. Tous les herboristes en ont.

— Tu t'y connais en plantes ? demanda Lisa en lui épongeant le visage.

— Je connais des recettes. C'est comme ça qu'on se soigne chez nous.

— Trouve-lui ce qu'elle veut, dit Lisa en donnant deux francs à Michèle.

Quatre heures plus tard, son infusion bue, Louise était guérie. Michèle avait trouvé les plantes ; elle avait aussi acheté du lapin et une bouteille de saint-émilion pour fêter Noël. De son côté, avec des airs et un savoir-faire de mamma italienne, Lisa avait préparé des nouilles aux cèpes. Pour ne pas être en reste, Louise était partie en reconnaissance dans la rue où Lisa habitait et en était revenue avec des tranches de *lonzo* et de *coppa* corses.

La tradition voulait qu'on mît trois nappes sur la table. Il n'y en avait qu'une. On ajouta deux châles. Les assiettes ne manquaient pas, mais elles étaient toutes dépareillées, les couteaux et les fourchettes neufs venaient de la manufacture de Saint-Etienne, on trouvait les mêmes dans les cantines des gares. Seules les coupes, de pur cristal, étaient dignes de ce repas : Lisa les avait volées chez un client de la rue Paradis. Elles les firent tinter tandis que Michèle imitait le vieux bonhomme aux peaux flasques qu'elle avait aussi attaché et fessé sur un lit à baldaquin.

Depuis longtemps Louise n'avait éprouvé pareille joie. Michèle, femme avenante et dodue, avignonnaise aux propos graveleux et à la voix cassée, la faisait rire. A un moment, elle mit les os des cuisses de lapin sous son nez et fit le cannibale.

— J'ai encore faim, gronda-t-elle en dardant ses yeux outrageusement maquillés sur Louise.

— Il faut en laisser pour ses futurs amis aux dents pointues, s'esclaffa Lisa. Elle veut partir aux colonies.

— Aux colonies ! Chez les éléphants et les singes ! Avec des araignées grosses comme des pommes de terre montées sur des aiguilles à tricoter. Mais elle est folle, cette petite !

— Je suis pas folle, je veux aller à Panamá !

— Et voilà ! Encore une ! tonna Michèle. Elles veulent toutes s'installer à Panamá ! Pas plus tard qu'hier, Josy et Câline disaient à qui voulait les entendre qu'elles allaient foutre le camp là-bas avec leurs hommes. Y a des familles entières du Panier qui veulent immigrer en Amérique. C'est ce maudit Lesseps qui leur a tourneboulé le cabochon. Qu'est-ce que t'en dis, toi ?

La question s'adressait à Lisa. La Piémontaise plongea son regard dans la coupe de vin, elle en respira les effluves. Telle une pythie des temps modernes, elle chercha une révélation dans le labyrinthe de ses pensées. Elle y retrouva les souvenirs, les joies sans lendemain, des coïts sur des lits pleins de punaises, de l'argent facile et facilement dilapidé, des dettes, des coups, des peurs, une enfance volée et quatre avortements. Le bilan du passé était catastrophique ; l'avenir ne pouvait pas être pire. Faisant tinter ses bracelets d'argent, elle eut les mots qu'attendait Louise :

— Je dis qu'il y a trop de concurrence à Marseille et à Toulon pour des filles comme nous. J'ai trente-quatre ans, tu en as trente-huit. On est vieilles pour la profession. On devrait être sous dix pans de terre dans la fosse commune. Si Louise est toujours décidée à partir à Panamá, je suis du voyage. Après tout, je suis seule, je ne nourris pas d'homme, moi !

Michèle encaissa le coup. Elle donnait presque tout l'argent qu'elle gagnait à Charles, son homme, fonctionnaire à la mairie. Elle désirait se libérer, mais ses paupières et sa volonté fléchissaient chaque fois qu'elle voulait lui en parler. L'émotion la gagna. Sous l'embus des larmes, ses prunelles lancèrent un appel au secours. Lisa lui prit la main.

— T'en fais pas pour Charles, lui dit-elle, il s'en remettra.

— Je... je n'ai pas dit... que je voulais partir avec vous...

— Ton cœur le dit. A nous l'Amérique ! lança joyeusement Lisa.

Les jours qui suivirent furent employés à la préparation du voyage et à la lecture de la presse. On avait retrouvé le corps d'un marin grec poignardé du côté de l'Estaque. Un règlement de comptes, avaient conclu les enquêteurs, qui se souciaient peu d'interroger des témoins déjà en mer et les poivrots amnésiques du port. Cette nouvelle avait rassuré Louise et Lisa.

D'autres colonnes les tinrent alors en haleine. Tous les jours, avant d'arpenter les trottoirs et d'explorer les bouges, Lisa faisait la lecture à Louise, qui ne savait pas lire. Les articles sur Panamá pleuvaient ; il y avait même des gravures et des photos. Les deux amies se laissaient prendre aux prédications verbeuses des journalistes achetés par Lesseps. Elles buvaient le grandiose de la future entreprise ainsi qu'un petit-lait. La famille Lesseps s'était rendue là-bas pour démontrer que le climat n'était pas perfide. Mieux, il était question d'un véritable paradis où les audacieux pouvaient s'enrichir.

Le miracle naquit sous les mots des rédacteurs. L'onde propagée par les mots et l'encre d'imprimerie toucha les plus sceptiques. Bientôt, il n'y eut plus personne à Marseille et ailleurs pour s'élever contre Lesseps.

— Et dire que c'est ce vieil homme qui nous met la tête à l'envers ! remarqua Louise en contemplant pour la énième fois la photo de groupe où l'on voyait Lesseps avec les membres de la commission avant leur expédition.

Lesseps était au centre de l'image. Il portait une veste claire au col et aux revers ourlés de noir. Un papillon de travers sous le cou, il était le seul à ne pas regarder l'objectif du photographe. On sentait qu'il était ailleurs et que son rêve fou le soustrayait au monde des mortels.

— Il paraît qu'il a une femme de quarante-quatre ans de moins que lui, dit Lisa.

— Quarante-quatre ans de moins ! Est-ce possible ?

— Si tu connaissais mieux les hommes de cette espèce, tu saurais que tout est possible... tout. Ceux-là ont toujours des femmes jeunes et belles. Elles viennent à eux ou ils les achètent.

A des milliers de kilomètres de Marseille, Ferdinand de Lesseps, promené en calèche sur l'avenue principale de Colón, saluait la populace rassemblée sous les drapeaux français et colombiens que les autorités de la ville avaient fait suspendre par centaines entre les immeubles de bois. Louise-Hélène et les enfants étaient moins enthousiastes que lui. L'odeur épouvantable qui se dégageait de la cité les asphyxiait. Les fosses septiques manquaient. L'eau potable aussi.

Certes, le temps était sec et beau, mais la misère palpable n'échappait pas à leurs regards inquiets. Entre les rangs clairsemés des hommes en costume blanc et des femmes en robe de coton et de dentelle, des masses humaines sans chaussures, vêtues de chiffons et de toiles trouées, étaient en attente de miracle ou de révolte.

Louise-Hélène avait pris Ferdinande contre elle. Elle aurait voulu la protéger des miasmes rejetés par les ruelles sordides qui s'étiraient entre des baraquements jusqu'à Front Street, où les cercles de jeux et les bordels étaient plus nombreux que les salles de bains. Et il y avait ces gens tous différents, mal assortis, qui faisaient entendre leurs cris dans toutes les langues jusqu'à l'assourdissement. Une multitude de nations et de races se côtoyaient. Colón était une sorte d'arche de Noé échouée au bord de l'océan. Mais une arche où ne régnait pas la paix. Les plus forts y faisaient la loi. Les faibles y périssaient par centaines dès les premières pluies. Louise-Hélène ressentit tout cela. Elle leva les yeux sur son époux, quémandant un peu de réconfort.

Lesseps l'ignora. Il était le « Grand Français » qu'on fêtait. Ses sentiments les plus profonds ne lui appartenaient plus en propre mais au fonds commun de gloire et d'espérance de l'humanité. Restait l'orgueil.

Lui ne voyait pas poindre la misère derrière l'entassement des façades décrépites. Ses pensées chargeaient telle une cavalerie vers le point de fuite de la perspective d'une ville nouvelle, imaginée, bâtie de marbre, de cathédrales, de banques pareilles à des temples romains. A un moment cependant, son œil retourna à la réalité. Des jeunes filles agglutinées à un balcon lui faisaient des signes. Leurs robes légères ne couvraient pas les épaules bronzées et les bras graciles cerclés de bijoux. Leurs lèvres ocrées s'ouvraient sur des « Viva

Lesseps ! ». Il aima tout particulièrement ces trilles à l'accent espagnol qui lui étaient adressés.

Pour lui, ces jeunes fleurs seraient « gratuites ». Chef de la précédente mission d'étude dans l'isthme, son collaborateur Bonaparte Wyse ne lui avait rien caché d'une pratique qui consistait à emmener des adolescentes des pays voisins par convois entiers, depuis la construction du chemin de fer, pour les faire travailler dans les maisons closes ou chez des particuliers avides de chairs fraîches. A Paris, il fréquentait des endroits où on lui procurait de jeunes personnes avenantes[1]. Elles rallumaient les feux que Louise-Hélène avait laissés s'éteindre après sa deuxième grossesse.

Pragmatique, il pensa au nombre considérable de prostituées qu'on allait devoir importer lors du creusement du canal. C'était un aspect qu'il ne fallait pas négliger. Sans femmes et sans alcool, les travailleurs ne tiendraient pas longtemps. Il se promit d'en toucher un mot aux autorités colombiennes et françaises afin de faciliter les déplacements et l'installation de ces dames. Des notes confidentielles seraient adressées aux commissaires, aux préfets, à la direction des douanes et aux services sanitaires. Des filles de toutes races seraient acheminées par centaines. C'était une façon de relancer le commerce dans une région avant l'ouverture du canal. Il avait déjà en tête l'idée de construire des hôpitaux modernes pour enrayer les maladies tropicales et vénériennes lorsque sa calèche s'arrêta devant un podium élevé face au terminal de la gare de Front Street.

Ici l'attendaient le gouverneur de la ville, les grands propriétaires terriens, des banquiers en haut-de-forme,

1. Un rapport de police de 1891 confirma les pratiques sexuelles de Lesseps.

des militaires en tenue d'apparat, des évêques et des consuls. Ils étaient tous là pour le flatter, le louer, le courtiser, s'adresser à lui comme on s'adresse à un saint. Il y avait même les matrones des vieilles familles espagnoles, couvertes de dentelles noires et entourées d'enfants portant des images bénites des Vierges célèbres et des crucifix de bois patiné par les baisers et les caresses de plusieurs générations.

Ferdinand fut au centre des discours et des prières collectives. Et, une fois de plus, Louise-Hélène oublia l'épreuve lorsque le gouverneur acheva de galvaniser la foule par ces mots :

— Dans cette fin de siècle de craintes et d'interrogations, monsieur de Lesseps nous éclaire de son intelligence et nous guide par ses audaces. C'est à travers lui que nous devons puiser l'enthousiasme qui donne la force d'investir, de construire et de prospérer. Nous abandonnerions tout espoir s'il renonçait à ses projets de bâtisseur. Je vous demande, mesdames et messieurs, d'être dignes de cette lumière...

7

Charles quitta son bureau à dix heures trente. On travaillait peu à la mairie. Toutes les affaires se traitaient ailleurs. Dans les salons de la rue Paradis, dans les arrière-boutiques, sur les chantiers, chez les usuriers, partout où il était possible de toucher des enveloppes de ceux qui acceptaient de contourner les lois et les règlements. Enfonçant son melon au ruban de soie sur la tête, il pesta contre le mistral, héla un fiacre et donna l'adresse du café où l'attendaient les drôlesses. Cette entrevue l'ennuyait. Michèle lui avait parlé de son intention de partir pour Panamá. Il s'était récrié au nom de leur amour, mais cette folle n'avait pas démordu. S'il perdait Michèle, il perdait un tiers de ses revenus. Et il n'avait aucun véritable moyen de pression sur elle, car il n'était pas un souteneur de métier. Elle tapinait pour lui par amour, parce qu'elle croyait à leur mariage, parce qu'il représentait l'idéal masculin à ses yeux.

Charles n'était pas une lumière, mais il avait de la prestance. Il « faisait le beau », comme on disait ici. Il s'habillait chez les meilleurs couturiers de la rue de Rome. Aux frais de Michèle, à qui il ponctionnait les quatre cinquièmes des recettes. La pauvre femme amoureuse et aveugle multipliait les passes dans les rues sombres et sordides pour qu'il imitât les princes aux premières de l'Opéra et dépensât sans compter dans les meilleurs restaurants. Il n'était pourtant qu'un petit chef de service chargé des dépenses courantes et du renouvellement du mobilier des bâtiments publics de la ville. Ce qui ne l'empêchait pas de louer un superbe appartement non loin des hôtels particuliers des riches propriétaires des savonneries et des vieilles familles d'armateurs. Il y recevait parfois Michèle en cachette. Très tard. Les voisins n'auraient pas apprécié la vue d'une « créature » des rues chaudes.

Pour cette rencontre capitale, Louise avait revêtu une robe de velours mauve à col montant bon marché, achetée cinq jours plus tôt. Elle avait toujours l'air d'une paysanne. Au mieux ressemblait-elle à une lingère endimanchée. Lui reprochant son manque de coquetterie, Lisa avait tenté de lui faire porter un bracelet d'argent ; elle avait refusé. Elle ne voulait pas attirer l'attention sur elle. Quand elle sortait du minuscule meublé qu'elle partageait désormais avec l'Italienne, c'était pour se rendre au marché. Elle ne franchissait jamais les limites du quartier. Sauf aujourd'hui, car l'élégant Charles refusait de se montrer dans les rues où logeaient les pauvres et les immigrés.

Dès qu'il arriva dans le café de la rue Saint-Ferréol où les trois femmes l'attendaient, Louise le détesta. Charles portait des gants de cuir et un manteau bistre aux revers de fourrure. Un sourire éclairait son visage de baroudeur mondain aux lèvres épaisses, soulignées d'un bouc couleur de jais comme ses cheveux huilés et parfumés. Il hocha le menton à plusieurs reprises, répondant aux signes de reconnaissance des clients. C'était un homme en vue. Le patron quitta son comptoir et vint le saluer en personne tandis que les garçons lui donnaient du « monsieur Charles » avec un respect qui frisait le ridicule.

Michèle prit une profonde inspiration et rosit de plaisir. Elle était fière de « son homme ». Lisa lui donna un coup de pied pour lui faire prendre conscience de la réalité : ce type était une ordure de la pire espèce, un profiteur de premier ordre, infidèle, menteur. Et elle en passait.

— Bonjour, mesdames, dit-il en s'asseyant.

— Alors ? lança aussitôt Lisa sans le saluer.

Charles tâtait déjà Louise des yeux. Il soupesait la « marchandise ». Lisa le réprimanda.

— Elle ne travaillera jamais pour un « jules » de ton espèce. Ce qu'elle veut, ce que nous voulons, c'est des papiers pour quitter cette foutue ville !

— Toi, un jour, on te mettra au pas, dit-il avec un grincement des dents tandis que Michèle lui prenait tendrement la main en jetant un regard courroucé à Lisa.

— Est-il possible de se rendre à Panamá ? demanda Louise.

Sa voix fit l'effet d'un baume. Il y avait tant de fraîcheur et de candeur dans cet accent des collines que la tension retomba aussitôt. Charles la contempla d'un œil différent. Son instinct et son expérience des êtres ne le trompaient pas. Cette fille était différente de toutes celles qu'il avait connues. Elle appartenait à une espèce indomptable. Il devina même qu'elle pouvait aller jusqu'au meurtre par idéal. Aussi adopta-t-il le ton du fonctionnaire en place qui détenait quelques pouvoirs.

— Malgré les affaires pressantes...

— Pas de chichis, au fait, Charles, au fait ! le coupa Lisa.

— ... j'ai pu avoir les renseignements que vous me

demandez. Obtenir des papiers d'immigration est chose relativement facile. Ce n'est qu'une question d'argent.

— Beaucoup d'argent ?

— Tout est relatif.

— Dites-moi combien nous devrons débourser.

La question de Louise demandait une réponse immédiate. La jeune femme avait plissé les yeux, tel un fauve prêt à bondir. Charles ne tergiversa pas :

— 200 francs pour chacun des passeports, visas et lettres compris, au nom que vous voudrez. Pour toi, ce sera 500 francs, ajouta-t-il pour Michèle.

— 500 !

— Tu me dois des arriérés, et ta perte me causera beaucoup de chagrin, dit-il en prenant un air contrit. Qui me consolera quand tu seras partie ?

— Comment oses-tu réclamer encore ? éclata Lisa. Elle t'a donné des fortunes en vendant son corps. Tu veux la tuer !

Les clients redressèrent la tête. On cessa les conversations. Ça devenait croustillant. Monsieur Charles se faisait égratigner en public par deux poules et une paysanne.

— Nous aurons l'argent, dit Louise en faisant claquer sa main sur la table.

Lorsqu'elle la retira, le trio vit briller l'or d'un napoléon. Une pièce impériale de vingt francs. Michèle et Lisa en restèrent bouche bée. Le beau Charles reconsidéra encore son jugement. Décidément cette cul-terreuse avait des ressources insoupçonnées. Elle commençait à lui plaire.

— C'est une avance, ajouta Louise. Je veux que les papiers soient prêts dans quinze jours.

Soucieuse, Lisa l'était. Elle et Louise avaient laissé

roucouler Michèle auprès du maquereau de l'hôtel de ville. Depuis, elles ne s'étaient pas adressé la parole. Le mistral favorisait les silences. Il s'était levé la veille. Prenant son élan du côté de la plaine de la Crau, il violait Marseille. Pleines de son souffle, les rues se vidaient. La Canebière même, sur laquelle les deux femmes marchaient courbées, avait perdu les trois quarts de ses fiacres et tous les bourgeois qui s'y pavanaient. Seules les courageuses vendeuses d'allumettes demeuraient sur place. Le vent les mordait. Elles claquaient des dents. L'une d'entre elles, accroupie sous un porche monumental, n'avait pas cinq ans. Le froid la faisait pleurer.

A la vue de cette enfant, Louise n'écouta que son cœur.

— Combien, tes boîtes d'allumettes ?

— Un sou, répondit la fillette.

— Tiens, voilà cinq francs, dit Louise en prenant une boîte.

— La pièce est trop grosse, madame. Je ne peux pas vous rendre la monnaie.

— Garde tout et rentre chez toi.

La fillette ne comprenait pas. La pièce de cinq francs pesait dans sa menotte. Elle contempla l'acheteuse qui n'avait pas l'air riche, puis la fille des rues qui l'accompagnait. Il lui était impossible de refermer ses doigts sur ce pactole.

— Fais ce qu'on te dit, de rentrer chez toi ! dit Lisa. Rentre !

— Dieu vous bénisse ! dit la petite en refermant sa main.

En un instant, elle remballa ses boîtes d'allumettes et fut enlevée par une bourrasque. Elle disparut dans un envol de feuilles mortes et de poussière. Lisa se tourna alors vers Louise et l'apostropha :

— Décidément, t'en distribues, des pièces... Et des belles ! Je savais pas que t'étais une bourgeoise.

— Il me semble t'avoir dit que j'ai hérité d'une petite somme à la mort de mes parents. De quoi m'installer repasseuse ou vendeuse de légumes.

— A ce rythme, c'est des trognons que tu vas vendre au marché !

— J'ai suffisamment d'argent pour acheter trois billets pour Panamá.

— En plus de ton passeport ?

— Pour les trois passeports !

— Je préfère pas savoir d'où il vient, ce trésor. J'espère qu'il ne nous portera pas malheur.

Louise réprima un mauvais frisson. Le malheur, elle le maintenait à distance par les prières. Elle ne le sentait pas poindre sur l'horizon de ses prémonitions. Ce qu'elle avait accompli au Brûlat était juste. Dieu ne pouvait pas lui en tenir rigueur. L'oncle méritait ce châtiment. A présent, elle aspirait au bonheur, à Panamá. Au paradis.

Le paradis s'étendait sur une étroite bande de terre entre l'Atlantique et le Pacifique. Et le paradis était en fête.

De bal en bal et de course de taureaux en parade militaire, la famille Lesseps et les honorables membres de la commission avaient traversé l'isthme, sans se pencher une seule fois sur les problèmes techniques qu'on ne manquerait pas de rencontrer lors du gigantesque creusement du canal. Pas une étude n'avait été lancée, pas un plan n'avait été griffonné au coin d'une table. Les cigares avaient remplacé les crayons ; et les explorations préliminaires des Français se limitaient aux corsages et aux jupons des belles métisses mises à disposition par le ministère des Affaires étrangères colombien.

Plus rien ne comptait que le velours des regards, le poivre des peaux, la brûlure des rhums, les nuits étoilées bercées par les violons et les grillons. A Panamá City, on ne distinguait pas les étoiles. Depuis l'arrivée du « Grand Français », la ville était constamment illuminée. Tous les soirs, on allumait des centaines de lanternes japonaises sur la place de la cathédrale et dans les rues principales, où des portiques fleuris répandaient des odeurs de jungle.

Les brassées et les cascades d'orchidées n'étaient pas de trop, car les remugles de Panamá City n'avait rien à envier à ceux de Colón. Au cœur du Grand Hôtel, ces puanteurs devenaient supportables. Dans le sillage des femmes parfumées et habillées par les émules de Worth, on se serait presque cru à Paris. Dans ce lieu privilégié gardé par les officiers colombiens aux habits chamarrés, Louise-Hélène avait retrouvé ses marques. Aussi courtisée que son époux, elle répondait aux uns et aux autres avec cet inimitable ton mondain qu'elle avait acquis du temps de l'Empire, lorsqu'elle se montrait avec l'impératrice et les demoiselles d'honneur.

Les enfants avaient été couchés. Louise-Hélène avait exigé la présence d'une « négresse » devant la porte de leur chambre. La direction du Grand Hôtel s'était empressée d'en détacher deux du personnel de la buanderie. A présent, c'était l'esprit tranquille que madame de Lesseps pouvait donner la réplique à ses admirateurs. En espagnol, ce n'était pas facile ; elle ne maîtrisait pas cette langue comme Ferdinand. Etait-ce réellement utile ?

Les courtisans, fiers et basanés, vêtus de lin, cravatés de soie, agitant des cigares aux arômes subtils, étaient autour d'elle. A un moment ce cercle se rompit pour laisser passer les édiles.

— Chère madame de Lesseps, dit le premier d'entre eux, Cortez, qui exerçait aussi le métier de planteur et d'exportateur de bois précieux, au nom de nos concitoyens, je vous prie d'accepter ce modeste présent.

Se tournant vers un groupe de « nègres » perruqués en livrée, il claqua des doigts. L'un de ces employés déguisés s'avança et présenta un coussin de velours rouge à la Française. Prise au dépourvu et fatiguée par le voyage, Louise-Hélène ne parvint pas à juguler le plaisir qui éclaira son visage et fit briller ses yeux.

Sur le coussin, reposait une émeraude d'une grosseur considérable. Les sultans turcs en possédaient d'identiques. Celle-ci n'avait pas la pureté des gemmes afghanes, mais elle était cependant digne d'être portée en pendentif aux bals de la cour d'Autriche.

— Vous me comblez, dit-elle en parvenant à réprimer l'élan de sa main.

Elle ne toucha pas la pierre. Pourtant, elle en brûlait d'envie. En revanche, elle n'hésita pas à s'emparer du second cadeau, qu'un autre domestique eut le privilège de présenter en mettant un genou à terre.

— C'est pour votre fille, elle en fera usage lors de la cérémonie officielle du coup d'envoi des travaux.

Une pioche au manche d'acajou à peine plus grande qu'un pic à glace portait le nom de Panamá gravé sur sa tête de fer. Ferdinand, qui n'était pas étranger à la conception de ce jouet, partagea la joie puérile de sa femme. Il pensa aux photos destinées à la presse. Sa fragile petite fille allait servir ses desseins. Qui, parmi ses détracteurs, oserait dire qu'il était impossible de survivre plus d'une semaine dans ce pays lorsqu'on verrait Ferdinande, du haut de ses sept ans, percer la terre ocre des rives du Chagres ?

Le lendemain, après une visite de la baie, les Français et leurs alliés colombiens s'enfoncèrent dans la jungle. Le chemin avait été tracé cinq jours plus tôt. Il était déjà envahi par une profusion de plantes.

On dut faire appel à des manœuvres caraïbes pour le dégager à nouveau. Les Noirs ouvrirent la route à coups de machette. Et cette débauche d'énergie fit germer des idées dans la tête de Lesseps. En Egypte, il s'était servi des fellahs. Ici, il emploierait des « nègres ». On les ferait venir des îles par milliers. Ces anciens esclaves ne valaient pas cher sur le marché du travail. Trois à quatre fois moins cher qu'un paysan français. Il avait cependant besoin de Bretons, d'Auvergnats, de Provençaux, de solides gaillards issus de nos campagnes, car l'entreprise était française et elle le resterait tant qu'il tiendrait les Américains à l'écart de cette aventure. Ces derniers l'inquiétaient. A New York et à Washington, des ingénieurs planchaient sur le creusement d'un canal à travers le Nicaragua. Tout en pénétrant en conquérant dans la jungle, il se jura de saborder le projet de ces rivaux en organisant une tournée à travers les Etats-Unis.

Les processionnaires parvinrent enfin non loin du fleuve Chagres, qui, à cette époque de l'année, coulait paresseusement entre ses rives bordées d'arbres gigantesques sous lesquels se prélassaient les caïmans. Il y avait là un terrain rocheux à faible dénivelé qui se trouvait sur le futur parcours du canal, d'après les calculs approximatifs des membres de la commission. Entre deux tournées de rhum, ils s'étaient entendus sur le tracé fictif en acceptant une marge d'erreur de quinze pour cent.

Un quart d'heure de marche à travers cette forêt l'avait épuisée. Louise-Hélène était restée aux aguets, fronçant des sourcils à chaque manifestation de la faune qui s'y cachait. La présence des soldats armés n'avait pas suffi à la rassurer. Des animaux terribles devaient se terrer sous les enchevêtrements de branches et de lianes ; à la vue d'un serpent ou d'une araignée velue, elle se serait évanouie. Tout au long de la randonnée, elle avait tenu fermement Ferdinande par la main et exigé des garçons qu'ils restent près de leur père et de monsieur Bonaparte Wyse, homme d'action qui saurait faire fuir les bêtes avec son revolver ou écraser les scolopendres géantes sous le talon de ses bottes de cavalier.

Ferdinande était à présent libre de circuler entre les rangées de soldats, sous le soleil ardent des tropiques. La présence de la fillette en robe blanche à volants roses et en chapeau de paille orné d'un ruban qui descendait très bas sur son dos avait quelque chose d'irréel au milieu de la troupe et des baïonnettes. On ne lui laissa pas le temps d'explorer la zone chaotique cernée de toutes parts par les grands arbres immobiles bruissants d'insectes. Un colonel la pria de rejoindre son père, qui accaparait les nombreux journalistes venus immortaliser ce moment historique.

On lui remit sa pioche. Et elle se sentit soudain grande, unique, au centre de tous les encouragements. Des photographes avaient installé leurs appareils, des dessinateurs la croquaient à coups de crayon. Elle brandit l'outil au-dessus de sa tête, resta quelques secondes dans cette position, le temps d'une dizaine de photos, puis, d'un mouvement hésitant, elle perça la petite motte de terre qu'une main d'esclave avait déposée à ses pieds.

Au même instant, à deux cents pas de l'endroit où les officiels applaudissaient la fillette, un artificier fit sauter un rocher. Au bruit de la détonation, les têtes rentrèrent dans les épaules. L'onde propulsée par la combustion de la poudre noire courut sur l'océan des feuillages ; et, de la jungle soudain réveillée, on vit des milliers d'oiseaux s'envoler. Ils tournèrent longtemps au-dessus des hommes, puis s'en allèrent porter la nouvelle aux quatre coins du pays.

Les Français allaient trancher le cordon qui reliait les deux Amériques.

8

Louise avait appris à tailler les oliviers et les vignes. Elle savait monter les murs de pierre d'une restanque, elle n'ignorait rien des vertus des racines et des fleurs, elle en connaissait les propriétés à l'odorat, au goût, au toucher. Planter des pommes de terre, récolter des haricots verts, deviner le temps qu'il ferait, piéger le gibier, se fondre dans la nature, tous ces actes étaient innés chez elle. A la campagne, elle s'adaptait à la vitesse du vent. A la ville, tout était compliqué. Mais le plus difficile était d'apprendre à lire.

Lisa s'était mis en tête de lui enseigner la lecture et l'écriture. Mais Lisa n'était pas pédagogue ; elle s'emportait dès que son élève butait sur la forêt des consonnes et des voyelles. Eduquer les hommes dans la diversité des plaisirs, elle l'accomplissait toutes les nuits avec brio. Conduire un enfant sur les voies du savoir était autre chose. Surtout le matin, quand le cerveau charriait les effluves d'absinthe et d'eau-de-vie. Prise dans l'engrenage d'une vie de débauche, Lisa ne parvenait jamais à rompre avec son métier, et il lui arrivait d'insulter sa jeune amie.

— Tu n'es qu'une bourrique !

Louise en convenait : elle n'était qu'une bourrique.

Elle n'arrivait pas à lire ce mot et se comportait réellement comme un enfant pris en faute. Il y avait le « i », le « se », puis le brouillard. Elle ne releva pas les yeux car elle ne voulait pas affronter ceux de Lisa. Elle y aurait lu la consternation, l'abattement, la colère. Elle se concentra sur le mot imprimé dans le journal du jour. C'était important. Le mot avait été écrit par monsieur Ferdinand de Lesseps en personne. Pendant une longue minute, son envie anxieuse de réussite où entrait le frisson de l'ignorance la rendit muette. Elle cala le « i » et le « se » au bout de sa langue, puis les lia pour prononcer : « is ». Venait ensuite le « te ». Elle répéta « is » à trois reprises. Enfin elle annonça « iste ».

— Non ! Non et non ! s'écria Lisa. Tu n'es pas une bourrique, tu es un âne triple.

— J'y arrive pas.

— Bon, je vais te l'apprendre. Il faut le prononcer d'un seul coup : isthme. Bon sang, c'est pas compliqué : isthme.

— Isthme, répéta Louise, incrédule.

— Oui, l'isthme, dit d'une voix lointaine Lisa.

Elle paraissait rêveuse. Elle volait au-dessus du misérable meublé et des rues sordides. Tous les visages du passé tourbillonnaient et s'effaçaient. Les hommes avec qui elle avait éprouvé des plaisirs artificiels, ces hommes qui la considéraient comme de la « viande chaude sur pieds » n'étaient plus rien. Elle abandonna leurs faiblesses, leurs lâchetés, leurs petitesses et leurs vices. Elle fila vers l'isthme dont elle ne parvenait pas à concevoir la forme.

— C'est quoi, l'isthme ? demanda soudain Louise.

Lisa papillota des yeux. Le meublé... Quatre murs humides imprégnés d'odeurs séculaires et de drames... Et Louise, lumineuse, au regard plus vaste que le ciel, plus peuplé d'étoiles que la Voie lactée. Louise qui attendait une réponse.

— Je ne sais pas, répondit Lisa.

Elle vit la déception passer sur les traits de son amie. Pourquoi apprendre à lire si on ne connaissait pas le sens des mots ? C'était l'ignorance qui les maintenait courbées. La liberté passait par le savoir. Et c'était en femmes libres qu'elles désiraient recommencer leur vie à Panamá.

— On peut s'en faire une idée en lisant l'article en entier, dit Louise.

— Tu as raison. Après tout, on est moins bêtes que le beau Charles.

Un éclat de rire les rendit fortes. Lisa se rapprocha de Louise et pencha sa tête sur le journal étalé sur la nappe cirée. La lettre de monsieur de Lesseps couvrait la colonne de droite en caractères gras.

— Ah, si tous les hommes étaient comme lui ! souffla Lisa avant de changer de voix pour clamer à la façon d'un député à la tribune : « Je ne comprends pas, après avoir parcouru les diverses localités de l'isthme, que l'on ait tant attendu pour déclarer la praticabilité d'un canal sur une distance aussi courte que celle de Paris à Fontainebleau. Nous aurons à creuser sur une distance de 72 kilomètres, à une profondeur de 9 mètres pour 22 de largeur. Avec mes associés, les ingénieurs Abel Couvreux et Georges Hersent, ceux-là mêmes qui ont mené à bien les travaux entre Port-Saïd et Suez, je vous garantis le succès. Le canal de Panamá sera plus facile à commencer, à terminer et à entretenir que le canal de Suez... »

— L'isthme, ce doit être un département, dit Lisa.

— Ou une montagne !

— Un département avec des montagnes... 72 kilomètres, ça fait beaucoup, tout de même.

— Plus loin que de Toulon à Marseille ?

— Sûr !

— Ouf...

L'entreprise les dépassait. Décidément, ce monsieur de Lesseps appartenait à une race de surhommes. Il fallait être un peu fou pour se lancer dans une aventure pareille... et un peu folles pour vouloir s'y associer.

Immanquablement, la même question revenait sur les lèvres des candidates au départ : quels métiers allaient-elles pouvoir exercer une fois sur place ? Pour Michèle et Lisa, il était impensable de continuer à louer leurs corps. L'une aurait aimé être cantinière ou infirmière ; l'autre, épicière ou fripière. Louise songeait à travailler la terre ; elle se demandait comment étaient les oliviers et les vignes de Panamá. Les durs labeurs ne la rebutaient pas. Solides étaient ses jambes et ses bras. Elle saurait les mettre à la disposition du « Grand Français ».

— Moi, je sais creuser des canaux ! dit-elle.

— Toi, tu sais creuser des canaux ?

— Pardi ! Comment tu crois qu'on fait pour arroser les tomates, les haricots et les salades ?

— Mais c'est pas des canaux que tu me parles, c'est des rigoles pas plus profondes qu'un pan.

— N'empêche que je sais le faire. Tu verras, là-bas, ils seront bien contents d'engager une spécialiste.

— Eh ben, je crois qu'on attendra longtemps avant d'y voir passer des bateaux, dans ton canal.

Le rire les emporta à nouveau toutes les deux. Puis elles se chahutèrent comme deux gamines jusqu'au moment où Michèle, tout essoufflée par une montée rapide de l'escalier qui menait au sixième étage de l'immeuble mansardé, fit irruption dans le meublé et cria :

— Ça y est !

— Quoi ? Raconte.

— Les papiers sont prêts.

— Tu les as ?

— Non, Charles les remettra en main propre à Louise contre l'argent. Demain, dans les ateliers de Belsunce, derrière la rue Longue, on t'y emmènera.

La colline avait été recouverte de hautes maisons dès le XVIIe siècle. Elle s'appelait désormais Belsunce. Les fiacres ne s'aventuraient pas au-delà de la rue Longue, qui fendait ce faubourg populaire d'est en ouest. Les trois amies s'y fondirent. On les reconnut pour ce qu'elles étaient, deux filles perdues et une pauvresse de la campagne, mais on les respecta. Dans les ruelles étroites, ce n'étaient que nuées de têtes et épaisses fumées rejetées par des cheminées ficelées de fer sur les murs noircis. Les pavés étaient parsemés de fumier où pigeons et poules becquetaient tranquillement, évitant d'un battement d'ailes les roues des charrettes à bras tirées par les manœuvres et les livreurs.

Ici, le mistral n'avait pas gagné la partie. A l'abri du vent terrible qui s'échinait du côté de la gare Saint-Charles, la vie s'exprimait sans contrainte. A Belsunce, on ne voyait pratiquement jamais de policiers. Le quartier avait ses propres lois. Les corporations de menuisiers, de zingueurs, de potiers et de tresseurs d'osier assuraient elles-mêmes l'ordre.

Louise fut abasourdie par les bruits, les rires, les chants, les appels, les engueulades de ces hordes de tâcherons, d'ouvriers, de lingères, d'empailleuses. Les menuisiers et leurs apprentis dominaient le lot. Ils étaient en surnombre et prioritaires. Ils allaient et venaient en un ballet incessant entre les immeubles, les épaules et les bras chargés de panneaux, de caisses, de chevilles, de poutres, de planches, les yeux et les cheveux pleins de copeaux.

Michèle s'orienta, opta pour une rue tordue, bourrée de tombées de bois et de meubles. Le numéro que lui avait indiqué Charles surmontait un vaste porche qui vomissait et aspirait indifféremment hommes, femmes, enfants, bêtes, brouettes et bois de toutes sortes. Les trois femmes atteignirent une cour où s'empilaient des forêts entières réduites en planches. Le sol était rouge du sang des essences exotiques, veiné de noires sciures d'ébène, poudré d'une neige ivoire répandue par les scies mécaniques mordant des pins. Les ateliers de menuiserie et d'ébénisterie marquaient ainsi leur territoire. L'air y était fort, poivré. Lisa se mit à tousser.

Les trois femmes furent frappées par cette senteur entêtante où se mêlait celle des cires ; c'était comme un avant-goût de ce qu'elles allaient découvrir de l'autre côté de l'océan. Fermant un instant les yeux, Louise imagina les grands arbres tropicaux, les singes et les perroquets dans les branches, l'arrivée des bûcherons, leur corps luisant de sueur, leurs muscles saillant pendant l'effort, le son des tam-tams, les éléphants tirant les troncs jusqu'à des fleuves aux eaux jaunes et huileuses. Elle habillait Panamá d'images africaines, souvenirs d'une série de gravures colorées qu'elle avait maintes fois contemplée chez son oncle.

Lisa se mit à tousser. Elle toussait beaucoup ces derniers temps. Les particules en suspension lui brûlaient les poumons ; c'était pire que la fumée d'une cheminée qui tirait mal. Des larmes lui montèrent aux yeux.

— Hé, demoiselle, attention à vous !

Un gaillard en paletot se tenait devant elle. Il la couvrait de clignements d'yeux malicieux. Lisa se sentit agressée ; il l'évaluait en francs sur l'échelle des spécialités charnelles. Elle lutta contre la toux, la jugula, essuya ses larmes avec son bras et échappa aux mots qu'il tentait de lui glisser à l'oreille et qui se perdirent dans le bourdonnement des voix et des outils.

— Ça va, ça va, dit-elle aux autres.

Elles poursuivirent leur chemin, guidées par Michèle, qui ne savait pas trop où diriger ses pas. Les trois visiteuses étaient désorientées par l'inextricable dédale des lieux. C'était comme dans les galeries de mines. On avait creusé des passages dans les murs des immeubles, rajouté des rues sous les rues. Tout autour d'elles, les êtres de ce monde portaient des pièces de hêtre, de chêne, de noyer, de merisier, d'acajou, d'azobé, de gaïac, de teck et de padouc. Le bois mal équarri blessait les épaules et les mains ; les échardes entraient sous la peau, envenimaient le sang, enfiévraient les chairs. Mais ces dardillons ne suffisaient pas à abattre ces bêtes de somme payées quelques francs par semaine. Les plus forts ployaient sous le poids de meubles gigantesques enveloppés de couvertures brunes qu'ils transportaient jusqu'aux haquets qui stationnaient dans la rue Longue.

Guidées par le flux naturel de ces chaînes humaines, Louise, Lisa et Michèle parvinrent au cœur de la fourmilière, devant une licorne dorée accrochée au-dessus d'une fausse archivolte de plâtre.

— C'est là ! s'exclama Michèle.

Elles attendirent un peu à l'écart. Quelqu'un aurait dû les attendre à cet endroit. Des ouvriers sortaient et entraient, des clients aussi. Pas un d'entre eux ne les aborda. Il y eut bien quelques regards en coulisse, mais ce fut tout.

— Qu'est-ce qu'on fait ? demanda Michèle.

— On y va ! répondit Louise en pénétrant dans un antre immense où s'entassaient toutes sortes de mobiliers religieusement astiqués à la cire par des enfants en guenilles.

Louise assurait la direction du trio. Inconsciemment, elle sut que cet acte était définitif. Désormais, elle agirait au nom de ses amies, prendrait les initiatives.

— Attends, dit Lisa.

Louise se retourna. Lisa et Louise farfouillaient dans leurs sacs. Elles en retirèrent des billets froissés.

— Voilà notre part, dit l'Italienne en lui donnant l'argent. Y a que 220 francs.

— Moi, j'ai 310, dit Michèle en remettant ses économies.

— Mais...

— Cherche pas ! continua Michèle en coupant la parole à Louise. On a mis les bouchées doubles.

— Et plumé quelques pigeons, renchérit Lisa.

— Merci, répondit Louise. On forme une vraie équipe maintenant.

Panamá n'était plus un mirage. Il y avait assez d'argent pour les passeports, le voyage et l'installation. Elles étaient sauvées. Louise aurait voulu sauver aussi les bambins aux culottes percées, dont la maigreur et les yeux cernés disaient les souffrances ; les emmener à Panamá, emmener tous les pauvres de la terre au paradis.

— Au travail, les cancrelats !

La voix avait retenti comme un coup de fouet. Les petits courbèrent l'échine. Louise toisa d'un regard furieux l'homme en costume qui venait d'apparaître, un carnet de commandes à la main et un crayon coincé sur l'oreille. Lisa et Michèle l'entraînèrent aussitôt loin de ce petit chef. Elles n'étaient pas sur leur territoire.

— Fais pas l'idiote, pense au passeport, souffla Lisa.

Louise refréna sa colère. Dépôt après dépôt, les

femmes découvrirent le génie de l'ébénisterie, les extraordinaires reproductions des siècles passés, du fauteuil princier égyptien en bois d'ébène orné de hiéroglyphes en ivoire au buffet napoléonien surchargé de rocaille.

Il n'y avait toujours aucune trace de leur contact. Michèle connaissait l'homme qui travaillait pour Charles, c'était un type de Saint-Marcel, un broque qui vivait d'expédients et de combines. Déconcertée, elle continua son chemin, suivie par ses deux amies, entre les fausses chambres néogothiques, les imitations Grand Siècle, puis elle déboucha dans un espace sombre occupé par des dizaines de cabinets Sheraton en bois satiné et marqueté empilés les uns sur les autres. Là, elle découvrit l'intermédiaire, petit homme sec à la bouche de travers qui s'écria en les voyant :

— Qu'est-ce que vous faites ici ?

— L'heure était passée, nous nous sommes avancées ! riposta Michèle en toisant cette punaise qu'elle n'avait pas en estime.

Il puait l'urine, il mouchardait, il volait dans les troncs d'église et détroussait les vieilles femmes. Charles s'en servait pour les basses besognes.

— On vous avait dit : « A l'entrée » ! gronda-t-il.

— Eh bien, nous sommes ici, intervint Louise. Et nous, nous n'avons pas de temps à perdre.

Il la détailla. Cet examen le déconcerta. D'où elle sortait, celle-là ? De la cambrousse. Elle sentait la paille et le purin. Et quelque chose de plus subtil qui fit germer une peur dans son esprit. Il n'eut pas envie de se frotter à elle.

— Ouais, lâcha-t-il. Ils sont en place à présent, on peut y aller. Toi seulement... Vous deux, vous attendrez dans la rue Longue.

— Ne te laisse pas embobiner. Maintiens le prix convenu, dit Lisa.

— Personne ne m'embobinera, répondit Louise. Soyez tranquilles.

Lisa et Michèle la regardèrent s'en aller et disparaître derrière un lit à nacelle. Les deux femmes ne priaient pas souvent. Elles eurent la même pensée pour Dieu et adressèrent une supplique à la Vierge. Si quelqu'un faisait du mal à Louise, elles le tueraient. Cela, elles ne le jurèrent pas. C'était un acte de foi.

La foi, Ferdinand de Lesseps la communiquait partout où il passait. La conquête des Etats-Unis s'était révélée plus facile qu'il ne le croyait. Les Américains l'avaient reçu comme un chef d'Etat. Mieux qu'un chef d'Etat. Car il était le messie de l'économie libérale, l'homme par qui tous allaient s'enrichir. A New York, il sut que son canal serait le seul. Ses concurrents ne creuseraient pas à travers le Nicaragua. Restait à présent à remplir les caisses de la Compagnie universelle.

Dans la suite luxueuse qui dominait le parc, il reçut l'ambassadeur de France et de nombreux magnats. Rien ne fut assez bon pour les palais de ces messieurs. Les meilleurs vins coulèrent dans le cristal des verres taillés à Prague, les foies gras truffés fondirent sur les langues des gourmets, les truffes répandirent leur parfum et ouvrirent les appétits. Alors on présenta les volailles et les poissons reconstitués sur des plateaux d'argent ; des pyramides de fruits sur des brancards portés par des Indiens Algonquins, des gâteaux aussi hauts que des tours sur lesquels des cartes de Panamá en sucre, en pâte d'amande, en crème au beurre, attendaient d'être tranchés.

Après ce fut l'heure des cigares et du cognac,

l'heure des confidences. Lesseps écouta l'ambassadeur de France.

— Mon cher, sachez que l'Etat français mettra tout en œuvre pour vous faciliter la tâche. S'il le faut, nous libérerons des détenus sous condition afin de renforcer la main-d'œuvre sur le terrain.

— Je n'en demande pas tant. Il suffit que l'Etat favorise le départ des candidats et n'entrave en aucun cas le désir de ceux qui choisiront d'immigrer à Panamá.

— Vous aurez vos Français. Tous ceux qui le voudront pourront prendre le bateau pour l'Amérique. Dans cette aventure, ministres, députés, sénateurs et fonctionnaires sont dans votre camp et ce sont eux qui font la loi !

9

Une ouverture séparait le dépôt, où elle avait laissé ses deux amies, d'un atelier surmonté d'une verrière. Louise regarda le ciel coincé entre deux bâtiments aux façades bariolées de linges étendus. Devant elle, un magicien avait fait apparaître un monde merveilleux. D'impalpables flocons de bois dansaient dans les rayons de soleil qui traversaient les vitres suspendues entre les mâtures géométriques du toit. Et ces rais de lumière mouvante illuminaient des hommes penchés sur leurs établis. Livrés à leur fiévreuse occupation, ils ne remarquèrent pas ou ne voulurent pas remarquer les intrus.

Louise était trop tendue pour être subjuguée par le travail de ces artistes. Tous alliaient des gestes d'une élégance et d'une puissance animales à des chants rythmés de compagnons. Ils ne ressemblaient en rien aux paysans du Brûlat, sombres et taciturnes, qui se durcissaient le cœur en retournant des terres ingrates. Armés de rabots, de riflards, de gorgets ou de varlopes, ils formaient le bois, créaient de folles arabesques, faisaient jaillir de luxuriantes végétations et donnaient vie aux guéridons, dessertes, chiffonniers, semainiers, barbières, jardinières... Les menuisiers équarrissaient les pièces, les tabletiers mesuraient et comparaient, les marqueteurs incrustaient l'anis, le carouge et le myrte, les ébénistes usaient leurs yeux sur des reliefs d'acajou et de palissandre.

Là encore, les odeurs la ramenaient à l'obsédante forêt de Panamá. Plus que jamais, elle désira s'y perdre et oublier son passé. Elle serra le sac de cuir râpé qui contenait l'argent. Billets et pièces d'or et d'argent représentaient une somme de 2 340 francs. On l'aurait assassinée pour dix fois moins. Mais qui pouvait se douter qu'elle se promenait avec un tel capital ?

Autour d'elle, les esprits faisaient corps avec les mains calleuses qui façonnaient lignes et courbes. Ces hommes étaient ailleurs. Le nostalgique du premier Empire sculptait l'aigle entouré d'abeilles, le mystique gravait des clefs sur le dossier d'une chaise cathédrale. Rien ne troublait leurs gestes parfaits. Peut-être n'existait-elle pas à leurs yeux rougis par les poussières et les vernis.

— Ce n'est plus loin, dit son guide, qui avait remarqué la façon dont elle tenait le sac.

En d'autres occasions, il le lui aurait arraché ; mais aujourd'hui, il servait les intérêts de monsieur Charles. Un homme de bien. Un grand monsieur qui l'avait tiré de prison. On ne doublait pas monsieur Charles. A moins d'en avoir assez de la vie. De plus, il évoluait en milieu hostile. Les corporations, qui étaient en combine avec les autorités et versaient régulièrement des « primes » aux hommes politiques, ne toléraient pas les écarts de conduite des mauvais garçons dans les lieux qu'elles contrôlaient. Nul ne se serait douté que, dans les endroits les plus reculés des hangars, des dépôts et des usines, se traitaient des affaires sordides.

Il conduisait la paysanne vers l'un de ces endroits. Un autre atelier. Des odeurs puissantes de colle et de vernis, de sueur et d'alcool. Des scies mécaniques mues par des machines à vapeur. Des bruits de locomotive, des chuintements, des hommes en tablier de cuir et encore des enfants qui se glissaient sous les rouages et les courroies, au risque de se faire déchiqueter par les dents de métal. Louise perdit tout sens de l'orientation. Le petit malfrat lui fit emprunter une galerie, puis une suite de couloirs compliqués, des escaliers étroits couverts de salpêtre, des zones de plus en plus sombres. Elle se mit à douter de sa destination. Sa main se rapprocha du renflement que formait le couteau à hauteur de la taille.

Aucun bruit ne parvenait sur la passerelle jetée au-dessus d'une tranchée d'où montaient des odeurs d'égout. Ils la franchirent et atteignirent une porte basse. Le guide frappa à l'huis selon un code qui rappelait une valse à trois temps. Une femme sèche vêtue comme une sœur, la cornette en moins, leur ouvrit. Son regard glacial passa sur le visage de Louise. Elle s'effaça sans desserrer les lèvres pour les laisser entrer.

Louise demeura interdite. Elle n'osa plus faire un pas. Entassés dans la pièce sans fenêtre, une trentaine d'adultes et d'enfants l'observaient à la dérobée, craintifs. Ils ressemblaient à des mendiants ; cependant elle devina qu'ils vivaient du labeur de leurs mains et non de la charité publique.

— Vous voilà enfin, ma chère.

Charles venait d'apparaître. Il se tenait dans l'encadrement d'une ouverture masquée par une tenture de velours rouge à moitié rongée par les parasites. Vêtu d'un costume anglais à la coupe parfaite, il tirait sur le bout d'une cigarette, insensible à la vue des pauvres.

Louise s'avança vers lui. Comme à leur première rencontre, il ne supporta pas le regard qu'elle lui lança et détourna le visage pour cracher sa goulée au plafond.

— Qui sont ces gens ? demanda-t-elle.

— Des candidats à l'emploi ou au départ, des Juifs, des Italiens, des Français endettés. Allez savoir, il y a tant de misérables qui transitent par Marseille. Mais nous ne sommes pas là pour discuter du sort de ratés qui n'ont pas vos moyens. Avez-vous l'argent ?

— Avez-vous les papiers ?

— Toi, tu réussiras, souffla-t-il avec une pointe de regret dans la voix.

Cette fille lui plaisait. Il était cependant lucide. Il n'avait aucune chance de la séduire et elle n'était pas femme à obéir par la force. Elle ne travaillerait jamais pour lui. Et c'était fort dommage. Bien arrangée et plus cultivée, elle aurait gagné des millions. A l'exemple des grandes courtisanes parisiennes qui raflaient en une nuit ce que Michèle ramenait en une année.

— Entrez, dit-il en la vouvoyant à nouveau.

Il écarta la tenture et l'invita de la main à s'avancer. Derrière un bureau à casiers de sous-chef comptable, se tenaient deux hommes à lunettes. Face à eux un couple écoutait celui qui griffonnait sur une feuille à en-tête.

— Cette lettre vous servira de sauf-conduit...

Louise examina celui qui ne parlait pas. Il était attentif. Il semblait surveiller son comparse. Il était d'une autre trempe, mieux vêtu. Ses verres de lunettes cerclées d'or rapetissaient ses yeux. Ce regard de myope était clair, froid et calculateur. Chaque fois qu'il le levait vers elle, elle se sentait fouillée.

Lorsque le couple fut congédié, Charles dit :

— Voici la candidate au départ pour Panamá.

— A-t-elle l'argent ? demanda celui qui avait les doigts tachés d'encre.

Décidément, les hommes n'avaient que ce mot à la bouche : « l'argent ». L'écrivaillon aux épaules étroites et à la barbe mal taillée triturait son porte-plume. Son temps était précieux, sa situation précaire, sa soif d'or inextinguible.

— Je le pense, répondit Charles.

— Comment ça... Vous n'avez pas vérifié ?

— J'ai la somme demandée, dit Louise, qui voulait en finir.

— Ah !

Louise ouvrit son sac et sortit l'enveloppe brune contenant les 900 francs, 400 pour elle et Lisa, 500 pour Michèle. Mais elle se garda de les remettre à cet étrange employé qui tendait la main.

— Je veux voir les papiers d'abord.

— Montrez-les-lui, dit l'homme aux lunettes d'or.

Il s'était exprimé d'une voix posée. Sans émotion. Louise le compara aux lézards qui attendent leur proie, immobiles pendant des heures, et la capturent immanquablement.

Le subalterne se plia à cet ordre. De mauvaise grâce, il farfouilla dans les casiers et en ramena les trois passeports et des lettres.

— Ils sont parfaits, dit-il.

— Toutes vos reproductions sont remarquables, susurra l'homme aux lunettes d'or en s'emparant des précieux documents. Je me demande ce que nous ferions sans un génial faussaire comme vous. Quel travail magnifique ! continua-t-il en ouvrant le passeport pour lire : « Emeriot, Michèle, Adélaïde, Suzanne, née le 26 janvier 1846 à Lyon »... mais tout est vrai là-dedans.

Il ouvrit le second.

— « Frizzi, Lisa, Andréa, Flora, Maria, née le 2 septembre 1844 à Trets... » C'est plausible, commenta-t-il. Les Italiens envahissent la Provence depuis l'avènement de Louis-Philippe.

Il le referma d'un coup sec, comme un douanier qui valide une entrée après avoir apposé la marque officielle d'un tampon. Puis il prit le troisième et l'ouvrit délicatement.

— « Cardon, Louise, Elisabeth, Adrienne, Caroline... » Ça sonne faux, ce nom, vous ne trouvez pas, mon cher Charles ?

Charles ricana. Louise n'aimait pas le tour que prenait cette rencontre clandestine. L'homme qui examinait son passeport échangea un regard complice avec ses associés.

— Moi, je préférerais inscrire « Louise Bonifay »... non pas née à Saint-Maximin, mais au lieu dit « le Brûlat ».

Louise blêmit. Bonifay... Comment pouvait-il connaître son vrai nom ? Elle était tombée dans un piège.

— Commissaire Darieux pour vous servir, mademoiselle Bonifay, ajouta l'homme aux lunettes d'or. J'opère depuis longtemps sur Marseille et il m'arrive de collaborer avec les gendarmes qui ont fort à faire dans nos campagnes. Si je ne m'abuse, on vous recherche pour avoir blessé votre oncle. Ah oui, dans le rapport de nos amis de la maréchaussée, il est aussi écrit que vous lui auriez dérobé une certaine somme d'argent... Il s'agit sûrement des billets que vous nous apportez.

— Il n'est pas mort ? balbutia-t-elle.

— Oh le bel aveu...

— C'est lui qui l'a cherché !

— Nous ne sommes pas juges de vos actes, mademoiselle Cardon, dit le commissaire en lui donnant le passeport. Nous traitons une affaire, tout simplement.

Disons qu'en ce qui vous concerne nos tarifs ont augmenté.

Louise tressaillit. Elle se reprit aussitôt. Le commissaire usait de chantage. Il n'était pas non plus un exemple d'honnêteté. Elle était prête à marchander.

— Combien ?

— Pour vous, ce sera 700 francs. Je sais que vous les avez. Croyez-moi, dans votre situation, c'est peu cher payé. Vous êtes recherchée, mineure. Au pire, vous prendrez dix ans, au mieux, on vous rendra à votre oncle.

— Jamais ! Voilà 500 francs de plus !

Elle prit les billets que lui avaient remis Lisa et Michèle, les compta sous le nez du faussaire et du commissaire, puis rafla les deux autres passeports et les fausses lettres de recommandation qui allaient leur permettre d'exercer des métiers respectables. Le commissaire eut un sourire et lui souhaita bonne chance. Elle crut que tout avait été dit.

— Attendez un instant, dit le commissaire avant de la raccompagner.

Elle s'attendait au pire. Peut-être les gendarmes l'attendaient-ils derrière la tenture ? Que voulait-il encore ?

— Vous oubliez ceci, mon cher Charles, dit le commissaire en tapotant le bord du bureau avec un autre passeport.

— Mais elles ne sont que trois à partir, observa Charles.

— Avec vous, cela fait quatre.

— C'est une plaisanterie.

— Certes, mais c'est une plaisanterie qui vient d'en haut.

— On ne peut rien contre moi !

— Vous en savez trop, mon cher Charles, beaucoup

trop. Plusieurs personnes, entre autres le maire, le préfet, le sénateur Godriot, les députés Fabre et Andinger, plus quelques personnalités dont je vous tairai les noms, désirent que vous vous fassiez oublier à l'étranger. A Panamá, par exemple, le temps de la construction du canal.

— Vous n'y pensez pas : huit ans dans ce pays affreux !

— Un paradis, je vous l'assure. Monsieur de Lesseps l'a clamé partout, un vrai paradis.

10

— Dites-leur, mon poussin, dites-leur comment c'était là-bas.

Louise-Hélène poussa Ferdinande au centre du cercle des robes corsetées qui envahissaient le salon. Plus de vingt dames endimanchées dégustaient du bout des lèvres le chocolat servi par madame de Lesseps en personne, grignotaient les gâteaux secs achetés chez « Léon », qui faisait les meilleurs macarons de Paris. La plupart n'avaient pas trente-cinq ans. En filles de bonnes et honnêtes familles, respectant les règles de la bienséance, sortant peu, ne recevant pas souvent, elles se tenaient droites sur les sièges, respiraient à peine, ne cherchaient pas à croiser les regards de leurs voisines. A aucun moment elles ne s'étaient départies de leur attitude calme, de cette réserve de tempérament et d'humilité qui agaçait un peu leur hôtesse.

Louise-Hélène leur arrachait des bribes de phrases, des oui et des non. Il n'était pas possible d'avoir une conversation suivie avec ces femmes d'ingénieurs et de techniciens qui ne se sentaient pas à leur place sous les lambris et les dorures de la vaste pièce imprégnée de la gloire des Lesseps. Elles ne discutaient même pas entre elles. On sentait une rivalité sourde. Leurs maris avaient été choisis pour faire partie de la première prospection à Panamá. Pour un œil exercé – celui de Louise-Hélène l'était –, il était possible d'établir une hiérarchie au sein de cette communauté. Les plus établies s'affichaient avec des bijoux, de modestes colliers en or à seize carats pesant quelques grammes et des broches au camée gravé dans les ateliers de Torre del Greco, des babioles importées d'Italie et de Syrie. Les autres, épouses débutantes, qui vivaient à l'économie dans de minuscules appartements des Xe, XIe, XIIe et XIIIe arrondissements de Paris, portaient les croix et les médailles offertes à leur première communion. Rien de comparable aux lourdes pierres précieuses des femmes de banquiers et d'entrepreneurs que Louise-Hélène avait reçues la veille.

Louise-Hélène ne faisait pas cependant de différence entre les unes et les autres. Chacune avait son importance. Les femmes d'ingénieurs avaient un rôle déterminant à jouer dans la vaste opération de séduction lancée par les Lesseps. Elles représentaient la classe moyenne, celle qui allait se ruer sur les actions du futur canal dès leur émission sur le marché. De plus, elles soutiendraient le moral de leurs maris. Louise-Hélène calculait juste.

Elle lâcha les épaules de sa fille et répéta :

— Allez, mon amour, racontez-leur Panamá.

Rosissant, Ferdinande n'osait lever les yeux. Elle se tint toute droite, les lèvres pincées par la moue de quelqu'un qui réfléchit et ne sait comment entamer son histoire. Ses jupes d'organdi gonflées par quatre jupons bouffaient comme des tutus de danseuse au-dessus de ses bottines vernies rouges. Des rubans pendaient à ses hanches. Un haut en point de Bruxelles couvrait sa poitrine. Elle avait l'air d'un petit personnage en faïence posé sur un guéridon.

Ferdinande se rappela l'épisode avec la pioche. Ce

souvenir la grandit. Elle avait fendu un petit tas de terre ocre, puis l'explosion s'était produite, réveillant la jungle. Elle se mit à raconter. Son imagination d'enfant rêveuse provoqua des ébahissements.

— C'est un paradis où les arbres sont plus grands que ceux du jardin du Luxembourg. Avec toutes sortes d'oiseaux plus beaux que ceux d'Afrique ; ils remplissent le ciel quand ils s'envolent et font comme des nuages en couleurs...

Elle ne s'arrêta plus de parler. Elle décrivit des enfants nus aux oreilles percées de coquillages, des Indiens chassant des tatous, des négresses qui vendaient des paquets de racines attachés par quarterons et des fruits meilleurs que les abricots et les pêches, des Chinois avec leurs drôles de chapeaux pointus et des dames créoles pelotonnées dans une gaze légère, belles comme des anges, qui se promenaient dans des calèches tirées par des chevaux blancs le long des rues de Panamá.

Ce babil enfantin enchanta les esprits et éveilla les curiosités. Madame de Lesseps, fière de sa fille, proposa encore du chocolat, puis du porto pour les plus téméraires. La femme de l'ingénieur en chef Blanchet, Elise, donna le signal en acceptant deux doigts d'alcool. Enfin les langues se dessoudèrent. Louise-Hélène fut assaillie de questions. Elle y répondit avec grâce, omettant d'évoquer certains aspects ou travestissant la vérité. Certes, il y avait des insectes et des animaux dans les forêts, mais elle n'en avait jamais vu l'ombre d'un seul, clama-t-elle. « Les guêpes françaises sont bien plus dangereuses que les moustiques de la rivière Chagres. » C'était acquis. Le pays de Panamá offrait toutes les garanties d'un éden. En pouffant, elles se demandèrent ce qu'elles faisaient encore dans ce Paris couvert de brumes. Il était temps que leurs époux signassent les contrats. En ce début d'après-midi, elles oublièrent les fins de mois difficiles,

les embouteillages des Halles ; elles se virent dans des maisons coloniales, commandant à des serviteurs.

Si Dieu le voulait, elles partageraient un peu de la gloire des Lesseps.

La gloire, Ferdinand de Lesseps la promenait souvent au Bois de Boulogne. Dans un coup de folie destiné au grand public. Personne ne pouvait plus douter de sa parfaite santé, donc de la santé de la Compagnie, depuis qu'il apparaissait sur cette monture magnifique et dépassait les landaus et les calèches des illustres familles de la capitale. A son retour des Etats-Unis, il avait ramené Agnel, son fougueux pur-sang acheté en Syrie, de sa propriété de la Chesnaye, afin de se montrer dans les allées du Bois. Aujourd'hui, il n'y avait pas grand monde. Cela n'avait pas d'importance. Après un galop le long du lac, il se rendrait à son rendez-vous, à cheval. En plein Paris.

— Va, Agnel, va, mon beau !

Il flatta l'animal. Une buée sortait des naseaux dilatés du pur-sang. Agnel canta, puis s'élança telle une flèche brune sous les arbres dépouillés. Aussitôt le froid saisit Ferdinand, qui ressentit un vide. Il n'avait plus l'âge des folles chevauchées, mais il éprouvait un besoin de s'étourdir, de se dépasser, d'être poussé à l'exploit. Il fila vers Paris. La ville se dressait solidement sous sa carapace de toits en zinc, de tous ses beaux immeubles du XVIe et du VIIIe arrondissement, si richement bâtie qu'elle suggérait l'idée d'une vie de fastes et d'un refuge contre la misère. N'en venait-il pas, malgré la distance, comme une subtile odeur d'or ? Derrière les façades couronnées de frises et les portes monumentales décorées de cariatides, au-delà des hautes fenêtres gardées par des dieux de pierre, il y avait des puissances d'argent.

Nom de Dieu ! Il était temps de puiser dans cette manne qui dormait dans les portefeuilles des rentiers et des joueurs en Bourse. Tous s'étaient enrichis depuis la fin de la guerre. A la perspective de les gagner à sa cause, il oublia le froid. Il eut la vision de l'or roulant sur la pente des toits, venant se jeter dans les coffres de la Compagnie, y tomber avec un fracas de cascade.

Il pénétra dans la cité par la porte Maillot et trotta jusqu'à l'avenue des Champs-Elysées, où des Parisiens le reconnurent et crièrent :

— Vive Ferdinand de Lesseps !

Ces vivats le transportèrent aux nues. Et ce fut en conquérant qu'il entra au 10, rue de Castiglione, où l'attendaient ses futurs associés. Dans la cour intérieure de l'immeuble cossu, il laissa Agnel entre les mains d'un employé de maître Champetier de Ribes. L'homme avait l'habitude. Il s'inclina devant le « Grand Français » et s'en alla, flatté de le servir, chercher un sac d'avoine pour le fringant coursier.

Ferdinand prit son temps. Il grimpa lentement jusqu'au second étage, reprit son souffle face à la porte vernie de noir aux gros boutons de cuivre astiqués, puis actionna la chaînette de la clochette.

Un clerc obséquieux vint lui ouvrir, le débarrassa de sa pelisse et le conduisit jusqu'au bureau Empire où deux « Gloires » en bronze d'un mètre de hauteur tendaient leur couronne de lauriers vers un groupe d'hommes assis sur des chaises capitonnées à médaillon. En voyant entrer monsieur de Lesseps, tous se levèrent et s'empressèrent de lui serrer la main. En bottes de cavalier, le corps ajusté dans un costume de velours outremer, monsieur de Lesseps était impressionnant. L'admiration qu'il lut dans leurs regards était sincère. Ils enviaient sa longévité, sa capacité à combler sa jeune femme et d'autres plus jeunes encore, sa renommée. C'était un être surnaturel. Dieu l'avait envoyé sur terre pour réaliser de grandes choses. On ne pouvait qu'aimer cet homme-là.

Ferdinand reçut leurs témoignages de respect et d'affection. Il se sentit bien. Il se sentait toujours bien au milieu de ses courtisans. Maître Champetier de Ribes, célèbre notaire trempant dans des milliers d'affaires et gérant la fortune des résidents du Ier arrondissement, fut le plus chaleureux des associés réunis pour la discussion finale.

Ferdinand eut droit à un fauteuil de ministre ; il s'y installa dans une pose étudiée et nonchalante. L'odeur de ce cabinet somptueux lui plaisait ; cette odeur particulière de cuir, d'encre et de papiers éveillait sa curiosité et son imagination. Il lui arrivait de ne plus entendre les propos du notaire, des avocats et des experts, et de laisser courir son œil sur les volumineux dossiers sanglés qui le cernaient de toutes parts. Il en venait à envier maître Champetier de Ribes, qui connaissait les secrets familiaux les plus intimes, mesurait exactement la fortune de chacun et gérait des patrimoines en prélevant des parts substantielles.

— Quel beau métier vous exercez ! dit-il au moment où le notaire ouvrit le coffre dans lequel avaient été déposés les statuts préliminaires et les cahiers d'études.

— Je donnerais tout ce que j'ai pour être à votre place.

— Vous me surestimez, alors.

Les hommes se mirent à rire. Monsieur de Lesseps avait toujours le bon mot aux lèvres. Ils en étaient venus à désirer ces rencontres informelles, à lier des habitudes de vieux complices. Ils se connaissaient bien à présent et s'appréciaient. Ils étaient les dignes représentants des castes dominantes. Les traits durs du général Allavene ; le visage barbu de l'inspecteur principal délégué du Chemin de fer du Nord, Charles Cousin ; le profil insignifiant de l'administrateur de Suez, Dauprat, et son homologue, Marius Fontane, secrétaire général de Suez ; la face mafflue du député Emile de Girardin ; la gueule couturée de cicatrices du représentant de la « maison de banque » new-yorkaise Drexel, Harjes & Cie ; son collègue, le rusé Max Hellmann, de la « maison de banque » Seligmann Frères & Cie ; le pédant baron Jules de Lesseps ; Charles de Lesseps, le fils de Ferdinand ; Victor de Lesseps ; Paul de Mondésir ; Mourette, Péghoux, Prévost, Léon Renault et le général aventurier Etienne Türr ; tous figuraient dans la galerie des portraits croqués par les caricaturistes des journaux ; tous affichaient le même sourire carnassier, plissaient des yeux à l'annonce des chiffres qui recouvraient des profits énormes.

Le notaire leur chantait l'air qu'ils adoraient, un air où million rimait avec pognon. Peu leur importait le prix à payer en vies humaines. S'il le fallait, on creuserait les roches de l'isthme avec les ongles. Ce « on » : des milliers de paysans français, de Jamaïcains et d'indigènes, ne coûtait pas très cher.

Ils écoutaient donc la voix laconique et officielle de maître Champetier de Ribes qui jouait son rôle de factotum et dévoilait à grands traits les statuts de la Compagnie universelle du canal interocéanique, société anonyme que Lesseps avait conçue seul :

— ... 590 000 actions de 500 francs seront émises – 10 000 étant affectées à la société civile. Le quart sera d'abord « appelé », ce qui signifie que les actionnaires ne verseront que 125 francs...

Le notaire s'adressait à eux comme à des novices. Ils en étaient ravis. Cela leur rappelait le temps béni de l'Empire, la construction du canal de Suez et leurs premiers pas en Bourse. Aujourd'hui, rompus aux exercices de la finance, ils subodoraient la suite, l'anticipaient, se partageaient déjà les dessous-de-table des dessous-de-table, car, en tant qu'administrateurs de la société, ils allaient devoir verser des pots-de-vin.

— ... Sur les 300 millions de capital nominal, la souscription initiale devrait ainsi représenter 73 750 000 francs.

— Nous serons bénéficiaires, dit alors Ferdinand de Lesseps. Les rapports de la commission technique que j'ai moi-même conduite à Panamá sont probants. Les entrepreneurs messieurs Couvreux et Hersent, dont vous connaissez les compétences, ont présenté leur devis et déclaré que l'exécution du canal ne coûterait pas 500 millions de francs. Et vous savez tous que l'évaluation d'un trafic annuel assurant 90 millions de revenus sur 6 millions de tonnes entre l'Atlantique et le Pacifique est considérée comme inférieure à la réalité. Je compte sur vous, messieurs les futurs administrateurs, pour la réussite de l'opération. Dans les semaines qui vont suivre, une première équipe de quarante ingénieurs et ouvriers spécialisés placés sous les ordres de Gaston Blanchet et d'Armand Reclus vont s'embarquer pour Colón. Une fois sur place, ils procéderont aux sondages sur le terrain. Nous allons devoir recruter en masse. Ce n'est qu'une question de réclame. Agissez en conséquence !

Ils se rengorgèrent. Il pouvait compter sur eux. Leur tâche s'avérait simple. Dans un premier temps, il leur suffirait d'arroser la presse afin d'appâter les souscripteurs en Bourse et les volontaires pour le départ.

Ils se séparèrent en se congratulant. Ils étaient riches dans leur tête. Ce soir-là, ils s'endormirent en comptant des millions.

11

Louise et Lisa comptaient et recomptaient les pièces d'or et d'argent. Cela faisait sept fois qu'elles les empilaient. Elles s'usaient les yeux sur ces cylindres. Elles auraient voulu les multiplier.

— 1 270 francs !

— T'oublies les 400 francs en billets, dit Lisa.

— J'oublie pas, mais je les compte plus, on va les utiliser pour la traversée.

Un frisson passa sur leurs corps. La mer les effrayait. Elles n'avaient jamais mis les pieds sur un pont de navire. Louise était une fille des terres ; Lisa, bien que vivant à Marseille depuis des années, s'était toujours refusée à tenter l'expérience. Elle avait une peur viscérale de périr noyée.

Les deux amies étaient allongées sur le ventre, le menton calé entre les mains, concentrées sur leur petit trésor qui représentait tout juste deux actions et demie de la Compagnie universelle interocéanique. Elles avaient une vague idée de ce qu'était une action. En ville, on ne parlait que de l'achat de ces papiers. C'était étrange de penser que ces jolies images calligraphiées et enrichies de volutes, distribuées contre du véritable argent par les banques et les maisons de change, étaient nécessaires pour creuser un canal.

— Tu as toujours envie de partir ? demanda Louise en essayant de deviner ce qui se tramait derrière les traits fatigués de l'Italienne.

Lisa leva ses prunelles noires et les mêla à celles de Louise, plus noires encore, plus vivantes, étirées comme celles d'un chat, d'où sourdaient des flammes et une volonté indomptable. Elle y puisa des forces. C'était bon de pouvoir s'appuyer sur quelqu'un qui avait de l'idéal.

— Plus que jamais... Je prendrai de l'opium une fois en mer.

— Tu ne prendras rien du tout !

Louise s'empara du bras de Lisa et le serra très fort.

— Rien du tout ! Pas même de l'absinthe.

— Rien, je te le promets... Il faudra que tu m'encourages... C'est à cause de l'eau... Quand je suis sur le port, j'ai les jambes qui tremblent et le cœur qui flanche.

— On priera la Bonne-Mère.

— Je l'ai priée il y a deux ans, mais elle ne m'a pas entendue.

Lisa se confia. On disait à bon droit que le diable prenait les hommes où et quand il lui plaisait. En juin 1878, alors qu'elle travaillait tout près de la rue de la République, à quelques pas du Vieux-Port, le diable s'était emparé de l'esprit des gens. Jamais elle n'oublierait cette journée magnifique parée d'un ciel d'azur dans lequel les hirondelles rivalisaient d'adresse et où les blanches mouettes se laissaient porter par les courants chauds. Elle avait décidé cet après-midi-là d'arrêter les limites sensibles de son existence de déracinée à cette puissante et belle ville, devenue sa ville, comme beaucoup de ses compatriotes transalpins.

Il y avait de la gaieté partout. Les clients se montraient généreux, la police fermait les yeux, les prêtres ne jetaient plus d'anathèmes sur les filles de la rue. On était enclin à pardonner, à aimer, à goûter en dilettante le chatoiement de la cité phocéenne parée aux couleurs de la France, car, en ce jour de printemps, les troupes victorieuses à Tunis remontaient l'avenue de la Canebière.

Lisa s'était précipitée vers le lieu du défilé. Les applaudissements et les cris montaient jusqu'à Saint-Barnabé ; les tambours et les trompettes portaient jusqu'aux cieux le triomphe de l'armée. Lisa acclamait les soldats, envoyait des baisers à leur général et aux officiers. Du front de cette troupe jaillissaient les étincelantes baïonnettes, les drapeaux frangés d'or, les fanions des cavaliers. Ces apparitions guerrières gravaient sur la face des fervents patriotes le dessin des victoires, des charges, des combats, de l'héroïsme ; elles redonnaient un goût à la guerre, le sens de l'honneur perdu contre les Prussiens huit ans plus tôt.

Lisa ne comprit pas exactement ce qui se passa soudain. Il y avait à l'angle de la rue de la République un café fréquenté par les immigrés italiens. Quelqu'un, parmi la foule des Marseillais, crut entendre des sifflets et des quolibets venant de cet endroit. En quelques secondes, le bruit courut que les « babis » se moquaient de l'armée française. Et ce fut ainsi que commença la chasse aux mangeurs de pâtes.

Au chant de *La Marseillaise* succédèrent des « mort aux Italiens ! ». Il y eut une ruée. Des enragés saccagèrent le café et lynchèrent les consommateurs. Lisa vit l'un de ses compatriotes tomber par la fenêtre du premier étage, puis être écrasé à coups de talon. On voulait casser de l'« estranger » ; il y avait des rues entières habitées par des Piémontais et des Siciliens dans les quartiers pauvres. Des bandes s'en allèrent les assiéger.

Lisa prit peur. Elle resta figée sur le large trottoir où le torrent furieux des hommes et des femmes s'écoulait vers le bas du Panier. Elle ne chercha pas à éviter cette charge aveugle, vit les visages grimaçants de haine, entendit les appels au meurtre de tous ces excités qui ne semblaient pas la remarquer. Pour combien de temps ?

Avec ses épais cheveux noirs, son teint hâlé, ses lèvres sensuelles, son regard sombre ourlé de longs cils, ses habits criards de racoleuse, on ne tarderait pas à la confondre. Elle suait l'Italie par tous les pores. La moitié des prostituées du port venaient de la péninsule.

— Reste pas plantée là !

Le gars qui aboyait devant elle la contemplait avec une lueur de démence dans le regard. Elle ne le connaissait pas. Il avait une trentaine d'années et l'allure d'un petit employé de banque sans histoire.

— Viens avec nous ! Il faut éliminer ces salopards !

Elle était désemparée, tétanisée par l'effroi. Elle se laissa prendre par la main et entraîner. Surtout ne pas ouvrir la bouche. Son accent l'aurait trahie. Les bandes couraient. Elle courut aussi, relevant ses robes comme les bourgeoises, les boutiquières et les vendeuses qui quittaient les magasins chics pour se mêler à la horde. Ces guerrières en jupons étaient pires que les hommes qu'elles poussaient au crime. Elles furent les premières à brandir des armes de fortune : des ciseaux, des aiguilles, toutes sortes de petits objets piquants et tranchants qu'elles utilisaient au quotidien pour la couture et le tricot.

Lisa eut honte pour elles. Et sa haine, jusque-là jugulée par la crainte d'être reconnue, se libéra.

Le flot battit les flancs des vieux immeubles branlants où séchaient des chapelets de linge. Des portes furent enfoncées. Lisa était actrice de ce cauchemar.

Des familles entières étaient arrachées à leur foyer, brutalisées. Et elle ne pouvait pas les défendre. Une poussée formidable l'emmena sur les quais face à la mairie. Elle entendit des appels à la pitié et vit comment on noyait des gens. Précipités dans les eaux glauques, de pauvres hères y périssaient, assommés par les rames que les furieux abattaient sur leur crâne.

Lisa vit une femme se débattre dans les remous soulevés par les barques. D'un pied posé sur sa tête, quelqu'un la maintint sous l'eau. Lisa vit disparaître la malheureuse. C'était insupportable. Elle ferma les yeux. Lorsqu'elle les rouvrit, la meute assouvie pour un temps se dispersait.

Lisa avait tout dit. La douce main de Louise la ramena à la réalité. Cette autre réalité où se profilaient déjà les épreuves. Demain, elles se rendraient toutes les deux dans les bureaux des Messageries maritimes pour acheter les billets.

— Depuis, j'ai peur de l'eau... Oh, Seigneur ! que ça va être dur de traverser le grand océan !

Charles buvait. Le vin blanc de Cassis l'aidait à supporter sa déchéance. A la mairie, on lui avait fait comprendre que sa présence n'était plus nécessaire. Le premier adjoint mandaté par le maire l'avait reçu avec la froideur d'un procureur de la République. L'entretien avait été bref. Il corrobora les insinuations du commissaire Darieux. Le premier adjoint s'était contenté de lui montrer des doubles de fausses factures, de reconnaissances de dettes et de faux témoignages pour le confondre. Il était perdu. Cette scène le hantait depuis des jours. On l'obligeait à quitter la France. C'était ça ou le bagne ! Qui donc avait-il désobligé pour mériter pareil sort ? En quinze ans, il s'était fait tant d'ennemis. Allez savoir...

— C'est pas possible... c'est pas possible, balbutia-t-il en buvant directement au goulot de la bouteille.

Il la vida. Et de trois ! s'exclama une petite voix aigrelette dans sa tête embrumée. Il n'avait plus de vin. Il se leva. Ses jambes lourdes le portèrent jusqu'à une armoire à crémaillère. Elle contenait des liqueurs, quelques cigares, des babioles et des colifichets ; il destinait ces derniers aux filles naïves qu'il séduisait. Une carafe de curaçao aux trois quarts pleine était toute désignée pour prendre le relais du cassis. Il l'agrippa.

Muni de cette réserve d'anesthésiant, il retourna s'asseoir sur le canapé doré à la feuille d'or. L'or, l'ivoire et la nacre dans une débauche de moulures et de sculptures étaient présents partout dans l'appartement. Quand on entrait chez monsieur Charles, on en prenait plein les mirettes, jusqu'au dégoût. Lui ne voyait plus ce décor dont il était si fier, qu'il n'avait pas fini de payer, qu'il n'aurait pas le temps de vendre.

Il lui fallait de l'argent. Immédiatement. S'il ne voulait pas ressembler aux immigrés qui vivaient à la limite de la mendicité. A Panamá, il ne trouverait pas de travail, vu qu'il ne savait rien faire de ses mains. On lui avait parlé de maisons de jeu et d'hôtels de passe, mais par expérience il savait qu'il était pratiquement impossible de s'implanter dans le milieu de la pègre sans appui. Il ne pouvait pas compter non plus sur le concours de Michèle, qui s'était mis en tête de devenir épicière-quincaillière avec ses deux complices. Tout était la faute de cette maudite Louise !

Il s'envoya une giclée de curaçao dans le gosier, s'enfonçant plus loin dans le pays des brumes. Et qu'était en vérité ce Panamá dont on vantait tant les ressources ?

Rien... Absolument rien !

Il s'était procuré une carte de la Colombie. On n'y

découvrait que de vastes zones blanches inexplorées. De vagues tracés de fleuves et de rivières, des villes dont personne n'avait jamais entendu parler, des routes qui ne menaient nulle part laissaient à penser que dans ces étendues mystérieuses il y avait un trésor caché. C'était un leurre. Il était loin, le temps des conquistadores, des pillages et des galions chargés d'or. Charles eut envie de pleurer. Il n'avait pas le courage des vaillants et superbes Espagnols couverts de bijoux volés aux Aztèques et aux Incas.

Il contempla sa chevalière surmontée d'une énorme chrysoprase dont le vert pomme translucide pâlissait au soleil. Cette pierre venait de Tchécoslovaquie ; elle avait été confisquée à un bijoutier juif qui refusait de payer une taxe illégale prélevée chaque mois par des employés municipaux indélicats. Charles s'était débrouillé pour le faire expulser de la ville, tout en partageant ses biens avec des « amis ».

Peut-être lui portait-elle malheur ?

Charles rapprocha son regard trouble du joyau vert, aussi gros qu'une pièce de deux centimes. Une crainte s'insinua en lui, et son esprit plongea dans les reflets verts de la pierre. Une froide lumière fluide, aperçue comme à travers un brouillard, s'amassa à la périphérie de sa vision et commença à prendre corps. Il ne pouvait en détacher les yeux. Il n'entendait plus les roulements des fiacres montant de la rue, les murmures du quartier, le ronflement du feu dans le poêle autrichien en faïence. Une image était en train de se former dans les profondeurs inquiétantes qu'enfermait l'éclat convexe du joyau. Elle grandissait. Elle devint paysage, jungle, marécage, monde peuplé d'affreuses bêtes et d'immondes insectes. Il ne douta plus de l'endroit où il se trouvait. Le Panamá que des capitaines des Messageries maritimes lui avaient décrit était bien réel. Il y avait été transporté malgré lui. Sans espoir de retour dans sa bonne ville de Marseille.

— Mon Dieu... Mon Dieu... bégaya-t-il.

Il fut submergé par de lointaines odeurs de vase, d'humus et de fange, par la pénombre des enchevêtrements, car ici les arbres monstrueux s'étreignaient de toutes leurs lianes et de toutes leurs racines. Il perçut des chuintements. Des choses luisantes rampaient vers lui.

Il se rua hors du canapé et donna des coups de talon sur le tapis, avant de pousser un cri et de tomber évanoui.

Une caresse humide sur son front lui fit ouvrir les yeux et pousser un profond soupir. Un mouchoir imbibé d'eau à la main, Michèle était penchée sur lui. Elle lui humidifiait le front et les tempes.

— Oh, mon amour, mon amour, souffla-t-elle lorsqu'elle le vit revenir à la vie.

Charles l'entoura de ses bras et la serra très fort contre lui.

— Pardonne-moi pour tout le mal que je t'ai fait, dit-il.

— Tu n'as rien à te faire pardonner, rien...

— Prends cette bague... et vends-la. Tu devrais en tirer 200 francs. Nous aurons besoin d'argent là-bas. Il y a 1 000 francs dans la commode de la chambre, tu les prendras aussi. Ils serviront à payer les quatre billets de la traversée.

Il lui remit la bague. Michèle ne savait trop comment réagir. Ce n'était plus le même homme qu'elle avait sous les yeux. Quelque chose s'était passé, quelque chose qu'elle attribuait à toutes les prières qu'elle avait adressées à la Vierge pendant toutes ces années. Etait-il possible qu'elle n'eût plus de larmes à verser ?

— Je travaillerai à vos côtés, balbutia-t-il, le regard dans le vague.

Il était encore au cœur de ce pays qu'il allait devoir affronter. Michèle ne posa aucune question. Après avoir bercé son amant, elle s'en alla rejoindre Lisa et Louise. A présent, elle devait acquérir au plus vite les billets.

12

La sirène leur perça les tympans. Louise, Lisa et Michèle tressaillirent malgré elles et contemplèrent le bateau qui mugissait. Des mouettes dérangées par ce son affreux montant du ventre d'acier s'envolèrent et se mirent à tourner dans le ciel sillonné de fumées. La vague de leurs cris épars retomba en une écume déchiquetée d'appels qui finirent par se mêler aux fracas et aux grincements habituels du port de commerce.

Louise était un peu effrayée par ce monde grouillant de marins et de manœuvres qui s'agitaient sous les palans et les machines. Les squelettes des grues semblaient se multiplier, à l'infini, tous tachés de rouille et de goudron. Des crochets rouge sombre soulevaient des filets remplis de ballots, des poutrelles de fer, des bœufs et des chevaux qu'ils déposaient ensuite sur les aires ou dans les soutes.

Le bateau lança un nouvel adieu. Louise le regarda se détacher du bord. Un navire tout blanc. Huit grosses chaloupes se détachaient au-dessus du bastingage de la partie arrière. Sa haute cheminée noire vomissait une fumée épaisse et grise que le vent rabattait sur les passagers agitant des mouchoirs et des foulards. Les trois amies ressentirent la même émotion à la vue de ces gens qui quittaient la France.

— La Seyne... lut à haute voix Lisa.

— La Seyne, répéta Louise en enregistrant les lettres peintes sur la poupe du paquebot gréé en trois-mâts, barque à l'avant, formé d'une guibre avec gaillard.

Elles ne pouvaient dénouer leurs regards de cette nef, des nefs dont les noms rappelaient les contrées merveilleuses qu'elles ralliaient : Sindh, Ava, Sénégal, Niger, Orénoque...

— Achetons les billets, dit Michèle d'une voix rauque.

Elles étaient décidées. Ensemble, elles accompliraient l'œuvre de toutes celles qui n'osaient pas défier le destin. Elles affronteraient la jungle de Panamá et la contraindraient d'une manière ou d'une autre à les rendre riches. D'un pas ferme, elles se dirigèrent vers les bureaux des compagnies.

Les Messageries drainaient des foules considérables. Chaque jour, leurs comptoirs étaient pris d'assaut. On y traitait toutes sortes d'affaires concernant les transports par voie de mer. Des dizaines de milliers de tonnes de marbre, de talc, de savons, d'huiles, de charbon, de fer, de cuivre et de plomb faisaient l'objet d'âpres négociations entre les affréteurs, les capitaines et les exportateurs. Mais les compagnies s'enrichissaient surtout en vendant des « voyages ». Plus de deux cent trente mille passagers transitaient par les pontons de Marseille. Louise, Lisa, Michèle et Charles allaient ajouter leurs noms aux longues listes qui noircissaient les grands cahiers des comptables.

Elles avaient résolu d'un commun accord de ne plus évoquer le cas de Charles, l'acceptant comme on accepte un fardeau du ciel. Louise fut la première à pénétrer dans le bâtiment de bois dans lequel s'étiraient cinq files d'attente. Lisa repéra le guichet réservé aux vingt-quatre bateaux qui assuraient la liaison entre la France et l'Amérique. Elle poussa sa jeune amie vers l'employé fatigué aux doigts tachés d'encre qui délivrait les coupons de voyage et encaissait les sous.

Louise tenait la bourse ; Louise paya. Moins d'une demi-heure plus tard, les trois femmes étaient en possession de leurs billets de troisième classe pour une traversée qui les conduirait à Cartagena, en Colombie, et d'une documentation concernant le navire sur lequel elles embarqueraient dans un mois : le *Gironde*.

Elles n'eurent pas la patience de gagner la chaleur d'un café. Il y avait des sièges de fortune éparpillés un peu partout sur les quais. Elles s'assirent sur une caisse de cordages, se serrant les unes contre les autres, bien plus angoissées qu'auparavant. Elles avaient leurs billets rangés dans une enveloppe brune marquée au nom des « Messageries ». Elles voulurent les regarder en détail. Ils ressemblaient à des bons de commande de mercière, roses, avec des colonnes et des cases pour cocher des croix. En haut des coupons, leurs noms écrits à l'encre violette se déroulaient en courbes gothiques sur des pointillés. Leurs dates de naissance, leurs adresses tout en volutes soutenaient les patronymes.

— Cartagena... murmura Louise.

C'était écrit et cela ne correspondait pas à la destination prévue. L'employé de la Messagerie leur avait expliqué qu'elles devraient prendre la correspondance pour Colón dans ce port de Colombie, en précisant que ce trajet durerait un jour et une nuit « si tout se passait bien ».

— Il nous faut une carte de la région, dit Lisa.

— Charles en a une, il nous montrera...

Michèle venait d'ouvrir la bouche pour leur rappeler

que son amant faisait partie de l'aventure. Deux regards chargés de reproches pesèrent aussitôt sur elle.

— On apprendra nous-mêmes à lire les cartes ! répliqua Louise.

— Commençons par celles des menus de notre paquebot, continua Lisa en dépliant le fascicule faisant la réclame du *Gironde*.

Il y avait trois cartes intitulées « Menus à bord des Paquebots de la Ligne de l'Atlantique Sud ». Elles correspondaient aux trois classes de passagers. Entre la première et la troisième, il existait une énorme différence, un fossé qui avait été creusé sous l'Empire et institutionnalisé sous la IIIe République. En découvrant le menu des « pauvres » qui leur était réservé, elles se léchèrent les babines.

DÉJEUNER à 11 heures
Saucisson d'Arles – Olives
Salade Mireille
Omelette Paysanne
Bœuf à la mode
Spaghettis au beurre
Roquefort
Poires
1/2 bouteille de vin rouge – Café – Thé – Infusion

Ce déjeuner égalait les meilleurs repas qu'elles s'octroyaient quelquefois le dimanche. Il n'était cependant pas comparable à celui des « riches » de la première classe, qu'elles se mirent à étudier avec sérieux. Leurs regards sautèrent de ligne en ligne, s'enflammèrent de convoitise. Elles n'auraient jamais le droit de partager ces plaisirs du palais, ni même le droit d'entrer dans les restaurants réservés à la clientèle privilégiée. Elles se sentirent diminuées et pensèrent déjà aux attitudes hautaines de ces bourgeois qui allaient digérer leurs fabuleux festins dans de confortables lits en cabine. Il leur était difficile d'imaginer les tables dressées pour ces nantis et la valse des plats sous les lumières flamboyantes des lustres en cristal tintant au rythme des vagues se brisant sur l'étrave du *Gironde*. Il existait pourtant bien, ce menu ; il était là, écrit noir sur blanc :

DÉJEUNER de Midi à 1 h 30
Pommes sous la cendre
Saucissons d'Arles
Cervelle sauce moutarde
Sardines à l'huile
Artichauts à la grecque
Bouquets de choux-fleurs maltaise
Œufs pochés florentine
Œufs au choix
Fricandeau de veau Vichy
Entrecôte grillée bordelaise
Andouillettes
Pommes mignonnettes
Endives à la belge
Suprême de volaille Rose-Marie
Saumon de la Loire au chambertin
Salade Monte-Carlo
Crème Ninon
Pont-l'Evêque – Gruyère
Corbeille de fruits
Vin rouge
Café – Thé – Infusions
Régime : Pommes purée – Lentilles – Riz créole – Salade – Eau de Vichy

— Eux, ils mangent pas à onze heures, dit Michèle en grinçant des dents.

— Il en faut, du temps, pour avaler tout ça, renchérit Lisa.

— Du suprême de volaille Rose-Marie... murmura Louise.

Elle essayait de se faire une idée de ce plat de reine. Son esprit, bercé par le bruit des remous du port, s'élevait vers le pont supérieur du *Gironde*, où des êtres supérieurs attablés maniaient des couverts d'argent et buvaient dans des verres de cristal. L'idée qu'un jour elle appartiendrait à ce monde l'effleura. Au bout de ce voyage, il y aurait la fortune. Le sentiment du devoir de réussite et une fierté nouvelle lui firent dire :

— Après Panamá, nous voyagerons toujours en première classe.

Il y avait tant de certitude dans sa voix que Lisa et Michèle ne doutèrent plus de leur heureuse destinée. Dès cet instant, elles mirent en œuvre les moyens qui les rendraient victorieuses.

Le miracle s'était produit. Charles avait cessé de boire dès que Michèle lui avait remis son billet. Il s'était senti soudain responsable de la petite équipe qui s'apprêtait à conquérir l'Amérique centrale et ce fut lui qui donna l'idée d'acheter à bas prix des marchandises fabriquées à Marseille pour les revendre au plus cher à Colón. Mais cette initiative avait fort mal été acceptée par Lisa et Louise, malgré les arguments de Michèle. Alors, pour prouver sa bonne foi, Charles avait vendu la totalité de ses costumes, sa collection de statuettes en biscuit de Saxe et plus de deux cents bouteilles de vins fameux afin d'investir de l'argent au nom de ses trois associées en jupons. Il avait encore ses entrées dans certains milieux, car bon nombre de patrons, de commerçants et de courtiers ne connaissaient pas sa nouvelle situation de déchu. Toutes les portes n'étaient pas fermées et il savait négocier au rabais.

Ce jour-là, Charles voulut se prouver qu'il était redevenu ce bon garçon qui faisait la fierté du quartier où il était né. Il se rendit à l'église de Saint-Barnabé. Il y avait été baptisé, il y avait reçu la communion, baisé la bague de l'évêque et promis d'être un bon chrétien. En pénétrant dans la nef, il revit des images fortes ; il revit le cercueil de sa mère adorée sous la croisée des pierres noircies par la fumée des cierges ; il revit ses sœurs pleurer et il se reconnut, lui, jurant tout bas qu'il ne croyait plus à rien. Il se remémora ce triste jour où il avait pris le mauvais chemin.

Il revenait sur ce lieu sacré pour se faire pardonner et reprendre le sentier qu'il n'aurait jamais dû quitter. D'une main hésitante, il toucha l'eau du bénitier. L'eau était froide. Elle ne le brûla pas. Aucune force ne le poussa hors de la maison de Dieu.

Rien n'avait changé. Il s'avança entre les piliers et retrouva naturellement les impressions d'antan. D'un pas lent, il se rapprocha de la Vierge voilée de bleu et leva les yeux vers elle ; il ne lui vint aucun conseil du tranquille visage, plus froid que le marbre de l'autel où des cierges s'amenuisaient sous le dard des flammes dévorant la cire. La statue le dominait. Le vacillement de la lueur des bougies rendait vivantes les mains blanches qu'elle tendait vers lui. Enfant, il venait tous les matins, bien avant l'ouverture des usines, s'agenouiller avec les siens aux pieds de la Dame du Ciel. Chacun priait, racontait tout bas ses malheurs, quémandait. Chacun se mettait sous sa protection. Il se rappela ce temps avec nostalgie.

Charles eut quelques mots sincères, se souvint des prières, ranima sa foi, courba l'échine jusqu'à ce que son cœur soit empli de lumière. Il n'était plus la brebis égarée.

Cela lui fit du bien de ne pas se savoir rejeté par la

mère du Christ et tous les saints polychromes veillant dans leurs niches. Il n'osa pas cependant tourner son regard vers le Christ en croix. La Vierge Marie – il le pensait comme la plupart des chrétiens – était plus conciliante envers les pécheurs ; elle accordait des pardons à la pelle, répandait ses bienfaits, multipliait les miracles. C'était à cette reine du paradis, comme le faisait autrefois sa mère, que Charles promit mille choses. En échange, il lui demanda de les aider, lui, Michèle, Lisa et Louise, dans leur future et folle entreprise. Il concrétisa le pacte en allumant quatre cierges qu'il paya sans compter, en laissant tomber une pièce de deux francs dans le tronc. La pièce fit un bruit agréable et toucha sûrement le cœur de Marie.

En prime, il reçut la bénédiction des bigotes agenouillées sous la nef. Ces femmes n'étaient pas habituées à voir un homme de son élégance à cette heure de la journée. Elles imaginèrent toutes sortes d'histoires à son sujet, des histoires importantes qu'il était venu régler dans la maison de Dieu. Il se sentit porté par les regards, associé aux chuchotis. Il retrouva la rue, plein d'une force nouvelle. Marseille lui parut différente, vieillie. Il n'avait plus rien à faire dans cette ville... Juste en tirer quelques bénéfices avant le départ.

Du haut de la rue tortueuse qui descendait vers le centre, il engloba d'un seul regard la cité empanachée de fumées. A l'ouest, le ciel était presque noir, traversé par des colonnes qui s'élevaient des hautes cheminées d'usines. Ce fut dans cette direction qu'il choisit de se rendre. A Sainte-Marthe, où étaient concentrées les savonneries et les chaudronneries. Il héla un fiacre. Il ne voulait pas arriver à pied et être diminué aux yeux de ceux qu'il allait rencontrer.

— C'est tout à votre honneur, monsieur Gombert,

mais nous ne sommes pas une société de charité, dit l'homme en soutenant le regard de Charles.

Le directeur des savonneries Caillaux était un peu décontenancé par les propositions de monsieur Charles. Il n'avait pas eu l'occasion de discuter affaires avec ce dernier depuis l'automne, lorsque les hôpitaux de la ville avaient dû renouveler leur stock de savons. Il s'agissait alors de livrer des quantités qui se chiffraient par tonnes à des prix juteux moyennant des ristournes que les deux parties se partageaient sous la table. Aujourd'hui, monsieur Charles voulait acheter cinq quintaux de savons ménagère et un de savon blanc à prix coûtant pour le compte d'une association caritative religieuse de la paroisse Saint-Barnabé, venant en aide aux miséreux.

— Il va de soi que nous citerons votre nom dans la presse, mentit Charles, qui avait inventé cette histoire de pauvres croupissant dans les taudis des faubourgs.

Le savon de Marseille était une denrée qui s'exportait partout dans le monde. Dans les contrées reculées, il se vendait à prix d'or, et d'après ses renseignements il était difficile d'en trouver en Amérique centrale. Il s'était dit que ce serait un excellent produit d'appel lorsque lui et les filles ouvriraient leur magasin à Colón. Restait à convaincre ce bourgeois boudiné dans son costume gris fer, qui respirait mal et souffrait visiblement du foie tant il avait le blanc de l'œil jaune.

Charles huma l'air du bureau rustique qui n'avait pas été transformé depuis Louis-Philippe. Ça sentait le vieux et les remugles de la savonnerie. Une odeur d'abattoir, d'huile frelatée et de chaux vive s'infiltrait à travers des verrières semblables à celles qu'on installait dans les postes de commande des gares. A travers cette baie à petits carreaux montés sur un châssis de fer, on pouvait contrôler le va-et-vient des tombereaux et des camions tirés par les chevaux de trait, les mouvements des ouvriers, ce qui entrait et sortait en toute légalité.

— Vous travaillez beaucoup avec les abattoirs, constata Charles, qui venait de repérer un véhicule débordant de carcasses de bœufs, de porcs, encore toutes dégoulinantes de sang. Les graisses animales offrent des avantages certains lorsqu'on les paye au dixième de leur valeur. Savez-vous que nos pauvres ne mangent jamais de viande ?

— C'est que...

— Vous invitez tous les jeudis soir à des dîners somptueux le député Marton, le directeur de l'Alcazar Santini, le directeur des abattoirs, Chartier, et quelques têtes bien connues appartenant à différents conseils d'entreprise et à des sociétés que je qualifierai de secrètes. Je dois avoir un dossier qui traîne quelque part, une dizaine de feuillets traitant de graisses animales, de gros sous et de trafics. Qu'en pensez-vous, mon cher ?

Le directeur s'empourpra. Les grosses veines violettes de son cou se gonflèrent. Il eut la sensation que la buée nauséabonde émanant des bacs dans lesquels on entassait les morceaux avariés sortait du plancher. Cette haleine qui collait à la peau, au crépi des murs, au cuivre des machines, à la savonnerie tout entière, l'accusait. Il se racla la gorge.

— J'en pense... je pense, se reprit-il, que je vais faire œuvre de charité et vous facturer ces six cents kilos de savon à leur prix de revient. Mais ce sera la seule fois. Vous m'entendez ? Il n'y aura jamais plus de remise concernant vos... pauvres.

— Je vous entends et je vous en suis reconnaissant. Nous ferons bon usage de vos savons.

Dix minutes plus tard, Charles quittait les savonneries Caillaux. Au fiacre qui l'attendait sur la route pavée, il cria :

— A présent, conduisez-moi à la chaudronnerie des frères Castelin !

13

La chère était maigre, mais Blaise Moraud n'expédia pas son repas. Il ne trouvait aucun goût au poulet et aux légumes. Sa femme, Marianne, n'avait jamais su cuisiner, ni élever les enfants, ni gérer le budget de la famille. Elle cousait mal, boudait le repassage, expédiait les tâches ménagères en se plaignant.

Marianne préférait s'évader en lisant des romans à un sou. Elle vivait à travers les gestes et les amours de ses héroïnes, regrettant d'habiter sur les hauteurs de Belleville. Que pouvait-elle espérer dans ce quartier populaire et moche où les gens passaient leur temps à boire et à se disputer, où les hommes battaient leurs femmes ? Contrairement à son époux, elle voyait tout en noir depuis qu'elle avait quitté la cité riante d'Orléans où elle était née. En se mariant avec ce petit cousin dont on vantait les mérites et le brillant avenir d'ingénieur en mécanique, elle avait cru entrer de plain-pied dans une vie de fastes et d'aventures. Il n'en était rien. Cela faisait cinq ans qu'elle attendait un miracle dans le nord de Paris. De leur petit trois-pièces situé au cinquième étage d'un immeuble d'angle qui pointait comme l'étrave d'une épave à la fourche de trois rues, elle pouvait voir le moutonnement des toits, les flèches des églises et les coupoles des monuments, mais elle ne tournait presque jamais les yeux en direction de ce grandiose panorama.

La capitale l'écrasait. Il ne lui semblait pas qu'il pût en être autrement, car la ville n'en finissait pas de s'agrandir, de dévorer les êtres et des millions de francs, poussant les pauvres vers les nouveaux habitats de l'Est et du Nord. Il y avait bien un nimbe de lumière du côté des Grands Boulevards, de l'Opéra, de la Concorde, des Champs-Elysées, de Montparnasse, des Invalides, du Champ-de-Mars et de Passy qui l'attirait mais cette clarté était réservée à d'autres. A madame de Lesseps, par exemple, chez qui elle avait bu le thé avec d'autres femmes d'ingénieurs.

Au souvenir de cette merveilleuse après-midi dans le merveilleux appartement des Lesseps, Marianne se mit à sourire, le regard perdu sur un rêve inaccessible.

Blaise la contempla. Elle était blonde, bien en chair, avec un regard de biche, des yeux très clairs, d'un bleu pâle sous la soie dorée des cils. Elle avait un visage sans personnalité, sans signe particulier, un visage qu'on oubliait très vite, mais il en connaissait tous les contours. Il l'aimait telle qu'elle était. Il aimait tout autant ses enfants, Christine et Martial, qui mâchaient en silence à leurs côtés. Sa fille avait cinq ans, son fils trois. A trente ans, il ne désirait plus en avoir d'autres. Ces deux têtes blondes suffisaient à son bonheur. De toute façon, Marianne n'en voulait plus ! A chaque grossesse, elle avait pris dix kilos et se désespérait de ne plus pouvoir les perdre. Malgré un régime qui lui interdisait le saindoux, le jaune d'œuf et la charcuterie.

Blaise soupira entre deux bouchées. Et dire qu'il n'allait plus les voir pendant longtemps ! Il avait signé un contrat d'embauche avec les entrepreneurs Couvreux et Hersent, maîtres d'œuvre engagés par Ferdinand de Lesseps. Dans moins de trois semaines, il foulerait le sol du continent américain. Dans moins de trois heures, il grimperait à bord du train Paris-Le Havre. Lui qui n'avait jamais travaillé en dehors de Paris, où il dessinait et expérimentait des pompes et des systèmes hydrauliques, allait rompre avec cinq années d'habitudes pour un triple salaire.

Ah... Pourquoi n'avait-il pas le pouvoir de changer les couverts en or ! Chaque bouchée comptait. Chacun prenait son temps, comme pour freiner les minutes et le tic-tac inexorable de la pendule sur la console du buffet. Les yeux des enfants s'arrondirent : leur maman chérie apportait le gâteau au beurre acheté à la pâtisserie Ravalet. C'était un moment rare. Le dernier du genre avait été mangé à Pâques. Le gâteau était couvert d'amandes émincées. Sous ses tuiles laiteuses, il y avait des épaisseurs de beurre et de génoise. Marianne coupa trois parts et les servit.

— Tu n'en prends pas ? demanda Blaise.

— Non, répondit-elle, j'ai mon dessert... Tu sais bien.

Il fut déçu. Elle ne faisait aucun effort. Même en ce jour poignant. D'un air concentré, elle ouvrit une bouteille mauve qu'elle avait apportée avant le dessert. Sur l'étiquette, on pouvait lire « Minéralogène ». Blaise fit la grimace. Il était en guerre contre tous les produits que Marianne ingurgitait pour maigrir. Celui-ci avait été récemment mis en vente sur le marché des apothicaires. Il contenait du lactate et du phosphate de calcium, du silicate de soude, du sulfate de magnésie et du sous-nitrate de bismuth. C'était terrible. Dans sa tête d'ingénieur, Marianne se profila telle une formule chimique complexe de perchlorate de magnésium et de natrium : $Cl_2\ MgO_86H_2O - NaClO_4$.

— Tu en as, de la chance, dit-elle après avoir avalé ses trois cuillerées à café de Minéralogène.

— Moi, de la chance ?

— Oui, de partir à Panamá.

— La chance, ce serait de pouvoir rester avec vous et d'être chef de projet dans une grosse entreprise parisienne.

— Tu vas connaître le paradis.

— Je n'en suis pas si sûr. Je connais beaucoup d'ingénieurs qui ont travaillé à Suez, en Afrique et au Brésil. Ils ne m'ont jamais décrit des paradis. Au contraire...

— Là-bas, c'est le paradis ! Promets-nous que tu nous feras venir.

— Je te le promets, dit-il en étendant ses mains au-dessus de la table pour se saisir de celles de Marianne.

A la vue de ce geste, les enfants rosirent de plaisir. Puis ils ouvrirent grand la bouche en entendant leur mère qui chantait le dernier air à la mode d'Octave Pradels : *Sous les bambous*.

Sous le ciel brûlant des Antilles
Voici la fin du jour ;
Dans les hamacs les brunes filles
Vont rêver à l'amour.
Déjà brillent les lucioles
Comme des diamants,
Au doux son des chansons créoles,
S'endorment les enfants.

Tuteurs jaloux
Et vieux époux,
Tirez bien les verrous !
L'amour guette votre demeure
Car voici l'heure
Des rendez-vous

Sous les bambous !
Sous les bambous !
Sous les bambous !...

Blaise avait le cœur gros. Six heures de train n'avaient pas suffi à lui faire oublier les larmes de Christine et de Martial, la tristesse contenue de Marianne. Il les avait laissés sur le quai de la gare Saint-Lazare avec les femmes des autres ingénieurs.

Ses collègues ne paraissaient pas affectés par ce départ. Dans le compartiment, on n'entendait qu'eux. Ils parlaient de leurs exploits techniques, de machines gigantesques taillant des jungles en Afrique, creusant des galeries dans les mines et des tunnels sous les montagnes. Rien ne pouvait résister à leurs inventions tout en dents d'acier, en rouages et en câbles. A les écouter, on pouvait araser les Alpes, détourner le fleuve Amazone vers le Pacifique, construire des ponts entre l'Espagne et le Maroc, le Danemark et la Suède, transformer le Sahara en mer et la mer d'Azov en une plaine fertile de 30 000 kilomètres carrés. Selon eux, Panamá serait une promenade comme l'avait été Suez.

Blaise ne tirait nulle fierté d'appartenir à cette caste d'hommes nouveaux. Leur volonté de pacifier le monde par des moyens mécaniques était comme un blasphème. Ils désiraient asservir la nature à leurs besoins. « Uniformiser la terre » était même l'une des expressions favorites de leurs deux chefs : Gaston Blanchet et Gustave Reclus.

Les deux aînés aux barbes poivre avaient pris place au fond du wagon aux sièges rembourrés. Tout chez eux inspirait la confiance. Blaise les admirait. Et cependant, par une pointe à peine perceptible, un souci indéfinissable touchait son cœur. Mais, comme il était indéfinissable, il se confondait avec cet alanguissement que provoquait le roulement monotone du train filant vers la côte.

Ils étaient vingt dans cet espace confiné que leur avait réservé la Compagnie universelle. Ils seraient quarante au Havre. Les ouvriers spécialisés étaient partis une semaine plus tôt pour démonter les machines à embarquer. Blaise somnola sur les derniers kilomètres.

— Le Havre, dit soudain son voisin en lui donnant un coup de coude.

Blaise appuya son front contre la vitre sale. Devant lui, le jour blanchâtre s'abaissait doucement sur les premiers quartiers de la ville. Le train ralentit. Tout le monde se tut. Chacun éprouva le même pincement au cœur. Les yeux essayaient de tout saisir, comme s'il était capital pour ces hommes de connaître chaque parcelle de ces toits d'ardoise, ces façades blanc bleuâtre, ces lanternes déjà allumées en prévision de mystérieuses veillées, ces morceaux de France, les derniers souvenirs qu'ils emporteraient au-delà de l'océan.

Un bruit de ferraille couvrit les respirations qui s'accéléraient. Une ultime et forte secousse renvoya Blaise et son voisin, un spécialiste en forage taciturne qui, durant le voyage, n'avait pas levé les yeux d'un gros livre de géologie. Il s'appelait Fernand Grange, pesait cent dix kilos, mesurait 1,85 mètre et n'avait pas laissé de compagne derrière lui. Il grommela :

— Nous y voilà.

Les voyageurs des autres wagons se bousculèrent. Blaise et les ingénieurs empoignèrent leurs valises et leurs sacs. Ils prenaient leur temps. Ils voulaient se démarquer du troupeau des gens ordinaires. Lesseps le leur avait dit : « Je vous ai choisis parce que vous êtes des hommes extraordinaires. » Et ils le croyaient.

D'âcres odeurs de charbon et d'huile brûlée poissaient l'air de la gare. Sous les vastes verrières aux nervures métalliques, l'éclairage était doux, tamisé et vaporeux. Des pigeons rendus fous par l'arrivée de la locomotive y tournoyaient, mêlant leurs claquements d'ailes aux bruits qui se répercutaient à l'infini.

Blaise n'entendait pas les sons amplifiés par les structures de cette cathédrale. Il était captivé par ce qu'il découvrait au bout du quai. Les chuintements de la vapeur, les grondements des monstres de fer sur leurs roues grinçantes, les coups de tampon et la voix tonique de l'aboyeur ne l'atteignaient plus. Ce dernier, qui chantait habituellement les destinations et les correspondances des trains, les horaires des bateaux, les itinéraires des omnibus et des pataches, annonçait leur arrivée et les louait. Il mettait tout son talent au service du superbe général d'industrie qui, du haut d'une estrade bordée de cocardes tricolores, en compagnie de la municipalité havraise et des autorités préfectorales, attendait ses ingénieurs : Ferdinand de Lesseps.

Lesseps les regardait venir à lui. Il eut pour eux un sourire paternel et ouvrit les bras. Alors une fanfare se mit à jouer un air de gloire, figeant l'armée des voyageurs en débâcle.

Blaise croisa le regard de Lesseps et ce fut le déclic. Il appartenait désormais au clan des hommes extraordinaires. Il oublia Marianne et les enfants. Il était temps de façonner le monde à l'idéal du génie mécanique et de l'Ecole des mines.

14

Louise éprouva une forte émotion en regardant monter le filet. La grue l'avait soulevé sans effort. Environné de la vapeur rejetée par le tuyau de sa machine, l'homme lui fit un signe de la cabine où il tirait les manettes. Elle lui répondit en agitant la main. Le filet monta, oscilla au-dessus du quai. Ses mailles enserraient les caisses. Leurs caisses de marchandise. Elles contenaient le meilleur des savons, des ustensiles de toutes sortes, des boîtes de conserve...

Louise n'en revenait pas. Pas plus que Lisa. Sans Charles, elles n'auraient jamais pu acheter toute cette marchandise. Il l'avait payée presque entièrement. Peu cher, il était vrai. Mais le geste comptait. Il le rachetait aux yeux des deux femmes qui avaient tant douté de sa bonne foi retrouvée.

Charles n'était plus le même. Il ne lustrait plus sa moustache, ne portait plus de chevalières à ses doigts, ni de souliers vernis. A quelques pas de Louise, vêtu d'un simple costume de moleskine bleu-gris et d'une casquette, il tenait Michèle par la taille. Sur son visage se lisait aussi l'émotion... et la peur soudain.

Louise fut alertée par le changement des traits de Charles et de Michèle. Le couple ne contemplait plus le filet. Elle suivit la ligne de leurs regards agrandis et fut saisie à son tour par la frayeur. Elle le reconnut aussitôt.

Le commissaire Darieux en personne se tenait là-bas, entre deux entrepôts des Messageries. Il avait les bras croisés et le même air suspicieux qu'il affichait le jour où il leur avait vendu les passeports. Six policiers l'accompagnaient. Louise se dit qu'il venait la chercher pour l'emmener au palais de justice. Il y avait beaucoup de monde sur le quai, des passagers en attente d'embarquement, des amis venus les accompagner, des porteurs et des marins, mais derrière les verres de ses lunettes cerclées d'or le commissaire Darieux n'avait d'yeux que pour le quatuor.

Lentement, il traversa l'espace qui le séparait de Louise et de ses amis, suivi de ses hommes en uniforme qui marchaient à deux pas. Devant lui, les gens s'écartaient. C'était un homme puissant, connu des Marseillais. Il avait à son actif des arrestations spectaculaires. Il fit trembler bon nombre des immigrés qui n'étaient pas en règle. Il s'arrêta devant Charles et échangea quelques paroles. Louise, qui se tenait roide à quelques mètres d'eux, essaya de capter les mots lâchés à demi-voix. Elle regarda Michèle, espérant une explication, qui vint de Darieux. Le commissaire abandonna Charles et l'aborda.

Malgré l'air vif, Louise sentit la sueur perler à son front. Il y avait les six policiers en retrait. Ils la contemplaient avec une sorte d'animosité et de suspicion. Elle ne douta plus de l'issue de la rencontre : on allait l'emmener en prison. Peut-être avait-elle été l'objet d'une tractation entre Charles et cet homme. Des idées folles lui traversèrent la tête. Charles l'avait vendue !

— Comment va mademoiselle Cardon ? demanda Darieux en la détaillant de haut en bas.

La monture d'or des lunettes brillait. Les verres épais reflétaient l'éclat du ciel et de la mer. Mais ils ne suffisaient pas à diminuer l'intensité du regard. Il l'avait appelée Cardon, du nom inscrit sur le passeport. Mais cela ne la rassura pas pour autant.

— Vous venez m'arrêter ?

Darieux éclata de rire. Il ne s'attendait pas à pareille question. Il fit non de la tête.

— Je viens m'assurer de votre départ... surtout du départ de monsieur Charles. Mes amis, et certaines personnes qu'il était en mesure de faire chanter, ne retrouveront la tranquillité que lorsque ce bateau l'aura emporté au-delà des colonnes de Gibraltar. Plusieurs solutions s'offraient à nous pour le faire « voyager », celle-ci est la plus acceptable... Nous lui avons offert une sortie honorable et facilité, sans qu'il le sache, ses transactions marchandes. Vous vous êtes associée avec de drôles de cocos, mademoiselle Bonifay. Méfiez-vous d'eux... Méfiez-vous de tout. Là où vous vous rendez, il n'y a pas de loi. Je vous conseille d'acheter une arme et de ne dormir que d'un œil. Bonne chance.

Cette fois, il l'avait appelée mademoiselle Bonifay. Il lui tendit la main. Elle ne comprenait pas ce revirement.

— Pourquoi me parlez-vous ainsi ? souffla-t-elle.

— Parce que vous êtes une fille bien, répondit-il en serrant la main qu'elle avait mise dans la sienne.

Ils étaient enfin à bord du *Gironde*. Lisa pleurait. Michèle se mordait le poing. Charles agrippait la rampe de l'escalier sur lequel il s'était figé. Louise se comprimait la poitrine. Elle appréhendait ce départ. Elle quittait sa chère Provence, cette terre qui contenait les restes de ses ancêtres et de ses parents. Quelques-uns d'entre eux, forcés par les guerres et les révolutions, avaient connu d'autres horizons, mais ils ne s'étaient jamais rendus au-delà des frontières du pays. Elle serait la première à franchir les limites de la France ; elle n'avait pas conscience de la vastitude du monde car elle ramenait tout à de pauvres connaissances géographiques qu'elle mesurait en heures de marche. Lorsqu'elle habitait au Brûlat, quatre heures étaient nécessaires pour se rendre à pied à Toulon, sept pour parvenir à Brignoles, dix pour rejoindre Aix. Les vieux du village parlaient de ces marches sur les confins de leurs horizons comme de véritables exploits. Son propre exploit, elle ne pourrait jamais le raconter aux veillées. Elle allait voguer pendant des semaines, si loin vers le sud-ouest qu'elle ne reconnaîtrait plus les étoiles dans le ciel.

« Tu ne reviendras plus, dit une voix au fond de sa tête. Tu ne verras plus ce ciel... Tu n'entendras plus les cigales, les grillons, le mistral, le bruissement des cistes et des genêts, le chant des lavandières sous les lilas, le craquement des pierres brûlées par le soleil... Tu t'en vas à jamais parce que ici on ne veut plus de toi, parce que ton temps sur les collines s'achève, parce qu'il le faut bien. »

Les sanglots de Lisa parvinrent jusqu'à sa conscience. Et Louise ne fit rien pour refouler les larmes. Sous l'embus de son regard, la ville prenait une teinte gris-bleu et les clochers étaient d'une légèreté incroyable. Marseille lui parut belle en ce début de soirée ; Louise se mit à aimer cette ville au moment où elle la quittait. Elle n'avait pas d'amis dans la foule dépenaillée rassemblée sur les pontons.

— Je t'aime ! cria une jeune femme à un homme perdu au milieu de ceux qui étaient restés à terre.

Ce cri d'amour les transporta. Il sembla réveiller les forces du navire. Une multitude d'hommes s'affaira sur ses flancs pour les derniers préparatifs, le remplissant de houille par les sabords, grimpant aux barres du perroquet. Louise et Lisa asséchèrent leurs larmes et vibrèrent à chacune des manœuvres. Les marins couraient de l'étrave à l'étambot, enjambant les cordes et les torons. Leurs gestes appartenaient à un rituel. Elles frémirent en voyant les gabiers éparpillés dans la mâture. On les bouscula, ou leur assigna un coin avec le groupe des troisièmes classes, très loin des premières qui pouvaient assister en toute tranquillité au spectacle.

Coups de sifflet, appels, engueulades, chaînes qui ferraillaient dans les écubiers, gémissements des vergues, cliquetis des treuils et des poulies, martèlements sourds des pistons, galopades sur le rouf, roulement des tonneaux sur le pont couvrirent les vivats montant des pontons.

— On part ! dit Lisa en s'emparant de la main de Louise.

En effet, le *Gironde*, superbe paquebot à hélice, gréé en trois-mâts barque avec ses deux cheminées, gaillard et avant à guibre, sa longue dunette arrière, d'une longueur de 112 mètres, d'une puissance de 1 500 chevaux, portant ses trois cents passagers et ses cent vingt hommes d'équipage, s'écartait du ponton.

Deux heures plus tard, il filait à la vitesse de 14 nœuds au large du delta du Rhône. Il n'y eut bientôt plus que la mer et la nuit. Puis l'angoisse. Au cours de leur premier repas, que ne partagea pas Charles, malade, les trois amies apprirent, de la bouche même du matelot qui les servait, que le *Gironde* avait le 20 décembre 1875 abordé et coulé le paquebot *Louisiane*, que chaque année les Messageries perdaient un navire lors d'une catastrophe ; le *Meikong* s'était brisé sur les rochers de Ras Hafun, le *Hoogly* avait sombré au large de Montevideo.

Il ne se passait pas un jour dans le monde sans que la mer prélevât son dû d'âmes. « Celles des noyés errent longtemps avant de trouver le repos, avait dit un instituteur attablé avec elles. J'en sais quelque chose, je suis de Paimpol en Bretagne. Si j'ai choisi l'enseignement, c'est pour ne pas mourir en mer comme la plupart des hommes de ma famille. Enfin, je l'espère... J'aurais tout fait pour éviter cette traversée. Je suis volontaire pour Panamá. On va avoir besoin d'écoles là-bas. Il ne nous reste plus qu'à prier et je crois que tout se passera bien. » Il dit s'appeler Renaud Legouen, mais on oublia aussitôt son nom. Dans la bouche des passagers, il devint « monsieur l'instituteur qui sait tout et n'aime personne ».

Dans la cabine où ils dormaient à dix sur des lits superposés, se remémorant les propos de l'instituteur et s'en inventant d'autres plus pessimistes, elles ne purent fermer l'œil, guettant les bruits de la chaudière et les chocs répétés des vagues sur la coque. Elles eurent en charge le pauvre Charles, qui rendait sa bile. Il marinait dans son jus acide. Et il n'était pas le seul : la moitié des passagers de l'étroite et longue cabine avait les tripes à l'envers.

En cette quatrième nuit de tempête, Louise était terrifiée par les brasillements qui, à travers le hublot, envahissaient la cabine. Les fulgurances crevaient le ciel, se répandaient sur la mer démontée et sur les visages de ses compagnons en prières. Des « Protégez-moi, sainte Marie » couraient sur toutes les lèvres. Louise était la seule à ne plus s'en remettre aux forces divines ; elle gérait au mieux sa peur en se disant qu'il était impossible d'échapper au destin. Elle ne croyait cependant pas sa dernière heure arrivée. Elle s'arracha au sommier de crin calé dans le coffre de bois du lit suspendu. Au-dessous d'elle, Lisa lui parut hagarde. Son visage déformé par la nausée et la frayeur s'était transformé. Sous les coulures du maquillage, il touchait à l'extrême vieillesse. Ceux de Michèle et de Charles ne valaient pas mieux. On aurait dit deux masques grotesques de carnaval.

— Où vas-tu ? demanda Lisa en arrachant un à un les mots de sa gorge serrée.

Entre ses doigts, l'ovale d'une médaille de la Vierge aurait dû offrir une sérieuse garantie contre les dangers de mort. Il ne semblait avoir aucun effet.

— Je ne peux pas rester ici.

— Tu es folle !

Louise ne répondit pas. Elle ne voulait plus rester dans ce trou à rats. Elle était faite pour les grands espaces et elle avait déjà été confrontée à de terribles tempêtes dans les collines, à des feux dévastateurs au sein des garrigues. Elle s'avança difficilement entre les rangées de lits. Le *Gironde* se balançait, roulait et tanguait. Sa carapace gémissait et craquait. Un choc formidable se produisit, un gigantesque paquet de mer frappa le navire par le travers. Tout le monde cria. Louise tomba en avant. Des rivets sautèrent quelque part dans les superstructures, claquant comme des pétards un jour de 14 Juillet. La peur à nouveau. Louise entendait gémir et sangloter ses compagnons. Il lui fallait à tout prix échapper à la panique collective. Elle se releva péniblement et retomba. Elle s'accrocha à la couchette de l'instituteur breton, semblable à un cadavre attaché au matelas. Il s'était sanglé. Ses yeux grands ouverts et fixes voyaient les fantômes de ses ancêtres morts en mer. Louise se releva et chassa l'image de cet homme. Elle enfila un suroît prêté par la compagnie et sortit de la cabine.

Le plancher du couloir étroit qui desservait les cabines du pont inférieur bougeait sous ses pieds, montait de plusieurs degrés lentement et redescendait brutalement. Il tremblait. Sous l'acier de ses plaques, les machines rugissaient de tous leurs pistons.

Louise se cogna aux cloisons, contre la porte qu'elle eut du mal à ouvrir. Elle grimpa encore d'un pont, gagna les premières, respirant entre deux halètements l'odeur de la cire, du bois et du cuir. Un nouveau coup de boutoir, suivi d'une déflagration, la renvoya en arrière au moment où elle poussait la porte étanche qui donnait sur l'extérieur. Elle se rattrapa de justesse à la rampe de cuivre, recevant un paquet de mer. L'eau glacée la recouvrit et lui éclaboussa le visage. Au-dehors, le ciel et l'océan ne faisaient qu'un, liés par l'écume des nuages et des vagues. De titanesques montagnes en mouvement grouillaient de mauvaises lueurs. Le *Gironde* n'était plus qu'une coque de noix soulevée par des mains de géants, drossé par des souffles formidables. Que pouvaient les 1 500 CV de ses moteurs face aux milliards de chevaux lancés au galop sur ce paysage apocalyptique ? Louise demeura médusée. Elle n'avait jamais rien vu de pareil. Ses jambes tremblaient ; sa conscience hurlait. Pourtant elle tenait bon et ne voulait pas retourner auprès de ses amis. Pas encore. Elle avait quelque chose à accomplir. La tempête était un rite de passage. Il lui sembla entendre beugler son nom.

C'était terrifiant. Elle avait envie de défier « cela ». Un jour, alors qu'elle braconnait avec son père sous les rochers de la Sainte-Baume, l'orage les avait surpris. Elle avait onze ans et les craquements effroyables du tonnerre lui arrachèrent des cris. Son père lui souleva alors le menton, la força à contempler le ciel et dit : « Reste calme, tu n'as rien à te reprocher. Laisse Dieu éternuer du haut des cieux. Regarde la nature en face, nourris-toi de la puissance de la foudre, fais tienne la force des éléments. Craindre, c'est mourir. J'ai compris cela pendant la guerre, alors que le canon des Prussiens tonnait et que les uhlans nous chargeaient. Tourner le dos à la mort, c'est à coup sûr mourir. J'ai tenu bon face à l'ennemi. Tiens bon à ton tour. Je veux que ma fille soit forte... »

— Je suis forte, papa, je suis forte ! cria-t-elle face à la bourrasque. Elle empoigna le tube qui courait le long du bastingage et défia l'océan. Il se gonfla en larges vagues dont les crêtes déferlèrent avec un échevellement indescriptible.

— Je suis forte ! lança-t-elle encore.

Elle vacillait chaque fois que l'étrave disparaissait dans la masse grise des déferlantes qui attaquaient le *Gironde* par bâbord. Soudain, une lame plus forte que les autres monta à l'assaut de la coque et balaya le pont. Aveuglée, Louise eut un moment de doute. Elle crut le navire livré à lui-même, éventré, les machines noyées, mais l'instant d'après elle distingua le métal luisant des écubiers, la ligne épurée de l'avant sous le grand mât aux voiles déchirées et le grondement des moteurs. Le paquebot tenait bon.

— Rentrez immédiatement !

L'ordre hurlé se perdit dans la tourmente.

— Vous m'entendez, sacrebleu !

Devant elle, cramponné au garde-fou de la passerelle, enveloppé d'embruns de la tête aux pieds, le second maître lui montrait le poing en vociférant. Un coup de mer dressa un mur liquide entre elle et lui, mais le marin avait l'habitude de recevoir des charges de ce genre. Il perça l'obstacle liquide et se saisit de Louise.

— Où est votre cabine ?

— 82.

Les gros numéros de 80 à 90 désignaient les cabines communes, les moins chères, celles où on entassait la racaille et les pouilleux.

— Avec vous, les fauchés, on a toujours des problèmes !

Il la ramena dans le ventre du navire en jurant, la menaçant d'une amende, puis il la lâcha au niveau des troisièmes classes. Elle lut le mépris sur sa face mouillée. Elle se retint de le gifler. Redressant fièrement le buste, elle mit un point d'honneur à ne pas zigzaguer. Elle avait vaincu la tempête ; elle vaincrait les salopards qui se croyaient supérieurs. Lorsqu'elle entra dans la cage empuantie par les déjections de ses compagnons de voyage, elle s'effondra entre les bras de Lisa en claquant des dents.

La fièvre la prit presque immédiatement. C'était le prix à payer. A son tour elle délira sur son matelas de crin pendant deux jours et deux nuits. Quand elle reprit ses esprits, le *Gironde* filait sur une mer d'huile. Au loin émergeaient les terres d'Amérique. Le bruit courut qu'on arrivait. Il précéda celui des calvacades dans les coursives. On se précipita vers l'étrave, on grimpa sur la dunette, sur les barques de sauvetage pour mieux apercevoir le continent béni sous le ciel tout bleu, pareil à une haute tente dont les pans brumeux retombaient sur l'horizon du couchant.

Les fronts heureux se plissèrent d'émotion et de bonheur. C'était donc cela, la Colombie : une bande de brume épaisse au-dessus de laquelle pointait un imposant pic posé sur une haute chaîne de montagnes.

— Le pic Christophe-Colomb, dit l'instituteur, qui

s'était rapproché de Louise. Il pointe à une altitude de 5 800 mètres.

Cette hauteur ne signifiait rien pour Louise. Sa référence, la Sainte-Baume, s'élevait à plus de 1 100 mètres, mais elle l'ignorait. Elle constata que ce pic était buriné par les glaciers, que la côte sous son corps pelé était invisible, que des dangers se cachaient là. On allait devoir se battre... se battre pour grandir. Elle le pressentait. Elle rejoignit Lisa et lui enlaça la taille.

— Nous y sommes.

— Oui.

Un vent chaud se mit à souffler de la terre vers le large, il suivait le courant provoqué par le puissant río Magdalena, qui se jetait non loin du port de Barranquilla, voisin de Cartagena, vers lequel se dirigeait le *Gironde*. Leurs poitrines se soulevèrent à l'unisson pour respirer à pleins poumons cet air alourdi par les effluves de la forêt. Elles se sentirent libres. Sur la dunette, Charles et Michèle échangeaient un vrai baiser d'amoureux.

La vie au paradis pouvait commencer.

15

L'étrave du *Gironde* coupa la brume. Il aida le soleil à la percer. Et le miracle eut lieu. En quelques minutes, la chape de plomb qui collait à la baie se désagrégea. Le grand port colonial de Cartagena, qui abritait autrefois les galions espagnols chargés d'or, apparut. C'était une ville blanche et sale dominée par une puissante église à deux tours. Elle rappelait les cités andalouses, mais le *Gironde* n'allait pas aborder au pays des fiers hidalgos. On était en Colombie, où les plus forts faisaient et défaisaient la loi dans le déshonneur. Les conservateurs au pouvoir depuis 1867 ne dérogeaient pas à la règle ; sous des apparences républicaines, ils exerçaient la dictature avec le concours de l'Eglise, maintenant le peuple dans la misère et matant les révoltes paysannes dans le sang.

Louise et Lisa cherchaient des points de repère, quelque chose qui leur aurait rappelé Marseille. D'énormes arbres et des marécages enserraient la cité. De ce vert foncé montaient des fumerolles et de gros oiseaux jaunes disputant le ciel aux mouettes. Cartagena ne semblait pas pouvoir lutter contre cette nature exubérante. Elle s'accrochait de tous ses quartiers au canal naturel d'El Dique, point terminal des navigateurs qui descendaient ou remontaient le río Magdalena. Ce canal faisait sa richesse. Des centaines de barques, de barges, de bateaux à roue et de gabares s'y croisaient. Mais il n'y avait aucun pointu de pêche cher au cœur des Marseillais et des Varois. Ici on ne prenait pas les rougets et les rascasses au filet à mailles resserrées. Ici, il y avait des requins, des poissons-perroquets, des raies mantas, des espadons, des espèces étranges qu'on laissait sécher sur des fils, le long des plages de sable doré. Elles l'apprendraient bientôt.

— On n'est plus en Prouvenço, dit Lisa.

Louise acquiesça. Elle soupira. Elle s'était imaginé des oliviers et des vignes. Pas ce débordement de troncs, de feuilles et de lianes. Cette découverte l'affligea. Elle allait devoir tout réapprendre. Elle n'eut pas le temps de songer à ce qui l'attendait à Panamá, qu'elle ne croyait pas différente de cet endroit. De la côte et du port, des dizaines d'esquifs convergeaient vers le paquebot. Ils le cernèrent, l'escortèrent. A leurs bords des enfants riants et des hommes souriants lancèrent des appels joyeux.

— Je ne m'attendais pas à voir tant de nègres, dit l'instituteur, qui oubliait que les Caraïbes avaient été peuplées d'esclaves.

Il en était resté à des définitions didactiques. Il aurait pu faire étalage de son savoir et leur dire que la Colombie avait été habitée d'Asiatiques entre la fin du paléolithique et le début du néolithique, mais il n'ouvrit plus le bec. Il jeta un regard noir à Louise et Lisa. Ces deux femmes étaient sans instruction ; de plus elles répondaient en agitant leurs bras aux nègres dans les barques bariolées. Elles se rabaissaient aux yeux des gens des premières. Deux idiotes qui n'avaient pas conscience de leur supériorité.

Louise et Lisa les trouvaient beaux, ces Noirs torse

nu, aux muscles qui saillaient sous l'effort. Ils avaient quelque chose de féminin. Leurs visages d'un brun cuivré avaient de la finesse. Des yeux en amande illuminaient leurs traits où ne perçait aucune animosité. Elles ignoraient que c'étaient des Zambos, Africains métissés d'Indiens, les meilleurs pêcheurs de la côte caraïbe. Ces ambassadeurs se détachèrent peu à peu du *Gironde* et gagnèrent le port, où se rassemblait une foule exubérante contenue par des troupes armées. Chaque arrivée de paquebot provoquait des mouvements incontrôlables. Les riches Occidentaux étaient toujours reçus avec enthousiasme. Dans le cœur des Colombiens, les Français occupaient une place de choix, surtout depuis que le territoire de Panamá leur avait été cédé contre des millions. Ils attendaient beaucoup de la construction du canal. Toute l'économie de la région bénéficierait des retombées de son ouverture. Les grands propriétaires terriens songeaient déjà aux futurs marchés du Pacifique, aux productions de bananes, de cacao et de café exportées vers les villes nouvelles de Californie, vers le Pérou et le Chili.

— Vive la France !

Les vivats atteignirent Louise et Lisa. Charles et Michèle mirent un terme à leurs bécots. Vingt mille personnes au moins prenaient d'assaut les anciennes digues parées de vieux canons de bronze et les jetées de bois branlantes d'où s'élançaient les pélicans. Le bruit de leurs piétinements sur les planches vermoulues parvint aux oreilles des passagers. Ceux des premières s'inquiétèrent à la vue de cette populace indisciplinée et « mal blanchie ». Les Blancs – il y en avait quelques centaines – restaient en retrait, protégés par un bataillon d'infanterie. A cheval, en calèche, les hommes en costume clair et les femmes à l'abri des ombrelles étaient venus au spectacle, tout en remerciant le ciel :

le *Gironde* n'avait pas coulé. Les soutes du bateau contenaient une précieuse cargaison, les produits rares qu'on ne trouvait qu'en France, les robes des grands couturiers, les soieries de Lyon, les vins et le cognac, les meubles marquetés. La presque totalité de ces biens avait été commandée par la bourgeoisie du pays.

— Ils vont nous voler, se lamenta une femme des premières, qui exigeait une escorte pour elle et son mari, importateur de café nouvellement envoyé pour négocier avec les planteurs.

— Généralement ils attendent la tombée de la nuit pour détrousser les voyageurs, plaisanta le second du *Gironde*.

Personne ne prit cela pour une plaisanterie. Le navire se rapprochait du port. On pouvait deviner les faciès des indigènes surexcités. Ils inspiraient la crainte. Du sein de cette houle où les têtes roulaient comme sous un coup de vent, surgissaient des enfants à califourchon sur le cou des adultes, des machettes que les coupeurs de canne à sucre faisaient tinter, des harpons brandis par les Zambos, des javelots au bout des bras des Indiens Arawaks.

— Ce sont des cannibales, lança la femme, au bord de l'évanouissement.

— Mon Dieu ! Mon Dieu ! s'écria une autre. On nous avait dit qu'il n'y avait rien à craindre à la préfecture.

— Trouillardes !

Les deux femmes aux chignons impeccables sur lesquels brillaient des broches imitant des fleurs se penchèrent. Qui avait osé les bafouer en public ?

— J'espère que ces sauvages vous passeront à la broche ! ajouta Lisa, qui, les mains sur les hanches, dans l'attitude des poissonnières de Marseille donnant de la gueule, les narguait.

Les premières furent ulcérées par les propos de l'Italienne. De plus, ils voyaient bien qu'elle était une « poule ». Au-dessus d'un triple volant de dentelle, dans le décolleté d'une robe vert pomme, comprimés par le corset, ses seins débordaient. Les trois quarts des hommes les reluquaient. Lisa aurait pu gagner beaucoup d'argent sur ce navire. Les épouses outrées serrèrent les bras de leurs époux émoustillés. Les droits et les obligations du mariage reprirent le dessus. Maintenant, une immobilité frappait le pont où les bourgeois jugeaient en silence la « traînée ».

Les regards se tournèrent vers le capitaine. On désirait qu'il fît usage de ses galons d'or. Une réprimande s'imposait. Dans son uniforme blanc, la casquette vissée au ras du front, il demeura impassible. Il cachait ses sentiments. La barbe en broussaille qu'il portait longue camouflait les crispations de son visage rongé par le sel. Il lui tardait de larguer ce beau monde à terre et de réparer son navire. La plupart de ces gens – il s'en fichait – allaient être confrontés à des situations difficiles. Plus d'une moitié restait en Colombie, un tiers s'embarquait pour le Venezuela, le reste partait en caboteur pour Panamá. Statistiquement, vingt pour cent d'entre eux mourraient avant la fin de l'année. Ce pourcentage n'apparaissait pas dans les rapports des consuls ; il circulait de bouche à oreille dans les services des ambassades.

Il contempla Lisa et Louise. Pauvres filles ! Elles ne savaient pas ce qui les attendait. Il eut un autre regard plus ferme pour ses seconds qui brûlaient d'intervenir. Les officiers comprirent le message. Malgré les pressions des messieurs des premières et de leurs épouses courroucées, ils ne bronchèrent pas.

— Monsieur Martin, procédez à la manœuvre !

ordonna-t-il d'une voix impérieuse qui ramena tous les passagers au calme.

Le *Gironde* inversa les moteurs. Un petit vapeur vint s'accoler à sa coque afin de le pousser vers les énormes pilotis où il devait s'amarrer. Louise, Lisa, Michèle et Charles ne firent plus qu'un.

Charles avait quelques notions d'espagnol ; Michèle et Lisa, qui l'avaient pratiqué au lit avec des marins en escale à Marseille, le comprenaient. De plus, Charles avait le don de séduire et d'entourlouper ses auditeurs. Ce talent, il le mit au profit de l'équipe. Il avait changé avantageusement une pièce d'or contre des pesos. En moins d'une heure, il avait recueilli assez de renseignements sur la cité pour servir de guide aux troisièmes classes. Il exhiba les espèces du pays.

— Voilà de quoi tenir deux jours sans compter, dit-il en distribuant équitablement l'argent.

Les billets colombiens ressemblaient à du papier d'emballage colorié. Ils étaient tout froissés et mous. En les touchant, on avait l'impression de se poisser les doigts.

— Ça vaut quelque chose, ça ? demanda Lisa.

— Il faut croire, répondit Charles avant de siffler très fort.

Deux hommes quittèrent le grouillement. Quatre cents porteurs, autant de manœuvres, autant de mendiants et deux compagnies de soldats assaillaient le flanc du *Gironde*. Tous les passagers avaient été mis en garde contre les risques de vol et plusieurs s'étaient regroupés par affinités pour surveiller l'acheminement des bagages et se « défendre ». On se méfiait même de l'armée, surtout de l'armée réputée pour ses pillages. L'instituteur de Paimpol, deux jeunes couples juifs et un berger de Manosque faisaient cause commune avec

Louise et ses amis. Ils ne virent pas d'un bon œil la venue des deux types que Charles avait engagés pour garder la marchandise pendant l'escale obligatoire.

— Je vous présente Alfonso et Luis, dit-il à ses coéquipières. Ils m'ont coûté deux pesos et trois poulets. Ils veilleront sur notre cargaison jusqu'à mardi prochain lorsque nous embarquerons sur le *Yolombó*.

Louise jaugea les deux gaillards en pantalons troués. Petits, les jambes torses, ils avaient le nez busqué et le teint cuivré. Sur le vêtement ample et rayé d'orange et de jaune qui leur recouvrait le haut du corps, brillaient les lames des machettes qu'ils avaient accrochées autour de leur cou avec un lacet de cuir. Il y avait de la dureté dans leurs traits. Une sorte de fatalisme émanait d'eux. Louise avait connu des hommes qui leur ressemblaient. Ils lui firent penser aux sauvages charbonniers des collines qui vivaient comme des reclus avec femmes et enfants dans des cabanes.

— On peut leur faire confiance, affirma-t-elle après s'être heurtée à la fierté de leurs regards.

— A votre place, je me méfierais, dit l'instituteur. C'est pas fait pour égorger les moutons, ces longs couteaux qu'ils portent en médaillon.

— Je crois que vous pouvez nous faire plus de mal avec vos porte-plumes, répliqua-t-elle. Vous ne valez pas mieux que les marchands d'esclaves qui vous ont précédés dans ces pays de cocagne ! dit Louise, qui répétait ce qu'elle avait entendu pendant la traversée.

Toutes ces histoires d'esclaves enchaînés revendus sur les marchés des Caraïbes et de population indigène massacrée au nom de la Sainte Inquisition l'avaient bouleversée. Elle comprenait mieux à présent pourquoi son grand-père s'était battu aux côtés des insurgés varois lorsque Louis Napoléon Bonaparte s'était imposé aux Français après le coup d'Etat du

2 décembre 1851. Elle eut un regard terrible. Ses passions et sa soif de liberté allumèrent des mèches dans le noir de ses prunelles. Elle était au bord de l'explosion.

— Mademoiselle, je ne vous permets pas de m'insulter.

— Et moi, je ne vous permets pas de juger ces montagnards.

— Et d'abord, comment savez-vous qu'ils viennent des montagnes ?

— J'ai l'instinct pour ces choses-là.

— Bêtises !

— Ce sont des Indiens Guajiros qui sont venus de la cordillère centrale en descendant le cours du río Magdalena, ils n'ont qu'une parole, expliqua Charles pour calmer les deux adversaires. Enfin, c'est ce qu'on m'a laissé entendre à la douane. Je vais rester avec eux pour monter la garde.

— Vous allez dormir sur le port ? s'étonna l'instituteur.

— Il le faut, nous ne serons pas assez de trois pour surveiller nos caisses.

— Je reste avec toi ! dit Michèle.

— Pas question ! Tu iras à la pension Nuñez avec les autres et tu t'y enfermeras avec Lisa et Louise dès le coucher du soleil.

Charles bomba le torse ; il y avait du héros en lui. Son propre courage le surprenait. Il se plaisait dans ce rôle nouveau. Le regard de ses compagnes le valorisait et le rachetait de toutes les lâchetés passées. En 70, ayant été tiré au sort, il s'était débrouillé pour ne pas partir à la guerre en payant un volontaire. Ce remplaçant s'était fait tuer en Champagne. Ensuite, lors de la mobilisation de sa classe, après la terrible défaite du 4 septembre, il n'avait pas rejoint le dépôt, se faisant muter dans la Garde nationale sédentaire du département des Bouches-du-Rhône. La guerre, il l'avait passée dans les cafés de la Canebière, tuant des Prussiens à coups de bons mots échangés entre planqués.

A présent, il désirait se racheter, porter haut le drapeau de la France, servir Lesseps, être le chevalier Bayard de Panamá. Il ordonna aux deux Indiens de rester sur place.

— Je vais vous escorter jusqu'à la pension, dit-il en se chargeant des deux plus gros sacs de voyage.

Les femmes, l'instituteur, le berger et les jeunes couples lui emboîtèrent le pas. Ils entrèrent dans la forêt des bras tendus et des regards fiévreux. Dans un coin du port, les soldats réglaient un contentieux entre ethnies à coups de crosses de fusil. Et le bruit des cris des belligérants se mêlait à celui des rires et des conversations. Les Colombiens ne se souciaient pas de la violence. Elle était épidermique, culturelle, entretenue quotidiennement. Que leur importait un peu de sang répandu sur les pavés ? Il y avait mieux à faire avec ces Français empêtrés dans leurs vêtements inadaptés et leurs incertitudes. Tirer quelques centavos, voire des pesos contre des objets de pacotille ou de la marchandise de contrebande était une priorité. Peu de ces étrangers s'établiraient à Cartagena. Certains montaient déjà dans les diligences de la ligne Montería-Medellín-Manizales-Bogotá ou embarquaient sur le bateau à roue qui remontait le cours du río Magdalena jusqu'à Barranca Bermeja. Le temps pressait.

Louise fut abordée de tous côtés par des revendeurs et des trafiquants. On lui proposa des foulards, des robes, des couteaux, des herbes, des colifichets, des perles, des pépites d'or. Des mains brunes s'ouvraient sur des choses qui brillaient, sur des racines noueuses aux odeurs poivrées, des onguents censés repousser les moustiques, des images des saints locaux. On lui présenta des enfants en mendiant. Une femme lui montra une plaie infectée à la poitrine et tendit la main. Lisa intervint et la repoussa :

— Ne te laisse pas amadouer, dit-elle.

Elle connaissait bien Louise à présent. La petite paysanne du Brûlat était capable de distribuer ses sous et ses vêtements à tous les miséreux de cette fichue ville de bandits. La moitié des gens marchaient pieds nus, portaient des vêtements effilochés. Des poux par milliers couraient sur les tignasses. Des mouches tout aussi nombreuses harcelaient les peaux. Mais ces parasites ne semblaient pas importuner les différents clans caraïbes et indiens. Les langues ne cessaient de s'agiter. Les propositions et les prix fusaient, pareils aux caquètements, aux piaillements, aux croassements d'une nuée de volatiles à la tombée du jour. Les Colombiens vantaient leurs produits, s'égosillaient dans un mauvais espagnol, usant avec un accent épouvantable de rares mots en français qui faisaient sourire l'instituteur méprisant.

Le Breton balayait l'air devant lui d'une main molle avant même qu'on l'abordât. Il avait méchamment injurié un jeune garçon qui voulait à tout prix l'aider à porter sa valise, moyennant une piécette de cuivre. Etrangement, depuis cet incident, on lui fichait à peu près la paix. Et il pouvait se moquer à loisir de ses coreligionnaires qui n'osaient pas employer la méthode forte pour repousser sans égards la « vermine métissée » – formule qu'il venait d'inventer – venue des bas quartiers du port et des villages alentour. Il fut plus conciliant avec les grands bourgeois de la ville dans leurs calèches, leur adressant un signe de tête et soulevant à deux ou trois reprises son haut-de-forme devant des dames en robes blanches et brodées sous leurs ombrelles.

La rue qu'ils empruntèrent était en fête. Des fenêtres des maisons coloniales à arcades tombaient des mots de bienvenue et des appels. Les visages penchés s'éclairaient d'un pétillement de dents blanches. Il n'y avait pas de malignité derrière ces sourires. On était simplement heureux de recevoir des Français.

— C'est ça, votre pension ? s'écria l'instituteur.

— Les prix sont abordables, répondit Charles.

— Les punaises et les cancrelats sont compris, persifla l'instituteur.

— Vous pouvez toujours louer une suite à l'Atlantic Hotel, répondit Charles en montrant une bâtisse baroque au fronton de laquelle flottait le drapeau colombien.

L'instituteur grommela qu'il n'avait pas des goûts de pauvre. Il n'en pénétra pas moins dans la pension. Là, il recommença à critiquer le choix de Charles. On fit semblant de ne rien entendre, mais la malveillance du ton et l'antipatie naturelle qui se dégageait de sa personne mirent tout le monde mal à l'aise.

A cet instant, Lisa souhaita tout haut « qu'il crève ». Mais ce fut le ciel qui creva soudainement, déversant des tonnes d'eau.

16

Les nuits à Colón étaient insupportables. La chaleur humide l'empêchait de respirer ; les moustiques l'attaquaient escadron par escadron ; il les entendait vibrer, se rassembler dès qu'il allumait la lampe à pétrole. Contre ces suceurs de sang, il n'avait que la moustiquaire à opposer. Encore fallait-il qu'il s'appliquât à la rendre étanche. Ces maudits insectes profitaient du moindre interstice pour s'introduire dans l'espace formé par le lit à colonnes. Blaise Moraud avait su dès la première nuit passée à l'hôtel Bolivar que le sommeil le fuirait toujours. Ce pays n'était pas fait pour les Européens.

Lesseps n'avait pas tout dit. Personne dans les rapports d'étude n'avait évoqué les pluies torrentielles qui déferlaient durant huit mois de l'année. Certes, elles étaient intermittentes, mais elles provoquaient de brusques montées des eaux, transformaient la ville en un vaste lac de boue, modifiaient continuellement le paysage. Dans ces conditions, creuser un canal de soixante-quinze kilomètres ne pouvait être que périlleux.

Dès leur arrivée, ils avaient appris qu'un certain Leblanc, grand propriétaire de forêts à Ancón, avait déclaré à Lesseps que, s'il persévérait dans son intention de percer l'isthme, il ne trouverait jamais assez de bois pour les croix qu'il devrait déposer sur les tombes des ouvriers. Les ingénieurs en chef Blanchet et Reclus, forts de leur expérience à Suez, en avaient ri. Pas lui.

« Jamais je ne ferai venir ici Marianne et les enfants », pensa Blaise en s'étirant sur le lit.

Le jour pointait par les jalousies des persiennes. Il guetta les bruits. L'air ne vibrait plus. Les moustiques s'en étaient allés. Il ne pleuvait pas. Quelque part dans l'hôtel, une femme de chambre fredonnait un air. Il se leva, s'empêtra dans la moustiquaire. Il était en sueur. Son tricot et son caleçon lui collaient à la peau.

Huit heures sonnèrent au carillon de la mairie. On se levait trop tard. Blanchet avait décidé que les ingénieurs devaient être sur le terrain à 10 heures et les ouvriers à 7. Blaise regrettait qu'il en fût ainsi. Il se sentait solidaire de ses subordonnés, même s'il n'avait pas grand-chose à accomplir pour l'instant. Il n'y avait aucune raison de ménager les cadres. Les journées s'organisaient comme si on partait en balade, et c'était précédée de porteurs chargés de bouteilles de vin, de poulets froids, de tourtes et de fruits que l'équipe se rendait sur les lieux où la foreuse avait été installée.

Il lui importait de rester digne. Ses collègues se relâchaient déjà. En une semaine, quelques-uns avaient pris de mauvaises habitudes. Le soir, ils traînaient dans les salons de jeu, buvaient et fumaient exagérément, se laissaient entraîner par les prostituées locales malgré les mises en garde du médecin Baudouin. On les voyait le lendemain en débraillé sur le chantier, la voix pâteuse, les cernes bien marqués, la figure mangée par les moustiques. Dieu seul savait où ils passaient leurs nuits.

Rester digne consistait d'abord à se raser soigneusement. Il repoussa les persiennes, jeta un œil sur la rue déserte encaissée entre les immeubles de bois, puis sur le ciel où de gros nuages cerclés de rayons cuivrés bousculaient le bleu. Il s'approcha de la table de toilette, aiguisa son rasoir, l'éprouva sur l'ongle du pouce, se savonna la face avec application comme tous les matins depuis qu'il avait du poil au menton. Il se lava en économisant l'eau. Paradoxalement, dans cette région où elle coulait à flots, il était difficile d'en trouver de la potable. Les porteurs d'eau la revendaient cher aux particuliers. On la lui comptait deux sous les dix litres. La Compagnie universelle prenait tous les frais en charge. Il estimait cependant qu'il devait se restreindre et ne pas abuser de l'argent des actionnaires. Il avait appris à monter des devis, à construire des machines à coût réduit, à ne pas rogner sur les bénéfices. Il ne faillirait pas à la règle.

Il s'habilla d'un pantalon de toile blanche et d'une solide veste de travail grise. Il vérifia sa mallette, qui contenait des instruments de mesure, des calepins et tout un assortiment de crayons. Il n'oublia pas la cape imperméabilisée que l'intendant du groupe lui avait remise dès qu'il était monté à bord du *Lafayette*. Il compléterait le tout par un casque colonial. Il mit à profit le temps restant en entamant une lettre pour les siens.

Il eut le cœur gros en écrivant les noms de Marianne, de Christine et de Martial. Il aurait voulu trouver des mots justes ; il n'aligna que des banalités. C'était un homme de chiffres et de dessins, pas un romancier. Comment aurait-il pu décrire la luxuriance de ce pays ? Ici tout était démesuré. Il ne s'était pas encore habitué à la jungle et aux êtres qui la peuplaient. Cet endroit l'effrayait.

« Tout va très bien, écrivit-il, la forêt est très différente de celle d'Orléans... »

A 8 h 45, Blanchet frappa à sa porte. L'ingénieur en chef rameutait ainsi tous les matins sa petite troupe, allant de chambre en chambre. Il se voulait paternel ; il y réussissait assez bien. Sauf avec Blaise. Le jeune ingénieur se méfiait de ce supérieur qui avait amassé des millions. Des bruits circulaient. On parlait de sommes colossales distribuées aux banques, à la presse, aux amis. Pudiquement, les initiés les appelaient « faux frais ». Blaise serra la main de Blanchet. Le chef était en costume blanc de planteur. Des bottes de hussard montaient jusque sous ses genoux. Cet accoutrement acheté trois jours plus tôt dans le seul magasin de luxe de la ville avait fait sourire les membres de l'équipe. Blanchet imitait Lesseps, mais Blanchet était un piètre cavalier. Cependant, il se devait d'honorer le cadeau qu'il avait reçu du gouverneur militaire de la province : un alezan du nom de Sandino.

— Etes-vous en forme, mon garçon ?

— Oui, monsieur.

— A votre âge, je mangeais du lion en Afrique.

— Ici, on mange des moustiques.

La plaisanterie de Blaise ne fit pas mouche. Blanchet avait des boutons sur le front et les joues. Lui aussi avait eu sa part de piqûres. Comme Blaise le dévisageait, il s'empressa de dire qu'il avait connu pire dans le delta du Nil et en Camargue.

— Nous pouvons vous faire rapatrier, ajouta-t-il sournoisement en se reprenant.

— Je quitterai ce pays le jour où je verrai un bateau franchir l'isthme !

Blanchet n'en attendait pas moins de lui. Blaise

Moraud appartenait bien à cette race de conquérants qui honorait la France. En l'engageant, on ne s'était pas trompé. Il réévalua à la hausse ce garçon au regard rêveur et au teint rose.

— Aujourd'hui vous partirez en reconnaissance dans la jungle.

— Moi, monsieur !

— Oui, vous. Votre présence à la foreuse n'est pas indispensable et j'ai besoin de quelqu'un pour relever la topographie du terrain.

— Je ne suis pas habilité pour ce travail ; vous avez Dorcheret, ses compétences en la matière...

— Dorcheret et ses techniciens seront à la Culebra. Servez-vous de vos talents de dessinateur et tout ira à merveille, répondit Blanchet en abandonnant Blaise à la réflexion et à la montée de la peur.

Le train peinait à dix kilomètres-heure sur la voie étroite qui serpentait entre les arbres gigantesques. La terre était rouge, grasse, grouillante d'insectes. Elle était imprégnée du sang des milliers de Chinois morts pour la gloire de la Compagnie des chemins de fer appelée pompeusement Panama Railroad Company. Ce tronçon de soixante-quinze kilomètres avait été l'objet d'un rachat onéreux le 5 juillet 1879 par un syndicat de deux cent soixante-dix notables formé par Lesseps. Dix millions de francs, cinq en espèces et cinq sous la forme de dix mille actions que la future Société du canal interocéanique allait émettre.

Mais, dans le wagon aux banquettes dures, nul ne songeait aux millions dépensés. Les ingénieurs semblaient hypnotisés par le défilement de cette muraille de feuilles et de racines qui entretenait leur angoisse. Ils ne parvenaient pas à mettre un nom et un visage sur cette jungle. Sa nature leur était inconnue. Tant qu'ils resteraient dans ce wagon de bois, elle ne les menacerait pas.

Après...

Blaise craignait le moment où il allait devoir s'enfoncer sous les hautes futaies bruissantes, dans l'humidité. Il y aurait l'orage. Le ciel en était électrisé. A Gatún, au moment où le train virait à cent degrés pour longer le lac, il le vit, ce ciel sous lequel passaient régulièrement des ondes. Elles épandaient sur les eaux glauques la lumière argentée et bleuâtre la plus maléfique ; et, au fond du paysage, vers Puerto Trinidad, la crête de la forêt palpitait à chaque déflagration venant du ventre lourd des nuages.

— Ça bombarde à l'ouest, constata quelqu'un.

On en fut presque soulagé. Cela ne signifiait pas pour autant que leur secteur allait être épargné par la pluie diluvienne. Les regards se tournèrent vers Darién. C'était là-bas, au débouché du río Chagres, que s'embourbait la foreuse. Ils constatèrent qu'il y avait moins de nuages. Juste une pellicule de fumerolles. Sous cette effusion de clarté laiteuse, il n'y avait plus rien qui n'exhalât un mystère. Ce point de chute au creux de trois collines vert sombre les attirait, les fascinait. Blaise lui-même était pris, et ses peurs, sans se dissiper entièrement, cédaient à cette impression de magie que lui offrait ce jour immatériel. S'il avait eu l'imagination de sa femme, Marianne, il aurait pu lire son destin inscrit au-dessus de ce chaudron naturel, mais il ne distinguait rien, ne pressentait rien. Cependant, en apercevant soudain un caïman sur les bords du lac, il fut pris d'une crampe à l'estomac. Il détestait ces animaux et il se mit à trembler à l'idée qu'il allait devoir remonter le cours du río Chagres infesté de reptiles pour satisfaire messieurs Blanchet et Reclus.

Les deux chefs élus par Lesseps péroraient. Autour

d'eux, à cheval sur les dossiers des banquettes ou debout, une petite cour d'ingénieurs les écoutaient. On buvait leurs bons mots. Ils contournaient les problèmes, se référant toujours à la construction du canal de Suez. Ils livraient leurs calculs approximatifs avec un aplomb incroyable, arguant que les déblais n'excéderaient pas soixante ou soixante-quinze millions de tonnes. Ils n'étaient plus à quelques millions de tonnes près. Lesseps n'aurait pas toléré qu'ils le fussent. Qu'importaient quelques milliers de pelletées de terre et de roche en plus, puisque l'argent affluait pour lever des légions de manœuvres et acheter les machines ! On écouta beaucoup Reclus, qui le premier, en 1877, avait exploré ces terres vierges.

C'était merveilleux d'être des conquérants.

Dans ce wagon grinçant qui les emmenait au cœur de l'isthme, ils oublièrent qu'ils sortaient de Centrale, de Polytechnique, des Mines. Ils étaient les prêtres d'un dieu nouveau : Lesseps ; et beaucoup avaient en mémoire le sizain qui avait été forgé en l'honneur de leur maître par l'un des membres de la Société royale d'harmonie à Anvers :

De Lesseps de sa main forte
A Suez ouvrit la porte
De l'Occident vers l'Orient :
Par sa force et son courage,
Il va créer le passage
De l'Orient vers l'Occident.

Pendant plus de trois heures, le train peina. Son labeur paraissait stérile. Il s'arrêtait dans des gares infâmes construites de bric et de broc, au milieu de villages faits de maisons en planches vermoulues dans lesquels des populations désœuvrées essayaient en vain d'échapper à la chaleur humide et aux moustiques.

Darién, bourgade stratégiquement placée au centre de l'isthme, qui sur l'échelle de la misère et du désespoir n'avait rien à envier aux autres stations échelonnées le long de la voie, fut enfin atteinte. Reclus fut le premier à sortir du wagon et à serrer la main d'un capitaine de l'armée colombienne, devançant Blanchet dans la course aux salutations officielles.

Le capitaine était la plus haute autorité du territoire qui s'étendait sur un triangle dont les sommets étaient Erijoles, Calzada Larga et Río Congo. Il contrôlait mille kilomètres carrés en véritable seigneur de la guerre. Sous son haut commandement infaillible, il y avait deux compagnies d'infanterie à Darién. Elles étaient chargées de la sécurité du coin, mais, comme elles n'avaient pas été relevées depuis treize mois, elles assuraient l'insécurité et se livraient régulièrement à quelques pillages.

Blaise sortit en dernier. A son tour, il eut droit au contact de la patte molle et mouillée du capitaine. L'homme en uniforme taché puait l'alcool et l'urine. Il avait l'œil torve et la bouche lippue. C'était un être faux et cruel dont on pouvait voir la signature sous le ciel gris-blanc. Blaise – il ne fut pas le seul – éprouva un frisson au spectacle du mirador qui s'élevait au-dessus du réservoir d'eau de la gare. Un homme y était pendu. Un cadavre verdâtre. La tête auréolée de grosses mouches. Une horreur que le capitaine qualifia de *bandido*.

— Il n'a pas respecté la loi, dit-il en espagnol... Il a perdu, ajouta-t-il en riant de toutes ses dents jaunes.

Et comme il lui manquait les incisives, ce rire tourna au grotesque et mit Blaise mal à l'aise. Le capitaine avait les larmes aux yeux. Personne ne l'accompagna dans sa joie. Il se figea aussitôt et couvrit les Français d'un œil suspicieux. Il se méfiait de ces donneurs de leçons qui prônaient la liberté, l'égalité et la fraternité. Ces messieurs aux airs suffisants ne valaient pas mieux que lui.

Ils le lui prouvèrent dans la minute qui suivit. L'un de leurs chefs – le señor Blanchet – lui remit discrètement des pesos. Cette prime journalière, il la recevait en échange de la protection appuyée qu'il fournissait. Il maintenait en permanence une dizaine de soldats au service des Français, assurant la garde de la foreuse et des biens de la Compagnie, dont le plus précieux était le cheval Sandino.

L'alezan de monsieur Blanchet avait été emmené devant la gare par un caporal à la grosse moustache en forme de crocs. Il piaffait d'impatience, maculant de boue ses jambes aux attaches fines et sa belle robe couleur noisette.

Blanchet prit l'animal par la bride et donna cinquante centavos au soldat à la mine patibulaire qui portait deux colts passés à la ceinture et une machette fixée à la cuisse gauche. Blanchet ne se soucia pas de la tenue de cet homme, qu'il considérait avant tout comme un palefrenier. Il envisageait de demander au capitaine de lui détacher deux fantassins « pas trop bêtes » à temps plein pour lui servir de domestiques. Ce n'était qu'une question d'argent.

L'ingénieur en chef avait des largesses de grand seigneur. Contrairement à son collègue Reclus, qui aurait dû être l'unique chef de cette opération préparatoire et tenir les cordons de la bourse, il puisait à volonté et sans remords dans la « caisse noire » créée par Lesseps et le fils aîné de ce dernier. Cette caisse existait depuis le temps du premier coup de pioche donné dans les sables de Suez. Elle avait permis de résoudre de nombreuses crises en vingt-six ans. Elle facilitait la vie des dirigeants. A Panamá, elle deviendrait indispensable.

Blaise contempla avec consternation son chef qui mettait le pied à l'étrier et se faisait aider par le caporal. Sous le ciel qui s'obscurcissait et face aux métis dépenaillés et aux Indiens sous l'emprise de la coca qui s'étaient rassemblés dès l'arrivée du train, la scène avait quelque chose de pathétique. Deux chariots bâchés attendaient les membres de l'équipe. Ils stationnaient dans la rue principale de Darién. Cette artère n'avait pas de nom, pas de pavés, pas de trottoirs. Elle s'enfonçait entre les bicoques aux planches disjointes. On aurait dit que des obus étaient tombés sur Darién, truffée de crevasses pleines d'eau dans lesquelles s'ébattaient des porcs noirs et des enfants malingres.

A la vue de ce chaos, le moral de Blaise baissa. Le jeune ingénieur se hâta de grimper dans l'un des deux chariots. Il se sentit soudain secoué. On partait... On l'emmenait vers un monde parfaitement inaccessible à sa raison : la jungle.

Et il regretta de ne pas savoir prier.

17

La foreuse était la seule chose pour laquelle Blaise avait de l'affection. Servie par les meilleurs ouvriers français, elle se dressait de toute la hauteur de son pylône et dominait la *selva* des grands arbres. Elle lui rappela ses années heureuses d'étudiant, les cours de mécanique, les lois de la physique, les formules mathématiques. Il avait trouvé son équilibre dans la rigueur de la science, persuadé qu'il œuvrait pour le bien de l'humanité en créant des machines, « afin d'alléger le fardeau des hommes et d'épargner leur fatigue », disait-il à ses parents boutiquiers qui ne comprenaient pas son engouement pour les techniques modernes.

La foreuse en était l'exemple. Avec sa tête sertie de diamants, elle effectuait le travail de vingt hommes en dix fois moins de temps. Une machine à vapeur, réplique d'une locomotive montée sur un châssis fixe, transmettait sa force à des pistons qui actionnaient un arbre d'acier trempé relié à des roues crantées. Par le biais des pignons horizontaux et verticaux qui s'épousaient selon un angle de quatre-vingt-dix degrés, l'axe de la foreuse tournait à plein régime, enfonçant ses tubes à une profondeur maximum de trente mètres. Par moments, elle rugissait en crachant de la vapeur, effrayant les oiseaux cachés sous les frondaisons. Elle garantissait aussi la sécurité des travailleurs, au nombre de quarante. Aucun serpent ne s'aventurait dans les parages. Ainsi, dans une relative sécurité, on sondait, on étudiait les couches de terrain, on ramenait des carottes de terre et de roche, et, après avis des géologues, on estimait le coût des futurs travaux.

Le plus dur consistait à la démonter et à la déplacer. Cent manœuvres étaient mobilisés pour l'opération. Blanchet et Reclus avaient renoncé à employer des Indiens, qui traînaient à la tâche. Suivant les directives de Lesseps, ils avaient engagé des nègres venus des îles, pour la plupart des coupeurs de canne à sucre, solides gaillards indisciplinés mais efficaces.

Tandis que les autres ingénieurs déballaient des instruments de mesure, ouvraient leurs calepins et se mettaient à discuter âprement sur un tracé possible du canal à cet endroit, Blaise alla écouter le ronflement de la chaudière et le cliquetis des pièces mobiles. Elle tournait bien. Les ouvriers la bichonnaient, l'huilaient, l'astiquaient du matin au soir, luttant contre la rouille qui avait fait son apparition dès le troisième jour de forage. Il examina les manomètres et le tas de charbon. Ce dernier, importé du Pérou, était de piètre qualité. Ce n'était pas bon pour le ventre de la chaudière ; il s'en inquiéta auprès du chef d'équipe, un Auvergnat de haute taille, aux abords de la quarantaine, mince, le visage rouge. Il s'appelait Pierre Martillat et parlait peu. Le rude et taciturne descendant des rebelles gaulois n'eut pas l'occasion de s'étendre sur l'état du charbon. Blanchet vint chercher Blaise après avoir fait un point sommaire sur l'avancement de la prospection.

— Trouvez-moi les meilleurs emplacements pour nos futurs campements et nos baraquements le long du río Chagres jusqu'à Gamboa. Voici une carte d'état-major établie par les Colombiens et une boussole. Vous emmènerez Schwab, il est fin tireur, et les Campositos.

Schwab, de son prénom Léon, et les Campositos, quatre cousins sénégalais nés à Saint-Domingue, étaient sur les talons de Blanchet. Les cinq hommes, sac à dos sur les épaules, s'alignèrent devant lui. Il leur serra la main. Les Campositos en restèrent cois. Ce Blanc les considérait. Ne voyait-il pas qu'ils étaient noirs et que la tradition interdisait les marques de politesse entre leurs deux races ?

— Vous les avez troublés, monsieur, dit Schwab tout en vérifiant la culasse de son fusil allemand Dreyse. Vous ne respectez pas les règles... Ils ne sont pas encore dépouillés de leur peau d'anciens esclaves. A Saint-Domingue, à Cuba et à Haïti, on leur donne le fouet. Au Venezuela, en Colombie et au Salvador, on les pend pour les moindres peccadilles. Cela dit, je vous approuve. Vous êtes courageux. Vous n'allez pas vous faire beaucoup d'amis dans la communauté blanche espagnole du coin. Ni parmi nos compatriotes.

Blaise ouvrit des yeux comme des soucoupes. Il avait trouvé son geste naturel. Humaniste dans l'âme, fervent défenseur des valeurs de la République, il considérait ces êtres comme ses égaux.

— Gardez cependant vos distances, ajouta Schwab.

— Que dois-je comprendre ?

— Qu'ils ne vous respecteront plus si vous ne faites pas preuve d'autorité et de supériorité. Surtout lorsqu'ils sont ivres.

— Nous verrons à l'usage, répondit Blaise en dévisageant les quatre manœuvres, qui ne savaient plus comment se comporter.

Il ne mettait pas en doute les propos et le bon sens de Schwab, qui avait l'expérience des hommes et du terrain. Après avoir quitté son village annexé par les

Prussiens, l'Alsacien avait accompagné Robert Bonaparte Wyse et Armand Reclus lors de l'expédition de 1877. Depuis, il était resté sur place. Compagnon et maître charpentier, il vouait un véritable culte aux arbres de ce pays. Du cœur de ces troncs, il tirait avec amour des poutres exceptionnelles, des solives imputrescibles, des étais indestructibles. Il respectait ces bois qui grouillaient de vie. Et, miraculeusement, il avait été épargné par les prédateurs qui l'habitaient. En trois ans, associé à un entrepreneur américain qui exportait les précieuses essences vers la Californie, il avait réalisé de grands travaux à Panamá City avant de signer un nouveau contrat avec la Compagnie de Lesseps. Il tourna un regard rêveur vers la jungle, s'en remettant à Blaise, qui venait d'être désigné pour commander.

— Quelle direction prenons-nous ? demanda-t-il.

Plusieurs chemins aboutissaient sur le périmètre des travaux. La plupart de ces pistes ne menaient nulle part. Les Indiens, les braconniers et les trafiquants les traçaient. Blaise n'avait aucune notion d'orientation. Face à lui, le paysage n'était que confusion. Il sentit l'angoisse le prendre à nouveau. Sa gorge se serra. Son ventre gargouilla. Il déplia la carte et demeura pantois. On aurait dit une carte au trésor faite par un enfant. Le río Chagres était bien représenté, ainsi que Colón, Cristobal, Gatún, Erijoles, Darién, Summit, Culebra, Pedro Miguel, Panamá et d'autres bleds avec leurs églises, des croix, des arbres miniatures, mais les trois quarts de ce plan utilisé par l'armée colombienne étaient blancs.

Actuellement, la foreuse se trouvait en bordure de l'une des parties blanches. S'ils faisaient cent pas vers le sud, ils pénétreraient en zone inconnue.

— Cette carte est inutilisable, intervint Schwab.

Fiez-vous à votre instinct en vous aidant de la boussole. Tout ce que je peux vous dire, c'est que si nous filons par là, nous nous perdrons quelque part sur les montagnes de Santa Rosa. Le Darién avale son quotidien d'hommes ; il arrive parfois qu'on découvre des squelettes, mais c'est bien rare.

— Nous irons vers l'ouest en nous tenant à une distance de cinq cents mètres du río Chagres et de la voie ferrée, coupa Blaise, qui n'avait pas l'intention de se laisser démonter par l'Alsacien.

Il se tourna vers les Campositos et leur montra la direction à prendre, puis, dans un espagnol qu'il ne maîtrisait pas encore bien, il leur ordonna de marquer des troncs d'arbre à coups de machette, de temps à autre, en s'inspirant du fil d'Ariane. Il ne tenait pas à être avalé par le Darién. Ils s'éloignèrent de la foreuse et bientôt ils ne l'entendirent plus cracher et souffler. La pluie se mit brutalement à tomber et un coup de tonnerre annonça que l'*aguacero* serait des plus violents. Les aguaceros noyaient tout le pays en quelques minutes... Et ils duraient des heures, généralement jusqu'à la tombée de la nuit.

Blaise ne savait plus depuis combien de temps ils avaient pénétré dans la jungle. Graduellement, à mesure que s'évanouissaient sa raison et sa volonté, il réalisa qu'il souffrait de la chaleur, qu'il avait du mal à respirer, qu'il pataugeait dans une mélasse, que sa fatigue était immense et que s'il se tordait un pied, il était fichu. Il haïssait ce pays. Devant lui, les Noirs taillaient la route. Leurs corps luisaient. L'eau de l'aguacero glissait sur leur peau d'ébène. Elle ne suffisait cependant pas à les empêcher de suer.

Lui-même transpirait à grosses gouttes sous son casque colonial. Ses yeux le piquaient. Il offrit son visage à la pluie qui ruisselait de feuille en feuille.

Entre deux cascades qui tombaient du haut d'une sorte d'hévéa, il vit un serpent énorme. Il allait s'écrier lorsque Schwab dit : « Pas dangereux, trop gros. »

— Il faudra tout raser, ajouta l'Alsacien. Raser toutes les parties plates pour construire des hangars, des dispensaires et des ateliers, corrigea-t-il.

— C'est aussi mon point de vue. Il faut repousser cette jungle, la détruire par le feu ! s'exclama Blaise, dont le regard venait de se figer.

— Ne parlez pas ainsi ; elle est vivante, elle vous écoute... Vous allez nous porter malheur. Qu'avez-vous donc ?

Le regard de Blaise ne dévia pas de sa trajectoire. Schwab découvrit ce qu'il contemplait avec tant de fascination : des fourmis, des millions de fourmis carnivores en mouvement. Elles s'avançaient en formant des dizaines de bras, fuyant la montée des eaux du Chagres.

— Ça, c'est beaucoup plus dangereux ! s'écria Schwab. On a de la chance de ne pas être sur le chemin. Venez, vite, on ne doit pas être très loin des ponts de bois.

Blaise n'essaya pas de savoir comment le maître charpentier avait pu se repérer. On ne voyait pas à plus de dix mètres. Il colla aux hommes qui ouvraient le chemin. Les plantes, les lianes et les branches ne résistaient pas aux machettes. Les Campositos ne semblaient pas éprouver de fatigue. Blaise n'avait pas le dixième de leur énergie. Jusqu'au jour de son départ de Paris, son plus grand exercice physique avait consisté à se rendre avec Marianne et les enfants au jardin des Tuileries ou au parc Monceau le dimanche. Il n'était absolument pas préparé à une épreuve pareille. Lesseps avait menti. Le percement du canal ne serait pas une promenade de santé. Il se retenait de gémir. Chacun de ses pas était une torture. Ses jambes lestées de gueuses répondaient mal aux injonctions de son cerveau. Elles le portèrent cependant jusqu'à une clairière mitraillée par l'aguacero.

Schwab ne s'était pas trompé. Dans une trouée apparut le bassin du fleuve, un paysage glauque, un marais équatorial sous un ciel noirci, écrasé par la pluie, exubérant et primitif. Au centre de ce chaos primitif, le Chagres grossissait, effaçait des hectares de terre, déracinait des arbres, faisait fuir des hordes d'insectes et d'animaux. Les deux ponts de bois s'élevaient au-dessus des eaux furieuses et de l'abîme végétal qui perdait du terrain. Schwab les montra du doigt.

— En aval du pont de chemin de fer, c'est de la roche naturelle. Elle domine le Chagres d'une vingtaine de mètres. On sera à l'abri.

A l'abri de quoi ? Du fleuve boueux aux vagues jaunâtres ? Peut-être... mais pas du ciel ! Des éclairs embrasaient l'horizon. De temps à autre, un géant de la forêt s'effondrait, foudroyé, des troncs de plusieurs mètres de circonférence étaient fendus en quelques millièmes de seconde, des rochers millénaires explosaient sous l'impact de ces salves aveuglantes. L'air grondait, le sol vibrait, la forêt et ses horizons se convulsaient.

Blaise pensa à la mort. La Compagnie du canal interocéanique l'avait envoyé au casse-pipe, aussi sûrement qu'un soldat de Sedan en 1870. Il ne parviendrait jamais à atteindre cette masse rocheuse que lui désignait Schwab. Des quatre points cardinaux, les éléments lançaient l'assaut général.

On voyait les talus du chemin de fer et de la route attaqués de toutes parts. Les troncs charriés par le fleuve étaient autant de béliers qui heurtaient les piliers de bois, arrachaient les tonnes de terre et de pierre que les hommes avaient patiemment amassées.

Les Campositos coururent jusqu'à un mur de lianes qui leur barrait le chemin. Les longues courbes de leurs dos puissants se nouèrent à chacun des vigoureux coups de machette qu'ils donnèrent. Ils crièrent lorsque le mur s'abattit. Il n'y avait plus d'obstacle entre eux et le salut. La route menant à Gamboa était à cinquante pas. Intacte. Epargnée provisoirement par les morsures du Chagres et les coulées d'argile. Ils coururent vers le pont, dans un chacun pour soi, sans se soucier des deux Blancs.

Schwab les imita. Il n'appliquait plus les règles de civisme depuis longtemps, depuis que ses parents avaient été fusillés par les Allemands. Ici, il avait retrouvé des sensations viscérales, des souvenirs très anciens liés par l'instinct, la faim et la peur, quand ses ancêtres vivaient dans des cavernes et déchiraient à pleines dents la viande crue. Il s'en était très vite rendu compte : il y avait peu de différence entre lui, les Noirs et les Indiens ; il se sentit animal, animé de l'énergie même des éléments qui tentaient de le détruire. En quelques bonds, il rejoignit les Campositos.

Blaise vit ses compagnons s'éloigner, l'abandonner. Il lui aurait fallu des mois d'entraînement pour les suivre. Il essaya de lever les genoux pour accélérer. Il piétina sur place.

« Raccroche-toi à n'importe quoi ! Bats-toi pour Marianne et les enfants ! Montre à Blanchet que tu vaux autant que ceux de Suez ! Tu as dix ans de moins que Schwab ! »

La voix de sa conscience se rebellait tandis que le ciel tout entier, en une averse redoublée, s'abattait sur lui. Un éclair laboura le sol à quelques mètres de lui.

La déflagration le projeta en avant et il trouva soudain la force de s'arracher à la glaise. La force du désespoir et la rage de vivre le portèrent jusqu'au pont. Les autres étaient déjà de l'autre côté, gravissant les rochers lisses et luisants. Ces salopards ne se retournèrent même pas pour l'encourager. La colère le fit avancer. Sous ses pieds, les planches tremblaient. Le bâti du pont encaissait les charges du fleuve. Il n'osa pas regarder les flots hérissés de branches qui se brisaient sur les piles de l'ouvrage. Il tituba jusqu'à l'extrémité de l'entablement et s'adossa à l'un des rochers. Son cœur battait d'une façon irréelle, comme les bielles d'une machine détraquée par un excès de pression. Il allait crever en vomissant son sang. Quelque chose l'agrippa par les épaules. Il n'eut aucune réaction. Un animal aurait pu le dévorer ; il n'avait plus la force de faire face au danger.

— Môssieur, il faut bouger.

On était venu à son secours. Redressant la tête, il vit les visages tendus de ses sauveurs et il leva les mains vers eux. Ils étaient deux, bien campés sur leurs jambes musculeuses. Ils le tirèrent vers le haut au moment où une vague d'argile descendant de la route balaya tout sur son passage. Les Noirs étaient très puissants et brutaux. Ils avaient pour seul souci de le mettre en sécurité, hors des glissements de terrain. Ils ne le ménagèrent pas. Ils le traînèrent telle une carcasse d'abattoir sur la matrice bosselée d'un granit qui pissait l'eau. En d'autres circonstances, il aurait hurlé de douleur, mais l'épuisement et la perte de sa raison l'avaient rendu insensible.

Soudain, le ciel s'obscurcit. Blaise mit un certain temps à comprendre que les Campositos l'avaient emmené dans une caverne. La face rouquine et pâle de

Schwab apparut dans son champ de vision. L'Alsacien lui présenta une gourde.

— Vous vous y ferez, dit-il, narquois.

— Non, je ne m'y ferai jamais.

— Moi, je dis que si. Buvez.

Blaise but et devint écarlate. Il toussa, recracha une partie du feu qu'il venait d'avaler.

— C'est de la gnôle locale préparée par les métis de río Congo. Dans dix minutes, vous serez sur pied. Elle contient des extraits de racines et de champignons. Buvez, il le faut.

Blaise obtempéra en grimaçant. Schwab disait vrai. En peu de temps, les vertiges, la fatigue et ses peurs disparurent. Il éprouva des sensations nouvelles. Ses perceptions s'aiguisèrent. Il voyait nettement les reliefs de la caverne. Des araignées velues couraient sur les parois. Etrangement, elles ne l'impressionnèrent pas. Il n'avait aucune raison d'être inquiet. Les Campositos restaient sereins. Schwab s'était allongé. Au-dehors, les ponts tenaient bon. Dès la tombée de la nuit, l'aguacero cesserait et ils retourneraient par la route jusqu'à Darién. Le breuvage du río Congo le détendit ; il ferma les yeux et sombra dans un sommeil profond.

Dans son cauchemar, quelqu'un hurlait, mais Blaise ne savait pas qui. Ce n'était pas Marianne, ni l'un des enfants, il en avait la certitude. Il poussa lui-même un cri lorsqu'il battit des paupières, ne sachant plus où il était. Il faisait très sombre. Il se rappela soudain que son groupe s'était réfugié dans une grotte. Dehors, le jour déclinait et la pluie ne crépitait plus. Il essaya de se redresser. L'effort le fit grimacer et il retomba sur le dos. Son corps n'était que douleur.

— Ahhhh !

C'était Schwab qui hurlait. Que se passait-il ? Les

Campositos donnaient des coups de talon sur le sol inégal. L'un d'eux fonça sur lui et abattit son pied à quelques centimètres de son cou.

— Levez-vous ! intima le Noir en lui jetant un regard fou.

Blaise ne comprenait pas. Schwab hurlait toujours. Le Camposito se pencha et l'arracha de terre en le tirant violemment par les épaules.

— Debout, môssieur, ou vous êtes mort !

Quand il fut sur ses jambes, la tête lui tourna, puis l'horreur se peignit sur son visage. Des rubans luisants se tortillaient sur le sol. Le mot « serpent » lui vint à l'esprit, puis celui de « mille-pattes ». Les poils hérissés, il donna à son tour de la semelle sur ces choses rampantes et menaçantes qui avaient fui la montée des eaux. Il en écrasa une, deux, trois. Elles formaient des spirales, se redressaient, tentaient de l'atteindre avec leurs crochets.

— Des scolopendres ! s'écria-t-il en reconnaissant l'espèce.

Sauf que ces sales bestioles n'avaient rien à voir avec les arthropodes à vingt et un anneaux des campagnes du midi de la France. Elles étaient monstrueuses. Elles mesuraient entre cinquante centimètres et un mètre. Et l'une d'entre elles avait mordu Schwab au bras, inoculant son poison.

Blaise se précipita sur son compagnon. Schwab ne parvenait pas à retenir ses cris, ni à contenir la douleur. Un feu ardent grimpait le long de son bras. L'un des Campositos lui avait ouvert les chairs avec sa machette en tentant d'aspirer le venin. En vain.

— C'est une saloperie de trigonocéphale, je vais y passer. Nom de Dieu, il faut me transporter jusqu'à Panamá.

La douleur monta d'un cran. Il donna du poing sur

son bras pour anéantir cette souffrance. Puis il leva son regard mouillé de larmes sur le jeune ingénieur.

Blaise paniquait. A Panamá ! A Panamá ! Il se souvint de la carte grossière de l'armée colombienne. S'il se fiait à sa mémoire visuelle et à l'échelle utilisée par le dessinateur, on était à trente kilomètres de la ville principale. La situation le dépassait. Le train ne circulait pas la nuit ; il n'y avait pas non plus de diligence sur la route réputée dangereuse et impraticable dès le crépuscule. Cependant, conscient de ses responsabilités et de son devoir de fraternité, il reprit confiance en lui.

— Je vais vous faire un garrot.

Il prit une machette, sectionna la sangle du sac de l'Alsacien et coupa la circulation du sang à l'aide de ce garrot de fortune.

— Pouvez-vous marcher ?

— Je vais essayer.

Schwab tint le coup jusqu'au pont sous lequel le Chagres grondait toujours. Après on dut le porter entre deux grosses branches comme un animal tué à la chasse. On avait attaché les deux vestes de toile des Blancs. Schwab, les reins et le dos calé dans ces berceaux, les jambes et la tête pendantes, râlait et bavait. Les Campositos se relayèrent jusqu'au village de Culebra. Ils n'iraient pas plus loin. Blaise le comprit en voyant l'état du malade. Schwab devait recevoir l'extrême-onction au plus vite. Il contempla Culebra qui s'étageait sur le flanc sud d'une colline. Des feux trouaient les ténèbres et éclairaient le seuil des cabanes. C'était un gros village. Un marché important s'y tenait dès que la pluie cessait. A cet instant, Blaise l'ignorait, mais à l'étendue de l'habitat, il supposa qu'il devait y avoir un père missionnaire. Il n'aimait pas particulièrement ces prédicateurs. Il n'avait pas le choix.

— Trouve-moi un padre, dit-il à l'un des Campositos.

Le Noir acquiesça et détala. On porta Schwab près de l'un des feux, autour duquel une famille de métis mangeait des patates douces. Leur arrivée fit grand bruit. En moins de cinq minutes, ce furent une vingtaine de familles qui se rassemblèrent près d'eux. Beaucoup d'adultes se signèrent en voyant le moribond. La mort était inscrite dans le regard du Blanc. Son bras était noir. Le poison s'infiltrait, progressait vers le cœur, emplissait de ses miasmes la cervelle de Schwab, qui ne reconnaissait plus Blaise penché sur lui.

— Ça va aller, les secours arrivent.

— Où... sommes... nous ?

— A Culebra.

— Ce bled... Je suis... fichu.

Ses yeux se révulsèrent et il tomba dans l'inconscience. Blaise ne sut plus que faire. Les Campositos se mirent à prier. Les métis, bien que croyants et fervents pratiquants, ne se mêlèrent pas à cette affaire qui sentait le diable. Ils élargirent même le cercle.

Heureusement, le padre arrivait. Dans sa robe de bure brune, des objets saints plein les poches, le regard brûlant de foi, il écarta la foule.

— Que Dieu te garde ! dit-il à Blaise avant d'examiner l'Alsacien.

— Faites le nécessaire, dit l'ingénieur.

— Jararaca ? demanda le padre.

Blaise ne comprit pas ce que lui demandait ce père crasseux au visage crevassé par la vérole.

— C'est un trigonocéphale qui l'a mordu ? précisa le prêtre.

— Oui.

— Je vais m'occuper de son âme. Après, nous le remettrons entre les mains des Kunas.

Puis il prononça des mots dans une langue inconnue, lançant un appel dans la nuit. Aussitôt un mouvement se fit au sein des ténèbres. Blaise vivait un cauchemar. Des êtres de petite taille, presque entièrement nus, armés d'arcs et de drôles de couteaux à la lame tordue, chassèrent les métis. Ces guerriers kunas[1] se postèrent de part et d'autre de Schwab tandis le padre, très rudimentaire dans son exercice d'homme de Dieu, se mettait à officier.

« *In nomine Patris*... Au nom du Père, du fils et de l'Esprit saint, que le démon n'ait plus sur toi de pouvoir, grâce à l'imposition de mes mains et par l'invocation de la Sainte Vierge Marie, de saint Joseph, de tous les saints anges, archanges, patriarches, prophètes, apôtres, martyrs, vierges et de tous les saints. Ainsi soit-il. »

Cela dura moins de trois minutes. Quand le front de Schwab fut oint d'huile, et que les cinq sens, paupières, oreilles, nez, lèvres et mains, eurent reçu leur signe de croix commençant par les mots *« Per istam unctionem »,* le père expédia les dernières formalités, puis s'adressa à Blaise. Il parlait un excellent français.

— L'âme est préservée... On peut encore sauver le corps, ajouta-t-il en regardant Blaise droit dans les yeux.

Il y avait un sous-entendu dans cette attitude : « C'est de vous que cela dépend. »

— Vous croyez que ces Indiens peuvent le guérir ?

— Je crois aux miracles, mon fils. Et les Kunas du

1. Les Kunas forment encore aujourd'hui une communauté extrêmement fermée vivant dans les îles. Une minorité habite la jungle du Darién.

Darién en font. Votre ami en a encore pour dix heures avant de trépasser. Il faudra vous rendre dans la jungle, sur leur territoire, plus précisément dans l'un de leurs kalus... une demeure sacrée cachée au sein des huit couches invisibles du monde.

— Vous voulez dire que je dois retourner dans cet enfer ?

— Oui.

— Nous n'y arriverons jamais !

— Vous y parviendrez.

Sur cette conviction, le padre se tourna vers un vieux Kuna entièrement tatoué et lui parla dans cette langue étrange qui faisait penser à un gazouillis. L'Indien détacha une calebasse enveloppée de feuilles de bananier qu'il portait à la hanche et la donna à Blaise.

— Prenez-la, dit le padre. Si vous sentez vos forces décliner, vous avalerez le tiers de ce qu'elle contient. C'est une pâte préparée par leurs femmes, un mélange d'acullico, de maté de coca et d'un champignon noir qu'ils nomment le « présent des dieux ». Je n'irai pas avec vous. Ils n'acceptent pas encore le Christ.

Blaise n'eut plus le choix. Six Kunas s'emparèrent de Schwab et s'en allèrent. Ils partirent vers les ténèbres, vers le Darién, vers cet enfer qui terrifiait Blaise. Il les suivit après avoir ordonné aux Campositos d'alerter Blanchet et Reclus.

18

A mille kilomètres des Kunas, qui disparaissaient sous les feuilles de la jungle, d'autres Indiens, les Kogis, proposaient des chapeaux et des petits sacs de paille à Louise et à Lisa. Elles ignoraient qu'ils n'acceptaient pas d'argent, désireux avant tout d'échanger leurs produits contre des objets manufacturés ou du sel. Elles avaient tout à apprendre et elles étaient décidées à le faire. De l'argent, elles en avaient un peu dans les solides sacoches de facteur qu'elles avaient achetées chez un fripier du Panier. Elles les serraient fortement contre elles, un peu inquiètes. On leur avait raconté qu'en Colombie il y avait plus de voleurs que de moustiques.

Malgré les mises en garde de Charles, qui était retourné dormir sur le port avec les deux Zambos, elles avaient tenu à se rendre sur l'immense marché de la plaza de Los Coches à la tombée de la nuit, bravant les nuées de moustiques qui s'étaient abattues sur Cartagena. Elles préféraient subir leurs piqûres plutôt que d'affronter les punaises et les cancrelats de la pension María. Michèle était restée dans la chambre miteuse, priant pour la sauvegarde de son homme après avoir bu un litre de bière locale au goût d'agave. L'instituteur s'était proposé de les accompagner ; elles n'avaient pas eu l'audace de dire non. A présent elles n'arrivaient plus à s'en dépêtrer.

— Ne vous approchez pas trop d'eux, ils sont pleins de poux, dit-il.

Lui restait cinq pas en arrière, raidi dans une sorte d'aversion envers ces indigènes aux cheveux longs que l'on confondait avec leurs femmes. Il y en avait des centaines, tous habillés pareillement d'une robe claire qui leur arrivait à hauteur des genoux. A la lueur des flambeaux et des lampes à huile en argile, ils s'étaient assemblés par clans, évitant les belliqueux nomades guajiros qui vendaient du sel et du bétail. L'instituteur n'éprouvait aucun intérêt pour les marchandises étalées sur des nattes. Il prenait des airs intelligents, se caressant parfois la barbichette, ornement qui le confortait dans l'idée de la supériorité de la race blanche. Les Kogis n'avaient pas de poils. Leurs faces lisses avaient l'aspect du vieil or sous les feux du pauvre éclairage. Ils paraissaient dolents, peu enclins à la communication et très peu impressionnés par ce monsieur aux épaules étriquées et au teint pâle que les moustiques dédaignaient. Renaud Legouen, si fier de ses origines paimpolaises, plaignait sincèrement Louise et Lisa qui s'extasiaient sur ce ramassis d'arriérés. Il préféra poursuivre seul son chemin et fouiner du côté des cafés où s'entassait une société plus choisie.

« Elles ne valent pas mieux qu'eux », pensa-t-il en s'éloignant.

Un soupir de soulagement salua ce départ discret. Louise et Lisa esquissèrent le même sourire complice. Elles souhaitèrent toutes deux ne plus jamais le revoir et s'en allèrent du côté opposé de la place, vers l'endroit le plus encombré, là où débouchait la rue qui menait droit aux quartiers populaires bâtis à l'orée de la forêt vierge. Les tribus arrivaient par ce goulet empuanti par les excréments que les habitants vidaient dans les rigoles. En file, guidées par les chefs, les sages et les sorciers, elles précédaient des familles de mulâtres, des fratries de Zambos, des paysans espagnols, d'anciens esclaves noirs, des nomades de toutes sortes chargés de ballots, de sacs, de cages, poussant des bœufs, des chevaux, des porcs et des mulets en s'insultant les uns et les autres dans tous les jargons, du tairona de la sierra au dialecte chibcha en passant par un castillan revu et corrigé façon africaine. Après trois siècles de domination espagnole, les maîtres du pays n'étaient pas parvenus à unifier la langue.

Des odeurs étranges et fortes qui n'avaient rien à voir avec celles des rues environnantes titillaient les narines des deux femmes qui s'accroupissaient pour tâter des fruits inconnus. Certes, ce marché ne sentait pas le basilic et le thym, mais il avait un charme incomparable. Il s'étendait entre les immeubles coloniaux à arcades. Son aire de terre battue submergée par des tas de manioc, de bananes, de courges et de fèves était sillonnée par des gens si différents et si éloignés de leur culture qu'elles ne savaient quoi penser de ce qu'elles découvraient à chaque pas. Les quelques mots d'espagnol connus de Lisa ne suffisaient pas à les éclairer. L'Italienne ne comprenait même pas ce que se disaient les Colombiens de race blanche à l'accent chantant.

Elles se donnèrent des coups de coude quand les grandes dames de la ville flanquées de duègnes et de serviteurs fendirent la foule. On s'écartait, on se résignait, on baissait les têtes. Elles représentaient le pouvoir de leurs époux ; et nul n'aurait songé à s'emparer des bijoux mordorés qui cerclaient leur peau de lait.

Louise et Lisa se tenaient bien droites quand ces

créatures sentant le mirliflore passaient près d'elles. Elles mettaient un point d'honneur à ne pas baisser les paupières.

— Il faudrait que tous ces Indiens, ces Noirs, ces métis et ces Chinois relèvent la tête, dit Louise.

— Y a pas un Garibaldi pour les faire espérer.

— *L'Esperanço es lou pan dei malhuroux !* s'exclama Louise en provençal.

— Qu'est-ce que tu dis ?

— L'Espérance est le pain des malheureux, traduisit-elle. Oui, l'espérance, l'espoir, ce sont des mots inventés par les riches et les curés pour qu'on se tienne tranquille. Tiens, c'est comme la loterie qui nous fait croire qu'en achetant un billet on peut devenir riche.

— On ?... Tu es malheureuse, toi ?

Louise considéra son amie, tout étonnée, avec cet œil qui interrogeait, s'interrogeait. Non, elle ne l'était pas. Au sens propre comme au figuré. Elle se sentait même privilégiée au regard de tous ces êtres qui n'avaient pas même de chaussures pour se protéger des scorpions et des serpents. Ce cheminement de pensée provoqua chez elle une gêne singulière. Elle regarda ses godillots de campagnarde, ce signe extérieur de richesse. Allait-il naître une inimitié entre ces villageois et elle simplement parce qu'elle pouvait se payer des souliers cloutés ?

— T'es bien pensive, poursuivit Lisa, qui attendait une réponse.

— Je suis malheureuse de les savoir malheureux.

— Boudiou ! Que t'es compliquée ! Et qui te dit qu'ils sont malheureux, ces sauvages ? Regarde ceux-là, ils jouent de la flûte.

— Tu as certainement raison.

Lisa avait du bon sens. Elle avait connu des familles bien plus misérables en Italie, où il n'était pas rare de mourir de famine. Ces Indiens ne lui paraissaient pas souffrir physiquement. Les Kogis – elle l'ignorait –, peu attachés aux apparences, auraient pu leur expliquer que les biens matériels comptaient peu. Ainsi, ils changeaient de robe lorsque celle qu'ils portaient tombait en loques ; ils remplaçaient leurs calebasses, leurs hamacs, leurs bancs de bois quand ces derniers devenaient inutilisables. Seul le monde surnaturel leur importait, et ils s'en préservaient ou l'interrogeaient en se munissant de talismans.

Louise et Lisa s'approchèrent des joueurs de flûte. Et l'œil exercé de la fille du Brûlat vit immédiatement les *sewas*, ces cailloux colorés, ces perles et ces morceaux de coton placés entre les jambes des deux Kogis.

— Ça, c'est pour la magie, fit-elle remarquer à Lisa.

La superstition de l'Italienne s'éveilla. Lisa redoutait le mauvais œil, les rituels secrets, les forces cachées de la nature. La musique sommaire que les deux Indiens exécutaient n'était pas faite pour le plaisir de l'oreille. De la flûte mâle à un trou et de la flûte femelle à cinq trous sortaient des notes pathétiques. Ils jouaient pour la déesse mère, pour les neuf mondes superposés entre les sept points cardinaux formant l'espace du corps divin. Et leurs coreligionnaires formaient un cercle grave en écoutant ces sons destinés aux êtres invisibles peuplant l'univers.

— On s'en va, dit-elle.

— Attends.

Louise écoutait et s'imprégnait du message délivré. Un besoin de partager les cultures de ce pays s'imposait. Elle désirait se fondre dans les populations qui le composaient et se dépouiller des vieux oripeaux provençaux. C'était une question de survie, une question de bonheur. Elle avait communié avec les forces de la Sainte-Baume ; elle communierait avec celles de la cordillère et des océans.

Un vieil Indien l'observait entre ses paupières mi-closes. A un moment, elle sentit peser ce regard qu'elle ne chercha pas à défier. Quelque chose allait se produire. Elle entendit nettement une voix lui parler en kogi. Elle comprenait ce langage proche de celui des oiseaux et des feuilles des arbres. Son âme s'accordait avec celle de l'Indien impassible qui tenait dans sa main gauche un *poporo*, objet femelle qui accompagnait chaque homme jusqu'à la fin de sa vie. Elle ne s'en étonna pas.

Les mots chantaient et bruissaient dans son cœur ; ils lui disaient qu'elle devait servir la « cinquième fille de la déesse ». Elle entrevit un sol noir, puis un sol rouge. Le monde matériel sur lequel régnait la « cinquième fille ». Elle eut la vision des catastrophes à venir. Des flammes, des inondations, des épidémies, des révoltes et des morts par milliers à Panamá. Elle se vit au centre de tous ces événements funestes. Elle aurait un rôle à jouer. Elle en trembla. La voix disparut soudain.

Louise prit conscience de la présence proche du vieil Indien. Il s'était déplacé. A présent, face à elle, il examinait son visage. Lisa tenta de la tirer hors du cercle qu'elle considérait comme maléfique. Son obsession du mauvais œil atteignait un paroxysme qui la ramena aux années de sa petite enfance, lorsque sa grand-mère lui faisait porter un minuscule coussinet rempli de sel accroché à l'intérieur de sa chemise par une épingle à nourrice. Elle se promit d'en confectionner pour ses amis afin de les protéger des mauvais sorts. On disait qu'il était impossible à une sorcière de jeter son maléfice avant d'avoir compté tous les grains de sel que contenait le sachet.

— Il va t'emmasquer, dit-elle.

Louise ne se laissa pas fléchir. Elle s'ouvrit complètement au Kogi tout ridé qui la sondait de ses yeux luisants. L'Indien s'ouvrit aussi. Ils s'adressèrent le même sourire. Leur accord fut parfait. Le vieil homme reconnut en Louise la descendante du pécari ; il appartenait lui-même à la lignée du jaguar, car pour tout Indien de la sierra, l'homme et la femme des origines étaient des animaux. Il eut pour cette femme blanche qui ne ressemblait pas aux autres chrétiennes de sa race des mots en espagnol. Il les arracha un à un de sa gorge. Il lui en coûtait de parler dans la langue de ceux qui avaient anéanti son peuple trois siècles et demi plus tôt.

— Pour que ta vie soit longue.

Et il lui remit un épi de maïs desséché dont les feuilles intérieures avaient été soigneusement roulées. Ces feuilles formaient des paquets minuscules qui contenaient des graines, des coquillages, des ongles et des cheveux. Louise accepta l'offrande. Puis elle ouvrit la sacoche de cuir qu'elle portait à la hanche. Elle en retira un mouchoir noué. Sa sacoche était pleine de mouchoirs noués et de petites boîtes. Toute une pharmacopée qu'elle avait constituée avant le voyage. Elle avait usé de toutes les astuces pour se procurer les racines, les baies, les feuilles et les fleurs censées soigner toutes les maladies. Mais elle pressentait que dans cette partie du monde les maladies ne pouvaient être combattues à l'aide d'un herbier provençal.

Le présent qu'elle posa dans la main du Kogi renfermait des morceaux d'écorce d'aubépine qui, réduite en poudre, avait des vertus thérapeutiques. Ce n'était pas un remède qu'elle offrait à l'Indien, mais un peu de l'âme du pays qu'elle avait quitté. Et le Kogi l'accepta, recevant les images d'une terre sans eau sur laquelle un vent puissant ployait les cimes des arbres rabougris et hurlait sur des sommets arides où les hommes et les femmes apprenaient l'humilité. La femme blanche avait vécu là-bas. Elle était aussi résistante que les buissons épineux accrochés aux rochers qui l'avaient vue naître. Elle survivrait aux pièges de la jungle, aux dents des caïmans et des pumas, aux fièvres des marais et à la pestilence des villes coloniales. La déesse mère saurait la guider et la protéger.

Après ce moment de partage et de pure vision, il s'éloigna. Etait-il le chef ? Tous les membres de son clan, joueurs de flûte compris, se retirèrent.

— Tu me feras le plaisir de jeter ce paquet de feuilles, dit Lisa dès que le groupe des Kogis se fondit dans la foule.

— Ce serait nous attirer la colère des dieux de ces Indiens. Ne comprends-tu pas que ce paquet est le gage de notre sécurité ? Cet homme vient de nous offrir la clef de son monde... Notre monde, Lisa. C'est ici que nous allons devoir refaire notre vie et construire notre bonheur. Crois-tu que nous pouvons réussir ce difficile pari en ne changeant rien à nos habitudes marseillaises ? Regarde ces femmes en robe de dentelle, dit-elle en montrant des bourgeoises carthagénoises qui passaient, hautaines et fières, parmi les indigènes accroupis ; elles sont nées ici et elles continuent à vivre comme leurs ancêtres espagnols. Elles mourront aveugles et le cœur sec.

Lisa demeura songeuse. Jamais Louise n'avait aussi bien et longtemps parlé. Sa jeune amie paraissait transformée par sa rencontre avec le Kogi. Après tout, ce paquet pouvait être bon.

— Me fais-tu confiance ? demanda Louise.

— Oui.

— Alors, laisse-moi agir auprès des gens qui ont de

la terre sous les ongles, des cals aux mains et qui me ressemblent. Toi, tu t'occuperas de ceux des villes.

— Entendu !

Lisa retrouva son sourire magnifique. Ses dents blanches apparurent. Elle avait à nouveau envie de dévorer le monde. Elle passa son bras sous celui de Louise. Et ce fut elle qui l'entraîna vers les cafés illuminés.

— Je vais t'apprendre à séduire les citadins.

Elles partirent toutes deux d'un rire franc. Cartagena leur appartenait. Lisa aborda en conquérante la promenade sous les arcades. En un rien de temps, elle retrouva l'épanouissement de sa beauté. Ses paupières s'alourdirent tout exprès pour de longs regards amoureux ; ses narines s'ouvrirent pour humer la fumée de tabac répandue par les hommes ; d'un énigmatique et sensuel sourire, elle releva les coins charnus de ses lèvres, volant les baisers qui s'inscrivaient dans les pensées de ceux qui les regardaient venir. Elle avait fait cela pendant des années pour se nourrir. A présent, elle agissait pour le plaisir.

Le café qu'elle choisit s'appelait Los Discípulos. On se demandait de quels disciples il s'agissait. En un seul coup d'œil, Lisa le classa dans la catégorie des « bordels élégants » bien que la clientèle laissât à désirer. Des colonnades et des tentures aux tons chauds l'habillaient ; il y avait même des nègres qui actionnaient de grands panneaux en fibres d'agave pour éventer les bourgeois et les officiers du cru. Oui, elle retrouvait l'ambiance des « belles maisons closes » du quartier de l'Opéra à Marseille. Et son plaisir fut décuplé parce qu'elle n'y entrait pas pour se vendre. Elle en aurait pleuré de joie ; elle était libre.

Le plaisir ne fut pas partagé par tout le monde. De belles métisses habillées en corset rouge et noir ou simplement vêtues d'une chemise de coton très échancrée grincèrent des dents en voyant arriver cette brune sulfureuse dont les cheveux drus et bouclés se répandaient en une aura noire jusqu'aux épaules. Elles gagnaient difficilement quelques pesos par nuit en s'offrant sur des galetas pleins de vermine et, au bout du compte, on les jetait dans la fosse commune lorsque la syphilis commençait à leur ronger les os du crâne, des clavicules, des tibias et des côtes. Il n'y avait pas de place pour les Blanches. Celle-ci allait rafler tous les clients de la plaza de Los Coches.

Elles furent rassurées lorsque Lisa repoussa un hidalgo qui lui avait mis un gros billet sous le nez.

— Ne voyez-vous pas que je suis une dame ? dit-elle.

Toute rieuse, elle s'approcha du comptoir et commanda deux thés.

— N'est-ce pas ce que boivent les femmes de la haute ? poursuivit-elle en regardant Louise.

— Je ne sais pas, je n'ai jamais bu de thé.

Et elle n'en but pas car le thé était une denrée rare et hors de prix dans cette partie du monde. Elles eurent en revanche droit à un chocolat au goût exquis. Le cacao de la vallée du Cauca était l'un des meilleurs au monde. Elles s'en barbouillèrent les lèvres, riant de leurs facéties et des mines dépitées de tous les soupirants au regard ténébreux qui se demandaient comment deux femmes aussi différentes pouvaient être amies.

Après avoir allumé des feux dans ce café et n'y trouvant plus aucun intérêt, elles retournèrent explorer la plaza et ses alentours.

19

L'instituteur était fier de s'appeler Renaud Legouen. Son nom sonnait comme celui d'un corsaire breton. Il entra dans l'établissement bruyant où un orchestre essayait de jouer du Mozart, du Bach ou du Haydn. En fait, les musiciens, dans une joyeuse et approximative interprétation, improvisaient en mélangeant les genres. L'instituteur n'était pas un mélomane. Il fit semblant d'apprécier l'air enlevé. Puis il s'avança entre les tables avec une lenteur étudiée, comparant les consommateurs aux élèves de sa classe. C'était une façon de rabaisser les autres et de montrer qu'il leur était supérieur en tous points.

C'était le cinquième café qu'il visitait. Dans les quatre premiers, il avait bu chaque fois du vin cuit importé du Chili. Dans celui-ci, de grands miroirs qui se faisaient face multipliaient l'image de ce bel endroit licencieux. L'alcool faisait des prodiges depuis qu'il avait quitté ces deux bêtasses de Louise et de Lisa. Il se sentait bien dans sa peau, enclin à la séduction.

En se regardant dans l'une des grandes glaces soutenues par quatre amours dorés, il se trouva même plutôt beau garçon. Il enleva ses binocles et les fourra dans sa poche. Son visage devint flou, mais ses yeux restèrent vifs et bleus, allumés par la présence des jeunes filles métisses aux chairs cuivrées que lui renvoyait le miroir. Eparpillées dans la salle, elles montraient par instants des petits bouts secrets de leurs corps, en un écartement brusque des cuisses, en d'ingénues attitudes qui faisaient béer leurs décolletés. Une chaleur monta en lui. Ces filles écumaient tous les cafés de la plaza. Il en avait repéré deux qui le suivaient. Il imaginait qu'elles l'avaient pris en chasse parce qu'il représentait l'élite de la race blanche. Il était breton, français et instituteur. Il valait bien plus que les descendants espagnols en chemise blanche qui sirotaient de l'alcool de canne en recrachant l'immonde fumée de leurs cigarillos. Il trouvait les Carthagénois vulgaires ; ces bellâtres moustachus palpaient les filles comme on palpe des volailles sur un étal. En tête de ce palmarès de la grossièreté, les officiers de la marine colombienne ne faisaient pas honneur aux galons de leurs uniformes. Débraillés, saouls, ils s'insultaient copieusement. Toutes les disputes tournaient autour des jeux de cartes et des putains, mais, étrangement, il n'y avait pas de bagarre. On réglait les comptes à l'extérieur de la ville, et assez régulièrement on repêchait des cadavres dans le canal d'El Dique.

L'instituteur repéra une table libre dans un coin. Dès qu'il fut assis, les deux métisses se rapprochèrent. Une bouffée puissante de désir le fit rougir. Cet état allait à l'encontre de sa nature, mais il ne pouvait résister à ce besoin animal, à cette envie de saillir ces femelles noires, satinées, poivrées. Elles avaient l'air de glisser sur leurs pieds nus, échappant aux tenailles des prédateurs. Sous leurs jupons transparents, leurs jambes très longues et d'une minceur peu commune aux chevilles étaient faites pour la course.

Renaud Legouen était en train de réviser son point

de vue sur la beauté des races. Les Bretonnes de Paimpol, les grosses filles roses de ses souvenirs lui parurent soudain fades. Où auraient-elles pu prendre ces peaux de bronze, ces yeux en amande, ces hautes pommettes, ces bouches goulues pareilles à de rouges fleurs carnivores ? Décidément, il préférait les créatures de la jungle aux mangeuses de morue et de chou. Et tout en fixant le prix de son plaisir à trois pesos – parce qu'il était pingre et estimait que c'était un honneur qu'il leur ferait s'il venait à répandre sa semence en elles –, il se sentit impatient d'être abordé par ces gazelles.

Il y avait sûrement des pesos à tirer de ce petit Français arrogant. Depuis qu'il était apparu sur le marché, elles ne l'avaient plus lâché. Il avait bu, le désir était dans ses yeux, il était mûr. En accord avec les autres filles et après le consentement de don Pedro Vargas Valencia, homme important qui défendait leurs intérêts en les taxant de quatre-vingt-dix pour cent de leurs revenus, elles s'étaient approprié cette proie malingre au visage blafard et à la barbiche rabougrie.

Elles n'en feraient qu'une bouchée.

— On peut vous tenir compagnie ? lancèrent-elles à l'unisson en espagnol, sur un ton rauque qui fit frissonner Renaud.

— Je vous en prie, répondit-il.

Il s'était préparé à ce voyage depuis longtemps, mettant un point d'honneur à apprendre la langue des conquistadores. Elles s'assirent de part et d'autre de sa chaise, le collant de près. Elles sentait le poivre, l'humus chaud et humide, le magnolia. Un lourd effluve l'enveloppa.

Il n'eut pas le temps de leur proposer une boisson bon marché. Elles entamèrent rudement son budget prévisionnel de trois pesos en demandant une bouteille de seco supérieur, distillé à Montería. Elles lui octroyèrent le plus canaille de leurs sourires et Renaud ravala le fiel qui avait envahi sa gorge. Lorsque le garçon déposa la bouteille ventrue sur le marbre de la petite table, il se laissa tenter par un verre de ce rhum brunâtre qui titrait cinquante-cinq degrés.

La plus jeune des filles le servit et posa ensuite une main sur la sienne. Ce geste l'émoustilla au plus haut point.

— Je m'appelle María, dit-elle.

— Et moi Rita.

A elles deux, elles ne devaient pas atteindre trente ans. Le métier ne les avait pas encore usées. Après le troisième verre de rhum, il se trouva tout d'un coup happé, serré aux cuisses par leurs cuisses nerveuses. Auparavant il crevait de chaud ; il se mit à brûler sur place, inondant de sueur son col de chemise. Il s'essuya les yeux, essaya de se donner une contenance. Autour de lui, il n'y avait que des types hilares, des filles fourragées par des mains épaisses, des jupons relevés. Sous la lumière des lustres à pétrole aux globes laiteux, les cheveux, les yeux, les peaux de tous ces visages étaient d'une beauté digne de figurer sur un tableau de maître. Ceux de María et de Rita, si proches du sien, respiraient la joie de vivre... l'innocence. Il but encore et encore, communiant avec les hommes et les femmes de la salle surchauffée.

Il irait bien jusqu'à dix pesos à présent pour se laisser tripoter dans une chambre. Il voulait ces deux jeunes femelles ; il les voulait ouvertes, soumises, prêtes à faire des choses extravagantes, bien qu'il ne sût pas au juste en quoi consistait l'extravagance en matière de sexe. Son expérience était très limitée. Certes, il avait lu *Les Prospérités du vice* et *Les Instituteurs immoraux* de Sade, mais il n'avait jamais mis en pratique les leçons du divin marquis. A vrai dire, il n'avait connu charnellement que deux femmes en quarante ans : sa cousine Etiennette et madame Colette Jaouen. La première à onze reprises dans une étable et la seconde sur une période de huit ans. Il ne regrettait ni l'une ni l'autre. Surtout pas la Jaouen, veuve osseuse aux dents de cheval qui avait le menton en galoche et des mains râpeuses. Il avait mis beaucoup de temps à effacer de sa mémoire les cris de cette maîtresse. Elle couinait comme une truie qu'on égorge. Il l'avait quittée après avoir épuisé les vingt-deux mille francs de rente qu'elle tenait de son défunt mari. María et Rita sauraient lui faire entendre une autre musique. Les deux métisses lui donnaient à présent des coups d'ongle tout en enroulant leurs jambes autour des siennes. Il se retrouva écartelé et à la merci de caresses plus précises qu'il réclamait mais qui tardaient à venir.

La température monta encore lorsque l'orchestre laissa sa place à un groupe de mulâtres. Les femmes portaient des robes courtes et légères qui mettaient en valeur leurs mollets nus. Des hommes vêtus uniquement d'un caleçon long les tenaient par la taille. Un géant d'ébène semblait les commander. Renaud fut vivement impressionné par l'arrivée de ce drôle bâti comme un lutteur de foire. Le regard jaune de ce géant erra sur les noctambules qui applaudissaient et sifflaient. Puis il tomba sur l'instituteur, tirant ce dernier de ses rêveries érotiques et imprimant à ses pensées un tout autre cours.

— C'est un démon, souffla Renaud.

— Non, c'est le meneur de Malibu, le roi du carnaval.

Renaud n'en démordit pas intérieurement : c'était bien un démon. Il avait le teint de la nuit et la peau grêlée de trous. De toute évidence, il était d'origine sénégalaise. Sur son torse bosselé de muscles, pendaient des grigris en os et en cuivre. Son bras droit enserrait un tam-tam ; sa main gauche tenait un tibia aux extrémités peintes en brun. Mais peut-être était-ce du sang séché ? Il observait toujours Renaud. Ce dernier ne céda pas à ce regard impérieux, dominateur, farouche et mystique. Il se retrancha derrière une contenance hautaine et méprisante, lui délivrant un message très net : « Je suis blanc et tu es noir, je suis le maître, tu es l'esclave. » Le géant sembla déchiffrer les pensées du Breton. Il frappa trois fois la peau du tam-tam avec son os et salua la foule.

— Le Malibu ! Le Malibu ! Le Malibu ! scandèrent les spectateurs tandis que les couples se formaient au sein du groupe des mulâtres et que d'autres joueurs de tambour rejoignaient le géant.

Les mains brunes firent vibrer soudain les membranes avec une force et une vitesse qui paralysèrent la clientèle. Cet orage dura une minute. Les verres sur les étagères du bar tremblèrent. Les ondes vibrionnèrent sur le plancher, sur les murs, à travers l'air épais, heurtant de plein fouet les poitrines et les tympans. Renaud en resta pantois.

Puis il y eut une clameur au moment où une danseuse mima un félin s'approchant de sa proie. En l'occurrence un homme qui, assis à une table, le visage caché sous son bras replié, feignait de dormir. La femme le griffa à l'épaule. On vit ses muscles rouler, s'éveiller sous l'effet de la brûlure. Il se redressa. Les yeux rivés dans les siens, elle glissa les doigts sur son cou, les noua derrière. Elle l'attira vers elle jusqu'à ce que leurs visages se touchent.

Renaud retint son souffle. La jeune María exécuta les mêmes gestes que la danseuse. Il sentit la joue, puis le front de la métisse. Elle avait le visage aussi chaud que lui. Sa bouche s'ouvrit et sa langue se pressa contre les lèvres de la tentatrice, les séparant doucement. Il ferma les yeux et essaya de se concentrer sur ce baiser. Il n'avait jamais embrassé une fille en public. En lui, l'être policé et pétri de bonnes manières se révoltait, mais il ne pouvait plus revenir en arrière. Les tam-tams le poussaient en avant. Ils entraînaient son cœur à la vitesse des mains qui les frappaient. Il se vit glisser sur la pente du vice. Vers d'insondables profondeurs. Et il en éprouva de l'extase. Après tout, il était loin de l'Europe des conventions et de la bienséance. Son baiser devint gourmand. Les cris reprirent. Plusieurs danseurs se trémoussaient sur la piste. Le cerveau embrumé et le ventre en feu, il s'arracha enfin à l'étreinte de María pour se retrouver entre les bras de Rita.

Il ne remarqua pas que le meneur de Malibu l'observait avec la fixité d'un caïman. Le colosse abattait son os sur le tambour. Au rythme de ce métronome, les femmes et les hommes bondissaient, se tordaient, se frôlaient. Les esprits de la jungle virevoltaient entre leurs mains qui se saisissaient des hanches. Une fine sueur coulait sur leur peau de bronze. Ils semblaient surgis d'un songe africain.

Du coup, sans aucune retenue, parce que ses voisins de table ne s'en privaient pas, les mains de l'instituteur se tendirent vers les courbes aguichantes des deux filles. María et Rita l'encouragèrent. L'amour qu'elles appelaient de leurs corps et de leurs regards aviva le feu qui courait dans ses veines. Il serra les dents. Le ventre de María roulait doucement sous ses doigts tremblants. Il était prêt à monter à trente pesos.

Les deux métisses comprirent qu'il était définitivement à leur merci. Elles échangèrent discrètement des signaux avec le meneur de Malibu. En trois ou quatre battements de cils, il sut que le petit Français allait être dévoré tout cru... Une belle proie en vérité.

Louise et Lisa passèrent devant l'établissement où l'instituteur avait commencé à négocier le prix de son plaisir. Elles dressèrent l'oreille au vacarme des tam-tams, mais elles ne s'aventurèrent pas dans l'antre surchauffé. Restant sur leurs gardes, elles continuèrent à explorer le centre de cette ville tropicale livrée à la convoitise d'une populace violente et de moustiques voraces.

— Je m'y ferai jamais, à ces bestioles, dit Lisa en se grattant les bras qui la démangeaient.

— Ils s'y font bien, eux, répondit Louise en désignant des Indiens Guajiros.

— Eux, ils sont nés avec !

Lisa battit des pieds. Elle essaya de chasser les escadrons d'insectes vicieux qui s'en prenaient à ses chevilles. Louise ne l'imita pas. Par expérience, elle savait qu'il était inutile de se battre contre eux. En son temps, elle avait subi leurs attaques dans les paluds de Cuges et de Saint-Cyr. Au Brûlat, elle se servait de la rue en décoction, de feuilles sèches de tanaisie ou du pied-d'alouette des jardins pour se préserver de bien des piqûres. Elle contempla ces hommes et ces femmes insensibles aux invisibles attaques. Quelque chose d'une rigidité monacale durcissait l'expression de leurs figures malgré les sourires qu'ils affichaient. Secrets, ils gardaient leur mutisme, ressassant intérieurement les exploits guerriers de leurs ancêtres. Louise pensa qu'ils utilisaient leurs propres plantes pour se débarrasser des parasites et il lui vint à l'idée qu'elle pouvait leur en acheter.

Elle s'accroupit devant une femme fière au visage enduit de poudre brune faite d'un mélange de graisse de mouton, de charbon, d'écorce et de champignons, aux très longs cheveux débordant d'un chapeau fixé par un fichu de coton. Cette femme sentait franchement mauvais, mais c'était une odeur commune à ceux de son clan, une odeur naturelle qui n'avait rien d'humain. Lisa imita Louise et ne put s'empêcher de s'exclamer :

— Tu as vu ça !

Louise avait vu « ça » : le collier de pierres de tuma rouge pâle, entremêlées à des pierres dorées et terminées par des tortues et des grenouilles en or. C'était un bijou magnifique et sans âge qui se transmettait de mère en fille. D'autres femmes guajiros, aux faces couvertes de motifs compliqués, s'approchèrent des deux étrangères et proposèrent des hamacs, des matelas en jonc d'énéa et des cruches d'argile enroulée.

Louise montra les rougeurs sur ses bras, puis les mosquitos dans les halos des torches et des becs à pétrole lampant. Les femmes comprirent aussitôt. Elles entamèrent un conciliabule, puis elles s'adressèrent à Lisa tout en pointant leurs doigts vers sa main droite. Leur espagnol archaïque était incompréhensible, mais l'Italienne avait l'habitude de traiter affaires dans toutes les langues. A l'école des bordels, on apprenait vite à baragouiner pakistanais, suédois ou russe.

— Elles veulent ma bague en échange d'une pommade d'árbol de maravillas de la cordillère... Je suis pas sûre des mots. C'est en rapport avec les piqûres de moustique.

— Il nous faut cet árbol.

— J'y tiens à ma bague !

— C'est même pas un diamant, dit Louise avec une sorte de mépris pour ce bijou à la pierre incolore sertie dans de l'argent.

— C'est de la célestine, elle m'a été offerte par un séminariste qui allait prononcer ses vœux.

— Pense aux moustiques.

Lisa y pensa très vite. Elle retira aussitôt sa bague et la présenta à l'une des Guajiros. Le visage de l'Indienne s'éclaira et un son indistinct s'échappa de sa poitrine, tandis que ses doigts aux ongles cassés palpaient la pierre. Elle passa la célestine à ses compatriotes, qui s'extasièrent. Quand le bijou cessa d'être l'objet d'un incroyable babil fait de sifflements et d'onomatopées, l'une des Indiennes donna un gros cylindre de bois à Lisa. Creux, d'une contenance de deux litres, il était fermé par un couvercle d'écorce.

Lisa l'ouvrit. Une puanteur monta du contenu de ce récipient d'un autre âge. Louise n'en était pas sûre, mais il lui sembla reconnaître l'odeur de l'aloès pourri. D'autres ingrédients composaient cette mixture d'égoutier dont le fumet se répandait. Lisa, qui grimaçait, n'eut pas le temps de se récrier. La Guajiro fourra son index dans la pâte nauséabonde, en retira la valeur d'une noix qu'elle appliqua sur le visage de l'Italienne.

— Laisse-toi faire, dit Louise en riant.

Les Indiennes se mirent aussi à rire. A son tour, Louise eut droit à son enduit d'árbol. Quand toutes les parties visibles de leur peau furent recouvertes, les Guajiros proposèrent à nouveau les produits artisanaux qu'elles fabriquaient dans leur lointaine péninsule guajira. Les discussions s'animèrent. Louise et Lisa essayèrent des chapeaux, des sandales de couleurs vives, des mantas, tuniques de coton qui descendaient jusqu'aux talons.

Les hommes, attirés par les débordements joyeux de leurs épouses et de leurs filles, s'étaient rapprochés pour lorgner ces étrangères qui avaient rompu le mutisme de la *casta*[1]. Ils ne paraissaient pas

1. Groupe familial de trente personnes chez les Guajiros.

commodes. De longs couteaux et des carquois pendaient à la corde à pompons qui maintenait leur pagne. Plusieurs portaient des fusils modernes à l'épaule et des cartouchières en travers du torse. Ils les achetaient au Venezuela et en usaient souvent contre les voleurs de bétail et les ennemis. Ni les conquistadores, ni les gouvernements successifs colombiens depuis l'indépendance n'avaient réussi à les désarmer.

Une pulsion poussa Louise à aborder ces fiers éleveurs. Sans hésiter, elle toucha l'arme de l'un d'eux.

— Combien pour ce fusil ? demanda-t-elle.

Surpris, l'Indien recula. L'instant d'après, il montra son courroux en fronçant les sourcils. Louise ne se laissa pas démonter par l'expression furibonde du Guajiro. Elle répéta « combien ? », tout en extirpant des francs or de la poche dissimulée sous la ceinture de sa robe. Cinq pièces de vingt francs apparurent dans la paume de sa main. Ces soleils captèrent aussitôt les rayons des lampes et les regards de la casta. Louise désigna encore le fusil. Le visage de l'homme parut se radoucir. Il contempla les cinq pièces en calculant, puis fit non de la tête. Louise en ajouta une autre, puis une autre. A neuf effigies de Napoléon III et une demi-heure plus tard, il se décida.

— Tu es complètement folle, dit Lisa.

— Nous en aurons besoin à Panamá.

— Qui te dit qu'il y a du danger la-bas ? Lesseps assure que c'est le paradis.

— Je me méfie des beaux discours des messieurs en haut-de-forme.

Elle prit le fusil. L'Indien lui fit comprendre qu'elle devait encore débourser vingt francs si elle voulait la cartouchière. Elle lui donna satisfaction. Et ce fut l'arme à l'épaule et la poitrine bardée de cartouches qu'elle reprit le chemin de la pension sous les yeux de la troupe amusée et des bourgeois inquiets.

Au bout d'une centaine de pas, elles ne purent continuer. Une foule muette s'était assemblée près de l'imposant portail de l'Inquisition, vestige d'une époque terrible pendant laquelle des centaines de gens avaient été brûlés et pendus sur la plaza. Des soldats barraient l'endroit et maintenaient les badauds à distance de la porte. Louise et Lisa parvinrent à se faufiler parmi les groupes. Quand elles arrivèrent à l'endroit où les soldats formaient un cordon, elles étouffèrent un cri.

Là, sous la lumière des flambeaux, il y avait un corps allongé. C'était celui de l'instituteur. Un couteau planté dans le cœur, il baignait dans son sang. Pour lui, l'aventure était terminée. Les deux amies n'en éprouvèrent aucun chagrin : il ne méritait pas de se rendre au paradis.

20

C'était terrifiant. La jungle les enserrait de tous côtés. Il n'y avait aucun moyen de se repérer. Blaise chercha pour la dixième fois à voir briller une étoile, mais des épaisseurs de feuilles aussi hautes que des immeubles l'en empêchaient. Pourtant, les Kunas savaient où ils allaient. Ils avançaient sans faillir, sans souffler, sans prendre la mesure des dangers qui les entouraient. Quatre guerriers transportaient Schwab en trottant. L'Alsacien ne gémissait même plus ; il était réduit à ce qu'il était, et pas plus : une certaine quantité de chairs molles et putrides brûlant de fièvre. Remontant au niveau de son ami, Blaise essaya de prendre le pouls du malade en demandant aux porteurs de s'arrêter. Ils ne l'écoutèrent pas.

Un petit Kuna le poussa fermement sur l'étroit sentier, lui faisant comprendre qu'il ne fallait pas s'attarder. L'ingénieur commanda à ses jambes d'avancer et à son esprit de se fermer à la terreur que lui inspirait le Darién. Lesseps les avait bien envoyés en enfer. Il marchait depuis plus de cinq heures. Des branches aux circonvolutions enchevêtrées et complexes étaient tapissées d'un dense humus d'organismes vivants. Des araignées velues s'y camouflaient. Des serpents s'y enroulaient, pendaient, glissaient silencieusement vers d'invisibles proies dont on entendait les cris effroyables. Blaise ne les voyait pas, il les imaginait.

Parfois il percevait le rayonnement d'un jaune électrique frangé de rouge ; des yeux d'animaux ? Quels monstres habitaient ces profondeurs ? Qui pouvait ramper sur ces écorces boursouflées de fongosités ? Son esprit apeuré travaillait à saper son courage. La réalité empira soudain. Des trombes de moustiques entrèrent sous la voûte qu'ouvraient les Kunas, se mêlant à celles des papillons et des mouches. Blaise reçut cette poussière vrombissante en plein visage et il eut l'impression que sa peau allait éclater sous l'effet de tous ces suceurs de sang le recouvrant.

Il se mit à courir jusqu'à en perdre le souffle. Il aurait hurlé si le supplice infligé par les maringouins avait persisté, mais il entra dans une zone enfumée que les insectes ne pouvaient envahir. Il tomba sur ses genoux. Des lumières dansaient devant ses yeux. Elles se stabilisèrent en des feux de camp allumés face à de longues maisons de joncs. Là, au centre de ce village kuna, il eut la vision.

Une princesse antique se matérialisa dans le halo d'un feu. Elle lui fit oublier qu'il était ivre de peur et de fatigue, que la forêt bruissante renfermait des pièges mortels. Bouche bée, comme s'il buvait l'apparition, comme s'il laissait la douceur de cette image l'envahir, la paix l'habiter maintenant, il lui tendit les mains.

La princesse les lui prit. Elle avait un visage très blanc sous une frange de cheveux noirs dissimulés par une étoffe rouge et jaune qui descendait très bas de part et d'autre de ses épaules, dissimulant en partie un vêtement magnifique couvert de figures animales et de symboles magiques.

Il sentit son souffle, son odeur habitée des senteurs

de la jungle. Elle avait des yeux étroits et allongés, pareils à ceux des Chinois, mais, à la différence des Asiatiques, ces yeux-là exprimaient l'amour du prochain. Une ligne fine et noire était peinte sur l'arête de son nez. Un gros anneau d'or perçait ses narines. Elle lui offrit le plus délicat et le plus doux des sourires. Blaise ne craignit alors plus rien. Il se laissa guider vers l'une des maisons où l'attendaient d'autres femmes au cou alourdi de dizaines de rangées de minuscules pierres orangées montées en collier et des enfants nus qui s'étaient redressés dans leurs hamacs pour observer l'homme que menait leur *nana*.

La nana, reine des Kunas du Darién, ne donna aucun ordre. Naturellement on offrit à l'homme blanc des fruits et de la *chicha* spéciale préparée par les aînées. Il but la chicha. La boisson rafraîchissante lui fit un bien immense. A ce jus de fruits exotiques, les femmes avaient mêlé des poudres qui nettoyaient le corps et l'âme. Blaise reprit ses esprits et retrouva ses jambes. Il les remercia gauchement en français, puis en espagnol, et il eut droit en retour à quelques mots sibyllins émaillés de sourires. Puis il se souvint soudain de Schwab.

— Où est mon ami ? Où est l'homme malade ? demanda-t-il à la nana, qui était restée à ses côtés.

La reine comprit son inquiétude. Elle lui prit à nouveau la main et l'emmena dans une autre maison d'où parvenait une mélopée. Prévoyant sa réaction, elle lui mit la main sur la bouche pour lui intimer le silence. Elle avait deviné son émoi à la vue de Schwab. Malgré le choc causé par ce qu'il découvrait, Blaise ne s'exclama pas.

L'Alsacien était méconnaissable. Les Indiens l'avaient recouvert d'une sorte de boue noire mélangée à des racines écrasées. Sur ce corps en croûte, un sorcier dessinait des spirales et des triangles tandis que les hommes chantaient, les yeux clos.

La reine lui désigna un coin de la maison et lui fit comprendre qu'il devait s'asseoir là sans bouger. Blaise s'y rendit. Un maigre feu qu'un Kuna nourrissait de brindilles éclairait la scène fantastique au centre de laquelle Schwab, transformé en animal préhistorique, luisait. Blaise essaya de se raccrocher à des souvenirs, à des images de la France, de Paris, aux visages aimés des siens. Il n'y arriva pas. Un vide sidéral et des milliers d'années le séparaient de tout ce qui avait forgé son éducation et sa culture. Des heures s'écoulèrent et il oublia qui il était. Les mélopées kunas l'entraînèrent au cœur du Darién. Il glissa dans la somnolence et le rêve, sous des arbres qui paraissaient toucher à l'extrême vieillesse, des arbres qui protégeaient les esprits de la jungle que les Kunas appelaient pour sauver Schwab.

La sirène s'éleva de nouveau avec peine, et le ton plaintif émis par le pavillon rouillé devint plus aigu. Il y eut une sorte de gémissement qui inquiéta les passagers, puis le bruit des machines diminua. Le vieux steamer approchait de Colón.

Louise n'avait pas dormi de la nuit. Et peu les précédentes. Leur départ de Cartagena avait été mouvementé. L'assassinat de l'instituteur avait provoqué une enquête en règle par des policiers tatillons. Ces derniers avaient fouillé tous les bagages des immigrés et Louise avait dû débourser vingt pesos pour conserver son fusil. Finalement, au bout de vingt-quatre heures, faute de témoin et de preuves, on avait jeté le corps du Breton dans un trou à l'orée de la ville. Un padre réquisitionné d'office avait béni le cadavre enveloppé d'une toile goudronnée, puis les autorités avaient signifié aux Français d'embarquer au plus vite sur le bateau rafistolé qui cabotait le long de la côte colombienne.

Louise se tenait à la proue. La mer était lisse. L'horizon se parait des couleurs vertes de la forêt. Pas un oiseau ne s'élevait de cette ligne plombée par le ciel lourd, prêt à crever. Pas un poisson ne troublait l'eau grise et huileuse.

Le temps sembla s'arrêter. Le bateau fatigué poussa son museau éraflé entre deux avancées de cocotiers. Et, dans le fond de la baie de Limón, Colón apparut. La gorge de Louise se noua. L'émotion fit briller ses yeux. Le bout du voyage et le début d'une vie nouvelle. Ses mains se crispèrent. Ses ongles griffèrent la barre rouillée du garde-fou. En une seconde, elle prit possession de cette terre.

— C'est mon pays ! dit-elle tout haut.

Son pays était bâti de bric et de broc. Lisa, Michèle et Charles en furent atterrés. Colón et Cristobal, son port, cachaient leur misère derrière les manguiers. La ville n'avait pas de passé. Elle était née pratiquement l'année de la pose des premiers rails du chemin de fer. Dans la boue, entre les immeubles de bois et les murs de planches, des Noirs et des Indiens inactifs attendaient on ne savait quel événement.

A l'entrepôt où ils avaient laissé leurs caisses, on leur avait indiqué un hôtel bon marché. Ils mirent un temps infini pour le trouver dans le dédale des baraques qui affichaient pompeusement des noms de rêve sur des plaques vermoulues.

L'hôtel Quetzals, plus délabré que le reste des habitations environnantes, leur inspira brusquement une telle tristesse et un tel dégoût qu'ils hésitèrent à s'en approcher. Ils le regardèrent comme on regarde sa peine, quand elle devient immobile au milieu d'une vie où descend le désespoir.

Louise fut la première à se ressaisir :

— Nous resterons ici le temps de trouver un logement correct et de bâtir notre magasin.

— Tu veux rester dans ce trou ? s'exclama Michèle.

— C'est ici que débarqueront tous les Français et c'est ici que nous leur vendrons nos savons et nos casseroles. Et puis nous n'avons pas les moyens de faire transporter nos marchandises de l'autre côté de l'isthme.

Le bon sens de Louise cloua le bec de Michèle qui, de toute façon, était trop harassée pour poursuivre le voyage. Ce serait Colón et pas un autre bled, ils le savaient bien. Avant de débarquer à Cristobal, ils avaient envisagé de se rendre à Panamá City, mais, renseignements pris auprès d'un « allumeur » au dépôt de la gare, ils avaient renoncé à prendre le « train le plus cher du monde ». Pour le transport des bagages, il fallait compter en plus cinq francs par dix pieds cubes, auxquels il fallait ajouter dix dollars or pour un billet de troisième classe.

Le Quetzals ne pouvait être évité.

La nuit gomma les contours de l'immeuble en détresse que Louise et Lisa contemplaient à travers la moustiquaire tendue sur les montants de la fenêtre. Elle le mangea complètement en moins de cinq minutes. Il était inhabité. Il se fondit dans le néant, faisant soupirer d'aise les deux femmes. Cette vue affreuse, les colonnes de cancrelats sur les tommettes fendues, les draps du lit gris et troués, la vermine sur le matelas, leur avait sapé le moral. Mais la nuit tropicale avait ses avantages.

A la lumière de la lampe à pétrole qu'elles venaient

d'allumer, la chambre leur parut moins glauque. Un Christ veillait sur le lit. Un quetzal peint sur une plaque de bois lui faisait face. Elles s'allongèrent entre ces symboles rassurants et sourirent, mêlant des pensées que Lisa résuma :

— Bienvenue au paradis.

Louise se mit à rire franchement.

— On devrait pouvoir vendre beaucoup de savons ici.

— A condition que les clients puissent utiliser l'eau.

A la réception, on leur avait fait savoir que l'eau potable était rare, qu'elles avaient droit à un litre par personne et par jour, et qu'il fallait payer pour en consommer davantage. Dans le pays le plus arrosé au monde, on pouvait mourir de soif !

— On peut se laver avec l'eau des rivières.

— Faudra voir...

Ce problème de l'eau les occupa une partie de la nuit. Elles firent des plans sans fin, imaginant d'importer des cônes de papier plissé ou des chausses de coton pour filtrer l'eau. Louise se rappela qu'au Beausset on utilisait des couches de charbon de bois et de sable pour rendre les eaux potables. Elle en parla à Lisa. Et toutes deux se virent à la tête d'une vaste entreprise d'installation couvrant les besoins sanitaires de l'isthme.

Tout était à construire. Tout était à créer. Un jour des palais s'élèveraient le long du canal. Colón se métamorphoserait et perdrait ses taudis. Là où il y avait des chambranles délabrés, se dresseraient des portiques de marbre. Elles eurent la vision d'une ville merveilleuse peuplée d'hommes heureux. En attendant ce temps béni, beaucoup de cancrelats allaient passer sous leur lit. Elles s'endormirent confiantes, acceptant les piqûres des punaises. Demain, elles se mettraient en quête d'une boutique.

Simple était leur foi. Grande était leur confiance. Ils le sauveraient. Les Kunas se partageaient le mal de Schwab et, chantant, ils faisaient tomber sa fièvre. C'était dans l'ordre des choses : des milliers d'autres parmi les peuples de la forêt y étaient parvenus et, tout comme eux, ils y parviendraient. Ils sauveraient ce Blanc. Il fallait simplement qu'ils s'accrochent à cette idée tout en appelant les esprits des arbres et des univers cachés.

Ils chantèrent longtemps. Leur sorcier traça mille arabesques. Plus rien au monde n'importait sinon le moment, là-bas dans l'obscurité des heures à venir, où ils sentiraient les esprits fondre sur le corps empoisonné, le moment où le Blanc s'éveillerait guéri.

Blaise parlait en dormant. Un Kuna s'approcha de lui. L'Indien souriait. Il voyait le double invisible du Français. L'aura d'un jaune brillant du jeune ingénieur palpitait. Elle répandait autant de rayons bienfaiteurs que les *nuchus* magiques, sculptures aux formes humaines, qu'on venait de poser autour de son ami. Il n'avait rien à craindre de cet étranger à l'âme pure. Il le toucha au moment où l'Alsacien libéré par les esprits cria.

Blaise se réveilla en sursaut. Il entendit Schwab et vit l'Indien penché sur lui. Pendant quelques secondes, il crut que ce dernier était là pour le tuer. Mais le visage aux pommettes saillantes était empreint d'une bonté telle qu'il regretta aussitôt ses pensées. L'Indien lui tendit la main et l'aida à se redresser.

Blaise perçut le changement. Les Kunas ne chantaient plus. Une grande joie régnait parmi eux. Au centre du cercle qu'ils formaient toujours, il y avait un Schwab ahuri qui cherchait à comprendre ce qu'il faisait là, nu et encroûté de boue. Il regarda Blaise d'un air incrédule et murmura :

— Je ne suis donc pas mort.

Blaise fendit le cercle et serra l'Alsacien entre ses bras.

— Dieu merci, tu es bien vivant ! Ces hommes t'ont sauvé.

— Où sommes-nous ?

— Au cœur du Darién, répondit Blaise.

Etrangement, il avait cessé d'avoir peur, mais il savait que sa peur reviendrait quand il leur faudrait à nouveau traverser la jungle. Les Kunas le rassuraient. Ici, il ne risquait rien. Ces Indiens respectaient une loi essentielle. Une loi qui exigeait de l'homme qu'il recherche toujours le meilleur équilibre, la plus parfaite des harmonies entre lui et la nature. Il pensa à ses frères d'Occident qui avaient renié cette loi depuis longtemps. Schwab avait-il compris, lui ?

L'Alsacien paraissait être redevenu celui qu'il était trois jours plus tôt. Certes, il remerciait les Kunas qui lui apportaient des calebasses de chicha et des monceaux de fruits, mais il semblait toujours les considérer comme des êtres inférieurs.

Les deux Français restèrent encore deux jours parmi la tribu. Avant leur départ, les femmes chantèrent pour eux, puis la nana accompagnée des *mus*, les plus vieilles femmes de chaque famille, vint remettre un morceau de *mola* à Blaise, lui disant en espagnol et à sa grande stupéfaction :

— Prends cette bande sacrée. Elle a été tissée par l'une de nos ancêtres. Elle te protégera. Nous, les Kunas, savons que tu nous ressembles. Ton double est pur. Tu viens du kalu. Les esprits de la forêt t'accompagneront toujours.

Blaise prit le morceau de mola et s'inclina devant la reine. Quand la forêt se referma sur lui, la peur le submergea. Il n'était pas un Kuna, il ne le serait jamais. Il était un pauvre petit Français envoyé à la mort par Ferdinand de Lesseps.

21

De l'autre côté de l'océan, les femmes tenaient des propos confus et interminables en tournant leurs petites cuillères d'argent dans les tasses de thé. Ferdinand de Lesseps ne les écoutait pas. Elles l'ennuyaient. Louise-Hélène finit par s'en apercevoir et lui adressa des reproches muets. Il devina les plaintes qu'il reconstitua dans sa tête : « Comment peux-tu te permettre d'être absent ? » « Je convie les femmes de tes futurs actionnaires et des journalistes, et tu les boudes. » « Ces mercredis après-midi ont autant d'importance que tes séances du jeudi au conseil d'administration. » « Tu me fais un affront... Elles vont dire que tout n'est pas aussi parfait dans notre couple. » Et bla-bla-bla... Ferdinand connaissait par cœur ces jérémiades. Il y avait droit régulièrement. Surtout depuis que Louise-Hélène avait appris qu'il fréquentait un établissement douteux à Montmartre.

Il contempla toutes ces femmes engoncées dans leurs robes empesées à plastron, les tailles étranglées dans les corsets aux baleines de fer, empêtrées dans leurs bons sentiments, présidant des œuvres charitables, des collectes pour les pauvres qu'elles méprisaient, statues hiératiques le jour, viandes flasques la nuit. Il en éprouva du dégoût.

Ses pensées dérivèrent. Il songea à Blanchet, à Reclus et aux ingénieurs qu'il avait envoyés là-bas, où les pluies avaient fait leur apparition. Les rapports de prospection n'étaient pas fameux, mais au bout de cinq mois l'enthousiasme de l'équipe restait intact. Pendant combien de temps encore ?

Il eut soudain envie de gagner son bureau. Il se leva, salua vaguement les dames, sentit le regard courroucé de son épouse sur sa nuque et quitta le salon. Trois portes le séparèrent bientôt de la basse-cour parfumée au Preciosa Violette et à la pâte épilatoire Dusser. La dernière, capitonnée de cuir, se referma sur les échos de toutes ces voix exaspérantes. Un seul bruit arrivait maintenant à ses oreilles, le tic-tac de la pendule de bronze soutenue par les bois de deux cerfs. L'objet, qui lui avait été offert par le baron de Reinach, débitait à satiété les secondes et lui y répondait par des montées d'angoisse, se souvenant qu'il approchait la barre des soixante et dix-sept ans.

« Vite ! Vite ! » lui cria sa conscience.

Ferdinand se jeta sur son bureau. Les dossiers techniques et financiers s'y accumulaient. Il ouvrit une chemise rouge, celle qui lui donnait des acidités d'estomac. Les millions déjà dépensés lui sautèrent aux yeux. Il relut pour la vingtième fois ce qu'il avait écrit :

1°– Acquisition de la concession auprès de la société civile		10 000 000 fr.
2°– Dépenses lors de la première émission d'actions		2 223 800 fr.
dont :		
Cautionnement versé à la Colombie	750 000	
Publication du *Bulletin du*		

canal interocéanique	181 870	
Dépenses faites pour la constitution de la Compagnie........................	1 222 900	
3º– Frais de syndicat de la deuxième émission d'actions..................................		14 160 000 fr.
4º– Engagements pris avec le groupe américain pour une période de six années à partir de la constitution de la société		12 000 000 fr.
5º– Frais divers d'émission et de constitution		6 967 800 fr.
dont :		
Commission revenant à neuf banques Et à Seligmann Frères et Cie	4 159 782	
Idem à la Banque nationale	600 000	
Idem au Crédit français	740 000	
Idem à la Banque parisienne	525 000	
Publicité	942 950	
Total des frais .		45 351 600 fr.

Près de cinquante millions dépensés sans donner un coup de pioche. Il fut pris de vertige. Un grand froid le saisit ; il oublia qu'il était le Grand Français. Il était emporté par le torrent furieux de l'argent. Il vit les visages fiévreux des spéculateurs, ses « amis » associés pour la curée et la domination. Il vit aussi les milliers d'hommes condamnés à creuser ce monstrueux canal. Des masses compactes de manœuvres engloutis par les eaux boueuses de l'isthme, décimées par les maladies.

« Je vais les envoyer à la mort, pensa-t-il. Il le faut ; il ne peut y avoir de dividendes inespérés sans sacrifice. » Cette conséquence le tourmentait. L'âge le travaillait. L'échéance approchait. La mort affûtait sa faux. Avait-il assez de garanties pour entrer victorieux dans l'autre monde, et de quoi s'appuyer sur de vraies et bonnes actions ? Avait-il fait preuve de charité sans penser à gagner des millions ? Aimait-il son prochain ?

Le vertige s'accentua. Il se vit perdu, précipité en enfer. Il referma le dossier et quitta le bureau, l'appartement, le boulevard, le quartier. D'une marche rapide, il rejoignit la rue de Châteaudun, où les immeubles des parvenus avaient poussé comme des champignons. Notre-Dame-de-Lorette était cernée de toutes parts par ces forteresses où les cariatides avaient remplacé les gargouilles. Il y aurait bientôt des bâtiments plus hauts que les églises et les cathédrales. L'orgueil des hommes était sans limite. Le sien les dépassait tous. Les yeux levés vers la flèche, Ferdinand en prit conscience. Depuis soixante et dix-sept ans, il avait mis tout en œuvre pour égaler Dieu.

Il éprouva soudain le besoin de se faire pardonner. Le porche l'appelait. Il s'engouffra sous les arcs de pierre grise, évita le regard usé des anges prisonniers des moellons et s'isola du monde extérieur en pénétrant dans la nef. Habituellement, il n'entrait dans la maison de Dieu que pour les enterrements officiels. Il ne se souvenait même plus de sa dernière visite dans un lieu consacré aux chrétiens. En revanche, sa mémoire avait conservé les moments agréables passés dans les mosquées d'Ibn Touloûn et du sultan Hassan, au Caire, lorsque, allongé sur les tapis, son esprit s'élevait sous les coupoles flanquées de frises coraniques en caractères coufiques. Impur, il l'était. Et pour de nombreuses raisons. Il se mit à envier ses amis francs-maçons qui n'avaient ni Dieu ni diable en tête. Il n'osa pas tremper sa main dans le bénitier.

Son pas résonna. Des faces se relevèrent, troublées dans leurs prières. Un regard de vieille femme s'attacha à lui ; une foi fanatique y fermentait. Entre ses mains, en une coulure de perles noires, le chapelet paraissait vivant. Il lui sembla entendre les reproches que formulait à voix basse cet être aux cheveux dissimulés sous une mantille. Cet examen ne dura pas ; la femme reprit sa récitation et fit glisser une perle entre ses doigts. Soulagé, Ferdinand se fit léger et évita de se rapprocher des niches où les fidèles agenouillés livraient leurs secrets aux saints tourmentés. Près d'un pilier, Notre-Dame, baignée par la douce lumière d'une centaine de cierges, penchait son visage rassurant vers ceux qui étaient à ses pieds. La reine du ciel l'attira irrésistiblement. Il se dirigea vers elle.

L'émotion le gagna, l'appréhension aussi. Il était en état de péché. Il n'osa pas penser « mortel ». La Vierge extatique le regarda avec bonté. Il ne se sentit pas jugé. Une chaleur descendit en lui. Reconnaissant, il alluma un cierge et glissa un gros billet dans le tronc réservé à la mère du Christ. Mis en confiance, il ne voulut pas s'en arrêter là. Il retrouvait peu à peu ses marques dans l'église. Il se rappelait d'autres moments pareils, la même odeur d'encens et de moisi, le même air alourdi et recueilli, les mêmes chuchotements. Cela remontait à son enfance.

Dans un enfoncement d'ombre où s'alignaient des chaises de paille, il repéra le confessionnal au bois presque noir. Trois personnes attendaient d'être délivrées de leurs péchés. Il prit la file en essayant de paraître humble.

Son tour vint plus tôt que prévu. A croire que ceux qui l'avaient précédé n'avaient rien à se reprocher. Il entra dans l'isoloir en faisant gémir les membrures chevillées du petit édifice. Dès qu'il fut en place, c'est-à-dire agenouillé et la respiration contenue, la porte du guichet glissa. A travers la grille, il vit alors luire le regard du prêtre. Il se sentit mis à nu, décortiqué jusqu'à l'âme, pesé et jugé. La voix qui débita les mots ordinaires associés à Dieu et l'appela « mon fils » était grave. Rapidement, elle aborda le vif du sujet :

— Qu'avez-vous à vous reprocher, mon fils ?

Ferdinand paniqua. Par où commencer ? Il avait à peu près commis tous les péchés du monde, les multipliant avec une complaisance gourmande. Du temps s'écoula. Il choisit d'amorcer la pompe des révélations par de menues fautes. Par exemple, dévoiler ses pensées coupables, ses envies de chairs fraîches. Des phrases de repentir s'assemblèrent dans son esprit, mais elles ne prirent pas forme sur sa langue. Il les ravalait les unes après les autres en déglutissant.

— Est-ce si difficile, mon fils ?

— Il y a si longtemps que je ne me suis pas confessé, mon père...

— Très longtemps ?

— Vous n'étiez sûrement pas né.

— Ah !

— Le poids des responsabilités a été plus lourd que celui de mes péchés. Je n'ai pas eu une seconde à moi depuis l'expédition militaire du général Clauzel en Algérie il y a cinquante ans.

— Vous vous êtes battu... Ce n'est pas grave.

— Non, je servais les intérêts du ministère des Affaires étrangères au côté de mon père, Mathieu de Lesseps, lors des traités avec le bey de Tunis.

— Lesseps. Avez-vous un lien de parenté avec Ferdinand de Lesseps ?

— Je suis Ferdinand de Lesseps.

— Alors soyez béni. Vous êtes un homme de bien. Dieu qui voit tout ne retiendra pas de charges contre vous. Je vous absous de tous les péchés passés et de ceux à venir.

— Vous n'avez aucune idée de ce que j'ai fait, répliqua Ferdinand, interloqué par les propos du prêtre.

— J'en sais assez pour vous citer en exemple lors de mes prêches. Le canal de Suez a sauvé la vie de nombreux marins. Par votre génie, vous avez raccourci les temps des traversées et les peines des hommes. Celui que vous vous apprêtez à creuser à Panamá va soulager l'humanité. Grâce à vous, il sera plus facile à notre Sainte Mère l'Eglise de répandre ses bienfaits sur les rivages du Pacifique, dans toutes ces îles peuplées de sauvages, vers le lointain Japon et la vaste Chine, là où nos missionnaires vont pouvoir convertir et bâtir des églises.

— Ce canal de Panamá ne se fera pas sans souffrance et sans perte humaine.

— Qu'importent les peines et les morts de quelques-uns au regard du bonheur de tous ! Vous n'avez rien à vous reprocher, mon fils. Vous êtes grand... Vous êtes le plus grand de ce siècle. Oubliez vos fautes et parlez-moi de votre projet.

Ferdinand était vaincu. Le prêtre venait d'ouvrir les vannes qui contenaient le fleuve Orgueil. Il se sentit effectivement grandir, gonfler, s'étendre au-delà des murs de l'église, dominant en un instant Paris, puis la France, le monde enfin. Il atteignit l'azur et au-delà les étoiles. Le géant Orion élevé au rang de constellation n'aurait pas fait mieux. La voix du prêtre, au demeurant suave, pareille à celle des courtisans, le poussa à redevenir le Grand Français.

Et pendant une demi-heure, le confesseur écouta Lesseps lui parler de son œuvre, de ce qu'il mettait dans son travail, des pensées et des hommes qui avaient donné une impulsion à sa vie, parler avec avidité, comme un être d'exception qui buvait la gloire à longs traits et s'enivrait dans l'océan des millions.

Lorsqu'il quitta Notre-Dame-de-Lorette, Ferdinand avait l'âme légère. Les hommes pouvaient à présent mourir : il avait l'aval de Dieu. Dans moins de six mois, il les lancerait à l'assaut de Panamá.

Des sirènes lointaines hululaient ; les sifflets de trains leur répondaient. Des clameurs roulaient, s'apaisaient, resurgissaient çà et là. La gare de Bordeaux était en état de guerre. L'armée de Lesseps l'avait envahie une semaine plus tôt. Sur les îlots élevés des toitures et les frontons des bâtiments administratifs, des drapeaux claquaient dans le vent qui forcissait à l'approche du soir. Sous le ciel malmené par les rafales, la gare et ses abords jetaient des flambées qui se voyaient de la cathédrale Saint-André et de la tour Pey-Berland. Le spectacle n'avait plus lieu sur la scène du théâtre mais le long des voies ferrées. Il n'y avait plus eu un tel chambardement depuis le temps de la traite des esclaves.

Les Bordelais venaient en famille pour voir les bandes tapageuses qui s'agitaient dans le grand hall de la gare et sur l'ensemble des entrepôts, sous l'œil farouche des recruteurs de monsieur de Lesseps et les regards condescendants des polytechniciens et des centraliens. Des feux avaient été allumés entre les voies, en bout de quai, sur les terre-pleins où s'amoncelaient des milliers de caisses. Ils éclairaient des escouades de techniciens et de magasiniers qui passaient leur temps à répertorier le matériel déversé par les trains sous la surveillance des agents de la Compagnie des chemins de fer. Des bras d'excavatrices reposaient sur des boisseaux, des rouages énormes suintaient d'huile, des chaudières à l'acier poli arboraient leur numéro de série serti dans des plaques rivetées, des kilomètres de câbles et de chaînes enroulés sur des cylindres étaient l'objet de toutes les attentions. On allait devoir remonter toutes ces pièces de machines fabriquées dans les meilleurs ateliers du territoire. Il fallait des hommes pour reconstituer ces monstres de fer et d'autres pour les appuyer dans leurs tâches mécaniques.

Les candidats ne manquaient pas. Beaucoup avaient déjà leur contrat en poche. Des centaines de postes étaient encore à pourvoir. Ils arrivaient de toutes les régions. Le plaidoyer de Lesseps repris et amélioré par la presse leur avait fait quitter parents, femmes et enfants. Cette promesse de fortune n'avait pas été lancée au hasard des fluctuations boursières. Panamá sonnait à leurs oreilles comme un gage de réussite, de bonheur. Ce travail d'une durée de huit ans pouvait faire d'eux des rentiers. On promettait des triples salaires, des primes faramineuses et de la gloire à la pelle.

Premiers nantis, les Compagnons touchaient déjà une paie indexée sur le cours de l'or en attendant leur embarquement sur les paquebots. Tous les corps de métier étaient représentés. Les journaliers sans qualification côtoyaient les mécaniciens de précision, les goujats, les tailleurs de pierre, les pontonniers, les bûcherons, les boulangers, les forgerons, les géomètres, les muletiers... Les maçons de la Creuse et du Limousin accoutumés à l'exil annuel vers les villes s'étaient reconnus et rassemblés pour s'opposer aux Piémontais et aux Savoyards qui avaient passé la frontière à Pont-de-Beauvoisin. Des prestiges étaient en jeu. Il était facile de les évaluer sur l'échelle des valeurs ouvrières. Il suffisait de voir leurs doigts épais, crevassés, aux ongles cassés ; ces gars-là à la casquette de travers avaient monté des kilomètres de murs, bouffé du plâtre. Les plus expérimentés étaient atteints de la gale des plâtriers. Ces ulcérations torpides et ces éruptions érythémateuses étaient un gage de leur conscience professionnelle et des services rendus. Ces maîtres de la brique et du moellon regardaient de haut les terrassiers bretons de Lamballe, considérés pourtant comme les meilleurs du monde. Ces derniers ne se souciaient guère des airs condescendants des bâtisseurs. Il leur importait surtout de se rincer le gosier avec le bon bordeaux que l'intendance distribuait sans compter. Sur le vaste espace ferroviaire de la ville, la fête était permanente. Ceux qui avaient leur contrat en poche se regroupaient par affinités et bambochaient en chantant des chansons paillardes.

Les recruteurs de la Compagnie universelle triaient, rejetaient, engageaient. Ils avaient passé deux jours à discuter avec les galvachers, charretiers et bouviers du Morvan, qui se louaient à la tâche, eux et leur attelage, pour charroyer des tombereaux de déblais. Ces rudes paysans avaient négocié chèrement leur départ. Leur réputation d'infatigables et dociles travailleurs avait pesé lourd dans la balance. On leur avait fait savoir qu'ils ne pourraient pas emmener leurs bêtes de l'autre côté de l'Atlantique. Ils avaient réclamé une compensation et obtenu quelques francs supplémentaires par semaine.

Tous ces hommes rêvaient de Panamá. De ce pays, ils ne savaient pas grand-chose. Ils avaient simplement retenu que l'hiver n'existait pas sous cette latitude. Et en ce début d'année 1881, ils furent près de deux mille à imaginer la vie facile qui les attendait.

22

Monsieur Schwab leur rendait visite tous les jours depuis treize mois. Ce n'était pas une visite ordinaire. Sans lui, Louise, Lisa, Michèle et Charles n'auraient pu monter dans les temps le joli magasin que dans l'enthousiasme on avait baptisé « Etablissements Bonifay », du nom de Louise, propriétaire à soixante-quinze pour cent.

Monsieur Schwab, alors en convalescence d'une blessure dans l'affreux hôpital de Colón, avait rencontré Charles et Louise, qui tentaient de placer du savon auprès des responsables de la santé. De cette entrevue avec le directeur Minguez, médecin-chef colombien surnommé le Fossoyeur, dépendait le sort des quatre amis.

Avant leur départ de Marseille, Charles avait passé un accord avec les savonneries, négociant au plus bas, frais de transport compris, l'envoi trimestriel de mille kilos de savon. Mais il leur fallait d'abord placer la marchandise qu'ils avaient emportée avec eux. Tâche ardue. A Colón, on achetait le savon aux marchands vénézuéliens, péruviens et américains. Il était difficile de bousculer les habitudes et de s'adapter aux pratiques tordues des autorités du pays. Louise ne voulait pas en entendre parler. Il fallait arroser les directeurs, les chefs de service, les comptables, les douaniers, selon des règles bien établies. Ce n'étaient pas de grosses sommes mais, additionnées, elles représentaient 3,8 % des bénéfices escomptés par la petite équipe. Cet aspect des tractations ne rebutait pas Charles. Au contraire. Cela lui rappelait un sport qu'il avait pratiqué à grande échelle à la mairie de Marseille.

Sa rencontre dans les couloirs de l'hôpital avec Schwab avait été déterminante. En bons Français que le hasard met en présence au bout du monde, ils avaient immédiatement sympathisé sous les yeux d'une Louise réservée et prudente.

Schwab, Alsacien et maître-charpentier installé depuis plus de trois ans dans l'isthme, avait l'expérience des hommes et du terrain. Il avait lui-même monté une petite entreprise avant de signer un contrat avec les ingénieurs Blanchet et Reclus, qui comptaient sur lui pour bâtir de solides pontons et toutes sortes d'ouvrages en bois le long du futur tracé du canal. Au cours d'une expédition dans le bassin du río Chagres, il avait été mordu par une sale bestiole et sauvé par des Indiens Kunas. On le disait miraculé et chanceux. Cette nouvelle aura avait fait de lui un homme écouté et vénéré. Il n'avait eu aucun mal à convaincre le directeur Minguez de la supériorité du savon de Marseille et de l'honnêteté de Louise et de Charles, honnêteté concrétisée par l'octroi de quelques dizaines de pesos non comptabilisés sur les registres officiels dès que l'accord commercial avait été signé dans le bureau du médecin-chef.

Deux cent soixante-quinze pains de savon avaient été ainsi vendus à l'hôpital de Colón. Dans la foulée, monsieur Schwab avait proposé ses services de charpentier au prix le plus bas. Cette proposition désintéressée ne surprit personne ; Schwab, qui entre-temps avait fait la connaissance de Lisa, était tombé éperdument amoureux de la pulpeuse Italienne. Fort de ce sentiment, sa capacité de travail s'était considérablement accrue. En plus des douze heures journalières qu'il devait à la Compagnie universelle, il en passait trois autres à l'hôtel Quetzals. Là, dans la chambre de Louise et de Lisa, sous les regards attentifs des quatre immigrés, il avait tracé les plans du magasin et des logements attenants, dressé des factures dérisoires pour l'achat des matériaux de construction dont les neuf dixièmes seraient détournés des gigantesques entrepôts de la Compagnie, et fait une cour discrète à l'élue de son cœur.

Lorsqu'il avait fallu trouver un emplacement pour bâtir les Etablissements Bonifay, c'était encore lui, appuyé par son complice Charles, qui avait trouvé le terrain idéal.

Schwab avait abandonné le chantier du bassin d'ancrage de Gatún dès l'aube du dimanche. Ses gars harassés par le travail s'étaient endormis sur place. Toute la nuit, on avait assemblé des troncs d'arbre pour construire l'embase d'une digue. Il s'était rendu au poste n° 2 pour se débarbouiller. Là, il avait rencontré son ami Blaise Moraud et bu un café avec lui. Le jeune ingénieur avait d'énormes problèmes. Les excavatrices ne pouvaient être montées ; il manquait des pièces. Au QG de Colón, on lui avait assuré qu'elles arrivaient par un autre bateau. En attendant, il était impossible d'engager ces machines sur le terrain où 16 700 hommes se battaient contre des millions de mètres cubes de vase, d'argile et de roches.

Comme d'habitude, Schwab avait rougi quand Blaise avait évoqué les Françaises des Etablissements

Bonifay. Ce n'était un secret pour personne. On savait que l'Alsacien en pinçait pour l'une d'entre elles, bien qu'on ne l'eût jamais vu s'afficher avec sa belle. Des suppositions couraient. Il y avait ceux qui disaient qu'il couchait avec l'Italienne, et ceux qui affirmaient qu'il cherchait à se caser auprès de la Provençale. Dans la bouche de tous ces faiseurs de ragots, il n'y avait pas de place pour la blonde Michèle, dont on connaissait la liaison avec monsieur Charles.

Blaise ne faisait que répéter ce qu'il entendait. Il ne connaissait pas ces Françaises. Ayant continuellement Blanchet et Reclus sur le dos, il passait tout son temps dans les ateliers de mécanique, sacrifiant ses dimanches et n'ayant pris que huit jours de repos en treize mois depuis que les contingents de techniciens et d'ouvriers venus de Bordeaux et du Havre avaient été débarqués à Cristobal.

Avant d'aborder la rue du Départ, Schwab avait fait un détour par la rue Santa Rosa, où les métis de la rivière Providencia revendaient les produits de leur récolte. C'était devenu pour lui un rituel. Il achetait des orchidées. Les plus belles. Il y avait tant de variétés qu'il en découvrait toujours de nouvelles à offrir à Lisa. Il aimait surtout les grandes stanhopeas charnues aux couleurs cireuses. Leurs parfums lourds et sucrés faisaient tourner les têtes et il espérait faire tourner celle de Lisa. Ce n'était pas gagné. Jusqu'à ce jour, l'Italienne n'avait pas fait preuve d'un enthousiasme débordant. Il semblait même qu'elle s'ennuyait en sa présence. Il n'avait jamais pu se retrouver seul à seul avec elle. Elle se débrouillait toujours pour le recevoir en compagnie de Louise ou de Michèle.

Charles avait essayé de plaider la cause de l'Alsacien. Lisa n'avait rien voulu entendre. Elle trouvait Schwab pâlichon et triste. Pas assez mâle, trop nordique. Et puis elle n'avait nulle envie de perdre une liberté si chèrement acquise pour quelques mamours sous les tropiques.

Schwab bomba le torse et lutta contre la montée du sang à ses joues. Il serra contre son cœur les six tigrinums aux immenses pétales blancs tachés de rose. Il n'avait jamais offert cette espèce d'orchidée à sa dulcinée. Il les avait échangées contre un paquet de sel. A présent, il se devait d'être digne et de marcher droit jusqu'au magasin.

Marcher droit dans la rue du Départ était un exercice périlleux. C'était la rue la plus encombrée et la plus dangereuse de Colón. La gare en était la cause. Ruche étranglée par les constructions voisines, elle drainait des milliers de tonnes de marchandises. Chaque jour, des régiments d'ouvriers et de manœuvres s'y précipitaient et prenaient d'assaut l'un des nombreux petits trains qui desservaient les chantiers du canal. Elle retentissait du bruit des forges que les Français avaient installées le long des voies. Tout était en cours de transformation, d'agrandissement, de modernisation. Les locomotives à roues libres venaient d'être abandonnées ; des machines à deux essieux moteurs avaient fait leur apparition. Les cheminots français et américains installaient partout des postes d'aiguillage Saxby et substituaient des rails en acier aux rails de fer. On voulait du neuf et du performant. En un an, la Compagnie avait vu son matériel doté du frein continu à vide, du système compound d'Anatole Mallet, du frein Westinghouse, d'un block-system... Des ateliers de réparations avaient été construits, s'étaient multipliés, car il allait y avoir de la casse ; les entrepôts avaient quadruplé de volume, mais ils n'étaient pas encore à la mesure de la demande. Comment satisfaire les besoins des 17 000 employés de Lesseps ?

— Hé ! Place ! cria une voix.

Schwab eut le réflexe de sauter sur le côté. Un tombereau tiré par six chevaux le frôla. Gémissant et tressautant sur le sol déformé de la rue, il transportait des madriers et des tonneaux. Le conducteur lui lança un regard mauvais avant d'invectiver d'autres équipages immobilisés dans l'embouteillage quotidien à deux cents mètres de l'entrée du dépôt ferroviaire. Même les dimanches, il était impossible de circuler dans cette partie de la ville. C'était cependant une journée qui s'annonçait d'une douceur adorable. Le soleil de janvier caressait l'écrin vert qui enserrait la ville. Les cimes des arbres frissonnaient au moindre souffle, à l'envol des oiseaux multicolores. Il ne venait plus rien de troublant de la jungle, des manteaux de lianes où se balançaient les singes, des entrelacs de racines sur lesquels trottaient de paisibles tapirs. Les moustiques repliés dans les profondeurs du Darién et les marécages attendaient le retour de la saison humide. Les mygales ne se déplaçaient pas. Les caïmans se prélassaient loin des chantiers. Le ciel en était la cause. Il ne pleuvait plus depuis cinq semaines.

Le trouble venait à présent du port et gagnait tous les quartiers, toutes les stations échelonnées le long de la voie ferrée jusqu'à Panamá. La Compagnie était responsable de l'état fébrile de la cité. Par l'entremise de marchands d'hommes envoyés sur les îles des Caraïbes, elle avait débauché les coupeurs de canne à sucre, suscitant la colère des riches planteurs. A présent, entre 14 000 et 20 000 Noirs travaillaient directement ou indirectement pour les Français. Cette arrivée de manœuvres turbulents et grands buveurs avait provoqué un déséquilibre au sein des communautés de l'isthme. On en attendait encore pour remplacer ceux qui tombaient malades ou mouraient la pioche à la main, comme on attendait les arrivages de prostituées toutes catégories, de l'élégante courtisane habillée de dentelle Luxeuil à la vieille métisse aux mamelles flétries. Afin de faciliter ces entrées massives sur le territoire colombien, les directeurs avaient graissé la patte de la police. Les autorités fermaient les yeux. Les frontières n'existaient plus. Les parasites et les aventuriers affluaient du Costa Rica, du Nicaragua, de l'Equateur.

Schwab fut soudain entouré d'une bande de Jamaïcains excités. Une odeur d'alcool se dégageait d'eux. Il n'était plus à sa place, plus au bon endroit. Sa face d'ivoire tachée de points de rousseur et encadrée d'un collier de barbe rousse dépareillait au milieu de ces visages d'ébène.

— C'est le maître du bois ! dit l'un d'eux.

— Le chef ! Le chef avec nous ! reprirent en chœur les autres.

Schwab reconnut les hommes de l'équipe de jour. Ses hommes. Il les menait durement. Ils acceptaient son autorité car il se donnait autant qu'eux, n'hésitant pas à entrer dans les eaux vaseuses jusqu'aux épaules lorsqu'on avait besoin de tous les bras pour redresser les lourds pilots pointus, ferrés et cerclés. Comme eux, il y récoltait des sangsues, des vers et des fièvres. Avec eux, il partageait l'eau-de-vie locale lors des pauses.

— Morena, Marco, Juan, que faites-vous si loin de vos baraquements ? leur demanda-t-il.

— On vient voir les dames, répondit l'un d'eux.

— Les dames se reposent le dimanche.

Les Jamaïcains le regardèrent d'un air navré. Schwab contempla la vingtaine de bordels et de salles de jeux fraîchement repeints qui s'alignaient face à la gare. En semaine, ces bâtisses pimpantes, ragréées de la cave au grenier, débordaient de chairs et de flonflons. Lui n'avait jamais mis les pieds dans l'une de ces maisons ; il en connaissait vaguement les règles et les travers. Sur les chantiers, les allusions concernant les filles et leurs spécialités étaient nombreuses. Les ouvriers blancs s'échangeaient les bonnes adresses, les manœuvres noirs en parlaient rarement. Il n'avait pas même imaginé qu'ils puissent avoir des rapports avec des prostituées.

— Oh ! on ne veut pas de nous dans vos beaux cafés, continua le Jamaïcain qui voyait son chef se faire des idées fausses. L'entrée nous est refusée et vos Blanches ont peur de nous. Nos dames à nous sont noires et elles nous attendent derrière les dépôts. Elles travaillent le dimanche, ajouta-t-il en éclatant de rire. Un jour, nous prendrons les Blanches sans payer, Pedro Prestán nous l'a promis, cria-t-il.

Schwab en fut contrit pour eux. Il les contempla alors qu'ils riaient et s'en allaient vers le lieu de leur perdition. Une locomotive se mit en marche, et la gare trembla de toutes ses structures. Un souffle, un nuage de vapeur, un mouvement dans le ciel bleu, présages heureux, pensa-t-il, mais peut-on connaître le véritable sens des présages ?

Il reprit sa marche vers les Etablissements Bonifay, avec le nom de Pedro Prestán en tête. Il se demanda si ce n'était pas l'un des esprits invoqués par les anciens esclaves qui pratiquaient le vaudou, l'une de ces entités qui secondaient les méchants et que les Noirs des îles redoutaient pour leur violence et leur cruauté. Cette question le quitta dès que son cœur lui rappela qu'il était proche de Lisa.

L'épicerie-quincaillerie-mercerie Bonifay était autrefois une maisonnette où logeaient des Américains de l'administration de la Railway Company. Ils étaient tous morts de la fièvre jaune en 1873. Abandonnée et ouverte à tous les vents, située en bout de rue, toute proche du faisceau où les locomotives manœuvraient et de la rotonde des réparations, elle avait été cédée avec un bout de terrain de deux cents mètres carrés à Louise pour une centaine de francs.

Schwab et quatre compagnons menuisiers en avaient fait un petit bijou après l'avoir agrandie d'une pièce supplémentaire de quatre-vingts mètres carrés. L'Alsacien était fier du résultat. L'établissement provençal peint en bleu et jaune attirait irrésistiblement les regards. Les bois les plus résistants avaient été employés pour remettre à neuf et agrandir le bien. On avait même trouvé des briques pour monter les soubassements du magasin. Cet établissement propret aurait eu sa place dans une ville française. Il était ouvert sept jours sur sept de 6 h 30 du matin à 19 h 30.

Schwab serra les orchidées contre sa poitrine. Il venait de détecter un mouvement derrière les carreaux de l'une des quatre fenêtres du magasin.

23

— C'est encore lui.

Ces mots précédèrent un soupir d'exaspération. Lisa venait de repérer Schwab. Elle effectua un mouvement de repli jusqu'à la caisse du comptoir où se tenait Michèle.

— Il a des fleurs ? demanda une Louise un peu moqueuse en émergeant des rayons avec une caissette de flacons d'Ontario.

Lisa fustigea son amie du regard. Louise avait changé en un an. Elle était devenue une femme magnifique. Ses cheveux noirs tressés retombaient de part et d'autre de ses épaules nues et hâlées. Elle portait une robe légère à volants achetée à une couturière métisse qui réalisait des prodiges avec des bouts de chiffons. Son visage s'était légèrement creusé, mettant en valeur ses lèvres roses et ses yeux de chatte pétillants de malice.

Il lui plaisait d'agacer Lisa. Elle n'était pourtant pas de ceux qui éprouvent du contentement en s'amusant aux dépens d'autrui. Trop de drames s'inscrivaient dans son esprit. A Colón, la mort et la violence étaient partout. Plus de la moitié des enfants n'atteignaient pas l'âge de six mois, les femmes mouraient en couches dans les taudis, les hommes se crevaient la panse à coups de couteau et les fièvres, jaune, bilieuse, typhoïde, larvée, paludéenne, frappaient tout le monde sans distinction. Les premiers mois, elle et ses amis avaient vécu dans la hantise d'avaler les microbes panaméens qui tuaient les gens par centaines. Jusqu'à présent, les invisibles créatures les avaient épargnés et c'était un plaisir de voir la belle Lisa en colère.

— Oh, toi, tu ferais mieux de te gargariser avec l'un de tes flacons, gronda cette dernière en s'emparant de la caissette qu'elle déposa brutalement sur le comptoir.

Louise et Michèle se mirent à rire en imaginant l'effet de l'Ontario dans la bouche. « The Ontario American Tooth Elixir » guérissait instantanément la rage de dents. Un flacon était vendu pour cinquante applications. L'utiliser en une seule fois, c'était à coup sûr se paralyser la mâchoire, la langue et le gosier.

— Tais-toi, ton chéri va entrer, dit Michèle.

Schwab poussa la porte de bois renforcée qu'il avait lui-même taillée et rabotée. Ce geste l'émouvait chaque fois. Il avait l'impression qu'une partie de son être veillait sur cette maison qui portait les marques de son travail.

La clochette solidaire du battant tinta.

— Monsieur Léon, quelle surprise ! s'écrièrent Louise et Michèle à l'unisson.

« Sales hypocrites », pensa Lisa, qui se contraignit à sourire. Schwab eut une inclinaison de tête et marmonna un « bonjour ». Son regard pâle effleura rapidement l'Italienne et se perdit dans la contemplation du magasin. La vaste pièce se remplissait semaine après semaine. En entrant, le client ne savait dans quelle catégorie la placer. Quincaillerie, épicerie, mercerie ?

Au premier regard, on était irrésistiblement attiré par

la profusion de chapeaux masculins que Michèle appelait les « attrape-poussière ». Elle en parlait en connaissance de cause. Elle les avait nettoyés un à un. Il y en avait six cents, dressés comme un rempart de feutre et de fibre sur tout un pan de mur. Charles les avait dégotés dans un entrepôt du port et obtenus pour une misère. Tout ce lot abandonné faisait le bonheur des scorpions et des araignées. Cinq ans auparavant, un Français les avait fait venir des ateliers de l'Aude. Mais, comme les melons et les hauts-de-forme se vendaient très mal, faute d'une clientèle aisée et d'un climat peu adapté, il avait fait rapidement faillite.

Sur les rayons où s'empilaient les couvre-chefs fabriqués par les industriels audois, Louise avait eu l'idée d'ajouter des chapeaux que les Indiennes tressaient avec des feuilles de latanier. Ces chapeaux d'été, larges et souples, à la portée de toutes les bourses, se vendaient bien. Aussi bien que les casseroles, les écuelles, les louches, les bassines en fer-blanc du Pérou. Ces ustensiles polis et briqués cascadaient jusqu'au plancher couvert de caisses de savon de Marseille. Le savon était le produit phare de l'établissement. D'un commun accord, les quatre associés avaient décidé de développer les ventes du rayon hygiène. On avait même ajouté « Beauté » à Hygiène sur une pancarte qu'un artiste local avait enrichie de frises florales et de rubans peints. Une partie des premiers bénéfices avait été réinvestie dans des commandes extraordinaires. A présent, derrière la caisse, les étagères s'ornaient de poudre et d'eau de toilette Corylopsis du Japon, de boîtes rouges contenant le cicatrisant Coaltar saponiné Le Beuf, de flacons d'élixir alimentaire Ducro, de bouteilles de vin Aroud qu'on administrait aux convalescents, de petits bocaux remplis de la pâte du docteur Malle dont les étiquettes dorées portaient le nom de « Talisman de Beauté », d'eau de Carrare, de baume épilatoire, d'eau Pastor contre les points noirs... Il n'y avait pas encore beaucoup de demande sur ces produits-là, mais Michèle, qui en avait la charge, ne désespérait pas de les placer lorsque les femmes des ingénieurs et techniciens rejoindraient leurs époux. En attendant la clientèle aisée de la métropole, les quatre associés vendaient du petit outillage, du fil et des aiguilles, des boutons, des pots de peinture, du maïs, des haricots secs et toutes sortes de choses qu'ils pouvaient se procurer auprès des paysans et des artisans de la province et des pays limitrophes.

— J'ai apporté quelques fleurs, dit Schwab d'une voix si sourde que Louise et Michèle se mirent à le plaindre tout bas.

— Il n'a aucune chance s'il continue ainsi, chuchota Michèle.

— Pauvre homme... s'amouracher d'une bourrique d'Italie, dit Louise.

— Je t'entends, tu sais ! gronda Lisa à l'intention de Louise.

— Elles sont magnifiques, vos fleurs, monsieur Léon, coupa Michèle.

— Merci... Charles n'est pas parmi vous ?

— Il est parti à Esmeraldas, en Equateur, pour traiter avec les faïenciers de Santo Domingo. Nous allons essayer de vendre des assiettes. Elles auront l'oiseau quetzal peint et un B en filigrane doré sur le rebord.

— Quelle bonne idée !

— C'est moi qui l'ai eue, répondit fièrement Michèle en se passant une main dans les cheveux.

Il regarda la blonde Avignonnaise dont la poitrine laiteuse débordait au-dessus de la caisse. Michèle était fière de ses seins de nourrice. Nombreux étaient les hommes qui avaient tété ces grosses poires oblongues en songeant à leur petite enfance. Monsieur Léon avait ce regard de gamin rêveur, qui ne put échapper aux trois femmes.

— Je vois où tu veux en venir, dit Lisa à Michèle.

— Moi ! Tu te trompes sur mon compte, ma petite. Tu ferais mieux de remercier monsieur Léon, qui t'offre ces jolies orchidées.

Schwab sentit la tension monter entre les deux femmes. Il posa les fleurs sur le comptoir et, tout en se tournant vers Lisa, il murmura :

— Vous en profiterez toutes les trois, ce sont des tigrinums.

Lisa fut obligée de les prendre en pestant intérieurement contre ses deux amies qui affichaient des sourires angéliques. Elle aurait dû admettre que les fleurs aux pollinies odorantes et aux ailes délicates étaient admirables ; elle fit une remarque désobligeante en palpant du bout des doigts la base portant des verrues et des callosités.

— Il y a du poison là-dedans.

— Certes non ! s'écria Schwab.

— Qui nous le prouve ?

— Les Indiens qui les cueillent ne prennent jamais de risques et, de mémoire d'homme, on n'a jamais entendu dire qu'une orchidée était dangereuse.

— Les Indiens ! Les Indiens ! Vous êtes comme Louise, vous prêtez à ces sauvages des connaissances supérieures à celles de nos médecins et de nos savants.

— Ces sauvages, comme vous les appelez, m'ont sauvé la vie.

Schwab se revit parmi les Kunas. Il avait mis du temps à admettre que ces petits hommes à demi nus l'avaient ramené du monde des morts. Malgré les arguments de Blaise, il refusait de croire en la puissance des esprits invoqués par les Kunas. Jusqu'au jour où il avait vu un ouvrier atteint d'une fièvre des marais. L'homme était sur le point de rendre l'âme quand un Kuna qui servait de guide aux bûcherons de la Compagnie lui avait fait boire une sorte de boue tout en appelant les forces invisibles. Deux heures plus tard, après avoir vomi tripes et boyaux, le malade revenait parmi les vivants.

— Pardonnez-moi, je m'emporte, dit Lisa, qui ne voulait pas le blesser.

Une bouffée de chaleur empourpra la face de Schwab. Il adorait cette femme, il adorait son accent transalpin, il adorait ses yeux de satin noir, les boucles de ses cheveux, le menton volontaire, le nez épais, les mains dotées d'une vie propre. Il aurait voulu embrasser ses doigts aux ongles rongés et lui apprendre à être heureuse. Il devinait qu'elle n'avait pas su prendre la mesure de ce pays sans saison et de déraison. Il supposait qu'elle avait eu un passé difficile. Il était sûr de pouvoir lui bâtir un avenir. On pouvait vivre pleinement à Panamá, se marier, faire des enfants.

— J'aime beaucoup vos tigrinums, ajouta-t-elle en enfouissant son visage dans les fleurs ailées.

Louise et Michèle, témoins ravis de ce retournement de situation, en frissonnèrent de plaisir. Enfin, Lisa se décidait. Que s'était-il passé dans la tête de leur amie ? Elles poussèrent mentalement monsieur Léon à prendre l'initiative et Lisa à accepter d'être courtisée. Leur amie avait un besoin urgent de se changer les idées. Elle n'aimait pas Colón, ses habitants, la mentalité de conquérants des Français, l'arrogance des métis, les turbulences des Noirs caraïbes, les énigmatiques Indiens, le mystère de la jungle, cette éternelle moiteur qui usait les nerfs et sapait le courage. Et elle avait du mal à accepter le fait qu'elle était devenue une femme respectable.

Rien ne semblait devoir rapprocher les deux êtres, la distance était immense entre Léon le maître charpentier et Lisa l'ancienne prostituée. Pour faciliter une intimité entamée si difficilement, Louise et Michèle prétextèrent l'inventaire du dernier envoi des Messageries. C'était faux. Le prochain arrivage était prévu dans quinze jours. Il était d'importance. Ayant été informé par un boutiquier américain installé à Panamá City que les Grands Magasins de la ville de Saint-Denis liquidaient leurs surplus à la fin de chaque saison, Charles s'était débrouillé pour entrer en contact avec eux. Il avait mandaté un voyageur de commerce spécialisé dans les machines-outils qui faisait la navette entre Le Havre et Colón, lui proposant une commission sur l'achat de coupons de tissu, de corsets, de jupons, de régates, nœuds et plastrons, de bas, d'en-cas et de souliers Ninon. Les Etablissements Bonifay auraient bientôt leurs rayons de confection.

Lisa soupira. Louise et Michèle disparurent dans la réserve. Qu'allait-elle raconter à monsieur Léon ? Ce passé occulté volontairement lui pesait. A Colón, il se disait qu'elle était veuve. Elle ne démentait pas la rumeur. Elle soutint le regard de Schwab qui la couvait. Le sentiment obscur de culpabilité, qui la troublait chaque fois qu'elle pouvait avoir une relation normale avec un homme, s'imposa.

« Je suis une pute, pensa-t-elle. Tu comprends ce que cela veut dire ? Une pute ! C'est pas de l'amour que je peux te donner, mais une pisse-chaude. Tu n'as rien à attendre de moi, je vaux rien du tout. J'ai pas même de morale. Oui, je suis une sale pute ! Ne me regarde plus comme une madone... »

Schwab ne se contentait pas de la regarder ; il faisait

des efforts pour exprimer ce qu'il ressentait pour elle, accumulant des mots dans sa gorge. C'était dur d'avouer ses sentiments. Il n'avait pas d'expérience en la matière. Amoureux, il l'avait vaguement été lors de sa jeunesse. La guerre l'avait jeté loin d'une jeune fille dont il avait oublié les traits et les promesses. Il lui était arrivé de se livrer à l'acte charnel entre les bras de filles des rues, surtout depuis qu'il vivait en Amérique, mais ces brèves empoignades ne lui donnaient aucune satisfaction et il en gardait un goût amer. La venue de Lisa avait changé sa vie.

— Vous avez dû vous rendre compte que vous ne m'étiez pas indifférente, lâcha-t-il soudain d'un trait et d'une voix si forte que les sourcils de Lisa se redressèrent. Je sais que je ne suis pas le genre d'homme qui fait rêver les femmes, continua-t-il sur le même ton, mais je sais aussi que je peux vous rendre heureuse ici ou ailleurs... Peu m'importe l'endroit car il n'y a en moi rien de plus important que le besoin de vous aimer. Ni loi, ni dieux, ni cataclysme ne viendraient à bout de ce que j'éprouve pour vous. J'ai répété votre nom pendant des nuits entières ; je me maudissais d'être aussi lâche devant vous. J'ai dû vous paraître demeuré, triste...

— Non ! Ne dites pas cela. Je vous ai vu à l'œuvre lors de la construction de ce magasin ; j'ai vu vos mains façonner ces poutres, polir le comptoir ; je vous ai entendu commander les hommes et je connais votre réputation de droiture, d'intransigeance, de courage. On parle beaucoup de vous ici. J'ai de l'admiration pour ce que vous accomplissez.

Il accusait le coup. Il ne lui était donc pas indifférent. Il entrevit l'ouverture qui menait à son cœur. Il s'y jeta avec la fougue d'un adolescent.

— Voulez-vous que je vous emmène sur le chantier ?

— Oh oui ! s'exclama-t-elle en réalisant qu'elle pouvait briser les murs de la prison qu'elle avait érigée depuis son arrivée à Colón.

Schwab s'était rapproché de Lisa. Il osa un geste inouï. Il lui prit délicatement la main gauche et déposa un baiser à la jointure de l'index et du majeur.

— Vous me comblez, dit-il.

Ce fut comme une brûlure. Ce baiser alluma un feu en elle. Lisa ferma les yeux, consciente de la sincérité de l'homme incliné dont elle sentait le souffle sur sa peau. Ce qui se passa ensuite les frappa de plein fouet. Ce n'était ni un coup ni du bruit, c'était quelque chose qui séparait l'instant présent de celui qui l'avait précédé, un changement d'état irréversible. Ils ne perçurent pas le choc de façon claire et il leur fallut plus d'une seconde pour réaliser que c'étaient leurs cœurs qui se manifestaient. Une tempête à faire éclater leur poitrine. Et cela s'amplifiait, redoublait, déferlait jusqu'au bout de leurs doigts qui s'étaient croisés pour se fondre en une seule main.

Cette cadence folle traduisait leurs pensées qui s'accordaient et qu'ils lisaient dans leurs yeux, les dispensant de paroles, puisque, par sa violence, elle faisait naître l'amour le plus limpide et le plus pur.

Ils seraient demeurés figés ainsi jusqu'à la tombée de la nuit si la voix aigrelette de la clochette de la porte d'entrée ne les avait ramenés à la réalité. Leurs mains se séparèrent brusquement et une confusion les prit. Lisa se racla la gorge pour saluer les deux clients qui venaient d'interrompre ce moment d'intimité, tandis que Schwab fit mine de s'intéresser aux larges et profondes bassines rivetées qui pendaient aux poutres.

— Bonjour, madame.

C'étaient deux métis. A première vue, ils ne faisaient pas partie de la Compagnie du canal. Leurs vêtements clairs et reprisés, tricot et pantalon de coton, ficelle en guise de ceinture, chapeau de paille troué, machette à la hanche ne trompaient pas. Ils appartenaient à la classe des paysans et arrivaient probablement de l'arrière-pays de Puerto Pilón, où les terres avaient été mises en valeur dès le début du siècle.

Lisa ne fut pas surprise de les voir. Elle était prête à parier qu'ils désiraient la même chose que leurs prédécesseurs. Depuis plusieurs jours, c'était un véritable défilé de paysans dans l'établissement. Le plus vieux, aux cheveux gris et à la peau du cou flasque, posa un sac de toile sur le comptoir.

— Des piments, dit-il avant d'adresser un signe au plus jeune.

Ce dernier avait un paquet enroulé dans du papier journal sous le bras. Il le fit glisser vers Lisa.

— De la vanille, ajouta le vieux.

Lisa soupesa le paquet, qui faisait bien huit livres, puis l'ouvrit. Il contenait les gousses si recherchées par les épiciers de luxe en Europe. Elle allait conclure une excellente affaire.

— Et vous désirez quoi en échange ?

— Le même chapeau que Pedro Prestán.

Au nom de Prestán, Schwab tendit l'oreille. Pedro Prestán existait donc bel et bien. Ce n'était pas, comme il l'avait cru, l'un des personnages du panthéon vaudou.

— Et de quelle couleur les voulez-vous, ces melons ?

Lisa s'était dirigée vers le rempart des feutres. Elle tira de sa poche un mètre et demanda aux deux métis de présenter leur tête. Elle procéda à la mesure et leur proposa des melons bleu marine ou marron foncé. Ils prirent les marron et s'en allèrent fiers et le sourire aux lèvres.

— Qui est ce Pedro Prestán ? demanda Schwab.

— Un drôle de bonhomme qui appelle à la révolution.

Schwab haussa les épaules. Sa révolution à lui était terminée. Sa république s'appelait Lisa. Lisa qui régnait désormais sans partage sur son cœur.

24

Le métis au chapeau melon venait de fêter ses trente ans. Il ne ressemblait en rien à ses frères trimant sur les docks ou dans les exploitations forestières. De loin, on aurait pu le prendre pour un Européen se rendant à la Bourse. Il portait un costume trois pièces en laine. Il était cependant bien noir de peau. Seuls ses yeux bleus et son nez retroussé rappelaient que sa grand-mère avait eu une aventure avec un officier anglais soutenant Bolívar lors des guerres d'indépendance. La chaleur et les insectes ne semblaient avoir aucune prise sur lui. Il était insensible aux événements extérieurs, aux critiques, à la peur, à tout ce qui ne concernait pas la misère des anciens esclaves et de tous les peuples d'Amérique centrale soumis à l'Occident.

Il s'appelait Pedro Prestán. Pendant sept ans, il s'était opposé aux Américains de la Railway et aux grands propriétaires terriens. A présent, il y avait les Français servant la cause des rentiers, de la bourgeoisie, d'un monde qu'il abominait depuis qu'il avait été fouetté en place publique pour avoir fait la cour à la fille d'un riche négociant espagnol en bananes et en orchidées.

Il y avait des endroits où on criait « Viva Prestán ! ».

Pas ici. Pas sur le chantier nº 5 de la Compagnie française du canal. Du canal... Il eut un sourire méprisant. Devant lui, malgré le travail acharné de milliers de terrassiers, un ridicule sillon poudreux se perdait entre les deux rives de la jungle. Aux premières pluies, il se transformerait en un ruban de boue emportant les hommes et le matériel. C'était une entreprise vouée à l'échec. Il allait s'employer à aider les forces de la nature pour chasser ces maudits Français avant que ces derniers ne puissent utiliser la formidable puissance de leurs machines.

Toute la matinée, il s'était échiné à persuader les pauvres de Gamboa qu'ils devaient – il l'affirmait d'une voix de baryton surpassant celle des prêtres dans les églises de bois qui poussaient aussi vite que les arbres du Darién – prendre leur destinée en main et ne pas attendre de devenir des « bienheureux » dans l'autre monde. Beaucoup l'avaient écouté avec attention. Quelques-uns l'avaient acclamé. Pedro Prestán ne doutait pas de son succès auprès de ceux qui, installés depuis plus d'un siècle, souffraient de la domination des Blancs. Plus difficile serait de convaincre les manœuvres venus des Caraïbes. Eux percevaient des salaires élevés. Ils gagnaient deux à trois fois plus que les ramasseurs de bananes, de cacao, de café et de sésame.

Pedro releva le bord de son chapeau. Le soleil l'aveugla. A travers ses cils, il contempla les échafaudages dont les ossatures maintenaient des pans de colline, les réservoirs de pétrole, les entassements de ferraille, et tout en haut du chantier, sur le vaste réseau des voies ferrées en construction, la course poussive de deux trains qui tiraient des wagonnets vides. Les deux convois faisaient des essais. Ils étaient bien les seuls à se mouvoir sous le ciel radieux de cette journée dominicale. Les locomotives sifflèrent. Il y avait comme une menace dans la stridence de ces signaux, dans les lieux désertés par l'armée de la Compagnie. Et il sentait une menace s'élever encore du camp nº 5, comme si chaque fenêtre des baraquements, chaque cabane, chaque atelier se liguait contre lui en une muette résistance. Mais il ne se laissa pas démonter par l'apparence des choses. Il avait depuis longtemps été confronté à toutes sortes d'obstacles et il ne pouvait concevoir une victoire sans bataille difficile.

A la limite extérieure du faisceau des voies, à l'endroit où la forêt reprenait ses droits, il y avait des hommes à la peau noire. Pedro les avait repérés lors de ses observations précédentes. Chaque dimanche, ils se réunissaient là, accrochant des hamacs aux branches, jouant du tam-tam et buvant de l'alcool à soixante-dix degrés concocté dans des distilleries improvisées. Aujourd'hui, il était décidé à les haranguer. Autodidacte, élevé dans l'idée qu'il était un descendant d'officier et d'esclaves, pétri d'une morgue tout anglaise et d'une fierté bien africaine, tenace et violent, il s'était instruit seul et possédait un don inné pour les langues.

Il remit son chapeau en place au ras des sourcils, ourlant d'ombre son incroyable regard bleu, et marcha résolument vers le groupe oisif qui comprenait deux cents travailleurs de Saint-Domingue. Lorsqu'il franchit les sept voies où manœuvraient les trains, les cheminots, les lampistes réquisitionnés pour cette répétition générale avant l'installation des excavatrices géantes le regardèrent avec étonnement. Ils n'avaient jamais vu un Noir en costume et, tout en se tordant de rire, le plaignirent sincèrement de s'infliger un pareil supplice pour ressembler à un patron ou à un député.

Le sifflet d'un train les rappela à l'ordre. Il y avait une nouvelle voie à poser au plus près du sillon qui allait recevoir les eaux des deux océans. Ils oublièrent aussitôt Pedro Prestán et entamèrent un vieux chant qu'ils avaient adapté sous les tropiques :

... De bon matin Toine se lève (bis),
Il prend la ripe et le marlin,
Lafaridondaine,
Il prend la ripe et le marlin,
Lafaridondin.
De Panamá jusqu'à Colón,
Tire la ligne, tire la ligne,
De Panamá jusqu'à Colón,
Tire la ligne, compagnon.

A ces chants tonnants répondaient les roulements des tam-tams. Pedro Prestán était au point d'équilibre des deux cultures qui s'opposaient. Et tel le fléau d'une balance qui oscille entre les plateaux, il hésitait. Son cœur n'était ni blanc ni noir.

Un grand atelier avait été érigé à l'orée de la forêt. L'avant de sa carcasse de bois et de verre était à la proue du camp qui naissait à la fourche des routes menant à Summit et à Culebra. Son faîte touchait les feuillages sous lesquels les Caraïbes se prélassaient en rêvant aux femmes qu'ils avaient laissées sur l'île de Saint-Domingue. On les disait particulièrement turbulents. Mais, pour l'heure, les trois quarts d'entre eux somnolaient sans se soucier des serpents pendus au-dessus de leurs têtes.

Contrairement aux Français, ils n'éclatèrent pas de rire en voyant arriver Pedro Prestán. Ils différaient tous les uns des autres. Les uns le regardèrent par-dessus leur tam-tam, d'un air vague et absent, comme s'il se déplaçait sur un autre plan d'existence que le leur. D'autres vinrent à lui et semblèrent exprimer par leur attitude qu'il y avait quelque chose de touchant, de courageux et de louable dans son désir de vouloir ressembler à un riche Blanc, et quelque chose d'étrange et d'un peu triste aussi, comme toutes les illusions de l'idéalisme. Un tiers d'entre eux, un peu plus ivres ou sous l'emprise du maté de coca, parurent se méfier de sa présence dans ce camp, vêtu de la sorte, doté de ces yeux d'un bleu lumineux, supérieur à tout point de vue, car ils prenaient d'autant plus conscience de leur propre état de négritude. Un géant aux muscles noueux et au nez cassé qui en imposait par la largeur de ses épaules et un tatouage sur le ventre vint à sa rencontre.

— Qui es-tu ? demanda-t-il.

— Je m'appelle Pedro Prestán.

— C'est toi le révolutionnaire ?

Le géant lui parlait avec sécheresse, comme si sa réputation d'ambitieux et de fauteur de troubles lui était une insulte personnelle. Pedro n'était pas impressionné par cet animal qui montrait les dents et gonflait ses pectoraux. Il avait déjà affronté des soldats au Costa Rica, autrement plus dangereux.

— Je viens briser vos chaînes.

— Nous ne sommes pas prisonniers. Tu n'as rien à faire ici.

— Combien sont morts parmi les vôtres depuis que vous travaillez pour les Français ?

Les yeux du Caraïbe s'agrandirent. Cette question le décontenançait. Des visages d'amis disparus défilèrent dans son esprit embrumé par la coca et la gnôle. Il ne put les compter ; ils étaient trop nombreux. La fièvre jaune en avait emporté les trois quarts ; le chantier et les bêtes venimeuses s'étaient partagé le reste. On remplaçait aussitôt les morts par de nouveaux arrivants. Il n'aimait pas réfléchir. Surtout penser aux morts. Le tatouage qu'il portait sur le ventre était un vévé qui le protégeait des revenants.

Pedro Prestán ne lui permit pas de se reprendre. Sa voix monta et il se mit à parler de Liberté, d'Egalité et de Fraternité, récupérant à son compte les belles idées que les Français ne défendaient plus depuis qu'ils avaient choisi la voie de la colonisation. On ne résistait pas à son charisme. C'était un véritable tribun. Le géant l'écouta.

Blaise, torse nu, les épaules couvertes de graisse, passa sous le bras de l'excavatrice. Le membre d'acier pesait plusieurs tonnes et reposait sur des billes de bois. La chaleur l'oppressait. L'atelier éclairé par de larges cloisons vitrées était un four où rougissaient les foyers des forges. Dans la fosse, les mécaniciens s'activaient à monter de gros rouages dans le ventre de la machine amputée de son bras.

Blaise avait redessiné les pièces manquantes, calculé les charges de cisaillement, éprouvé les aciers qu'on avait fait venir en urgence de Californie.

Il passa la tête sous le corps de l'excavatrice. Les lampes à pétrole accrochées à des esses éclairaient les cinq hommes qui s'escrimaient à ajuster les morceaux de métal qu'ils venaient d'usiner. Leurs pieds pataugeaient dans la limaille, la boue et l'huile. Ils portaient les traces de la rude bataille qu'ils menaient dans ce maudit pays depuis qu'ils avaient en charge les machines. Et c'était encore pire lorsqu'il fallait réparer les dragues sur les plans d'eau lors de la saison des pluies.

Le visage noirci de Fernand Grange l'Auvergnat grimaçait sous l'effort.

— Ça va aller ? lui demanda Blaise.

— Ça irait mieux si ces foutus tam-tams s'arrêtaient. J'en ai assez de supporter le bruit que font ces cannibales.

— C'est leur jour de repos ; ils ont le droit de se détendre. Et ce ne sont pas des cannibales. Ils méritent notre respect. Ils meurent par dizaines dans cette fichue tranchée pour six francs par jour.

— Et nous alors ?

— Vous ?... Mais vous vous êtes portés volontaires contre une prime de cinquante francs en plus des deux cent quarante que vous percevez chaque semaine.

Fernand grommela un « merde » et se mit à cogner une pièce avec un marteau. Il y mit tant de hargne que des étincelles jaillirent. La pièce circulaire s'ajusta dans un moyeu. Ses coups redoublèrent sur les clavettes que l'un des ouvriers avait enfoncées dans les logements pratiqués sur une énorme roue dentée. En quelques minutes, ils montèrent l'ensemble des engrenages suintants de lubrifiants, puis fixèrent le capot avec de gros boulons et des écrous.

Quand Fernand Grange se retourna vers Blaise, ce fut pour lui jeter un regard qui signifiait que les ouvriers étaient les meilleurs, qu'ils avaient besoin d'hommes ne rechignant pas à l'effort physique et à se salir les mains, des amoureux de la mécanique, mais que cette qualification ne pouvait certainement pas lui être appliquée et qu'il lui conseillait de ne pas mépriser le travail manuel.

Fernand se trompait sur le compte de Blaise. Ce dernier avait une grande admiration pour ces hommes qui concrétisaient ce que lui, l'intellectuel et le matheux, dessinait. Il aurait pu les aider. Ils auraient refusé. Il n'appartenait pas à leur caste. Ils le rejetaient surtout parce qu'ils le jugeaient trop jeune pour commander. Ce n'était pas par méchanceté. Ce n'était pas une appréciation de ses mérites pourtant reconnus par les grands chefs Blanchet et Reclus. Ils ne se souciaient tout simplement pas de découvrir s'il valait quelque chose sur le terrain, avec eux dans ces fosses immondes où ils devaient chaque matin écraser les scorpions qui y trouvaient refuge et réparer les monstrueux moteurs des machines.

— Vous avez fait du bon travail, dit Blaise.

— Encore heureux que vous le reconnaissiez !

Ils se défièrent du regard, puis leurs pupilles se troublèrent. Ils réalisèrent soudain que l'atelier était silencieux, que le silence s'étendait au-delà des portes ouvertes sur la voie ferrée qui traversait la nef, que la jungle écrasée par le soleil ne vibrait plus aux rythmes africains.

Les tam-tams s'étaient tus. Tous les dimanches, ils y avaient droit jusqu'à la montée des étoiles depuis le début de la saison sèche. C'était anormal.

— Ça alors ! murmura un homme en émergeant de la fosse.

Blaise tendit l'oreille. Il lui sembla entendre une voix. Le chantier n° 5 était sous sa responsabilité quand les ingénieurs en chef s'absentaient. Que faisaient donc les Caraïbes ?

— J'y vais, dit-il à ses équipiers, que le silence inquiétait.

Il sortit de l'atelier et vit aussitôt la silhouette de Pedro Prestán se détacher dans une flaque de lumière. Debout sur une caisse, le métis s'adressait aux manœuvres rassemblés en un demi-cercle. Il gesticulait, désignait le ciel, la terre, la saignée du canal, le drapeau français flottant au sommet d'un réservoir. Les mots pleuvaient sur les têtes de ses interlocuteurs immobiles. Il avait un vocabulaire choisi, adapté pour chaque circonstance. Il leur remuait les tripes en leur rappelant que les Blancs avaient acheté leurs ancêtres comme du bétail avant de les jeter dans les cales des navires.

— Méfiez-vous de ces Français qui prônent la liberté à la pointe de leurs baïonnettes. Vous ne le savez peut-être pas, ces hommes que vous admirez, ces Jules Ferry, ces Gambetta, sont en train de « pacifier » la Cochinchine. Dans leurs bouches, mes frères, dans leurs bouches de bourgeois, pacifier veut dire annexer, soumettre, voler les terres des peuples libres...

Les Caraïbes n'avaient jamais entendu parler de Ferry ou de Gambetta. Encore moins de la Cochinchine, vaste territoire qui couvrait l'empire de l'Annam, le Cambodge et une grande partie de la péninsule indochinoise. Les paroles de Prestán agissaient sur leur inconscient ; il avait la même voix que les sorciers et les prêtres vaudous qui appelaient les esprits.

Blaise eut un instant de doute. La scène était irréelle. Le Noir en costume s'exprimait en un parfait espagnol. Il avait de la prestance, le charisme d'un grand orateur lançant des invectives du haut d'une tribune parlementaire. Il était dangereux.

— Que se passe-t-il ici ? s'exclama Blaise en se dirigeant rapidement vers Prestán.

Le métis suspendit son discours et, tout en se tournant vers le Français, l'évalua en un clin d'œil. Il avait l'habitude de peser la valeur des êtres. Celui-ci était pétri de bons sentiments, d'un courage et d'une volonté exceptionnels. Le regard franc ne trompait pas ; il ne dévia pas quand Pedro y planta ses yeux fanatiques.

« Monsieur Moraud... monsieur Moraud. » Le nom de l'ingénieur courut sur toutes les lèvres des Caraïbes. Monsieur Moraud était l'ingénieur le plus respecté de la Compagnie. Sa réputation de battant, de juste et d'humaniste s'était étendue au-delà de la vallée dans laquelle pataugeaient les vingt mille employés du canal. Il prenait toujours la défense des faibles, était à la tête d'un groupe qui exigeait l'amélioration des conditions sanitaires et de sécurité. Ses prises de position et son opiniâtreté avaient permis l'accélération de la construction de deux hôpitaux qu'on inaugurerait avant la fin de l'année 1883. On disait de plus qu'il avait la protection des esprits de la forêt, du moins les Indiens l'affirmaient, et c'était une raison suffisante pour qu'il inspirât la crainte.

— Monsieur Moraud, j'ai entendu parler de vous, dit Pedro en un français parfaitement maîtrisé.

— Qui êtes-vous ?

— Pedro Prestán, pour vous servir.

— Ah !

Blaise pouvait enfin mettre un visage sur celui qui se prenait pour Robespierre, mais se réclamait souvent de Dieu tout en louant les vertus de la République. Toute altercation aurait été inutile. On n'avait jamais le dernier mot avec ce genre de missionnaire.

— Que vais-je faire de vous ? ajouta Blaise.

— Vous avez le pouvoir. Ordonnez à vos hommes de me chasser, répondit Pedro en désignant le géant qui s'était repris en venant se ranger aux côtés de l'ingénieur.

— J'use rarement du pouvoir que m'a concédé la Compagnie et je n'ai nulle envie de faire de vous un martyr. Vous vous battez pour une cause louable mais, en voulant saboter l'œuvre de Lesseps, vous vous trompez de cible.

— J'ai la vision de ce que serait le canal. Un formidable outil à la disposition des capitalistes.

— Et un moyen sûr de rapprocher les hommes de bonne volonté.

— Oui, des canaux, des voies ferrées partout, une grande toile d'araignée tissée sur la totalité du globe, dit pensivement Pedro. Vous, les Occidentaux, vous augmentez à l'infini la facilité de se déplacer, mais est-il avantageux pour la morale et l'équilibre des nations que l'homme quitte si facilement et si souvent le foyer domestique que Dieu et les lois de son pays lui ont permis de constituer ? L'ouverture de ces chantiers et de ces voies va attirer des foules, des villageois vont abandonner leur héritage et la paisible vie dans les campagnes ; les Indiens vont oublier leurs coutumes ancestrales et désaimer les forêts qui les ont vus naître ; les Noirs d'Afrique déjà déracinés perdront définitivement leur identité. Tous viendront se démoraliser dans les grandes villes dirigées par les Blancs et répugneront ensuite à retourner sur leurs terres ; ils essaieront de vous ressembler mais ne récolteront qu'inquiétude et instabilité. Vous allez créer une race de mécontents, voire de criminels. Des malheureux à coup sûr !

Blaise appréciait la qualité du langage tout en rejetant les arguments développés par Pedro Prestán. Lui croyait à la capacité de l'homme à se renouveler et à s'adapter. Le progrès était un gage d'avenir pour l'humanité ; la fraternité en était la clef. C'était tous unis qu'on devait faire reculer la pauvreté et la maladie. Il l'avait écrit à sa femme. Marianne lui avait répondu qu'elle ne le reconnaissait plus à travers les lettres qu'elle recevait, mais qu'elle était heureuse de ce changement.

— Vous ne pourrez pas arrêter la roue de la destinée, répondit Blaise. L'humanité est en marche. Elle est une et indivisible. Elle est sur le chemin du progrès et de l'égalité. Ni vous ni personne ne peut en inventer un autre. On peut bien le diviser en vingt-deux étapes, ou même en quatre-vingt-huit, si l'on veut ; on peut y essaimer des guerres et des fléaux, des pièges et des barricades, des dictatures, des rois et des présidents, des inquisiteurs et des révolutionnaires, des mystiques et des capitalistes, on peut le décrire en grec, en russe, en français, en kuna ; il s'agira toujours du seul et même chemin purificateur, du chemin sur lequel l'humanité perdra ses vieux oripeaux pour se parer de lumière. L'homme nouveau ne pourra se passer de l'illumination dans l'amour, dans la gnose, dans la philosophie, dans la science et dans...

— Le señor Blanchet ! lança un Caraïbe.

Ce fut une traînée de poudre. Le nom du grand chef passa de bouche en bouche. Le redouté ingénieur arrivait. Il montait l'alezan Sandino et emmenait une dizaine d'hommes dans son sillage, tous à cheval.

— Je vous conseille de disparaître, dit Blaise à Prestán.

— A bientôt !

Pedro courut vers la jungle. Elle l'avala. Les Caraïbes s'éparpillèrent. La venue de Blanchet n'augurait rien de bon. Blaise se retrouva seul. La troupe de cavaliers fonça sur lui. Le hussard en blanc qui la conduisait le salua en faisant cabrer son alezan. Décidément, Blanchet ressemblait de moins en moins à un centralien.

25

Contrairement à ce que croyaient les manœuvres, Blanchet n'était pas en inspection. Il n'avait aucune raison de l'être un dimanche. A chacune de ses visites, celui que les Noirs surnommaient le « vieux démon » entrait en fureur, trouvant que les travaux n'avançaient pas. En un an, aucun des objectifs fixés par la Compagnie n'avait été atteint. On s'enlisait du côté de Colón ; on peinait à Panamá ; on désespérait face aux collines de Culebra. Blanchet imputait le poids de ce retard à l'armée de fainéants que le directeur du personnel avait fait venir des îles. Il réclamait à cor et à cri de bons paysans français, des mineurs américains, des Chinois. Les premiers et les seconds étaient trop chers, les troisièmes ne désiraient plus s'expatrier vers un pays où les leurs avaient crevé par milliers vingt ans plus tôt. A Paris, on avait choisi l'option « machines », mais ces dernières, insuffisantes en nombre, n'étaient pas encore opérationnelles. Le terrain ne se prêtait pas à leur déplacement. Toute la difficulté consistait à les monter sur des voies ferrées qui épousaient étroitement l'axe du futur canal.

Les Caraïbes avaient disparu. Tant mieux. Blanchet ne supportait pas leur vue. Ceux qui l'accompagnaient, des administrateurs français et des investisseurs colombiens, non plus. Blanchet était radieux. Ses soucis se diluaient dans les effluves d'un chambertin. Lui et ses invités avaient déjeuné à la jolie villa qu'il venait de se faire construire à Ancón, où la communauté française se regroupait autour du futur hôpital. Ce repas concocté dans la grande tradition culinaire française avait émoustillé les esprits. Blanchet était un seigneur. Il avait fait de Panamá un fief. Ses serfs étaient noirs, jaunes, bistre. Ses subordonnés, les Blancs diplômés, les compagnons et les ouvriers spécialisés, se pliaient à toutes ses exigences. Son collègue et égal Armand Reclus lui laissait carte blanche. Il n'y avait plus d'opposition. Si ce n'était en la personne du jeune ingénieur Blaise Moraud. Il la tolérait. Moraud ne pesait rien sur l'échiquier de la Compagnie.

— Messieurs, dit Blanchet en désignant Blaise, laissez-moi vous présenter monsieur Moraud, le plus brillant et le plus jeune de nos ingénieurs.

Les hommes s'étonnèrent du titre de Blaise. Un type torse nu, maculé de graisse, ne pouvait appartenir à l'élite des grandes écoles françaises. On aurait dit un ouvrier qui attendait sa ration de vin. De plus, des colifichets indiens pendaient à son cou. Il n'était certainement pas fréquentable.

— Ne vous fiez pas aux apparences. Il est de ceux qui me remplaceront à la tête de cette entreprise si d'autres fonctions m'appelaient ailleurs.

Ailleurs, dans la tête de Blanchet, c'était au Parlement. Il rêvait d'un statut d'élu, d'un tremplin public. Il espérait être à la tête d'un ministère. Toutes les opportunités s'ouvraient à celui qui menait bien sa carrière au sein du système politique mis en place. La IIIe République était perfectible ; les hommes qui la servaient en amélioraient le fonctionnement pour satisfaire leurs appétits de pouvoir. Blanchet voulait sa part du gâteau. Lesseps et son clan le lui avaient promis s'il menait à bien ce percement.

— Où en êtes-vous ? demanda-t-il à Blaise.

— Toutes les excavatrices et les dragueuses seront opérationnelles dans soixante et douze heures. Nous allons pouvoir multiplier notre potentiel de déblaiement par trois. Les ateliers des chantiers nº 1, nº 2 et nº 10 ont procédé aux essais sur rails. Les cheminots ont été formidables, nous disposons d'un réseau de voies couvrant deux fois nos besoins. Tout sera en place bien avant la saison des pluies.

— Que Dieu vous entende, répondit Blanchet, que les paroles de l'ingénieur transportaient aux nues.

Il connaissait par cœur les rapports qu'il recevait quotidiennement. Le jeune ingénieur ne faisait que répéter ce que les yeux de Blanchet buvaient avec avidité chaque matin lorsque, agenouillé face à lui, son domestique égyptien lui cirait les bottes. Mais il aimait réentendre ces propos optimistes. Surtout venant de la bouche de Moraud. Ce dernier ne s'engageait jamais sans d'absolues certitudes.

Blanchet et Blaise regardèrent le ciel où se concentraient toutes leurs espérances et leurs hantises. La saison des pluies débuterait dans deux semaines. Et avec elle commenceraient les ennuis.

Blanchet ne questionna pas davantage Blaise. Il avait peur de savoir ce que leur réservait l'avenir, il ne pouvait supporter l'idée que les éléments naturels allaient s'allier pour saper le travail des hommes et des machines. Il se sentait cependant supérieur à la nature qui l'environnait. Lorsque ses ingénieurs étaient auprès de lui, il parlait de son métier avec un confiant abandon, comme d'une chose qui faisait partie de lui et d'une mission civilisatrice. On aurait pu croire qu'il agissait par pure humanité, que derrière son large front ridé mûrissaient de belles idées de charité et de solidarité, qu'il n'y avait pas de place pour les compromissions. En cela il ressemblait bien à Lesseps. Dompter et domestiquer ce monde sauvage était une tâche qui leur était dévolue. Il savait que Blaise ne partageait pas ses méthodes, cette volonté d'imposer à tout prix le progrès et la pensée occidentale. Mais pour l'heure, ils éprouvaient les mêmes impressions ; ils étaient écrasés par le panorama.

L'un du haut de son cheval, l'autre les pieds dans la poussière.

Ils restaient là, oublieux des autres, contemplant dans le lointain le río Chagres qui serpentait à l'horizon, de l'autre côté de la dépression creusée par les vingt-quatre équipes de cent hommes du chantier n° 5. Le ciel devenait à la fois foncé et lumineux. Il s'enfonçait comme une paroi de glace dans la chevelure vert sombre de la jungle. Les hautes collines qui s'en détachaient semblaient faites d'une condensation de chlorophylle, immobilisées pour l'éternité, invincibles.

Des oiseaux s'élevèrent soudain de la sylve que les regards des deux hommes tentaient de percer. Dans un étoilement de couleurs, ils se dirigèrent vers eux et animèrent pendant un instant le chantier désert. Leur course au-dessus du canal provoqua l'envol d'une bande de *gallinazos*. Ces affreux charognards aux plumes noires et sales avaient élu domicile le long des soixante-quinze kilomètres de la voie ferrée, là où les hommes s'étaient concentrés dans d'insalubres pueblos. Chaque jour, ils attendaient leur ration de cadavres. Et les viandes décomposées ne manquaient pas depuis que les humains étaient arrivés en grand nombre pour couper l'isthme en deux.

— Maudits oiseaux ! dit Blanchet, qui les détestait.

Les gallinazos rasèrent les toits des baraquements. Ils s'abattaient toujours où la mort rôdait. D'un lourd battement d'ailes, ils virèrent au niveau du réservoir à eau et vinrent se poser près de l'entrée de l'atelier, à quelques mètres de Blaise et des cavaliers.

Les chevaux devinrent nerveux. Sandino secoua sa crinière, piaffa, tenta d'échapper au contrôle de son maître.

— Tout doux, mon beau, tout doux, dit Blanchet en tirant sur les rênes.

L'alezan rétif renâcla. Jamais Blanchet ne l'avait vu aussi peu réceptif à ses injonctions. L'ingénieur en chef regarda autour de lui. Aucune fumée ne montait des horizons. Pas un fauve aux griffes acérés ne montrait sa gueule. Ce n'était pas un feu qui excitait sa monture ; c'était quelque chose d'invisible, de subtil, quelque chose de dangereux qui s'approchait. Mais quoi ?

Un gallinazo émit une sorte de cri qui leur glaça la poitrine. Soudain, Blanchet porta la main à son cou, le palpa en faisant glisser ses doigts derrière sa tête et s'effondra sur sa selle en gémissant.

— Nom de Dieu ! s'écria l'un des administrateurs tandis que les Colombiens verdissaient en voyant Blaise soutenir Blanchet.

— Aidez-moi ! dit Blaise.

Les Français se précipitèrent au secours de l'ingénieur. Pas les Colombiens. Eux connaissaient déjà l'origine de son malaise. Ils tournèrent bride. Le secteur appartenait désormais aux messagers de la mort qu'étaient les gallinazos.

Le docteur Baudouin mit deux heures pour parvenir au poste administratif du chantier n° 5. Il ne ressemblait plus au brillant praticien du début. Il avait abandonné les nœuds papillon, les chemises de soie, les chaussures de chevreau qui faisaient de lui un vieux dandy des tropiques ; il avait abandonné tout espoir de se distinguer à Panamá et de devenir aussi célèbre que Pasteur. Il n'avait plus la foi. Il en avait trop vu en quinze mois. Les hommes claquaient par centaines entre ses mains. Il se désespérait de ne pouvoir les sauver. Les maladies d'ici étaient terribles. A Paris, il soignait des hypocondriaques. Dans son cabinet du VIIe arrondissement, il recevait une clientèle qui se préoccupait d'une façon exagérée et sans raison de sa santé physique, des mondains qui s'ennuyaient. Sans état d'âme, il envoyait les plus atteints à l'hôpital ou en cure. En ce temps-là, lorsqu'il ne pouvait faire autrement, il était sincèrement désolé de diagnostiquer un cancer, une syphilis ou une cirrhose lors d'un examen approfondi, mais cela ne le touchait pas outre mesure puisqu'il voyait rarement mourir ceux qu'il auscultait sous les lambris et les dorures de son cabinet rococo aux allures de temple égyptien.

Ici, il côtoyait la mort au quotidien dans les cahutes, les dortoirs, sur les chemins, dans les champs, les couvents, sous les toits de paille pullulant de vermine, sur les sentiers bordés de fleurs merveilleuses. Cette dernière triomphait partout. Il ne pouvait pas même la retarder. Il avait de la souffrance et des morts plein la tête. Les images d'agonisants se vidant, d'hommes réduits en morceaux, de moribonds gémissants l'obsédaient. Il n'avait plus de désirs. Il ne touchait plus aux femmes qu'il avait autrefois collectionnées. La mort qui était devenue sa compagne avait tué en lui tout désir de chair. Noirs, Jaunes, Blancs, elle frappait indifféremment et en masse, surtout les enfants. Pour oublier la puanteur des cadavres et son incapacité à sauver des vies, il buvait. Trop. Il aurait pu se résoudre à abandonner la Compagnie, sa villa de fonction à

Ancón et les trois mille francs mensuels de salaire, mais il était atteint d'une sorte de morbidité qui l'enracinait à ce pays. Peut-être était-il trop fier pour avouer son échec face à ses anciens collègues des beaux quartiers parisiens. Peut-être, par un juste retournement du sort, payait-il les années faciles. Peut-être le forçait-on à rester afin de cacher la vérité aux actionnaires.

Blaise, qui le reçut, eut du mal à accepter ce qu'il était devenu : un clochard. Baudouin portait un costume crème maculé de taches. Sa veste ouverte laissait apparaître un emplâtre jaunâtre sur son tricot de peau. Il ne prenait même plus la peine de changer les vêtements sur lesquels il vomissait.

Des centaines de Noirs et une poignée de Chinois entouraient le poste. On se serait cru un jour de paye. Ils ne considérèrent pas d'un bon œil la venue de cet homme qui avait une réputation déplorable. Quand il apparaissait, tout espoir était vain. Il était pire que les gallinazos qu'on avait fini par chasser à coups de pierres.

La main moite de Baudouin serra celle de Blaise.

— Où est-il ? demanda-t-il d'une voix pâteuse où perçait l'émotion.

— Par là.

Il y avait beaucoup de monde à l'intérieur de la baraque. Quelques administrateurs étaient restés. Des employés, secrétaires, magasiniers et ouvriers pour la plupart demeurant à Gamboa s'étaient déplacés. La rumeur se répandait à la vitesse des locomotives se croisant sur la ligne Colón-Panamá City et beaucoup d'entre eux avaient connu Blanchet et Reclus à Suez. On attendait la venue de l'état-major des travaux. Le trésorier-payeur Ligny était arrivé le premier, mais on n'avait aucune nouvelle d'Armand Reclus.

Trois pièces en enfilade formaient la baraque. Dans

la dernière, on avait allongé Gaston Blanchet sur deux bureaux accolés. Trois sœurs de Saint-Vincent-de-Paul se relayaient à ce chevet improvisé. On les avait fait venir d'urgence du dispensaire de Gamboa où elles soignaient les manœuvres blessés des chantiers et les miséreux des pueblos. Jusqu'à présent, elles avaient gardé leur calme, s'encourageant par des prières tout en cherchant à apaiser le malade qui de temps à autre redevenait lucide. Elles paniquèrent en voyant le docteur. Elles auraient préféré voir apparaître un autre médecin. Plusieurs praticiens français compétents venaient d'arriver à Colón pour la mise en route des futurs hôpitaux. Ils appartenaient à une nouvelle génération de médecins inspirés par les thèses et les travaux de Pasteur et appliquaient ce que les avant-gardistes de la profession appelaient la « méthode aseptique ». Tous les faits expérimentaux observés par le grand chercheur avaient renforcé leur croyance dans le danger microbien. Baudouin ne croyait plus à rien.

« Pas lui », exprimèrent leurs regards.

Baudouin ne leur accorda pas d'attention. Il n'avait jamais été proche des religieux. Les sœurs l'attristaient ; il les comparait aux gallinazos.

— Laissez-le respirer, intima-t-il aux trois femmes à l'air compassé.

Il blêmit. Les yeux injectés de Gaston Blanchet venaient de se poser sur lui. L'ingénieur en chef était recouvert d'une bâche de toile grise. Il était pareil à un gisant de pierre. Baudouin se reprit et posa sa sacoche de cuir sur un secrétaire. Il en tira deux stéthoscopes. Le premier, en bois de buis, avait l'apparence d'un verre à pied ; il servait à écouter les bruits à l'intérieur du corps. Le second, formé d'un long tuyau flexible aux embouts rigides, était utilisé pour écouter les vaisseaux du cou. Généralement, ces instruments, symbole du savoir médical, suffisaient à calmer le malade, qui, à leur vue, entrait en confiance. Ce ne fut pas le cas de Gaston Blanchet.

— Je suis fichu, toubib.

— Allons, Gaston, nous allons arranger ça et demain vous pourrez remonter en selle.

— Gardez vos salamalecs pour les crédules. J'ai le coup de barre dans la colonne et une fièvre de cheval, vous savez très bien ce que cela signifie.

— Je dois vous ausculter.

— J'ai la fièvre jaune !

— Nous verrons bien.

Baudouin toucha le front brûlant de Blanchet. Il palpa le corps sur tous les angles, se perdit dans le regard rougi de son patient impatient qui voulait mettre un terme à ce rituel ridicule.

Blaise s'approcha de Baudouin et contempla l'ingénieur en chef, dont les stigmates ne trompaient pas. Il ne doutait pas du verdict. Il avait vu des dizaines d'hommes et de femmes atteints de fièvre jaune. La maladie débutait toujours brusquement par un frisson, des douleurs le long de la colonne vertébrale, le fameux coup de barre, accompagné de la sciatique, de maux de tête, de courbatures et d'un sentiment d'angoisse au niveau de l'estomac. La fièvre était forte. Agité, insomniaque, le malade crevait de soif.

Blaise avait essayé de soulager des hommes dans ces moments-là ; il gardait l'image vive de leurs corps semblables aux carapaces ébouillantées des écrevisses, de la vie qui fuyait par tous les pores et tous les orifices.

Il vit les doigts de Baudouin défaire les attaches du pantalon de cavalier de Blanchet et mettre à l'air le ventre marbré de rouge. Les mains s'appesantirent sur la rondeur de cette chair en feu. Il était anormalement dur.

— Vous êtes constipé ? demanda le docteur.

— Depuis trois jours, répondit l'ingénieur en chef.

Blaise et Baudouin se regardèrent. La même compassion contenue les habita. Il avait la fièvre jaune. La constipation était la règle. Et, comme pour parachever le constat, Blanchet se mit à vomir un liquide bilieux. Baudouin prit la main du malade et la serra fortement.

— Vous l'avez, avoua-t-il.

— Quelles sont mes chances ? demanda Blanchet en grimaçant.

— Je n'ai pas de remède... Une chance sur deux.

— Je n'ai jamais gagné au jeu. Ramenez-moi chez moi.

— Vous ne tiendrez pas le coup, vous en êtes au troisième jour.

— Portons-le sous ma tente, dit Blaise.

Singulièrement, le poste se vida dès que la confirmation de la maladie arriva aux oreilles des courtisans de Blanchet. On ne savait pas si la fièvre jaune était contagieuse, mais on connaissait ses effets de pourriture. Le trésorier-payeur Ligny, plus courageux, proposa son aide. Les brancards ne manquaient pas, car les accidents se produisaient régulièrement sur le chantier. Blaise alla en chercher un dans l'entrepôt à outillage, puis s'attela avec Ligny pour transporter le malade.

Avant de repartir vers son refuge d'Ancón, Baudouin prit Blaise à part :

— Essayez de trouver de l'huile de ricin que vous additionnerez de quinquina. Il faudra le frotter avec. C'est un traitement curatif. Vous avez peu de temps devant vous, mon jeune ami. Ce pauvre Blanchet va entrer dans la seconde phase de la maladie dans moins de dix heures. Prenez son cheval et filez à Colón. Vous irez à la Belle Mexicaine. Reclus s'y trouve.

26

Sandino filait comme le vent sur la route poudreuse. Les talismans kunas battaient sur la poitrine nue de Blaise. La voie étroite du chemin de fer brillait sur sa droite. Le mur de la jungle s'écoulait sur sa gauche, disparaissant quelquefois après avoir subi les assauts des compagnies de bûcherons qui mettaient à nu cent hectares de jungle par semaine. Sur de vastes étendues, des milliers d'arbres couchés perdaient une sève vermeille. Des feux montaient çà et là. Là où l'homme ne pouvait pénétrer avec ses outils et ses machines, quand la forêt entrait en résistance, on allumait des bûchers gigantesques. C'était un combat à outrance.

Et Blaise fonçait dans ce paysage dévasté, coupant les saignées pratiquées dans le sol argileux, sur des buttes et des barrages contenant les eaux des marais, à travers des chantiers bâtis comme des camps romains, des villages surpeuplés, croisant des colonnes d'hommes et de femmes qui suivaient le ruban des rails, chargés de ballots, de jarres, de paniers, de baluchons, des peuples attirés par le mirage de la richesse annoncée.

Il dépassa deux trains et en rattrapa un troisième à l'entrée de la gare de Colón. De cette ville, il ne connaissait véritablement que le port de commerce où il se rendait régulièrement. Il y réceptionnait les machines avec d'autres ingénieurs, exerçant officiellement le rôle de contrôleur, même si ses supérieurs lui interdisaient d'exercer son droit de veto lorsque le matériel n'était pas aux normes ou conforme aux commandes. Des sociétés françaises telle que la SOFRANCO avaient de gros intérêts dans l'achat et l'exploitation des excavatrices, des dragueuses et autres grues à godets et à mâchoires. Ses dirigeants percevaient des pots-de-vin dont une partie était redistribuée aux responsables du canal.

On avait tenté à plusieurs reprises d'acheter la conscience de Blaise. Le jeune ingénieur avait mis un terme à toutes les approches en déclarant publiquement au cours d'une réunion des cadres qu'il refusait toute compromission. Plusieurs centraliens avaient suivi son exemple et parlaient de dénoncer les malversations à la presse, mais ce n'étaient que des vœux pieux. Aucun ne voulait perdre sa place en déplaisant à Blanchet et Reclus, les deux éminences grises de Lesseps.

Où était Armand Reclus ? Où se trouvait la Belle Mexicaine ? Blaise n'eut aucun mal à obtenir l'adresse. La Belle Mexicaine était l'établissement le plus couru de la ville. Il avait ouvert ses portes dès l'arrivée des premiers contingents français de la Compagnie. Un cheminot le montra à Blaise.

— C'est le meilleur et les filles sont très propres, dit-il avec une sorte de jubilation.

Le salon de jeu et de passe qui portait le titre factice d'hôtel trônait à deux cents mètres de la gare, voisin de l'église et de deux banques. Sur sa façade jaune pâle, des femmes peintes soulevaient leurs jupons colorés. Etaient-elles à l'effigie des danseuses mexicaines qu'elles étaient censées représenter ?

Blaise les trouva plutôt vulgaires. Sous cette fresque de mauvais goût, une double porte avalait et recrachait sans discontinuer une clientèle bruyante. Un portier en contrôlait l'accès. Son rôle consistait tout simplement à barrer le chemin à tous ceux qui n'avaient pas la peau blanche. Il examina bizarrement Blaise, dont l'accoutrement ne correspondait pas au genre de la maison. Le jeune ingénieur boutonna sa chemise tout en franchissant le seuil sous l'œil suspicieux de ce cerbère.

L'odeur frappa Blaise. Comme la nuit mordait du côté de l'Atlantique, on avait allumé les lampes à gaz du salon. Elles étaient mal réglées et empuantissaient l'air vicié. Ces relents d'œuf pourri se mariaient mal avec le parfum des femmes et la fumée des cigares. Blaise s'orienta. Il était trop mal fagoté pour éveiller l'intérêt des belles agglutinées autour des tables de jeu.

Armand Reclus jouait à la roulette. Il sacrifiait ses jours de repos à cette passion. Et quelques-unes de ses nuits aux filles qui essayaient de le consoler de ses pertes d'argent. Reclus semblait hypnotisé par la boule qui tournait en sens inverse de la roue. Quand elle commençait à cliqueter dans les alvéoles numérotées, il se touchait la barbiche et louchait sur les jetons de sa mise. Il ne sentait même pas contre ses épaules les poitrines de ses admiratrices à dix piastres la nuit. Il ne voyait pas les chairs offertes. Il ne voulait pas les voir. Aujourd'hui, il perdait encore. Par manque de chance. Il y avait trop de femmes et il se sentait en position de faiblesse. Ces catins souriaient quand le croupier ramenait à lui les jetons. Elles se moquaient. Cela lui rappelait une mauvaise période de sa vie, sa petite enfance, au cœur d'une famille où les femmes étaient toutes-puissantes. Sa mère, ses sœurs et ses tantes appartenaient à une race de mantes religieuses qui n'avaient jamais pu dévorer leurs mâles. Il avait été le souffre-douleur de ce clan en jupons qui lui faisait payer l'absence des maris, tous engagés dans les grands travaux des Ponts et chaussées aux quatre coins de l'Europe. Depuis ce temps, il avait entretenu une haine terrible contre la gent féminine, si profondément ancrée en lui et si dévastatrice qu'il avait usé de tyrannie et de cruauté envers sa propre épouse restée en France. Il ne regrettait pas cette malheureuse, devenue passive ; elle ne satisfaisait plus ses bas instincts.

Les pensionnaires de la Belle Mexicaine servaient à concrétiser cette rancœur. Il les payait pour les avilir. Elles représentaient ce qu'il détestait et désirait le plus. Elles résumaient ses obsessions, alimentaient ses rares coups de sang. Les soumettre dans les alcôves des bordels, c'était assouvir momentanément sa revanche. Momentanément. Juste le temps d'une brève pénétration. Au bout du compte, les femelles gagnaient toujours. Il était aussi perdant sur ce plan-là.

Il regarda la boule courir, bondir du rouge au noir, sauter des séries, se soumettre aux lois du hasard, à ces maudites lois qui n'entraient dans aucune des martingales que son esprit de mathématicien avait élaborées au fil des séances de roulette.

Il avait joué cinq piastres, une somme dérisoire, sur le 5. La boule se logea dans le 22. Le croupier rafla toutes les mises. Reclus le soupçonna de tricherie. A cet instant, la voix de Blaise l'appela. Elle venait d'ailleurs, d'outre-tombe ou d'une réminiscence. Il ne l'admit pas comme faisant partie de la réalité. Il était impossible que le jeune ingénieur Moraud interférât à cet instant dans ce lieu de perdition. On ne lui connaissait pas de vice, pas de penchant pour la chair, le jeu et la boisson. Le jeune ingénieur Moraud préférait fréquenter les Indiens de la jungle et caresser les bielles des machines. Pourtant la voix insistait :

— Monsieur Reclus...

Reclus étudiait le tapis. Sa main étreignait des jetons bleus. Son front baignait de sueur. Sa mâchoire se contractait. Il était sous l'emprise d'un effort terrible. Son cerveau calculait, évaluait les probabilités, réinventait une hiérarchie des nombres. Il vit le croupier lancer la roue et il essaya d'influencer le balancement du bras à l'extrémité duquel la boule allait être libérée.

— Monsieur Reclus !

L'ingénieur en chef releva sa tête de cinq ou six degrés. Dans le mouvement, ses yeux affleurèrent les paupières supérieures et, d'un regard jeté par-dessus les lunettes aux verres en demi-lune, il s'étonna de cette apparition. C'était incongru. Fâcheux. Ce Moraud l'assommait. Chaque jour, il harcelait le bureau de revendications et de critiques par des notes écrites. Que désirait-il encore ? Et un dimanche, en plus ! Juste au moment où la chance allait se montrer favorable...

— Je suis très occupé, répondit-il tandis que le cartel des filles affichait des mines courroucées.

D'instinct, elles se mirent à détester ce trublion qui n'avait pas pris la peine de se nettoyer le visage et les mains. Celles qui bordaient les épaules frêles de Reclus resserrèrent leur étau. L'ingénieur en chef ressembla alors à un insecte pris entre les pétales d'une fleur carnivore.

— Monsieur Blanchet veut vous voir de toute urgence.

— Blanchet ? Il est au chantier n° 5 ? Que diable ! S'est-il produit une catastrophe ?

Le visage du jeune ingénieur était empreint d'une gravité qui laissait supposer le pire. Reclus se releva. D'une secousse, il écarta les filles. La boule zézaya, puis cliqueta. Elle ne parvint pas à le ramener au jeu.

Il attendait la réponse de Moraud. Ce dernier ne désirait pas révéler la maladie de Blanchet en public.

— Mais qu'avez-vous donc, mon vieux ? continua Reclus. Est-ce si grave ?

— Je veux vous parler seul à seul.

Reclus acquiesça et suivit son jeune collègue. Ils gagnèrent la rue, que la nuit naissante réveillait. L'église proche avait attiré de nombreux mendiants et des vendeurs à la sauvette. Elle retentissait d'une oblation. L'antienne qui précédait l'offrande du pain et du vin purifia instantanément l'âme et l'esprit de l'ingénieur en chef. Il redevint un homme investi de responsabilités immenses.

— Quel est le problème ?

— Blanchet a la fièvre jaune.

Reclus en eut le souffle coupé. Tout se mit à tourner. Les becs de gaz, les enseignes éclairées, les lustres des salons formèrent une girandole. Cette gerbe tournante brûla les fondements de sa volonté. Pas Blanchet ! Pas lui ! Pas son ami ! Ils étaient les deux piliers du temple Lesseps. Irremplaçables... Quand les lumières se stabilisèrent à nouveau, il s'agrippait à la roue de sa calèche. Le cocher, métis armé de deux fusils, l'observait. Reclus détestait se montrer faible. Surtout devant le petit personnel. Il se reprit.

— Vous en êtes sûr ?

— Oui.

C'était terrifiant. Cette maladie n'épargnait pas les grands. Il se mit à craindre pour lui-même. La mort cherchait à redorer son blason. Le 28 juillet 1881, Henri Bionne, le secrétaire général de la Compagnie, avait été emporté par la fièvre jaune à bord du navire anglais qui le ramenait en Europe. Il s'était si vite décomposé que le capitaine l'avait fait jeter à la mer. Trois jours auparavant, le sous-chef des travaux du canal, le génial Etienne, était mort de la même maladie. A présent ce bon Blanchet prenait le même chemin.

— Il peut s'en sortir.

— Une chance sur deux. Il nous faut de l'huile de ricin et du quinquina. On peut peut-être le sauver par des frictions. Où puis-je me les procurer ?

Reclus soupira de détresse. Si son ami venait à décéder, on allait encore devoir maquiller les causes de sa mort et annoncer par communiqué à la presse que le « célèbre et courageux ingénieur Gaston Blanchet, atteint d'une fièvre cérébrale, nous a quittés ». Lesseps avait donné des consignes. Les actionnaires ne devaient pas être inquiétés.

— Achetez tout ce qui sera nécessaire aux Etablissements Bonifay, près de la gare. Et, si cela ne suffit pas, faites venir vos amis indiens. Tous ceux que vous jugerez utiles à la guérison de notre ami. S'il le faut, convoquez ces sorciers vaudous qui infestent les bas-fonds de Panamá et de Colón. Ne regardez pas à la dépense. La Compagnie couvrira tous les frais. Nous puiserons dans la caisse noire.

Reclus serra l'épaule de Blaise. Ce geste était une sorte d'adoubement. Puis il grimpa dans la calèche mise à sa disposition par les autorités de Panamá. Deux soldats colombiens qui étaient en faction devant la Belle Mexicaine enfourchèrent leurs montures. Le fouet du cocher claqua. Reclus fut emporté à toute vitesse. A une vitesse plus grande encore, vertigineuse et électrique, il commença à spéculer sur la mort de Blanchet. C'était peut-être l'occasion rêvée. La chance tournait enfin en sa faveur. Il allait devenir l'unique chef d'une armée de vingt mille travailleurs.

Schwab poursuivait son rêve. Louise et Michèle avaient insisté pour qu'il partage leur repas du soir. Il se léchait les babines. La daube de Louise était succulente. La Provençale avait adapté la recette de sa mère à la mode panaméenne, truffant le marcassin sauvage de petits piments. Les patates douces accompagnant la viande fondaient dans la bouche du charpentier. La sauce lui chauffait les papilles et l'estomac ; elle irritait les lèvres des femmes qu'elle rougissait et gonflait. Il n'avait d'yeux que pour celles de Lisa, imaginant des baisers fous, des baisers interminables.

— Cela nous fait plaisir de vous avoir à notre table, monsieur Léon, dit Michèle en remplissant les verres d'un vin péruvien sucré. Charles s'absente souvent et nous avons besoin d'hommes ici. La ville n'est pas sûre. Hier encore, on a retrouvé un Chinois la gorge tranchée derrière les silos à riz. Peut-être devrions-nous nous installer à Panamá City.

— Ce n'est guère mieux à Panamá, répondit Schwab en trinquant. La violence est sans cesse grandissante. Les autorités de Bogotá nous ont laissé carte blanche. L'armée colombienne assure un minimum de sécurité. Elle est elle-même composée de pillards menés par des officiers véreux bardés de fausses décorations, des colonels et des capitaines que nous achetons au jour le jour.

— Mais que peuvent les Français qui ne sont pas citoyens de ce pays ? demanda Louise.

— Rien... Au pire engager des milices afin de faire régner l'ordre durant la construction du canal. Nous sommes en passe de créer un Etat dans l'Etat. Personne ne peut imaginer véritablement le changement dans cette partie du monde. Les enjeux sont énormes.

Les trois amies écoutaient Schwab avec sérieux. Lisa buvait ses paroles. En moins de trois heures, elle avait complètement changé d'avis en ce qui concernait cet homme, qu'elle trouvait bien plus intelligent que Charles. Elle était à présent sous l'emprise de l'amour.

Sa discrétion ne trompait pas. Elle, habituellement si volubile, se taisait. Elle glissait des regards qui en disaient long sur son état. Elle rougissait comme une adolescente chaque fois qu'elle croisait celui de Léon.

Léon se livrait. Il n'avait eu jusqu'à ce jour qu'un seul interlocuteur valable dans ce foutu pays : Blaise Moraud. Il réalisait que ces trois femmes étaient de la même trempe que son ami.

Blaise se redressa sur les étriers. Les Etablissements Bonifay étaient fermés. De la lumière filtrait à travers la moustiquaire de l'une des fenêtres de la maison mitoyenne. Il poussa sa monture vers cette clarté. Deux lampes à pétrole nimbaient les visages de quatre personnes attablées autour d'une cocotte fumante. Un homme lui tournait le dos. Trois femmes pensives l'écoutaient parler. Elles ressemblaient à des personnages de Georges de La Tour. Trois *Madeleine à la veilleuse*. Il n'aurait pas été étonné de découvrir un crâne sur leurs genoux, ce qui aurait conféré un caractère mystique et symbolique à leur présence. Etait-ce dû à la trame serrée de la moustiquaire ? Comme le peintre qu'il aimait, il descendit au fond d'elles-mêmes, à leur insu, et il les emporta tout entières.

La légère moustiquaire estompait les couleurs, mais elle n'arrêtait pas le son. Blaise reconnut soudain la voix de Léon, l'inimitable accent alsacien, aux résonances espagnoles. Cela ne lui parut pas incroyable. Les événements s'enchaînaient avec une logique qui n'appartenait qu'à cette journée. Prestán, Blanchet, à présent Schwab dans cette maison. Il y avait sûrement une explication.

— Léon ! Léon ! appela-t-il.

Les femmes relevèrent brusquement la tête et essayèrent de percer les ténèbres extérieures. Léon se dressa d'un bond. A cet appel, une angoisse serra sa gorge.

— Blaise ?

Il y avait dans cette interrogation tout le poids de ses peurs. Son ami n'était pas homme à faire irruption dans la vie privée sans une raison exceptionnelle.

— Blanchet a la fièvre jaune, dit Blaise.

Un coup de massue frappa Léon. Il eut l'impression qu'une clef de voûte venait d'être brisée. Le monde s'écroulait. Prenant l'initiative, Louise alla ouvrir à l'inconnu. Quand elle fut face à Blaise, sa vie bascula. Elle se perdit dans le regard calme de cet homme qui contenait ses passions. Il correspondait à l'image populaire qu'elle se faisait du chevalier. C'était le héros qu'elle attendait.

27

Tous les cinq se retrouvèrent dans le magasin. Louise remit à Blaise le quinquina et l'huile de ricin. Elle ne croyait pas à cette thérapie mais elle se tut. Elle n'avait jamais eu l'occasion de voir un malade atteint de fièvre jaune. Le quartier de la gare avait été miraculeusement épargné et il n'y avait aucune explication à ce phénomène. Peut-être aurait-elle pu trouver une parade ? Elle était née sur un terroir où les femmes détenaient le secret des plantes. Sur la Sainte-Baume, on soignait comme le faisaient les Indiens Kunas au sein du Darién. Hélas, elle ne connaissait pas les milliers de variétés des racines et des champignons de ce pays. Elle ne les connaîtrait vraisemblablement jamais.

— Puis-je venir avec vous ? demanda-t-elle à Blaise.

Cette question étonna le jeune ingénieur. Elle sidéra Lisa et Michèle.

— T'es folle ! s'exclama Michèle.

— Les Français doivent s'aider les uns les autres. J'ai soigné beaucoup de gens au Brûlat. Même ceux qui avaient attrapé le choléra en 75. Une maladie bien plus dangereuse que la fièvre jaune. Et puis ce n'est qu'une fièvre des marais, les Indiens disent qu'elle n'est pas contagieuse.

— Qu'est-ce que t'en sais ? T'es pas docteur, que je sache ! s'exclama Lisa, qui sortait enfin de sa bulle et retrouvait sa voix de soprano agressive. Et tes Indiens, on raconte qu'ils ne se font pas vieux. Y en a pas un qui atteint l'âge de quarante ans.

— Elle a raison, dit Schwab, on ne sait rien sur la fièvre jaune. Croyez-moi, mademoiselle Louise, cette fièvre est sournoise. Quand vous vous mettez à frissonner, il est trop tard.

Blaise n'intervenait pas. Il ne quittait pas Louise du regard. Jamais il n'avait vu une beauté aussi proche des canons grecs. Elle était altière, volontaire, presque aussi grande que lui. Ses yeux noirs éclairaient un visage où se mêlaient intelligence et animalité. Il n'avait jamais vu des traits aussi expressifs. Louise était une amazone, une guerrière antique. Quelqu'un d'indomptable.

— Je peux vous être très utile, dit-elle en ignorant ses amis. Emmenez-moi avec vous auprès de monsieur Blanchet.

— Les sœurs de Saint-Vincent-de-Paul sont déjà sur place, répondit Blaise.

— Une infirmière supplémentaire ne sera pas de trop si nous devons le frictionner durant la crise. Il est de votre devoir de sauver votre supérieur ; et c'est aussi le mien, si nous voulons réussir dans ce pays. Je n'ai aucun intérêt à la mort du premier des Français de Panamá. Que se passera-t-il si on arrête les travaux ?

— Soit ! Vous vous rendrez avec Schwab par le train.

Louise contint son bonheur, étouffant le cri de joie que commandait son cœur. Elle n'entendit pas les bougonnements de Michèle et Lisa. Elle aurait affronté toutes les épidémies pour suivre Blaise Moraud.

On avait finalement ramené Blanchet et le lit dans la baraque administrative du chantier n° 5. Dans un éclair de lucidité, le chef des ingénieurs avait demandé à Ligny et Reclus de préparer les papiers nécessaires pour le transport de son corps en France. Les deux hommes s'étaient récriés, arguant qu'une simple fièvre ne pouvait abattre un homme de sa constitution et qu'il n'avait pas le droit de dire de pareilles choses au moment où on s'apprêtait à percer les collines de Culebra. Ligny était sincère. Pas Reclus. Ce dernier pensait déjà à la réorganisation de l'état-major du canal. Eliminer les poulains de Gaston serait la première mesure qu'il prendrait dès que le cadavre partirait par le train. Il avait des hommes à lui à placer. Et beaucoup de sous et d'honneur à gagner en s'imposant comme le seul capitaine de l'entreprise. Ils parlèrent haut et fort comme pour exorciser le malade. Ce ne fut pas du goût des infirmières voilées.

Les sœurs de Saint-Vincent-de-Paul les prièrent de ne pas fatiguer leur ami. Ils se retirèrent alors dans une pièce voisine où les attendaient d'autres responsables des travaux. Ce groupe recomposait le directoire lorsque Blaise arriva.

Blaise n'alla pas saluer ses collègues en conciliabule. Il se rendit immédiatement près de Blanchet. Une heure plus tard, Schwab et Louise arrivèrent à leur tour. Et la petite troupe au complet se relaya pour frictionner Blanchet. Sans illusion.

Les sœurs harassées avaient encore la force de prier. La petite pièce était pleine de leur foi. Au sein d'une fournaise, elles en appelaient à Dieu, aux saints, à la clémence des cieux, encourageant de leurs regards fiévreux la jeune Provençale qui usait ses forces sur le corps du malade.

Louise frottait avec énergie. Elle luttait contre les crampes. L'huile de ricin et le quinquina pénétraient par les pores de cette peau en feu qu'elle tannait. On espérait l'évacuation des microbes. Le quinquina contenait de la quinine, lui avaient révélé les sœurs, qui l'utilisaient souvent dans les traitements contre le paludisme. Elle faisait baisser la température et provoquait la constipation. C'était un constat. On ne savait rien de plus. La science pharmaceutique en était à ses balbutiements et on craignait souvent de tuer les patients en utilisant de nouveaux remèdes.

— Je prends le relais, reposez-vous.

La voix de Blaise s'imposa. Louise se redressa. C'était terrible et inexplicable. Elle s'était toujours crue à l'abri des tentations amoureuses. Elle n'avait jamais ressenti cet élan qui tuait la raison. A présent, elle désirait cet homme de tout son être. Elle s'en voulait d'être aussi faible et aussi hypocrite. Son bénévolat servait les intérêts de sa passion naissante. Louise ne pensait même plus à la mort toute proche. Elle se fichait presque du malade. Rien ne comptait plus que ce Blaise Moraud.

Elle hocha le menton et alla s'asseoir près des sœurs, n'essayant plus d'abaisser son regard. Elle oublia sa pudeur. Torse nu, Blaise se mit au travail. Ses muscles du dos saillirent. En un an, il s'était transformé. Les longues marches épuisantes dans la jungle, le combat physique qu'il menait sur les chantiers, les chaleurs avaient sculpté grain à grain son corps. Rompu à tous les exercices en milieu hostile et refusant le confort colonial, Blaise s'était adapté à son nouveau territoire. Le Darién lui appartenait en partie ; il pouvait le partager avec le jaguar.

Il sentit le regard de la demoiselle sur ses épaules. Ce n'était pas un regard innocent. La situation le dérangeait. Il n'était pas dupe. Elle en pinçait pour lui. Il rejetait la demande silencieuse de Louise. Dès que possible, il lui dirait qu'il était marié, qu'il avait deux enfants. Elle ne pouvait pas le savoir. Il ne portait pas son alliance. Celle-ci était pendue au cou de Marianne.

« Garde-la en gage de notre amour, avait-il dit à son épouse avant de partir, tu me la passeras à nouveau au doigt quand je reviendrai. »

Les visages de Marianne et des enfants glissèrent sur ses pensées. Un bonheur le gagna. C'était pour eux qu'il était ici, qu'il se battait. Il désirait plus que tout assurer l'avenir de sa famille. Il se concentra sur sa tâche. Blanchet était-il encore l'une des clefs de cet avenir ? L'ingénieur en chef ne réagissait plus. Vêtu de son seul caleçon, réduit à l'impuissance, il ne représentait plus aucun pouvoir. Oint d'huile, il était pareil aux cadavres de l'Antiquité qu'on emmenait au tombeau. Blaise, par des mouvements appuyés et violents, redonna vie à ce gisant de cuivre luisant.

Tout allait se jouer dans les deux heures à venir. Au quatrième jour, la maladie évoluait d'une façon définitive ou temporaire. La fameuse « chance sur deux ». Il guérirait subitement ou la teinte jaune verdâtre qui avait donné son nom à la maladie apparaîtrait sur toute la surface de la peau.

Blaise pensa au moment fatidique, lorsque Blanchet se mettrait à vomir du sang noir. Ce *vomito negro* coïncidait souvent avec des hémorragies par l'intestin, des épistaxis et des plaques rougeâtres sur la peau. Les gencives et la langue deviendraient saignantes. Blaise connaissait toutes les étapes de la fièvre jaune. Sept de ses hommes les avaient surmontées ; quatre autres reposaient sous la terre rouge de Panamá.

Sur le cadran cerclé de bronze, les aiguilles de l'horloge du chantier nº 5 tournaient inexorablement. Sous les doigts des sœurs, les grains des chapelets s'écoulaient tout aussi inexorablement. Schwab, qui avait rejoint le bureau où Blanchet était entre la vie et la mort, semblait fasciné par ce double mouvement du temps. Le matériel et le spirituel se confondaient, repoussant à l'infini les limites de l'univers. Il se sentait réduit à rien ; il n'avait pas même proposé son aide à Blaise, dont il admirait le courage et l'abnégation. Et il redoutait le contact avec Blanchet.

Tout aussi louable était Louise, assise près de lui. La Provençale reposait contre son épaule. Recrue de fatigue, elle s'était assoupie en caressant l'espoir d'avoir plu à Blaise. Schwab n'avait rien remarqué. Il pensait trop à Lisa et à la contagion.

Au-dehors, la nuit était au plus fort de sa conquête. Ses habitants feulaient, crissaient, sifflaient. Les abords du chantier retentissaient de bruits terrifiants. Les bêtes s'entre-dévoraient à quelques pas du bureau. A chaque claquement de mâchoire, à chaque pénétration de dard, entre les cisailles des pinces, sous des griffes plantées, des vies disparaissaient.

La mort se rapprochait.

La crise s'affirma soudain par des spasmes. Blanchet fut secoué violemment. Ses organes étaient atteints.

— On y est !

La voix de Blaise avait claqué. Schwab se contracta. Les sœurs suspendirent leurs prières. Louise abandonna le cocon de son sommeil et d'un beau rêve. Elle entra sans transition dans le cauchemar. Il lui fallut quelques secondes pour retrouver ses marques et comprendre pourquoi elle était ici, et pas dans son lit à Colón. Elle avait suivi Blaise, dont la proximité la transporta aussitôt de bonheur. Sa poitrine se souleva.

Un sourire mourut sur ses lèvres. Elle était en train de perdre toute décence.

« T'as pas le droit d'être comme ça ! T'as pas le droit ! Il y a un homme qui se meurt. »

La voix de sa conscience dompta l'égoïsme. Elle eut honte et voulut se racheter. Blanchet s'étant mis à vomir, elle écarta les sœurs pour le nettoyer.

Schwab n'eut pas autant de compassion et de courage. La vue du vomito negro le terrorisa. Il se boucha le nez. L'odeur était fétide. L'air se remplissait de microbes ; c'était ce qu'il imaginait. Il préféra se retirer discrètement. Rejoignant Reclus, qui attendait d'être officiellement intronisé numéro un au milieu des cadres de plus en plus nombreux, il reprit sa respiration.

— Alors, va-t-il mieux ? demanda Reclus.

— Il vomit noir.

— C'est un prêtre qu'il lui faut à présent, dit Ligny.

L'effroi saisit le groupe. Le prêtre était le messager de la mort. Il ne semblait exister que pour donner l'extrême-onction. Ils serrèrent les poings. Eux qui étaient habitués à prouver la supériorité de l'homme sur la nature ne pouvaient rien faire contre cette maudite maladie. Toutes leurs formules, leurs savantes théories, leur maîtrise de la physique et de la mécanique des fluides, leurs diplômes et leur appartenance à la communauté scientifique ne servaient à rien. Ils n'avaient que de formidables machines à opposer aux miasmes invisibles qui putréfiaient les humains de ce pays ; et ils ne pouvaient se remettre qu'entre les mains de médecins impuissants.

Pas entre celles des prêtres.

Les sœurs avaient évoqué le prêtre. Elles jetaient des regards affolés sur le moribond. Sans padre, son âme était condamnée à l'éternité des peines. Blanchet se vidait à présent par tous les orifices. Il avait repris conscience et son désespoir se lisait sur ses traits jaunâtres. Il s'agrippa à la main du jeune ingénieur.

— Menez à bien la mission, murmura-t-il à Blaise. Ne quittez ce pays qu'après l'ouverture du canal... Promettez-le-moi, Moraud.

— Je vous le promets, répondit Blaise en étreignant la main brûlante de son aîné.

Blanchet était lucide, d'une lucidité frisant la voyance. Il vit un bateau de guerre franchir l'isthme. Il le contemplait par les yeux mêmes de la jeune femme qui le soignait. Il ne connaissait pas Louise mais il sut qu'elle serait là le jour de l'inauguration du canal.

— Merci, mademoiselle, balbutia-t-il.

— Vous vous en sortirez... Je m'appelle Louise.

— Chère Louise, ne vous préoccupez plus de mon sort. Prenez soin de lui... dit-il en tournant son regard vers Blaise.

Louise fut confuse. Dépouillé des contingences matérielles qui occultaient son esprit, Blanchet devinait tout. Il était comme une éponge qui absorbait l'énergie des êtres qui l'entouraient. L'amour en était une. L'amour des sœurs pour Dieu, l'amour de Blaise pour ses prochains, l'amour de Louise... Ces énergies le remplissaient.

Une douleur lui traversa le ventre. Il grimaça. La diarrhée le reprit. Il fondait de l'intérieur. La boue noirâtre qui sortait de ses entrailles coulait sur le lit. Louise et les sœurs l'enlevaient comme elles pouvaient. L'odeur nauséabonde était insupportable.

Blaise attira Louise hors de l'aura de mort.

— Vous ne pouvez plus rien pour lui.

— On peut toujours !

— Pas dans son cas.

— Nous devons le maintenir en vie jusqu'à l'arrivée du padre.

— Ne vous exposez pas. Vous en avez assez fait.

Louise allait répliquer lorsqu'elle entendit sangloter deux des sœurs.

— Il n'est plus. Que Dieu ait pitié de son âme, dit la troisième.

Une larme se détacha du visage de Louise. Elle avait fini par éprouver quelque chose pour ce Blanchet qui aurait pu être son grand-père. Elle posa la main sur le bras de Blaise.

— Gardez-moi avec vous.

— Je ne peux pas.

— Je pourrais me rendre utile sur les chantiers.

— Je ne peux pas, répéta-t-il.

— Pourquoi ?

— Je ne peux pas vous rendre heureuse. Je suis marié et père de deux enfants.

Une chape de glace recouvrit Louise. Un désespoir plus grand que celui qui s'était emparé de Blanchet l'envahit. Elle aurait voulu être à la place du mort.

Blaise n'essaya pas de la retenir. Elle s'enfuit dans la nuit.

28

Lesseps trônait dans la salle de réunion la plus luxueuse, assis dans un fauteuil aux armoiries fantaisistes. Ce siège avait l'avantage d'être plus haut que les chaises capitonnées sur lesquelles les administrateurs impeccables et disciplinés attendaient que le Grand Français ouvrît la séance.

Lesseps se sentait très fort. Quelques semaines plus tôt, lors de l'assemblée générale des actionnaires, il avait lancé : « Sachez que vous n'avez plus d'adversaires extérieurs, mais qu'il faut seulement vous mettre en garde contre les ennemis intérieurs. » Il avait fait des jaloux à Paris. Beaucoup d'hommes politiques et de hauts fonctionnaires de l'Etat désiraient sa chute. Il ne s'en souciait guère. Il commandait une armée d'actionnaires. Ceux-ci étaient au nombre de 102 230, dont, chose impensable un an plus tôt, 16 000 femmes nominativement inscrites en dehors des souscriptions de famille.

Les secrétaires distribuèrent les dossiers aux vingt-quatre administrateurs de la société. Trois nouveaux personnages avaient été intégrés au groupe : Circourt ; Félix Nouette-Delorme, administrateur du PLM ; le baron Poisson, administrateur de la Société des dépôts et comptes courants. Lesseps les soupesa un à un. Sur le papier à en-tête leurs noms en imposaient. Potentiellement, ils ne valaient rien. Dans ce groupe de vingt-quatre personnalités, il n'y avait pas un représentant des grandes banques françaises. Lesseps avait paramétré cette faiblesse. A long terme, elle pouvait se révéler comme un lourd handicap.

Il n'y aurait pas de long terme. Blanchet et Reclus, les chefs d'entreprise Couvreux et Hersent, maîtres d'œuvre des travaux, l'avaient affirmé : le cordon ombilical qui reliait les deux Amériques serait coupé en 1888. Encore sept ans de labeur acharné.

Les administrateurs ouvrirent les dossiers. La fiche technique définitive de la coupée marine agrémentée de plans dépliables avait été considérablement améliorée depuis la dernière réunion. Le canal avait 50 mètres de large au plan d'eau pour une profondeur de 8,50 mètres ; dans les gares, en pleine terre, les dimensions étaient identiques, avec une largeur de 72 mètres au niveau de l'eau ; dans les parties rocheuses, ils constatèrent que la largeur tombait à 28 mètres, et 38 mètres pour les gares.

— Magnifique, dit le baron Poisson.

C'était en effet un tracé magnifique avec treize portions d'alignement reliées par des courbes dont le rayon ne pouvait pas descendre au-dessous de 2 000 mètres.

— Ne trouvez-vous pas excessif ce prix de 36 francs par mètre cube pour l'enlèvement des roches sous l'eau ? demanda Emile de Girardin, qui oublia son statut de député acheté pour redevenir le journaliste à l'analyse redoutée.

— C'est le juste prix, répondit Lesseps, qui se souciait de l'influence de la presse pour laquelle il avait distribué des centaines de milliers de francs. Il est à peine supérieur à celui qui a été pratiqué lors de l'enlèvement des roches dans le port de Cherbourg. Je vous fais remarquer que ce tarif varie de 2,50 francs à 36 francs et que d'autre part il y aura très peu de roches à retirer sous l'eau à Panamá.

Emile de Girardin parut satisfait de la réponse. Les autres n'avaient même pas remarqué ce détail. Ils pensaient déjà à tous les bateaux naviguant sur le ruban bleu matérialisé sous leurs regards confiants, au fret transitant d'un océan à l'autre, à tous les millions qu'on allait se partager. Grisés de confiance, ils s'imaginaient installés dans de magnifiques résidences inondées de lumière, donnant de somptueuses fêtes et renouant ainsi avec les fastes du défunt second Empire. Il leur plaisait de se savoir jalousés par l'ancienne noblesse désargentée, les grands capitaines d'industrie et les puissants banquiers, d'être admirés par les petits rentiers de province et toute la foule anonyme des détenteurs des actions Panamá.

Lesseps aimait ses administrateurs. La fièvre chaude de la spéculation les rendait malléables. Comme d'habitude, il leur servit des arguments propres à les faire jouir. Il leur parla de l'avancement des travaux et de la colossale armée des travailleurs engagée auprès des machines. Tout se déroulait à merveille. La Compagnie redorait l'image de la France en Amérique centrale. Il leur vanta les mérites de Blanchet et de Reclus. Les ingénieurs en chef, soucieux de la santé du personnel, avaient fait construire les hôpitaux de Colón et d'Ancón, le sanatorium de Tabogá, engageant trente-six millions de francs. La dépense était énorme. Elle ne fit pas sourciller les administrateurs, qui n'en étaient plus à dix millions près.

Lesseps était intarissable. Il fut contrarié lorsqu'un

secrétaire subalterne qui n'assistait pas à la réunion vint l'interrompre.

— C'est pour vous, monsieur, c'est très important.

L'homme tenait une dépêche. Sa main tremblait. Celle de Lesseps fit de même à la lecture du message. Les administrateurs le virent blêmir. L'un d'eux s'en inquiéta.

— Avons-nous un problème ?

— Oui, répondit Lesseps. Blanchet vient de décéder d'une fièvre cérébrale.

La stupeur se peignit sur tous les visages. C'était un rude coup du sort. Un coup très rude pour les actions en Bourse. Lesseps ne les laissa pas s'exprimer. Il avait déjà la solution.

— Nous allons immédiatement le remplacer par un homme d'exception. Je vous demande, messieurs, d'agréer mon choix et de nommer l'ingénieur Dingler directeur des travaux du canal.

Dingler leur fit aussitôt oublier Blanchet. Qui ne connaissait Jules Isidore Dingler ? Il était considéré comme le numéro un de son corps. Cet homme brillant et mégalomane saurait mener à bien l'entreprise. Beaucoup mieux que Blanchet et Reclus. Cette paire avait fait son temps. Elle s'était usée dans les sables de Suez. Il était temps de renouveler l'encadrement.

— On ne peut que se féliciter de ce choix, dit le général Allavene.

Il y eut des hochements de tête, des clignements d'yeux, des sourires. Le général avait exprimé le sentiment de tous. Ce serait Dingler. Dingler ! Dingler ! Ce nom les requinqua. Ils ne savaient pas au juste de quoi était capable cet ingénieur hors norme loué par Eiffel et les dirigeants des milieux industriels ; mais ils mesuraient l'effet de l'annonce de cette nomination sur la Bourse.

Une nouvelle part d'enchantement les fit voter à l'unanimité. Lesseps eut carte blanche. A la fin de la séance, il prit une décision qui n'engageait pas les membres présents :

— Je demanderai à monsieur Dingler d'emmener sa famille à Panamá. Il sera un exemple, l'exemple que devront suivre tous nos ingénieurs. Nous préparerons une note à ce sujet. Tous les frais de voyage, assortis d'une forte prime, seront pris en charge par la Compagnie pour faciliter le rapprochement des conjoints et des enfants. Il sera envoyé une lettre à chacun d'entre eux. Nous leur ferons comprendre la nécessité de cette opération, le bien-fondé de notre volonté, l'intérêt de notre communauté d'actionnaires. Je vous le dis, messieurs, dans dix ans, les Français seront majoritaires dans l'isthme de Panamá !

Léon Schwab s'était installé à Colón trois mois après la mort de Blanchet. Il faisait tous les jours le trajet entre les chantiers et la ville, prenant le train de marchandises à 4 heures du matin et revenant à 10 heures du soir. Il ne sentait plus la fatigue.

Schwab quitta la gare battue par la tempête. Il s'enfonça jusqu'à mi-mollet dans l'eau boueuse qui cherchait son chemin vers le port. Il ne tenta pas de s'abriter en longeant les établissements de jeu protégés par les auvents et les galeries de bois. Il allait au plus court, empruntant la diagonale qui filait droit vers la porte derrière laquelle demeurait sa promise.

Lisa l'attendait.

Tous deux se retrouvaient à la lueur d'une lampe à pétrole dans la chambre à soupente qu'occupait l'Italienne dans la maison Bonifay. Il leur arrivait parfois de rester avec leurs amis et de partager du tic-tac, une gnôle du Salvador qui avait la faculté de vous faire oublier en quelques minutes la pluie et les moustiques.

Les conversations concernaient toujours le canal ; elles glissaient invariablement sur l'avenir, leur avenir commun. Celui de Louise les inquiétait. La Provençale avait perdu sa joie de vivre. On ignorait la cause de cette neurasthénie que Michèle, faute de mieux, avait mise sur le compte de la saison des pluies qui minait le moral de chacun. Ils ignoraient son secret.

Elle était plus que jamais amoureuse de Blaise. Et désespérée. Elle n'avait plus rencontré le jeune ingénieur, qui passait son temps à rénover ses machines ou auprès des Indiens dont il partageait les coutumes. Léon racontait que son ami avait été le premier Blanc à être admis chez les Chocoes, où les enfants albinos, très nombreux, étaient considérés comme surnaturels. La communauté française le traitait d'original.

Charles proposa une seconde tournée de tic-tac. La gnôle importée par les trafiquants du golfe de la Fonseca avait l'aspect d'un cristal liquide.

— Son avancement va en souffrir s'il continue à fréquenter les sauvages, dit le Marseillais en dardant sa langue dans le petit verre comme pour tester le feu du tic-tac.

— Qu'est-ce que tu sais des avancements d'ingénieur, toi ? s'exclama violemment Louise en faisant claquer son verre devant elle.

Sa véhémence surprit la tablée. Elle s'exprimait peu depuis quelque temps, se limitant à des considérations d'ordre matériel, à l'énumération des commandes à passer, à l'analyse de leur chiffre d'affaires qui était en constante augmentation. Pour s'éclaircir la voix et s'échauffer, Michèle avala d'un trait la boisson des paysans salvadoriens. Elle en avait assez des attitudes de Louise.

— Toi, tu as besoin d'un homme ! dit-elle en roulant des yeux.

Le tic-tac la faisait larmoyer. Ce cru de contrebande maintes fois distillé titrait soixante-quatorze degrés. Elle en consommait trop depuis le début de la saison des pluies.

— Et peut-être qu'il te faudrait un ingénieur... Ouais... Comme ça, tu jouerais les grandes dames à Ancón. Il paraît qu'on construit des villas pour les chefs là-bas.

— J'ai besoin de personne !

— Nous, on croit le contraire, dit Lisa. C'est vrai ; il y a beaucoup de célibataires parmi le personnel spécialisé du canal. N'est-ce pas, Léon ?

Léon n'aimait pas être pris à partie, surtout en ce qui concernait les questions sentimentales. Sa propre liaison avec Lisa lui posait des problèmes ; il lui tardait de lui passer la bague au doigt et de l'installer dans une maison à eux. On jasait sur leur relation. Ce « on » recouvrait surtout les camarades du chantier, qui le jalousaient. Ce « on » pouvait s'étendre et toucher les sphères supérieures. Il ne désirait pas ternir sa réputation d'homme honnête. Ni celle des hommes de la Compagnie.

— Il n'y en a pas tant que cela, répondit-il. Dans moins de deux semaines, vous les compterez sur les doigts des deux mains, vos célibataires gradés. La direction a décidé de faire venir leurs familles. Avec cette fièvre jaune qui se répand, je ne sais pas si c'est une bonne chose. Blaise est très inquiet. Sa femme et ses enfants vont faire partie du premier voyage. Il a bien tenté de s'opposer à leur venue, mais l'administration lui a fait comprendre qu'il agissait contre les intérêts de la Compagnie et la volonté de Lesseps. Je n'aurais jamais cru qu'il se plierait à cette directive...

Il pense trop comme ses amis indiens. La vie des siens n'a plus la même valeur depuis qu'il course les jaguars et chasse les caïmans dans cette maudite jungle.

— Il redeviendra un bon père de famille quand ses petits seront à ses côtés, dit Michèle.

Un bon père de famille ! C'en était trop pour Louise. Elle n'arrivait pas à se faire à l'idée qu'il était marié. Et s'il l'était réellement, il pouvait devenir rapidement veuf. La fièvre jaune qui avait terrassé Blanchet, quinze autres ingénieurs et un nombre considérable de travailleurs ne pouvait épargner les nouveaux arrivants. Surtout des femmes et des enfants habitués au confort des grandes villes de la métropole.

Buvant son verre en grimaçant, elle quitta la table, fourra son couteau de chasse dans sa ceinture, enfila sa cape cirée et sortit. Ses amis ne l'en empêchèrent pas ; elle les avait habitués à ces frasques. Il lui arrivait parfois de prendre le fusil et de se rendre à l'orée de la jungle, mais elle n'avait pas le courage de l'homme qu'elle aimait. Ce monde vénéneux et ténébreux la terrorisait. Elle était beaucoup plus à l'aise dans les rues de Colón. La ville lui était acquise ; elle en avait exploré les moindres recoins depuis qu'elle avait noué des relations d'intérêt avec une clientèle hétéroclite et toutes sortes d'artisans vivant des nouvelles retombées économiques. Elle ne savait pas au juste ce qu'elle y cherchait, mais elle avait découvert une chose que même ce fouineur de Charles semblait ignorer. Elle s'avança résolument sous la pluie qui tombait dru. Elle savait où elle se dirigeait. Et elle y allait non sans frissons.

29

Le port était sombre. De rares lumières clignotaient à l'intérieur des ateliers de ferblanterie et de chaudronnerie qui ne fermaient pas leurs portes avant minuit. Elles semblaient résister aux rafales de pluie qui mitraillaient les toits de bois et les fantomatiques navires ancrés dans la baie boueuse. Un éclair zébra le ciel. Fourche à trois branches, il apparut du côté des docks, fendit le ciel jusqu'à la mer et imprima ses brisures électriques dans les rétines de Louise. Son irruption précéda de très peu un terrifiant coup de tonnerre. En un centième de seconde, la lumière éblouissante avait fixé le décor.

Louise s'était arrêtée, le souffle court. Toutes ces masures et ces entrepôts agglutinés autour des quais attendaient le raz de marée qui les emporterait un jour. Cet endroit, la ville, le pays tout entier, l'oppressait abominablement. Elle regrettait la pureté de la Provence, les transparences de la Sainte-Baume, le mistral qui nettoyait la terre de ses miasmes. C'était pourtant ici qu'elle avait choisi de vivre et de se battre. Elle n'avait pas d'autre choix. Sa fierté lui commandait de lutter contre l'adversité, les maladies, les bêtes fauves, les insectes, les brigands. Contre l'amour qui la dévorait de l'intérieur.

Malgré le bruit de l'averse, elle entendait de la musique, le ferraillement des outils çà et là. Elle vit des gens aller et venir dans les ruisseaux qui s'écoulaient vers les darses. Ils vaquaient à leurs occupations sans se soucier des flots déversés par des cieux délaissés par Dieu. Il n'y avait rien à espérer de lui sous ces latitudes. L'espoir ne pouvait venir que des hommes de bonne volonté. Et il y en avait au moins un dans cette ville pourrissante.

Louise se dirigea vers l'un des ateliers où retentissaient des sons clairs de marteaux à boule. Il appartenait à Lopez, un Mexicain qui avait un quart de sang indien totzile. Lui et ses ouvriers n'avaient pas leur pareil pour façonner le fer et le cuivre. Elle lui commandait des casseroles et des ustensiles qu'elle avait elle-même dessinés selon des normes provençales, adaptés aux goûts des Européens qui arrivaient en masse. A Panamá, il était impossible d'utiliser des casseroles en terre, dont la couverte était obtenue avec des sels de plomb. Ces récipients fabriqués dans les pays voisins corrompaient les mets et nuisaient à la santé. Louise avait sa méthode pour tester ce type de casserole. Elle faisait bouillir du vinaigre qu'elle versait dans l'eau de savon de l'objet qu'on venait de nettoyer ; s'il se produisait un précipité, c'était que l'émail était mauvais.

L'atelier avait l'aspect d'un hangar sinistre au fond duquel rougeoyaient des feux de forges. Il était à moitié suspendu au-dessus de l'eau par des pilotis. La porte était grande ouverte. Deux enfants d'une dizaine d'années en assuraient la garde. Leur veille consistait à écraser avec des bâtons les grosses araignées qui tentaient de pénétrer à l'intérieur de l'édifice. Ils ne pouvaient rien contre les moustiques dont les escadrilles s'engouffraient dans l'espace surchauffé où les hommes torse nu travaillaient dans un fracas de bataille au milieu des ferrailles de toutes sortes éparpillées dans la suie et la limaille. Les moustiques les mangeaient, buvaient leur sang. Ils ne ressentaient rien. Ces piqûres brûlaient moins que les escarbilles que leurs outils arrachaient aux métaux rougis.

Lopez se tenait entre deux montagnes de casseroles et bouilloires. Il assurait la finition des objets manufacturés par ses ouvriers. Trois limes, une plate à main, une pignon et une demi-ronde, suffisaient à la tâche. En quelques va-et-vient appliqués, il ébarbait les rebords, les creux, les manches et les versoirs, passant sa langue sur ses lèvres charnues lorsqu'il estimait l'objet bon pour le service.

Sa langue sortit un peu plus de sa bouche quand il aperçut Louise. Elle mouilla la moustache épaisse qui retombait en deux crocs roussis par les feux. Il trouvait cette femme à son goût, mais inaccessible. La Française ne s'en laissait pas conter ; il l'avait vue taillader un type qui la serrait de trop près. Elle avait toujours un couteau sur elle et elle savait s'en servir. Elle n'hésiterait pas à le planter si, d'aventure, il tentait de la peloter. Elle ne pouvait pas le rater. Il avait un ventre énorme. De toute façon, il ne se serait pas permis de toucher une Blanche, française de surcroît. Il était métis.

En fait, il l'admirait. Ce n'était pas le genre de fille qu'on soumettait par des menaces ou par l'argent. Elle était insensible à tous les arguments matériels, aux œillades, aux rodomontades, aux déclarations enfiévrées. On la disait vierge et Lopez le croyait.

Une vierge dure en affaires.

— Vous ne devriez pas venir le mardi soir, observa-t-il en la saluant.

Louise haussa les épaules. Il parut navré et la

regarda avec une affection de gros chien qui attend une caresse de son maître.

— Il est là ? demanda-t-elle.

— Bien sûr, répondit Lopez.

— J'y vais.

— Ce n'est pas votre cause ; vous êtes française.

— Mais Panamá est mon pays.

Louise contourna les forges sous les regards inquisiteurs des hommes. Il y avait là une ouverture donnant sur l'arrière de l'atelier, dont le cul était maintenu par les pilotis. Cette partie de la bâtisse, grouillante d'êtres et de lueurs de lampes, se perdait au loin en pénombres de caverne. Comme d'habitude, elle lui parut surpeuplée, prête à s'effondrer dans les eaux nauséabondes du port. Louise s'avança à pas timides. C'était la quatrième fois qu'elle venait ici. On s'écarta avec une sorte de gêne mêlée de fierté. On la connaissait, on la tolérait, on la prenait à témoin.

Parce que Pedro Prestán l'avait exigé.

Le métis régnait sur ce lieu et sur bien d'autres dans l'isthme. Louise l'avait rencontré par hasard alors qu'elle était venue relancer Lopez qui n'avait pas honoré une commande dans les temps. Après un échange de politesses au cours duquel Louise lui avait dit qu'elle n'ignorait rien des idées incendiaires qu'il propageait d'une rive à l'autre, Pedro l'avait invitée à l'écouter déclamer ses idéaux devant ses frères.

Ses frères... Louise trouvait que la famille de Prestán ressemblait à une bande d'écorcheurs. Tous ces crasseux patibulaires, ces Indiens imbibés de coca, ces Noirs couverts de haillons, ces métis empestant le rhum agglutinés autour de Prestán l'inquiétaient terriblement. Ils s'agitaient telles des bêtes fauves dans une cage. Pedro eut un sourire en la voyant arriver. Il se tenait sur un tonneau. Quatre de ses lieutenants, reconnaissables à leur chapeau melon, faisaient rempart entre lui et la foule de ses adorateurs. Il n'en continua pas moins de parler haut et fort.

— ... Je vous ai assuré, depuis l'année où les Américains sont venus construire le chemin de fer, que la lumière de la liberté brûlerait au plus profond de la nuit dans laquelle on vous a enfoncés, il y a des siècles. Est-il plus épaisse nuit que celle de l'ignorance ? Qu'a fait le gouvernement colombien pour vous ? Que fait-il pour vos enfants condamnés à travailler dès l'âge de neuf ans dans les plantations ? Que feront les Français quand ils pulluleront sur vos terres ? Rien ! Ils s'acharneront à vous garder tels que vous êtes, avec l'envie de vous mettre la tête dans la boue pour vous rabaisser à la taille des vers qu'il est facile d'écraser. Ces nouveaux conquérants ont colonisé l'Afrique. Ne croyez pas ce qu'on dit d'eux. Moi-même, pendant un temps, j'ai considéré que les inventeurs de la Déclaration des droits de l'homme allaient mettre fin aux inégalités partout dans le monde. Vous devez réagir ! Les Français ne viennent pas vous secourir avec diligence et grandeur d'âme ; vous commencez à les connaître : derrière leur orgueilleuse façade, se dessinent leurs appétits. Ils sont là pour vous exploiter.

— C'est faux !

La voix de Louise trancha le discours de Prestán. Un silence se fit. Il était lourd de menaces. Les fidèles du chef révolutionnaire qui n'avaient pas compris la moitié de ses propos se mirent à marmonner entre eux. Leurs visages butés s'animèrent. Dans leurs pensées chaotiques, cette Blanche leur apparut comme l'ennemi désigné.

— Les Français ne sont pas meilleurs que les autres, dit-elle en soutenant leurs regards. C'est vrai, mais ils ne vivent pas dans le déshonneur. Beaucoup d'entre eux vous tendront la main. Ils ont commencé à construire des hôpitaux, ils construiront des écoles, ils viennent de voter en France la loi sur la gratuité de l'enseignement primaire. Tous leurs enfants pourront apprendre à lire et à écrire sans payer un sou. Les vôtres y auront droit si cette terre devient française ! Il n'y a que les imbéciles pour s'imaginer qu'on préserve la liberté en répugnant à poser le pied sur l'empreinte de son voisin.

Prestán était subjugué. Cette femme parlait bien. Il était étonné par la facilité avec laquelle elle s'exprimait. On lui avait dit que c'était une paysanne reconvertie dans le commerce. C'était incroyable. Elle devait être douée pour les langues car son espagnol n'avait rien à envier à celui des Colombiens. Elle l'avait appris toute seule. Elle était cependant à bonne école car il y avait parmi ses associés un beau parleur, instruit et intelligent, du nom de Charles Aubert. Prestán connaissait ce dernier, qu'on disait rusé et imaginatif, âpre au gain et ne s'embarrassant pas de principes.

Elle venait de marquer un point important en évoquant la gratuité de l'école primaire. La nouvelle de la promulgation de cette loi avait fait le tour du monde. Tous les défenseurs de l'égalité en avaient été émus aux larmes. Lui-même avait été transporté d'allégresse, imaginant le jour où tous les enfants de toutes les races apprendraient à lire, à écrire et à compter au coude à coude et penchés sur les mêmes pupitres.

Louise continuait à s'exprimer en employant des mots simples. Elle ressemblait à une prédicatrice au milieu d'une foule de brutes qui peu à peu se laissait séduire. Il se dégageait d'elle une force. Prestán avait déjà rencontré ce type de femme dans les communautés noires des îles et de la côte. Il n'y avait aucun doute, elle aurait pu être une *hounsi* chargée des relations avec les esprits de l'au-delà, à qui les clans vouaient un véritable culte.

Pedro Prestán redoutait ces femmes de pouvoir surnommées les reines-drapeaux, les dames dirigeuses, les épouses de Dieu. Elles empiétaient sur son pouvoir. Bien qu'athée, il n'en demeurait pas moins superstitieux et il évitait de les vexer. Les hounsis pouvaient tuer à distance. S'aboucher avec ces prêtresses qui menaient des foules n'entrait pas dans ses perspectives. Il ne pouvait envisager des solutions hasardeuses.

La Française n'avait pas le pouvoir des prêtresses vaudoues. Il y avait peut-être un moyen de pousser son avantage auprès de cette courageuse pétrie d'idéalisme et d'en faire une alliée imprévue. Elle tenait commerce... et il avait besoin d'armes. Il la laissa s'exprimer et se mit à applaudir lorsque, la gorge sèche, elle se tut. Tous l'imitèrent sans véritablement chercher à comprendre son geste. Il était leur guide ; ils le suivraient jusqu'en enfer. Quand le calme revint, Prestán rejoignit Louise.

— Vous avez des convictions, dit-il en français.

— Je ne sais pas ce que veut dire ce mot, avoua-t-elle.

— Vous mettriez votre main au feu pour défendre vos idées.

— Oui. Et je n'aime pas la façon dont vous traitez les Français.

— Les Français ne sont pas nos ennemis. Les Colombiens le sont, les grandes familles espagnoles qui possèdent les terres riches le sont, l'armée qui sert leurs intérêts l'est. Pardonnez-moi, il m'arrive parfois de m'emporter.

— Et s'ils s'emportent, eux, comment ferez-vous pour les arrêter ? lança Louise en désignant les miséreux qui quittaient la salle.

— Ils s'arrêteront d'eux-mêmes quand ce pays se sera donné une constitution conforme à leurs espérances.

— Je ne connais rien à la politique, mais je sais ce qu'est la violence. Vous ne parviendrez à rien par la force.

— Le peuple français a donné l'exemple du contraire en 1789.

— Panamá n'est pas la France.

— Votre Lesseps voudrait pourtant qu'il le devienne. On dit que les vôtres vont débarquer en masse avec femmes et enfants.

— Lesseps se trompe en envoyant des gens qui ne sont pas faits pour ce climat. Ce pays va se couvrir de tombes.

La coque du bateau se frotta aux poutres humides qui revêtaient le quai. Les marins fixèrent les torons. Marianne Moraud étreignit les épaules des enfants. Christine et Martial se serrèrent contre leur mère. Un pli d'inquiétude barrait le front de Marianne. Quelle sorte de ville était-ce là ?

Colón offrait le spectacle d'une cité de fin du monde. La pluie dense en estompait les contours. Elle était cernée par le mur mystérieux d'une extraordinaire forêt, chargé de puissances magiques.

— Seigneur, protégez-nous, murmura Marianne en prenant conscience des dangers latents.

La pluie battait son visage. Tout s'embrouilla. Le Paris qu'elle avait laissé sans regret et ce Panamá qu'elle abordait avec angoisse. Même le port dans sa partie sud disparaissait sous des jaillissements gigantesques d'arbres, de plantes rampantes, de vrilles, de lianes et de racines. Elle étreignit plus fort les enfants, comme si elle craignait qu'ils ne fussent dévorés par les bêtes tapies sous l'exubérance sauvage.

— Mesdames, messieurs, nous voici arrivés. Nous allons pacifier cette terre. C'est notre mission et notre devoir.

Marianne se tourna vers celui qui venait de s'exprimer avec l'enthousiasme d'un Bonaparte à la veille d'une bataille. Jules Isidore Dingler se tenait immobile et droit. L'eau ruisselait sur son visage impassible. Il était assez grand de taille. Un patriarche. Toute sa famille et une cohorte d'ingénieurs fraîchement sortis des écoles l'entouraient. Il y avait aussi beaucoup de femmes et d'enfants. Elle en connaissait quelques-unes. Tous affichaient le même sourire confiant.

Aucun ne sentait poindre la menace.

Marianne si.

— Papa est là ! Papa est là ! s'écria Martial en s'arrachant à l'étreinte de sa mère.

— Blaise ! s'écria Marianne.

Blaise avait repéré les siens depuis un long moment. Il agitait les bras, presque méconnaissable sous le vêtement de pluie qui le couvrait de la tête aux genoux. Son cœur bondissait. Marianne, Christine et Martial étaient enfin là. Il avait hâte de les prendre entre ses bras et de les emmener loin de Colón, à Ancón, la ville la moins exposée aux intempéries, où il avait loué l'une des maisonnettes spécialement construites pour les cadres de la Compagnie.

Tout autour de lui, des hommes criaient. Des prénoms sortaient de leurs bouches, des larmes jaillissaient de leurs yeux. On se bouscula sur le quai lorsque la passerelle fut abaissée et on se signa aussi. A l'endroit où les passagers devaient mettre pied à terre, se tenait un homme en noir sous un parapluie tenu par un serviteur indien.

Il s'appelait Smith et proposait à tous les arrivants des cercueils bon marché.

— Bienvenue à Panamá, dit-il lorsque Dingler débarqua.

30

Il pleuvait tous les jours depuis leur arrivée à Panamá. Le mot « pluie » n'était pas adapté à l'eau qui tombait du ciel. Cela faisait trente-deux jours que de véritables cataractes noyaient et dévastaient le paysage. Marianne ne s'y habituerait jamais. Ni les enfants, qu'elle n'envoyait pas à l'école d'Ancón. Elle n'arrivait pas à admettre que la saison des pluies durait du 15 avril au 15 décembre. Il lui arrivait de prier avec une ferveur sans borne pour mettre fin à la présence des nuages, mais le ciel ne désengluait pas ; il demeurait immuablement gris-noir, traversé quelquefois par de terrifiants éclairs. Le déluge de la Bible ne pouvait être pire.

Marianne détacha son regard des nuées qu'elle maudissait pour le reporter sur l'intérieur de sa salle à manger, meublée sommairement d'une table, de quatre chaises et d'un buffet au bois mal équarri. Sous une cloche, le pain de la veille avait moisi. Dans la chaleur et l'humidité, tout pourrissait en moins d'une journée. Des heures durant, aidée de Christine, elle se battait contre les couches de moisissure bleuâtre qui se formaient un peu partout, surtout sur le cuir des souliers et les vêtements dans les armoires.

Elle cria. Dans un coin, une araignée velue dévorait une souris.

— Maman !

Les enfants apparurent. Ils suivirent le regard effrayé de leur mère et découvrirent la mygale. Martial n'hésita pas une seconde. Bondissant et imitant les gamins du coin qu'il avait vus à l'œuvre, il donna un coup de talon sur l'intruse, qu'il fit éclater en une gerbe de sang.

— O Seigneur ! dit Marianne en se mettant à sangloter.

Elle n'en pouvait plus. Les enfants vinrent contre elle et la consolèrent avec leurs mots.

— N'aie pas peur, petite maman.

— Ne pleure pas, on t'aime, la bête est morte.

Marianne contint au mieux son émotion. Elle devait donner l'exemple. Ce n'était pas facile d'être l'épouse d'un ingénieur à Panamá, d'affronter les dangers, peut-être la maladie, la mort, de se séparer de toutes les habitudes d'une vie. Pourquoi ? Non pas pour vivre dans le luxe comme madame de Lesseps à Paris, organiser des dîners mondains, mais attendre cloîtrée dans cette maison qu'on vienne vous livrer des cercueils.

Jules Isidore Dingler avait commandé un cercueil quinze jours après son arrivée, lorsque sa fille avait été emportée par la fièvre jaune. Ensuite, la terrible fièvre avait frappé son fils, puis sa femme. A son tour, le corps de son gendre descendait dans l'une des fosses creusées à la hâte. Il demeurait seul. Pas tout à fait. Il avait en charge les ingénieurs. Ses « petits », comme il les appelait. Ils étaient là, alignés derrière le padre. Ils s'ébranlèrent un à un quand le cercueil disparut à moitié dans l'eau boueuse qui remplissait le trou. Leurs pieds s'enfonçaient dans la masse spongieuse de la terre avec des chuintements. Ils se comptaient. Eux, les vivants. Mais pour combien de temps encore ?

Devant eux, les tombes par centaines portaient des croix au nom des disparus. Beaucoup d'amis avaient péri. Il semblait que l'on assistait à une recrudescence des deux fléaux qu'étaient la fièvre jaune et la malaria, et que les miasmes redoublaient de ténacité et de virulence, provoquant une hécatombe parmi les employés. Les cas de guérison étaient tombés à trente pour cent. Ceux qui étaient touchés, Noirs, Blancs, Jaunes, mouraient d'une façon horrible. La maladie se fichait de la couleur de la peau. La proximité de la mort avait rendu les hommes sauvages et entraîné une augmentation de la criminalité que les exécutions publiques ne suffisaient plus à juguler.

Jules Isidore Dingler était devenu méconnaissable ; il avait changé de nature et de rôle, de destination. Il se croyait chargé d'une mission sacrée. Sa famille avait été sacrifiée pour qu'il s'investît corps et âme à la construction de « son » canal. Sa vie ne comptait plus. Il la donnait en gage aux forces qui l'épargnaient. Ce sacerdoce s'inscrivait en une lumineuse offrande dans ses yeux gris. Blaise, qui lui fit ses condoléances, se demanda si l'ingénieur en chef n'était pas en train de devenir fou.

— Vous devriez rentrer en France, lui dit-il.

— Tant que je ne verrai pas les eaux des deux océans se mélanger, je ne quitterai pas ce pays, répondit Dingler. Je ne reculerai pas comme l'a fait monsieur Reclus.

Blaise revit le visage défait de Reclus après l'annonce de la nomination de Dingler. Reclus ressemblait à un homme qui venait de tout perdre au jeu et qui hésitait à prendre un pistolet pour se brûler la cervelle. Il avait finalement choisi de retourner en France et de vivre en rentier. Il appartenait déjà à l'oubli, effacé par le génie mégalomane de Dingler.

Que dire d'autre à un homme pour qui le but fixé par le roi Lesseps était devenu une obsession ? Blaise contempla le cercueil que la pluie dérobait peu à peu aux regards. Il pensa à sa femme et à ses enfants. C'était décidé ! Il allait les faire rentrer en France.

Le lendemain, Blaise se rendit chez Dingler avec la ferme intention de négocier le départ des siens. L'ingénieur en chef habitait dans une petite maison au sommet arasé d'une colline, en attendant la fin de la construction d'une immense villa qu'on appellerait bientôt la « folie Dinger ».

« Il a réellement perdu la raison », se dit Blaise en gravissant le chemin qui menait à la résidence de son chef. Il y avait une trentaine de vaches. De belles et grasses normandes. Elles paissaient sur fond de jungle, sans se soucier de l'averse chaude. Dingler les avait fait venir de France, de même que les oies, les canards, les lapins, les porcs. Reconstituer une vraie ferme lui avait semblé indispensable afin que sa famille et ses amis ne fussent pas trop dépaysés. Mais il n'avait plus de famille et peu d'amis.

La ferme existait déjà. Des métayers mulâtres y travaillaient, livrant le lait, les œufs et les volailles aux médecins de l'hôpital d'Ancón et à quelques malades privilégiés qui n'étaient pas entrés en phase critique. Dingler n'avait fait que suivre les recommandations de Lesseps. La démesure en plus.

Blaise s'arrêta quelques instants pour contempler les fondations de la villa. Elles couvraient au moins six cents mètres carrés. Des centaines de milliers de francs allaient être engloutis pour satisfaire l'orgueil d'un homme. Blaise serra les poings. Et dire qu'il aurait pu avoir une dizaine d'excavatrices supplémentaires pour le prix de cette folie !

Sa colère s'amplifia. Dingler allait l'entendre. Dingler paierait le voyage de Marianne et des enfants. Dingler ferait amende honorable. Blaise parvint sous le porche de la maison. Il frappa à la porte. Elle était ouverte. N'entendant aucun bruit, il entra. Passé un vestibule où étaient accrochées des reproductions des châteaux de la Loire, il pénétra dans un salon de style rococo. Là, recroquevillé sur un tapis, Dingler vomissait une bile noire.

Blaise ferma un instant les yeux, comme pour ne pas apercevoir le spectre de la fièvre jaune penché au-dessus du corps. Dingler ne verrait jamais les eaux des deux océans se mélanger.

Il mourut le lendemain et le pouvoir passa entre les mains d'un nouvel ingénieur en chef : Léon Boyer.

— Dieu ne veut pas que ce canal se fasse, dit Michèle.

La bouche de Charles se tordit. Les lèvres continrent des mots de reproche. Habituellement, il la rabrouait. Elle et Lisa ne juraient plus que par Dieu depuis que Dingler et sa famille avait été anéantis. Elles se rendaient même trois fois par semaine à l'église pour entendre pérorer un padre qui parlait de la colère divine avant d'apaiser les âmes en distribuant des hosties.

Il n'était pas opposé à ce regain de foi des deux femmes ; il avait eu lui-même sa période de doute quand les choses avaient mal tourné à Marseille, se remémorant des prières apprises au côté de sa mère. Il pensait simplement que Dieu n'avait rien à voir dans les déboires des Français. Les maux qui s'abattaient sur les hommes existaient déjà au temps des conquistadores. Ils étaient nés spontanément avec des milliards de microbes et d'insectes quand la jungle avait fait son apparition, avant même l'écriture de la Bible.

Charles inspira profondément pour chasser ces pensées négatives. Michèle, assise derrière la caisse du magasin, attendait que Lisa en finisse avec deux clientes tatillonnes qui essayaient de marchander sur les prix des cotonnades, des boutons, des passementeries et à peu près sur tout ce que leurs doigts fébriles touchaient, palpaient et retournaient. Des médailles de la Vierge et des petites croix en argent brillaient autour de son cou, juste au-dessus de sa poitrine opulente qui tremblait à chacun de ses mouvements. La sainteté des bijoux rendait encore plus indécent le décolleté corseté qui faisait ressortir les globes laiteux des seins de sa compagne.

Une brusque bouffée de désir monta en lui. Il se remit à faire l'inventaire des clous, des boulons et des menues pièces métalliques que la rouille attaquait. Il vit l'ombre de Louise se déplacer entre les rayonnages. La Provençale était de plus en plus discrète. Elle au moins ne parlait pas de Dieu ; elle ne parlait de rien. Elle n'avait cependant jamais été aussi efficace dans les affaires. Elle avait émis le vœu de se rendre au Venezuela, au Pérou et au Nicaragua avec lui afin de traiter directement avec les entreprises qui fabriquaient et livraient du matériel aux Etablissements Bonifay, mais Charles avait trouvé des arguments pour l'en dissuader.

Louise mémorisait tout. D'un seul coup d'œil, elle évaluait l'état d'un rayon. Elle était devenue une sorte de machine. Elle se donnait à fond à son travail. La multiplication et le répétitivité des tâches ne l'empêchaient cependant pas de penser à Blaise. Le visage de l'ingénieur s'était incrusté en elle ; elle essayait bien de l'effacer mais elle n'y réussissait pas. Elle s'endormait en pleurant, se réveillait avec un pincement au cœur, se donnait des objectifs pour mieux lutter contre celui qui envahissait son cœur et pour qui elle tremblait. Sur les chantiers, les accidents se succédaient et il semblait que la fièvre jaune y sévissait plus fort. Blaise était en première ligne. Il ne s'épargnait pas, était de tous les combats. Il était le premier sur les lieux lorsqu'un homme tombait sous les coups de la jungle, ennemie désignée qui lançait toutes sortes d'attaques dont les maladies n'étaient pas les moindres.

Blaise était une cible désignée. Il s'était violemment heurté à deux des lieutenants de Pedro Prestán qui tentaient de débaucher des manœuvres. Chassés du chantier, ces fauteurs de troubles avaient juré haut et fort qu'il serait le premier à périr au nom de la révolution. Depuis cet événement, Louise avait rompu le contact avec Prestán, qu'elle considérait désormais comme son ennemi.

Tous ces renseignements, Louise les tenait de Schwab. L'Alsacien ne leur parlait pas toutefois de la famille Moraud, confinée sur les hauteurs d'Ancón avec les membres de la communauté française. Louise aurait pourtant voulu en savoir un peu plus sur la femme et les enfants de Blaise... sur sa femme surtout, dont elle ignorait l'apparence physique.

Parvenant à oublier un instant Blaise, elle aperçut Charles qui la suivait du regard et entendit les clientes qui essayaient de faire fléchir Lisa. Puis le murmure courut. Louise se figea. Les clientes furent frappées de mutisme. Charles se redressa et prit l'attitude d'un homme prêt à parer une attaque, les jambes écartées, le buste penché en avant. Lui aussi écoutait le murmure qui s'amplifiait. Les yeux baissés sur le plancher, il essaya d'en évaluer la portée. Peut-être allait-il cesser soudainement. Comme auparavant. Trois secondes d'une longueur exceptionnelle s'écoulèrent, puis le sol trembla un peu.

Le *tremblore* ne fit que passer en un bourdonnement bref. Il y eut quelques cliquetis et tintements sur les étagères, et ce fut tout. Louise, Lisa et Michèle soupirèrent.

Ce n'était pas encore pour cette fois.

31

— *El tremblore ! El tremblore !*

Le cri avait retenti d'un bout à l'autre du chantier. Les manœuvres avaient laissé tomber pelles et pioches. Leurs regards effarés avaient fixé le sol. L'onde était passée sous leurs pieds en un frémissement bref. Juste une alerte.

— On s'y remet. Ce n'est qu'un petit éternuement ! tonna un chef d'équipe du haut d'une plate-forme.

Blaise, qui se trouvait en contrebas, près d'une dragueuse qui s'essoufflait, en convint : ce n'était pas grand-chose. La terre tremblait mais il n'y avait jamais de casse. Toutefois, elle s'était manifestée cinq fois en moins de vingt-quatre heures. Et toujours avec plus d'intensité.

Les hommes s'en inquiétaient. Quelques-uns avaient été autrefois confrontés à des cataclysmes sur les îles où ils étaient nés. Et ce pays de Panamá était particulièrement exposé aux colères de la terre. On racontait que des villages avaient été engloutis avant la construction du chemin de fer, que des centaines, voire des milliers de paysans emportés par des glissements de terrain n'avaient jamais été retrouvés.

— Tout le monde au travail !

Le chef d'équipe s'époumonait en vain. Les hommes n'avaient plus le cœur à l'ouvrage.

Blaise délaissa la dragueuse qui gémissait en ramenant ses godets pleins de boue et alla secouer les Haïtiens et les Chinois qui tardaient à reprendre leurs outils. Il alla de l'un à l'autre, donnant des tapes sur les épaules, décochant des sourires, ramassant lui-même des pics que les mains argileuses avaient laissés échapper. Peu à peu, les files se reformèrent et la fourmilière retrouva son rythme. Blaise fit un signe au chef d'équipe, qui le remercia en levant le pouce.

Tout rentrait dans l'ordre. Tout ? Pas totalement. Les machines rugissaient. Les outils retentissaient. Un chant de compagnon montait de l'une des fosses du canal. Il manquait cependant des notes à cette partition gigantesque. Blaise s'interrogea et tourna autour de lui-même pour visualiser et écouter. Mille huit cents gars venaient de s'attaquer à la Culebra. Une énorme colline qu'on devait araser de cent mètres sur une distance de plusieurs kilomètres. Au premier abord, tout lui sembla conforme au tableau de la veille. Il comprit soudain ce qui manquait.

La jungle demeurait silencieuse. Pas un cri d'oiseau ne se mêlait à la cacophonie du chantier. Le soleil était pourtant sur son décours, et c'était l'heure où les bêtes sortaient de leur torpeur. Elles auraient dû d'autant plus se manifester : exceptionnellement, il ne pleuvait pas. Les nuages stagnaient du côté de l'Atlantique. Les moustiques avaient disparu. Une barrière invisible maintenait ces fléaux à distance des chantiers. Ce miracle était inexplicable.

Quelque chose s'était déréglé. Une appréhension le gagna. Un Indien Kuna apparut à la lisière de la forêt. Il sauta par-dessus les arbres abattus et se laissa glisser sur le talus d'argile où se massaient les équipes. Blaise reconnut ce chasseur avec qui il explorait le Darién avant la venue de Marianne. Il n'eut aucun geste de bienvenue. On ne saluait pas un guerrier du Darién, on ne serrait pas la main d'un Indien Kuna. Tout se passait dans les regards. Celui du petit homme à demi nu qui portait un arc et trois longues flèches empoisonnées dans la main droite était empreint de respect et d'amitié.

— Tu ne peux pas rester ici, dit gravement le Kuna.

— Je ne peux pas rester ici ?

— Les Grands Esprits arrivent. Ils ont quitté les cercles intérieurs.

Les Grands Esprits arrivaient. Blaise ne prit pas à la légère les propos de l'habitant de la jungle. Les Kunas lui avaient autrefois prouvé l'existence de forces cachées.

— Et où dois-je aller ?

— Suis-moi.

Ils ne se déplacèrent pas de beaucoup. Le Kuna l'emmena au sommet de la Culebra, sur le dos des roches dures qu'on s'était décidé à dynamiter dans les semaines qui suivraient. Blaise ne comprenait pas ce que l'Indien attendait de lui. Sans plus d'explications, le Kuna s'assit en tailleur et entama une mélopée. Il s'écoula cinq minutes. Au terme de ce temps, le Kuna écarquilla les yeux. Une grande frayeur s'inscrivit dans ses prunelles.

— Ils sont là, dit-il.

Blaise chercha à savoir d'où venaient les inquiétantes entités. Le danger annoncé n'existait que dans l'imaginaire de son ami de la forêt. Il n'y avait pas le moindre signe d'alerte. Sous lui, l'armée de la Compagnie continuait à rogner les pentes du futur canal, les excavatrices soulevaient des tonnes de rochers, les dragueuses remplissaient des centaines de wagons tirés par les trois cents trains qui sillonnaient le vaste réseau des voies ferrées.

Cependant, Blaise eut une sensation inhabituelle. Un courant électrique parcourut la surface de sa peau. Les poils de ses bras se hérissèrent. Son estomac se creusa sous l'effet d'une appréhension très forte. Il entra en phase avec le petit Kuna qui voyait venir les esprits. Il sut que ce dernier ne se trompait pas.

Le phénomène se manifesta soudain. Une vague verte apparut dans le lointain. Blaise vit avec stupeur les feuilles des arbres se soulever comme sous l'effet d'une houle gigantesque. Toute la forêt se mit en mouvement.

Le grondement déjà entendu à cinq reprises reparut. Il accompagnait la vague. Du tréfonds de la terre, toutes les voix des esprits le lançaient à pleine gorge, dans une progression effrayante. Il frappa les tympans de Blaise et de l'Indien d'une puissance extraordinaire au moment où la vague, abandonnant la cime des arbres, continua sa course sur la Culebra.

Blaise hurla en voyant les rochers se fendre, se soulever, s'écrouler. Il hurla quand le sol se lézarda, s'ouvrit. Il tomba, roula sur lui-même, aperçut des hommes que des milliers de tonnes d'argile engloutissaient. L'apocalypse. Il vivait les derniers instants de l'univers. Les plaques d'argile hautes de plusieurs mètres emportèrent deux trains. Une excavatrice recula. Elle semblait ne rien peser. Elle écrasa une équipe avant de dégringoler dans le fond de la faille.

Le Kuna l'attrapa par la main quand tout un pan de la montagne bascula.

— On va mourir !

Ces mots arrachés à ses tripes, Blaise ne les entendit pas lui-même. Il ne chercha plus à résister à l'attaque des esprits.

— On va mourir ! cria Lisa qui rampait aux côtés de Louise.

Les deux amies avaient été surprises par le tremblement de terre alors qu'elles étaient à la réserve. Elles avaient été fauchées dès la première seconde. Elles tentaient de rejoindre la porte qui donnait sur l'arrière de l'établissement. Celle-ci dansait sur son cadre. Un bruit assourdissant accompagnait cette gigue qui faisait voler en éclats des lots de vaisselle et soulevait le plancher. Une avalanche de boîtes et de caissettes accompagna cette onde terrible venue des profondeurs. Face à elles, la cloison de bois explosa, comme frappée par d'invisibles boulets.

Louise hurla aussi fort que Lisa. Elle avait l'impression de progresser sur des touches de piano en mouvement. Un musicien fou donnait un concert de fin du monde. Il réveillait des puissances. Des hordes de géants montèrent à l'assaut de l'écorce terrestre. Leurs béliers ébranlèrent la ville, la dévastèrent, ouvrirent des brèches dans le sol.

Les Etablissements Bonifay ne résistèrent pas. Le bâtiment s'écroula de toutes parts. Louise vit les lampes à pétrole se fracasser. Le feu prit aussitôt. Des flaques de flammes s'étendirent. En un instant, dévorant le bois, elles gagnèrent les poutres.

— On est perdues ! s'écria Lisa.

— Non ! répondit Louise en prenant la main de son amie. Si on court, le feu n'aura pas le temps de brûler nos vêtements. Viens !

La main dans la main, mues par la force du désespoir, Louise et Lisa se relevèrent et passèrent à travers le mur de feu. Elles sautèrent dans le jardin en friche qui prolongeait l'arrière de l'établissement au moment où le galop du tremblore cessa. Les flammes gagnaient ce qui restait du toit. Le bâtiment mourait.

— Michèle !

L'appel de Lisa se perdit parmi les cris qui montaient de partout. Louise courut vers la rue et pleura de joie en voyant Michèle et Charles enlacés. Le couple sortit de l'hébétement en reconnaissant la Provençale, puis l'Italienne. Ils s'étreignirent, se palpèrent, se mouillèrent les joues de larmes. Ils étaient vivants, vivants ! Ils prirent alors conscience du désastre.

Colón était en ruine. Des morceaux de gare s'étaient effondrés dans la grand-rue. Là où roulaient habituellement les diligences, les cabs et les chariots, un train aux wagons renversés agonisait en crachant sa vapeur. Deux hôtels avaient disparu, ainsi que l'église. Engloutis par des crevasses, des maisons et leurs habitants n'étaient plus que des petits tas de décombres sur lesquels commençaient à errer les survivants.

— On a besoin de nous, dit Louise en s'avançant vers la gare devant laquelle étaient étendus des corps.

Les Etablissements Bonifay n'existaient plus. Leur vie allait prendre un autre tour.

Blaise rencontra Schwab alors qu'il cherchait un moyen de transport pour quitter le chantier dévasté. L'Alsacien était hagard ; il avait perdu trois de ses charpentiers et une dizaine de manœuvres sous une coulée de boue.

— Lisa... Lisa... bégayait-il en avançant parmi les rescapés et les débris de toutes sortes.

Quand il vit l'ingénieur, un déclic se fit. Blaise lui secoua l'épaule et lui demanda de rassembler les hommes valides pour venir au secours de ceux qui étaient prisonniers de la boue et des enchevêtrements de ferraille.

— Va à Ancón, dit Schwab. Les tiens ont besoin de toi.

Blaise acquiesça. Il n'avait pas cessé de penser à Marianne et aux enfants depuis le début de la catastrophe. Mais il n'y avait plus de liaison possible entre les chantiers et la ville française. Les voies de chemin de fer n'existaient plus ; les routes avaient été rayées du territoire, balayées en quelques secondes, et des milliers de troncs d'arbre abattus rendaient impraticables et dangereuses les sentes qui s'enfonçaient au cœur de la jungle.

Blaise estima à cinq heures le trajet entre le chantier et Ancón. Il quitta la cuvette d'où montaient les plaintes des mourants et entama la marche la plus angoissante de son existence sur la route dévastée. La pluie se remit à tomber. Les moustiques réapparurent. La nature reprenait ses droits. Le génie de Lesseps ne pouvait rien contre elle.

Construite sur les hauteurs, Ancón avait particulièrement souffert. Des glissements de terrain avaient emporté la plupart des villas où vivaient les Français. L'hôpital avait été épargné. A l'endroit où logeaient les Moraud, une vague figée de rochers se dressait jusqu'au ciel. La montagne et sa couronne d'arbres avaient écrasé tout le quartier. On ne reconnaissait plus le paysage transformé en une chaotique dorsale de pierres mêlées de troncs. Çà et là, un pan de mur apparaissait entre des mâchoires de boue et des dents aiguës de granit. Des meubles éventrés répandaient leurs vêtements au milieu d'objets réduits en miettes.

Blaise crut reconnaître un morceau de sa maison. Quelques planches blanches éparpillées autour d'un pilier de brique, c'était tout ce qu'il restait de la demeure modeste et coquette qui était ce matin encore nichée au creux d'un vallon où poussaient des bananiers et fleurissaient des masdevallias dont les corolles orange frémissaient au moindre souffle d'air.

— Marianne ! Christine ! Martial !

Il eut beau appeler, quelle réponse pouvait sortir d'une gangue pareille ? Il hurla de détresse. Les siens étaient là-dessous. La nuit les y enveloppait étroitement. Il ressentit le poids des rochers et de la boue qui pesaient sur Marianne et les enfants.

— Monsieur, monsieur...

Blaise battit des paupières. Un mulâtre se tenait à quelques pas de lui, une pelle à l'épaule. Il reconnut l'un des jardiniers de la « folie Dingler ».

— Vous devriez vous rendre à l'hôpital. C'est là-bas que sont rassemblés les blessés qu'on a retirés d'ici.

Blaise reprit espoir ; il se mit à courir vers le centre de la petite ville, dont il apercevait l'alignement des toits en contrebas. Ancón n'avait pas trop souffert. Le tremblore s'en était pris aux quartiers hauts, épargnant le centre, où se trouvait l'hôpital.

Un grand bâtiment brûlait. C'était peut-être la mairie ou une banque. Blaise pénétra dans l'établissement médical où les sœurs débordées assistaient des médecins à bout de forces. Il y avait des blessés partout. On avait toutefois évité de les entasser dans les vastes chambrées réservées aux malades atteints de fièvres.

Blaise enjamba des corps et des corps couchés à même le sol. Les brancardiers déversaient leur charge d'êtres humains où ils pouvaient. On soignait d'abord ceux qui saignaient abondamment ou qui semblaient proches du trépas. Blaise souleva des draps, chercha, eut mal en découvrant des enfants aux os brisés. Un médecin le héla.

— Eh, vous, on a besoin de volontaires !

Blaise ne l'écouta pas et poursuivit sa recherche. Il

parvint à la chapelle. Il n'y avait que des cadavres au-dessus desquels un père franciscain priait. Blaise tomba à genoux. Sans un cri. Sans une larme. Sa peine démesurée ne pouvait s'exprimer.

Marianne et les enfants étaient couchés sur les dalles de la chapelle, une croix de bois entre leurs bras repliés sur la poitrine. Quand il le put, quand il comprit qu'il ne les reverrait jamais, quand les premiers sanglots le libérèrent de la pression immense que le destin avait fait peser sur lui, il embrassa leurs pâles visages...

— Que dois-je faire ?

Le médecin toisa l'homme qui avait refusé de l'aider un quart d'heure plus tôt. Il hocha la tête.

— Tenez les jambes de cette femme. Je vais devoir opérer.

Blaise contempla la femme blessée au ventre. Elle avait l'âge de Marianne.

32

Dans son costume noir à queue-de-pie, flanqué de ses principaux lieutenants, de son fils et de quelques députés, Ferdinand de Lesseps ne laissait rien paraître de ses ennuis. A Paris, les journaux avaient minimisé les conséquences du tremblement de terre. Aux yeux des Français de la métropole, cela ne valait pas la une, ni même vingt lignes en page trois ou quatre du *Figaro*, de *La Lanterne* et du *Gaulois*. Lesseps souriait à la demande quand quelqu'un venait l'encourager et le féliciter. Pourtant la catastrophe avait sérieusement miné son moral. Lui seul dans la capitale était en possession de chiffres délivrés par les responsables de la Compagnie sur place. A Panamá, on avait dû acheter un grand terrain pour enterrer les morts. Et ce nouveau cimetière comptait déjà trois mille huit cents dépouilles.

Les actionnaires principaux étaient tous présents. Ils venaient s'incliner devant lui et lui serrer la main, et les membres du directoire et les secrétaires rassemblés dans la salle tendaient le cou pour voir si aucun signe n'apparaissait sur son visage. On tenait Lesseps pour le vrai coupable de tout ce qui s'était passé là-bas, au pays des moustiques et des fièvres.

Impassible, Ferdinand ne détournait pas les yeux des faces compassées qui l'étudiaient. Il n'avait pas de remords. Juste une contrariété. Les journalistes évoquaient très peu les problèmes rencontrés à Panamá par les ingénieurs ; mais ils ne se privaient pas de l'attaquer, lui, le Grand Français. La veille, à table, son fils Charles lui avait fait lire le poème. Une saleté écrite par Gilbert Martin dans le journal satirique de Bordeaux, *Le Don Quichotte*. Il pensait à ces vers qui faisaient le tour de la France :

Lesseps, vous êtes un grand homme,
Pour un perceur on vous renomme,
Illustre et vaillant entre tous.
A quoi bon quitter votre sphère ?
Percez, percez, c'est votre affaire,
Mais ensuite, restez chez vous.

Au lieu d'entreprendre à votre âge
Un trop équivoque voyage
Chez les reptiles et les loups,
Au lieu d'aller faire risette
Au pays où fleurit Herbette,
C'est bien simple, restez chez vous.

A chacun son métier sur terre :
L'un est maçon, l'autre notaire,
Un troisième plante ses choux.
Quand vous jouez au diplomate,
C'est un côté qui nous épate :
Restez, restez plutôt chez vous.

La chose, au fond, n'est pas très claire :
Avec inquiétude on flaire
Un je-ne-sais-quoi là-dessous,
Vous, le Français chevaleresque,

Voilà qu'on vous soupçonne presque :
Décidément, restez chez vous.

Non, renoncez à cette fable,
Soyez le Grand Français ; que diable,
Cela doit suffire à vos goûts !
Mettons que tout ça n'est qu'un songe
Et là-dessus, passons l'éponge ;
Mais désormais, restez chez vous.

Ce poème avait été à l'origine d'une attaque en règle des journaux d'opposition et la terrible *Revanche* avait publié cet article assassin : « On s'inquiète malgré soi en pensant qu'une négociation évidemment grave a dû être confiée à un personnage dont le principal titre patriotique consiste dans le fait d'avoir installé les Anglais dans la Méditerranée, d'avoir changé, à notre détriment, les routes séculaires du commerce, d'avoir détourné de nos ports les denrées asiatiques et ruiné notre agriculture en amenant à vil prix les moissons de l'Inde sur nos marchés et qui s'emploie maintenant à fourvoyer l'épargne dans l'immense flouerie de Panamá... »

L'ingratitude de cette presse qu'il n'avait pu acheter le peinait ; il la considérait cependant comme ayant peu d'influence, et son charisme restait immense.

Lesseps n'avait pas l'intention de rester chez lui, ni de renoncer. Il avait le goût du grandiose et du risque. Il ajusta ses lunettes et prit son souffle. Son discours allait être long. En conclusion, il annoncerait son départ pour Panamá et une révision à la hausse du coût de la percée de l'isthme. Au début des travaux, on avançait le chiffre de 500 millions de francs. Désormais, on estimait la facture à 1 200 millions.

Tant de choses avaient changé. Tant de vies avaient

été brisées. Seul l'espoir de voir un jour ce canal ouvert à la navigation demeurait. Miraculeusement, les villes avaient été reconstruites et de nouveaux arrivants avaient remplacé les disparus. Chacun croyait à l'eldorado imaginé par Lesseps. Chacun se voyait fortuné. Mais beaucoup prenaient le chemin du cimetière sans voir briller l'or des dollars ou des francs promis par les entrepreneurs associés à la Compagnie. L'argent filait vite à Panamá. Les paies hebdomadaires étaient dilapidées en une nuit. Il ne restait rien pour les soins, rien pour les enterrements.

Louise se lava les mains pour la dixième fois. Cela faisait six mois qu'elle travaillait à l'hôpital de Colón. Elle avait décidé de se mettre au service de la communauté quelques heures après le désastre, quand elle avait compris que l'Etablissement Bonifay ne pourrait plus renaître de ses cendres.

En détruisant le beau rêve édifié quatre ans plus tôt, le tremblement de terre l'avait séparée de ses amis. Lisa vivait avec Schwab à Pedro Miguel, non loin de la Culebra, où les Français s'épuisaient à raser la montagne. Michèle et Charles étaient partis tenter leur chance à Panamá City. Aux dernières nouvelles, Charles occupait un poste de croupier au Globe d'Argent et Michèle s'essayait à la broderie pour le compte d'une maison de confection américaine.

Lisa venait régulièrement la voir à Colón, et régulièrement elle tentait de la ramener à la raison. A ses yeux, Louise ne pouvait pas continuer à jouer l'infirmière. C'était le rôle des sœurs qui vivaient dans l'abstinence et dans la foi de soulager les malades. Pas celui d'une jeune femme que la plupart des hommes des environs désiraient prendre pour compagne. Louise fulminait en silence lorsque son amie vantait les mérites d'Untel, les salaires d'un autre ; elle ne voulait pas entendre parler de concubinage et encore moins de mariage.

Sa virginité ne lui pesait pas. Sa solitude, oui. Elle aimait toujours Blaise. Plus que jamais depuis qu'il était veuf. Elle l'avait revu à trois reprises à Pedro Miguel, dans la maison de Lisa et Léon, qui l'invitaient deux fois par mois. Léon et Blaise travaillaient ensemble depuis qu'un nouvel ingénieur en chef, Philippe Bunau-Varilla, avait été nommé à la tête de l'entreprise après le départ de Léon Boyer et l'échec des entrepreneurs Hersent et Couvreux.

Louise avait déjeuné à ses côtés. Une véritable torture. Elle aurait voulu prendre son amour entre ses bras, contre son sein, et le consoler, lui faire oublier ce jour terrible du tremblore. Des mots doux, des caresses, elle en avait à revendre. Combler Blaise était le plus cher de ses désirs. Elle le confiait parfois à la Vierge dont la statue occupait la partie médiane de l'hôpital. Cette confidente de plâtre et de stuc au sourire énigmatique savait garder les secrets et exaucer les vœux. Aussi Louise lui offrait-elle souvent des orchidées blanches qu'elle allait elle-même cueillir dans la jungle.

Blanches aussi étaient devenues ses mains que les malades quémandaient dans les moments de doute. Elle rejoignit la grande salle des lits où une cinquantaine d'hommes luttaient contre la mort. Trente-deux d'entre eux étaient atteints de fièvre jaune. Les autres souffraient de malaria, d'empoisonnements divers, de maladies inconnues, de blessures qui tournaient rapidement à la gangrène. A l'hôpital, on amputait tous les jours.

L'odeur pestilentielle, courante en ces lieux, la fit à peine grimacer. Elle y était habituée ; elle n'arrivait pas cependant à avoir le visage lisse dcs sœurs. Ces dernières semblaient ne pas évoluer sur le même plan d'existence. En apparence, rien ne les atteignait. Les chirurgiens les admiraient ; elles étaient de tous les combats. On sentait à travers tous leurs gestes la présence des saintes martyres, d'exemples qu'elles suivaient à la lettre. De toute évidence leur foi et leur certitude rendaient à celles-ci la vie plus facile. Certes, elles mouraient comme leurs patients, mais elles ne montraient pas leur souffrance. Dieu baignait leurs regards et c'était avec une sorte d'allégresse qu'elles quittaient ce monde pour monter vers les cieux.

Louise croisa l'une d'elles dans sa lourde robe blanche empesée qui gommait toute féminité. Une étoile de sang maculait le devant de cet uniforme.

— On vient de nous amener trois blessés, dit la religieuse.

— Un accident ?

— Non, ils ont été touchés par balles.

— Des balles...

— Ce sont des soldats colombiens. Il paraît qu'une révolte a éclaté. Les rebelles ont lancé une attaque du côté des chantiers de la Culebra et sur le port de San Cristobal. C'est Pedro Prestán qui les mène.

Louise devint toute pâle. Du côté de la Culebra, il y avait Lisa, Léon et Blaise. Elle pensa surtout à Blaise. Elle ne voulait pas le perdre. Elle retira brusquement son tablier et le remit à la sœur.

— Mais, ma fille, que fais-tu ?

— Ils vont avoir besoin de nous là-bas.

— Mais c'est dangereux.

— Alors priez pour moi et Dieu détournera les balles qui me seront destinées.

Blaise et Léon, en grande discussion de travail lors de l'alerte, s'étaient retranchés dans la dragueuse. Le chantier s'était vidé dès le premier assaut des troupes de Prestán. Les manœuvres et les ouvriers en débâcle avaient couru vers la jungle ou le long des voies ferrées. Une demi-douzaine d'entre eux, fauchés par les tirs, appelaient à l'aide non loin de la machine dans laquelle se dissimulaient Blaise, Léon et sept mécaniciens. Des détonations sporadiques prouvaient que les rebelles investissaient encore les lieux, mais les hommes de Prestán demeuraient invisibles.

— Que fait l'armée ? dit Léon.

L'armée colombienne, cantonnée à Colón et à Panamá City, n'excédait pas cinq cents hommes. La plupart des troupes avaient été rapatriées en Colombie pour mater des troubles. Les compagnies restantes étaient composées de la lie des régiments de Bogotá. On ne pouvait pas compter sur ce ramassis de pillards et de voleurs envoyé dans l'isthme pour des raisons disciplinaires.

— Mieux vaut se débrouiller seuls, répondit Blaise, qui s'était armé d'une énorme clef de 60.

La dragueuse automatique que personne n'avait songé à arrêter continuait à creuser sous la surface boueuse du bras d'eau. Ses godets déversaient de grosses quantités de sédiments dans un wagon immobile, abandonné par les hommes qui le manœuvraient. Le wagon débordait. La vase coulait en une glu verdâtre de part et d'autre des rails. Ce gâchis exaspéra Blaise.

— Coupez la vapeur !

Un mécanicien sortit de l'abri. Il ne put activer la manivelle. Un projectile le frappa en plein front.

Blaise se sentit aussitôt coupable de la mort de son compagnon. Ce sentiment fit place à de la colère. Le coupable, c'était Prestán.

— Prestán ! hurla-t-il en se précipitant hors de la dragueuse avant que Léon puisse le retenir.

Deux balles sifflèrent à ses oreilles. En grimpant sur le remblai où stationnaient les wagons, il repéra les rebelles. Une vingtaine de ces lâches occupaient une position dominante, près du château d'eau où une locomotive sans conducteur attendait que quelqu'un remplisse sa chaudière. D'autres se livraient au pillage, incendiaient les bureaux, renversaient les tentes du campement, allumaient des incendies. Il vit deux révolutionnaires surgir de l'habitacle d'une excavatrice à transporteur à moins de dix mètres de l'endroit où il se tenait. Ces deux-là, des Noirs de la côte atlantique, étaient armés de pioches ; il ne leur laissa pas le temps de réaliser qu'il pouvait être une menace. Il fonça. Sa clef frappa le premier à la poitrine et à la tête le second, qui s'écroula aussitôt. Il revint à la charge sur celui qui, revenu de sa surprise, levait sa pioche. D'un coup précis, il lui cassa la mâchoire, puis le renversa en lui sautant à la gorge.

— Où est Prestán ?

— A Colón, répondit difficilement l'homme en crachant du sang. Il a attaqué la ville à l'aube vers San Cristobal.

Blaise en éprouva une amère déception. Le grand chantier de la Culebra avait été la cible de seconds couteaux. Il ne sut plus que faire de ce blessé qui l'encombrait. Alors que, regrettant les conséquences de sa violence, il s'apprêtait à soigner le pauvre bougre qui s'était laissé entraîner dans une aventure hasardeuse par ce maudit Prestán, il vit l'ombre le recouvrir. Il n'eut pas le réflexe de s'écarter et reçut le coup de pelle sur le crâne. Il chancela et s'accrocha à la poulie de l'excavatrice. Un second coup l'atteignit au dos.

L'assaillant jura en espagnol quand l'ingénieur

tomba sur le Noir à la mâchoire fracassée. Il se pencha sur Blaise étendu à ses pieds, face contre terre ; il ne bougeait pas. Avec une grimace de haine et de dégoût, il le retourna et voulut lui couper la tête avec le tranchant de la pelle en levant très haut l'outil.

Tout se passa à une telle vitesse que ni Schwab ni les mécaniciens ne purent dire ensuite ce qui s'était passé exactement : une femme apparut comme par magie sur la voie ferrée où se déroulait le drame. Elle précédait des soldats colombiens et la milice américaine. Quelque chose brillait dans l'une de ses mains. Elle se précipita sur le rebelle. Ce dernier, frappé en pleine poitrine, tourna sur lui-même et s'effondra.

Quand Blaise reprit ses esprits, il ne comprit pas pourquoi il se trouvait sur cette voie sous le regard anxieux de Louise. La jeune femme lui avait sauvé la vie.

Jetant le couteau avec lequel elle avait tué l'agresseur, elle le prit entre ses bras et il accepta de se laisser protéger.

33

Tout s'était mis à grouiller dès l'aube, et les abords de la gare de Colón, dont il ne restait que des cendres, étaient envahis par une foule immense et vengeresse. On allait exécuter Pedro Prestán. C'était un réveil inhabituel. La pluie n'était pas encore de la partie. Les fumées des locomotives montaient dans le lait du ciel ; et les brumes de la jungle coulaient le long des voies tenues par deux compagnies du premier régiment d'infanterie de Bogotá. La ville ravagée par les révolutionnaires était encore en état de siège. Partout, des milices patrouillaient. Plus de trois cents Français et autant d'Américains assuraient le maintien de l'ordre dans des quartiers où il n'y avait pourtant plus aucun risque. Les rebelles avaient été exterminés ou s'étaient enfuis sans espoir de retour vers les pays voisins. Dans la jungle, ils avaient peu de chances de survivre. Leur incroyable aventure, qui avait commencé par la prise d'un steamer venu de New York, s'était poursuivie par l'incendie de la gare et de nombreuses habitations à Colón. Il s'était ensuivi une bataille dans le centre de Panamá City, où un lieutenant de Prestán, Rafael Aizpuru, avait semé la terreur. Cette révolution s'était achevée dans un bain de sang et par la capture des chefs dénoncés par des repentis.

La Compagnie du canal avait décidé d'accorder un congé à tous ses employés. Des trains avaient été affrétés pour permettre à tous, même aux manœuvres, d'assister à la pendaison du meneur.

Entraînant Blaise, Lisa et Léon derrière elle, Louise joua des coudes pour se rapprocher de la voie de garage au bout de laquelle avait été dressée la potence. Elle voulait voir Prestán. Il fut un temps, elle se serait battue à ses côtés. La cause du mulâtre était juste mais elle avait été détournée de ses nobles objectifs par une bande de va-nu-pieds qui ne pensaient qu'à piller, à violer et à détruire. Louise vit le cercueil préparé pour le corps. Il reposait sur les traverses de la voie. Des hommes et quelques soldats faisaient le cercle autour de l'échafaudage érigé pour la circonstance. L'un d'eux jeta une corde graissée par-dessus la poutre centrale de la potence. Ce bourreau était noir, et, comble de l'ironie, il portait un chapeau melon, détail vestimentaire par lequel les fidèles de Prestán se reconnaissaient. La justice colombienne voulait humilier Prestán. Elle avait choisi un exécuteur qui lui ressemblait étrangement afin de tuer le symbole par un autre symbole.

La diane des cheminots éclata tout à coup, annonçant l'arrivée du condamné. Les cous se redressèrent, se tordirent, se hissèrent. On voulait apercevoir l'ignoble révolutionnaire, le bandit républicain, l'infâme tueur d'innocents, le Néron africain, comme l'avait désigné la presse nationale. Des pères soulevèrent leurs enfants pour qu'ils vissent le monstre. Une peur passa sur la foule excitée quand Prestán fit son apparition debout dans un chariot, les mains attachées dans le dos. Quatre soldats le gardaient. Une femme parvint à franchir le cordon des fantassins et essaya de grimper sur le véhicule pour venger la mort d'un fils brûlé dans la gare. Elle reçut un coup de crosse en pleine face. Il y eut des huées, mais trop de baïonnettes pointaient au-dessus de ceux qui voulaient se ruer pour mettre en pièces le prisonnier fier et distant.

Prestán toisa la multitude et reconnut peut-être des visages parmi ceux qui l'insultaient, des visages hier encore amis. Son regard glissa sur la face de Louise, qui était en première ligne. Il n'eut aucune réaction. Se souvenait-il d'elle ? De toute manière, cela n'avait plus guère d'importance. Son destin était joué. Il n'avait plus rien à espérer dans ce monde. Ni dans l'autre. Il ne croyait pas à la vie éternelle et avait refusé la présence d'un prêtre.

Il regarda le cercueil de bois blanc qui l'attendait, la corde brune, les mains noires sur le nœud coulant. Il n'y avait pas un mois qu'il avait provoqué l'insurrection. Il savait bien ce que c'était que se battre. Dure était la vie à celui qui aimait la liberté. Ce pays ne serait jamais libre. Les Espagnols, les Français et les Américains en feraient une sous-colonie lorsque le canal serait terminé.

Le chariot s'arrêta sur les rails. Un aide du bourreau, noir lui aussi, grimpa auprès de Prestán et le coiffa d'un chapeau melon.

— Tu as toujours voulu ressembler à un Blanc, dit l'homme avec méchanceté, et pourtant tu vas mourir comme un nègre.

Blaise se rapprocha de Louise. Malgré son désir de prendre la main de la jeune femme en ce moment tragique, il se ferma à tout geste équivoque. Depuis qu'elle lui avait sauvé la vie sur le chantier et qu'il s'était retrouvé entre ses bras, il avait fait marche arrière. Il ne voulait pas s'engager dans une histoire amoureuse. Pas à Panamá. Ni ailleurs. Il avait trop souffert de la perte de ceux qu'il aimait. Il n'y avait pas de place pour l'amour dans cet enfer qui l'exaltait. Quand il ne se tuait pas à la tâche dans le sillon de la Culebra, il disparaissait dans la jungle moite, exubérante et monstrueuse. Il partait à la recherche de lui-même et des âmes perdues dans le chaos primitif des tropiques, violant le territoire des Indiens et des grands anciens où les reptiles immobiles, les araignées aux yeux de rubis, les fleurs empoisonnées l'attiraient et l'horrifiaient. Il se mettait volontairement en danger, défiait les pumas et les jaguars, laissait courir les scorpions sur lui lorsqu'il s'assoupissait entre les racines difformes des arbres géants où sous les larges feuilles les insectes se livraient une guerre sans merci. Mais la mort ne voulait pas de lui.

Il n'avait pas la chance de Prestán.

Le bourreau avait passé la corde au cou du chef des rebelles. Un silence se fit. Chacun retint son souffle. Louise et Lisa furent traversées de frissons quand les chevaux tirant le chariot, fouettés par le cocher, partirent d'un trait. Prestán se retrouva soudain dans le vide. Sous le poids de son corps, ses vertèbres se brisèrent. La vie se concentra dans ses jambes, qui bougèrent pendant de courts instants. Il y eut des applaudissements et des hourras pour saluer l'exécution.

Le dégoût s'empara de Louise. Elle se tourna vers Blaise, dont le regard absent trahissait la cassure. Ne comprenait-il pas qu'elle l'aimait à en crever ? Elle avait besoin de lui. Maintenant. Lisa, qui depuis peu connaissait le secret de son amie, la prit par les épaules et lui dit tout bas :

— Tu verras : tout s'arrangera.

Les deux hommes paraissaient désespérés. Cela faisait quatre jours qu'ils pataugeaient dans la boue et se battaient contre les moustiques. Deux cloches. La police colombienne leur avait donné un ultimatum : ils devaient trouver du travail ou filer au Pérou. Pour eux, ces deux dernières années, la vie ne s'était pas arrangée. Le plus grand, un brun à moustache, avait quitté trois mois auparavant un taudis au 257, rue Lecourbe à Paris. Il haïssait la capitale qui ne l'avait pas reconnu pour ce qu'il était : un artiste de génie. Il avait échoué partout. Et tous ses misérables biens étaient au mont-de-piété. Il se revoyait encore dans l'atelier de Chaplet, réalisant des sculptures de céramique trop artistiques pour être vendues. Les bourgeois préféraient les Vénus de plâtre, les vases rococo et les imitations en tout genre qui se fabriquaient à la chaîne du côté de la rue du Faubourg-Saint-Antoine. Ces chiens l'avaient acculé à la pauvreté. Il n'avait pu nourrir son fils Clovis, ni lui acheter une paire de souliers d'occasion. Il ne méritait pas d'être appelé « papa ». Tous les enfants qu'il avait avec Mette étaient à présent en Belgique chez leur mère. Il pensa à elle, à l'enfer qu'il lui faisait vivre depuis tant d'années. Il essaya de chasser le visage de cette épouse qu'il ne voulait plus retrouver. Il lui devait trois mois de pension.

Trois mois. Jamais il ne gagnerait cet argent à Panamá. Il contempla la fourmilière. C'était encore pour lui un émerveillement, le canal si bien tracé, les excavatrices sur le fond rocheux, suivies des trains, des grues, des dragueuses, de centaines de chevaux hennissant et tremblant sur leurs jambes, et tous ces hommes aux échines courbées, aux muscles saillants, dégoulinants d'eau et de sueur. Il y avait des moments de confusion lorsque les charges de poudre explosaient et poussaient vers le ciel des tonnes de terre et de cailloux.

L'homme brun eut la tentation de tirer un crayon de sa poche et de croquer cette fresque gigantesque, mais il n'avait pas de papier, ni la volonté pour exprimer la force et le désespoir qui jaillissaient de cette toile vivante.

— C'est terrible, dit son compagnon. Nous n'aurions jamais dû venir ici.

Ce compagnon de route s'appelait Charles Laval. Il avait vingt-cinq ans et faisait partie de l'école de Pont-Aven, village breton qui avait obtenu ses titres de noblesse après avoir été immortalisé une première fois en 1864 par le peintre allemand Otto Weber.

— On gagne quelques sous, puis on file en Martinique, répondit le brun.

Charles tourna son regard vers celui qu'il admirait et dont il se sentait dépendant. Il ne lui en voulait même pas de s'être laissé entraîner dans ce voyage à hauts risques.

— Mon beau-frère nous a recommandé un certain Blaise Moraud. Il paraît que c'est un type bien qui peut me faire engager sur le chantier et t'autoriser à croquer les portraits des ouvriers sur le terrain.

— J'ai pas confiance en ton beau-frère.

— Moi non plus, répondit l'homme brun.

Il eut un sourire amer. Trois heures plus tôt, il avait posté une lettre destinée à sa femme Mette. Elle traduisait bien la baisse de leur moral :

« Ma chère Mette,

« J'ai bien des choses à te raconter ; tout cela est bien diffus dans ma tête. Notre voyage a été aussi bêtement exécuté que possible et nous sommes, comme on dit, dans la mélasse. Que le diable emporte tous les gens qui vous renseignent de travers. 1° Nous avons fait escale à la Guadeloupe et à la Martinique, pays merveilleux où il y a à faire pour un artiste et où la vie est bon marché, facile et du monde affable. C'est là où nous aurions dû aller, cela nous aurait coûté la moitié comme voyage et nous n'aurions pas perdu de temps. Malheureusement nous avons été à Panamá. Mon imbécile de beau-frère est là avec un magasin qui n'a pas l'air du tout de prospérer ; il ne s'est pas fendu de 100 sous pour nous recevoir, enfin aussi rosse que possible. De rage, je lui ai carotté un vêtement de 35 Frs qui en vaut bien 15 à la commission. Autre désagrément, l'hôtel le moins cher est de 15 Frs par jour, c'est-à-dire 30 Frs pour nous deux, aussi nous avons dépensé 400 Frs sans avoir rien pu faire. Ces imbéciles de Colombiens, depuis le percement du canal, ne vous céderont pas un mètre de terrain à moins de 6 Frs le mètre. C'est complètement inculte et tout pousse cependant, malgré cela impossible de bâtir une cave et de vivre de fruits, sinon ils vous tombent dessus, vous traitant de voleur. Pour avoir pissé dans un trou infect rempli de tessons de bouteilles et de caca, on m'a fait traverser tout Panamá pendant une demi-heure, conduit par deux gendarmes, et on m'a fait finalement payer une piastre. Pas moyen de dire non. J'avais envie de fiche quelque chose au gendarme mais ici la justice est expéditive : ils vous suivent à 5 pas, et si vous bougez, ils vous fichent une balle dans la tête.

« Enfin la bêtise est faite ; il faut la réparer. Je m'en vais demain remuer la pioche dans l'isthme pour le percement du canal moyennant 150 piastres, et quand j'aurai mis de côté 150 piastres, c'est-à-dire 600 Frs (c'est l'affaire de deux mois), je partirai pour la Martinique.

« Pour Laval, c'est une autre affaire, il peut gagner pas mal d'argent pendant quelque temps à faire des portraits, c'est ici très bien payé, 500 Frs autant qu'on veut (il n'y a pas de concurrence), mais il faut qu'ils soient faits d'une façon spéciale et très mauvais, chose que je ne puis faire.

« Ne te plains pas de travailler. Il faut qu'ici je remue la terre depuis 5 h 1/2 du matin jusqu'à 6 heures du soir, au soleil des tropiques, et la pluie tous les jours. La nuit dévoré par les moustiques.

« Quant à la mortalité, elle n'est pas aussi effrayante qu'on le dit en Europe, les Nègres qui ont le mauvais ouvrage meurent 9 sur 12, mais les autres sont de moitié.

« Pour en revenir à la Martinique, voilà une jolie existence. Si je pouvais seulement avoir en France un débouché pour 8 000 Frs de tableaux nous pourrions vivre toute la famille aussi heureux que possible et je crois même que tu pourrais avoir des leçons. Les gens sont si affables et si gais. (Il est vrai que c'est une colonie française.)

« Ecris-moi une bonne longue lettre. »

Il avait anticipé. Il ne maniait pas encore la pioche. Il n'avait même aucune idée de la dureté de la tâche qu'il devrait accomplir si ce monsieur Moraud daignait l'engager. Une sirène hurla. Les hommes se figèrent au bord du sillon et sur les pentes de la Culebra. L'explosion écrêta une partie de la colline. Et, comme pour répondre au défi des humains, un éclair suivi d'un coup de tonnerre vint frapper un arbre non loin des deux compagnons. Un déluge s'ensuivit. Il n'arrêta pas le travail des terrassiers, ni les machines grinçantes aux bras rouillés. Le combat continuait. On le disait pourtant perdu d'avance. A Paris, Lesseps était acculé à la faillite et il se murmurait tout bas qu'un scandale allait éclater. On continuait cependant à verser les salaires chaque fin de semaine.

— As-tu bien réfléchi ? demanda Laval, effrayé par

la perspective de voir son compagnon trimer au milieu des nègres. Les portraits, c'est bien mieux, crois-moi.

— Jamais ! Tout Paris rirait de moi si je me mettais à peindre des croûtes. J'en connais beaucoup qui péroreraient sur le talent que certains m'attribuent et rappelleraient à tous mon échec au salon des Indépendants.

— Je crains que tu ne puisses plus jamais peindre si tu vas dans ce trou.

— Je ne renoncerai jamais à la peinture ! C'en est assez ! Trouvons cet ingénieur à présent.

Blaise dessinait une pièce de rechange. Il n'y avait plus moyen d'être livré en matériel depuis le début du mois de février. 1887 s'annonçait comme une année noire. Les bruits les plus contraires circulaient. Les journaux accusaient Lesseps de machiavélisme et de sénilité. On parlait de faillite, de fonds détournés, d'arrêt imminent du percement. Pourtant une nouvelle société, Artigue, Sonderegger & Van Huttum, venait de signer un contrat avec la Compagnie, assurant un rendement supérieur à toutes les autres sociétés qui s'étaient succédé depuis 1881. Tout s'arrangerait bientôt. Il était question de procéder à un nouvel appel de fonds par lancement d'un emprunt obligataire. En attendant, les ingénieurs et les techniciens devaient faire des miracles et fabriquer les pièces sur place avec de mauvais aciers sur de mauvais tours. Il ne se passait pas un jour sans qu'une machine tombât en panne. Celles qui étaient irréparables avaient été abandonnées ; elles formaient des îlots de rouille qui finissaient par se confondre avec la terre argileuse du pays.

Blaise était épuisé. Il considérait de près les dessins industriels. Alors les schémas, les ébauches et les plans se désintégraient en multiples traits et cercles, trame compliquée de boulons, d'écrous, de mortaise, de queues-d'aronde, de clavettes et de bouts de fer, jeu d'encre de Chine bordé de chiffres et de symboles. Le brasillement de la foudre se jouait de temps à autre sur la planche à dessin, animant d'une brève vie électrique ce travail de plume. Mais ces éclats du ciel ne suffisaient pas à redonner le goût de l'existence à un homme qui se rendait chaque jour au cimetière d'Ancón pour fleurir la tombe de ses chers disparus.

Blaise se demandait souvent pourquoi il dessinait encore. Il n'apprenait plus rien, n'espérait rien. Il n'exécutait que des tâches répétitives. De mois en mois, son savoir s'amenuisait ; et ce n'étaient pas la perspective de la venue d'Eiffel et la construction d'écluses gigantesques qui l'encourageaient à rester. Comme tous les autres ingénieurs, il ne croyait plus au canal. La Culebra résistait toujours. On ne parviendrait jamais à la percer.

Une ombre se profila sur le plan qu'il était en train d'améliorer. Il entendit un raclement de gorge. Il ne se retourna qu'après avoir coté le diamètre intérieur d'un cylindre. Deux vagabonds au chapeau de paille troué le contemplaient de leur regard creusé. Hâves, les glandes et les veines jugulaires à fleur de peau, ils en imposaient malgré tout, surtout le plus âgé des deux, un brun ténébreux qui avait un magnétisme animal.

— Bonjour, monsieur, dit ce dernier.

— Bonjour, messieurs, que puis-je pour vous ?

— Nous cherchons du travail.

— Vous êtes mécaniciens ?

— Non, nous sommes peintres.

— Artistes peintres, précisa le plus jeune.

— Je sais tenir une pioche, reprit le brun. Quant à mon ami, il désire simplement exécuter quelques portraits sur vos chantiers.

— Cela peut se faire. Comment vous appelez-vous ?

— Charles Laval et Paul Gauguin.

34

Gauguin contempla la pioche qu'il maniait depuis une semaine. Elle pesait bien plus lourd que ses pinceaux et sa palette. Il leva les yeux vers le ciel cruel. La pluie chaude lui martela le visage. Il se mit à regretter le temps béni de Pont-Aven et du crachin. La douceur de la Bretagne lui manquait. Il se souvint des femmes dans les prés, des gerbes couchées dans le bocage, des toits de chaume qu'il reproduisait à grands coups de brosse, des bruits des sabots de bois sur les chemins empierrés, des nuits d'ivresse avec ses amis. Toutes ces impressions appartenaient à un autre homme. Ici, il n'était plus rien qu'un matricule sur un registre de la Compagnie, un tas de muscles à qui une bourrique de chef d'équipe demandait de remuer des mètres cubes de terre et de caillasses.

— Eh, toi, le nouveau, on ne s'endort pas ! aboya le chefaillon qui l'avait à l'œil depuis qu'il avait été engagé.

Gauguin avala la haine qu'il avait pour cet homme et resserra les chiffons autour de ses mains aux ampoules forcées. Dès qu'il fit glisser le manche de la pioche en abattant l'outil devant lui, les brûlures se manifestèrent à nouveau. Le feu reprit sur ses monts à vif. Charles avait peut-être raison : à ce régime, il allait perdre l'usage de ses mains. La gangrène prenait vite sous ces latitudes. Un Haïtien qui trimait à ses côtés lui avait affirmé que la peau durcirait et que des cals épais recouvriraient bientôt l'intérieur de ses mains. Il en doutait. Il avait des mains aux attaches fines, des mains d'artiste, fragiles, faites pour voler au-dessus des toiles.

Il donna un second coup de pioche dans la mélasse. Il y eut une coulée, aussitôt enlevée par un manœuvre qui remplissait des couffins avant de les emporter vers un wagonnet. Les bagnards de Toulon ne souffraient pas autant que ces milliers d'hommes collés sur le dos de cette montagne maudite appelée la Culebra.

Après six heures et demie de ce travail forcené, les dianes disséminées le long des baraquements tintèrent. Une sirène couvrit leur ferraillement. C'était l'heure de la pause. Gauguin avait les reins en compote, les jambes tremblantes, les bras douloureux, la tête comprimée par le sang en ébullition. Il s'extirpa de la gangue de boue dans laquelle il s'enfonçait jusqu'à mi-mollet et tituba jusqu'à la baraque devant laquelle s'était formée la file des travailleurs. Poulet et patates douces étaient au menu du jour.

Hagard, ne réalisant toujours pas pourquoi il se trouvait ici, il prit la file, seul Blanc parmi les Noirs et les Jaunes aux épaules affaissées. Il était au plus fort de sa période chaotique. Il y avait peu de temps, après avoir consommé sa rupture avec Pissarro, converti au petit point, il s'était senti assez fort pour être non seulement son propre maître, mais celui de toute une génération de jeunes peintres. Il avait ouvert une voie en peinture, apportant aux paysages des rythmes frémissants, avec des contrastes chromatiques libérés. Décidé à quitter l'Europe où il périclitait, il s'était juré de bâtir une œuvre sous des cieux plus cléments. Il n'avait entraîné qu'un disciple : ce pauvre Charles à la santé fragile.

A présent, il n'était qu'un esclave dont l'estomac criait famine. Un cuistot repoussant de saleté lui remit une gamelle de patates dans lesquelles deux ailes de poulet bouilli attiraient une nuée de grosses mouches. Une tranche de pain moisi couronna cette platée fumante que la pluie n'allait pas tarder à délayer. Gauguin n'avait ni cuillère ni couteau. Tout le monde mangeait avec les doigts. Il retira les chiffons qui emmaillotaient le bas de ses mains et entreprit de dévorer ce repas offert gracieusement par la Compagnie. Tout en avalant ses patates dégoulinantes de jus sucré, il se hâta vers une tente, la seule plantée sur ce paysage bouleversé.

La tente, quatre mètres carrés sous le gris mouillé et hachuré d'éclairs, était le centre opérationnel du chantier. Les chefs s'y réunissaient tous les matins pour prendre le café et les décisions. A présent, elle abritait Charles, qui, derrière son chevalet, exécutait au mieux le portrait d'un ingénieur du génie. Ce dernier tiqua lorsque Gauguin vint contempler l'œuvre de son ami tout en rongeant une aile.

— Qu'en penses-tu ? demanda Charles, dont le visage pâle à moitié rongé par la barbe exprimait le doute et la lassitude.

— Ouais, répondit Gauguin.

— C'est difficile sous cette lumière.

— Ouais.

Ces « ouais » assenés avec morgue minèrent le moral de Charles. Il se sentit déconsidéré, rejeté. Son maître le méprisait. Le modèle à la moustache retroussée, aux joues rebondies et couperosées, à la lèvre inférieure humide et rose s'impatientait. Il remuait sur sa chaise, trouvant le temps long et insupportable la présence de ce vagabond crotté de boue.

— Il a l'œil triste, tu devrais rajouter du bleu et zébrer les paupières, dit Gauguin en considérant tour à tour l'ingénieur et sa réplique trop conforme sur la toile.

— Nous ne sommes pas à Pont-Aven, répondit Charles, qui s'appliquait à rester classique.

— Ça, tu peux le dire, nous ne sommes pas chez les Bretons, mais au pays des démons ! s'exclama Gauguin en écrasant un scorpion.

Charles était affligé. Il ne pouvait plus croire à son art. Il eut une envie soudaine de barbouiller le faciès figé de son client et de retrouver la voie de la création. L'envie de métamorphoser le monde par de grands aplats de couleurs avec des martres, comme le lui avait appris Gauguin, le saisit. Il sentit une fièvre. Le feu sacré reprenait. Il allait réaliser enfin la fameuse synthèse prônée par son aîné. Sa main se mit à trembler. Un frisson parti du bout des doigts remonta jusqu'à sa nuque. Et il s'effondra tout à coup aux pieds de Gauguin.

— Il a contracté la fièvre jaune, dit le médecin sans avoir même ausculté Charles.

— Comment pouvez-vous en être sûr ? gronda Gauguin, qui trouvait ce praticien un peu léger en la matière.

— Ils l'ont tous ici, répondit d'un ton neutre le docteur en esquissant un geste vague, demi-cercle du bras qui englobait tout un morceau de la vaste pièce où avaient été installés cinquante lits. Je le sais à l'odeur, corrigea-t-il.

Gauguin en convint. L'odeur de pourriture qui émanait de son ami était la même qui régnait dans l'hôpital de Colón. Elle tenait du charnier en décomposition et de l'égout. Il remarqua qu'on avait remonté les draps sur le visage de deux malades. C'était au tour des croque-morts de s'occuper de ces deux corps vidés de toute substance.

— A-t-il une chance de s'en sortir ?

— C'est à pile ou face, répondit laconiquement le médecin en s'éloignant.

— Je vais y passer, balbutia Charles, qu'on avait allongé dans un lit surmonté d'un beau Christ en croix.

En arrivant à l'hôpital, il avait vu des cercueils entassés dans le jardin. L'une de ces boîtes était pour lui. Il ne reverrait plus la douce France, il n'entendrait plus le chant des alouettes, il ne lutinerait plus les Bretonnes aux hanches larges, ni les Parisiennes au nez mutin. La vie était si belle là-bas, sur les bottes de foin ou sous les toits de zinc, dans les granges ou les bordels, même avec un quignon de pain, des puces et des morpions.

— Je ne veux pas mourir ! s'écria-t-il.

— Qui parle de mourir ici ? dit une voix de femme.

Gauguin et Laval crurent rêver. Ce n'était pas une sœur qui s'exprimait avec un accent provençal, mais la plus appétissante des jeunes femmes. Elle était brune, tout en courbes, respirant la santé. Elle avait un regard profond, volontaire. L'ovale de son visage prenait bien la lumière pourtant plombée par les nuages lourds qui collaient aux toits de la ville. Les lèvres sensuelles appelaient les baisers. Laval oublia pendant un instant qu'il était en sursis et que la bile noire lui pourrissait la bouche. Gauguin en fit un modèle idéal ; il la couchait déjà sur un fond vert et bleu de feuilles tropicales, nue sur une zébrure de racines et d'orchidées à peine esquissées. Cette inconnue l'inspirait au plus haut point.

— Mettez-vous dans la tête que vous allez vivre encore longtemps et vous ne sortirez pas de cet hôpital les pieds devant, continua la belle. Je m'appelle Louise et je vais m'occuper de vous. On m'a dit que vous étiez des Beaux-Arts et que vous peigniez sur les chantiers.

Décidément, tout se savait à Panamá. Gauguin et Laval ignoraient que Schwab, l'adjoint de l'ingénieur Moraud, connaissait Louise, à qui il racontait les potins de la Compagnie, surtout ceux qui touchaient Blaise, nommé responsable de son secteur et de mille hommes. Ce dernier était continuellement critiqué, non pas pour l'excellence de son travail, mais pour ses prises de position bizarres en faveur des Indiens et des marginaux de toutes sortes. En permettant à un artiste d'aller et de venir sur le chantier, il n'avait pas amélioré son image auprès des chefs d'équipe et de l'administration.

Louise savait que ce monsieur Laval était en quelque sorte le protégé de son amour et elle allait mettre tout en œuvre pour le guérir.

— Je suis moi-même artiste, avança Gauguin.

— Je sais cela, mais vous avez préféré la pioche aux pinceaux. Par orgueil, je suppose, répondit Louise.

En plus, elle était intelligente. Gauguin était définitivement conquis.

— Vous êtes à la mesure de mon orgueil, j'aimerais vous peindre.

Louise eut un sourire moqueur. Ce bellâtre au nez busqué devait se prendre pour Léonard de Vinci ou Titien, seuls artistes peintres qu'elle connaissait pour avoir vu leurs œuvres reproduites sur des boîtes de biscuits. Elle n'était pas là pour jouer les modèles. De plus, les artistes n'avaient pas bonne réputation. On les disait volages et vicieux. A la façon dont il la reluquait et la soupesait, elle jugea que ce Gauguin ne devait pas déroger à la règle.

Un râle attira son attention. Un homme se mourait sur le lit voisin. Elle se précipita vers lui et lui épongea le front. Il avait la face couverte de piqûres de moustiques. Cela la rendit folle de rage. Les médecins étaient responsables de la prolifération de ces sales petites bestioles. Elle avait remarqué que les moustiques pondaient leurs œufs dans les récipients d'eau avec lesquels on isolait les pieds des lits de l'hôpital. Cette mesure avait été prise pour éviter que les araignées et autres bêtes rampantes ne puissent grimper sur les sommiers. Les médecins avaient donc choisi de plein gré de multiplier par cent les colonies de moustiques. Les malades ne s'en portaient pas mieux. Louise pensait même que ces maringouins suceurs de sang avaient quelque chose à voir avec la fièvre jaune. C'était plus qu'une intuition. Autrefois, dans la commune voisine du Brûlat, à Gémenos, on avait mis fin aux fièvres en comblant les paluds.

Gauguin ne pouvait plus détacher son regard de cette femme. Il était sous le charme. Elle débordait de compassion, de courage, d'énergie. Il la vit aller de lit en lit, retourner un homme qui se vidait, murmurer des mots doux à un autre, prendre la main d'un troisième. Par sa présence lumineuse, elle purifiait ce lieu de misère et de souffrance. Il voulait l'immortaliser.

— Retourne au travail, sinon ils vont te faire sauter une journée de salaire, dit Charles à son ami.

Ce rappel le ramena à la réalité. Gauguin sentit à nouveau les brûlures sur ses mains et les douleurs dans ses articulations. Après avoir serré son ami entre ses bras, il repartit vers la gare, mais il se promit de revenir le soir même afin de convaincre Louise de poser pour lui.

D'incommodes et coûteuses prescriptions réglementaient l'hygiène de la ville. Aucun des habitants ne les appliquait depuis que les prix avaient augmenté. La construction du canal avait provoqué la plus grosse inflation des Amériques. Colón était devenu un cloaque. Des fosses septiques grossières recouvertes de planches avaient été creusées çà et là. Les enfants du port, moyennant trois sous de l'heure, assuraient leur remplissage en vidant les seaux de merde et d'urine que leur confiaient les propriétaires des hôtels et des restaurants. Toutes sortes de petits métiers dégradants étaient nés de la décomposition urbaine. Les métis et les paysans indiens attirés par le mirage du canal, mais de plus en plus pauvres, se les partageaient non sans violence. Des clans s'entretuaient pour la possession d'un morceau de ruelle, d'une place de revendeur de chapeaux de paille ou de noix de coco sur l'un des sept marchés des sept paroisses abandonnées de Dieu, d'un pas de porte pour la prostitution. Des filles de plus en plus jeunes étaient livrées aux proxénètes par leurs parents. Les maladies vénériennes décimaient la population. L'alcool et la coca faisaient des ravages, détruisant ceux que les fièvres avaient épargnés. Il était loin, le temps de la cité idéale voulue par Lesseps et de la république exemplaire rêvée par Prestán.

Colón, reconstruite deux fois depuis l'arrivée des Français, avait l'apparence d'une cité constamment pillée, en bordure d'une ligne de front, enjeu d'une guerre qui n'avait pas de nom. Louise, qui quittait l'hôpital trois heures après le coucher du soleil, éprouvait une peine immense en la découvrant chaque fois un peu plus dégradée. Elle avait presque entièrement arrêté les limites de son existence à cette ville malade, devenue sa ville au chevet de laquelle elle s'accrochait, attendant l'homme qu'elle aimait, celui avec qui elle pouvait mettre du bleu, du rose et de l'or sur ce décor de fin du monde. Louise zigzaguait, surveillait ses arrières, se tenait à distance des ombres qui rôdaient et des chiens jaunes réunis en meutes sauvages. Les déchets s'amoncelaient dans les rues ; on en faisait des tas qu'on brûlait quand la pluie cessait. Ces bûchers prenaient mal, se consumaient pendant des heures.

Louise toussa. La fumée âcre qui stagnait voilait les bâtisses délabrées. Ce linceul transparent et bleuté ajoutait une note d'angoisse à toute une gamme de choses effrayantes que Louise devinait. Hélas, elle n'avait plus son fusil, perdu lors du tremblement de terre. Et elle se sentait perpétuellement en danger, malgré le couteau qu'elle cachait dans son corsage. Elle aurait pu avoir une vie plus agréable et profiter des avantages de l'administration de la Santé sans débourser une piastre.

Elle avait choisi l'indépendance et les risques.

Ayant refusé de loger avec les sœurs à l'hôpital, elle louait une chambre meublée dans une pension tenue par une matrone espagnole qui n'acceptait pas la présence des hommes dans son établissement. Fraîchement repeinte, la pension Virgina del Sol affichait un air pimpant. Sa façade bleu roi aux encadrements de fenêtres jaune vif était une injure dans la rue de l'Atlantique bordée de ruines et de taudis. Derrière les croisées ourlées de rideaux de coton blanc, on apercevait les pensionnaires de ce lieu privilégié et quelquefois le profil rébarbatif de l'énorme tenancière qui portait toujours un colt à la ceinture.

« Juste pour me faire respecter », disait-elle quand on s'étonnait de la voir armée.

Elle avait déjà descendu un voleur qui s'était introduit dans les cuisines. Cet exploit suffisait à maintenir à distance les mauvais garçons du coin. Louise se sentait en sécurité dans cette étrange maison peuplée. Il lui restait une centaine de mètres à couvrir lorsque l'une des ombres se détacha et traversa le rideau de pluie qui la séparait d'elle.

— N'approchez pas ! intima-t-elle.

Le couteau apparut dans sa main.

— Eh là, vous n'allez pas tout de même larder l'un de vos grands admirateurs !

— Tenez-vous à distance.

— C'est moi, Gauguin, je vous ai parlé à l'hôpital cet après-midi.

Gauguin... Elle ne connaissait personne de ce nom. Il releva le chapeau de paille miteux qui lui couvrait le haut du visage et elle reconnut le peintre orgueilleux et désargenté qui préférait la pioche aux pinceaux.

— Mais que faites-vous ici ? lui demanda-t-elle sans cacher sa colère.

Cet imbécile d'artiste lui avait fait peur. Il ne semblait pas avoir pris conscience de l'endroit où il se trouvait. Les rues qui menaient au port étaient de véritables coupe-gorge.

— Je veux que vous soyez mon modèle.

— Modèle ?

— Que vous posiez pour moi !

— Vous n'êtes pas sérieux ?

— Je vous paierai.

— Avec quoi ?

La réponse était cinglante. Elle toucha à vif le fier Gauguin, qui avait vécu au Pérou, où il avait connu l'opulence chez son grand-oncle maternel, don Pío de Tristán Moscoso. Depuis, bien du temps s'était écoulé et des fortunes avaient été dilapidées. Il eut un raidissement de tout le corps, pinça les lèvres, ressentit du mépris pour cette fille du peuple et éprouva aussi de la honte.

Louise regretta son ton railleur. Il était peut-être un artiste de talent.

— Je veux bien faire un essai, s'entendit-elle dire.

— C'est vrai ?

— J'irai vous retrouver sur le chantier de la Culebra dimanche ; c'est bien là-bas que vous avez été engagé ?

— Oui. Mais je préfère vous attendre à la gare de Gamboa. C'est là que je loge.

— Alors à dimanche à la gare de Gamboa.

Elle lui tourna brutalement le dos, le laissant à sa surprise et à son bonheur. Gauguin entonna alors une chanson d'amour comique apprise lors d'une beuverie à Montmartre :

Mad'moiselle ! écoutez-moi donc !
J'voudrais vous offrir un corset d'baleine.
Mad'moiselle ! écoutez-moi donc !
J'vous offre un corset avec du coton.

Pour lui Colón se para de couleurs. Il allait peindre la belle Louise.

35

Assis sur un tronc d'arbre échoué sur la rive, dans la lourde moiteur de l'aube, Blaise regardait le reflet roux du soleil levant qui dansait sur les flots grondants du Chagres.

Le fleuve était presque en crue. Sur l'autre rive, moins exposée aux coups de boutoir du fleuve, s'ébattaient des grues et des poules d'eau. Couché sur un lit d'adiantes, un puma repu les observait de ses prunelles d'or. Il avait aussi repéré l'homme de l'autre côté du fleuve. L'air lui avait apporté l'odeur d'un être ignorant du danger, parfaitement à son aise dans cet environnement hostile. Le puma connaissait bien Blaise, pour l'avoir vu courir avec les Indiens dans cette partie du Darién. Il ne s'en ferait jamais un ennemi.

Blaise aimait, par-dessus tout, venir ici, sur ce tronc, dans cette partie de la jungle si proche pourtant de la civilisation. La petite ville de Gamboa n'était qu'à un quart d'heure de marche. Après une dure semaine de travail, il venait là, et il écoutait, regardait, respirait le matin montant. C'était une chose permise, un passetemps bien innocent que sa conscience admettait sans problème. Il se souvenait du chemin parcouru depuis sa tendre enfance et, en regardant couler les eaux du

Chagres, il voyait s'écouler sa propre vie et s'amonceler des nuages de plus en plus denses, des nuages si épais qu'il n'y avait plus d'avenir possible pour l'homme qu'il était devenu.

Il lui aurait été facile d'en finir, de se jeter dans le Chagres, d'offrir sa poitrine aux griffes du puma, de se laisser piquer par un serpent minute. Il en était là dans ses pérégrinations mentales lorsqu'il entendit des voix.

Des Français...

Louise était arrivée à la gare de Gamboa à 7 heures du matin ; elle avait retrouvé Paul Gauguin harnaché d'un grand sac plat de toile imperméabilisée et d'une petite valise de cuir empruntés à Laval. Pendant tout le trajet, elle s'était reproché d'avoir dit oui à la proposition de cet inconnu et, à chaque station – il y en avait cinq entre Gamboa et Colón –, elle avait esquissé un mouvement de fuite.

Cinq fois, elle s'était reprise. Elle n'était pas femme à reculer.

Il avait quelque chose, ce Gauguin. Il ressemblait un peu à Blaise par certains côtés. Leurs yeux étaient semblables. Une folie douce y luisait. Une force animale y transparaissait. Le trop-plein de leurs passions et leur désir absolu de liberté dans ce monde policé et hiérarchisé les rendaient gauches et brusques. Indéniablement, Louise aimait les hommes forts en perdition.

Elle ne connaissait pas cette partie centrale de l'isthme où commençait le Darién, la plus sauvage des contrées de Panamá. Tout y était plus dense et plus riche que dans la forêt qui encerclait Colón. C'était un endroit mystérieux et hors du temps.

Les oiseaux se taisaient. Ils observaient les deux humains qui progressaient avec peine sous les feuillages alourdis de sucs. Quelques-uns, affolés par ces présences, s'envolèrent et déchirèrent la brume dont la buée épaisse se répandait en changeant de forme. Toutes sortes de pièges se dissimulaient sous ces mouvances expirées par la terre spongieuse et nouée de racines.

Leurs souffles et leurs odeurs attirèrent des myriades d'insectes brillants dans les ors des rares rayons qui parvenaient à pénétrer dans ces abysses. Ils traversèrent un nuage de moustiques.

— Ils n'attaquent qu'à la tombée de la nuit, dit Louise, qui suivait Gauguin.

Elle ne les redoutait guère. Ils la fuyaient. Depuis deux ans, elle se versait quelques gouttes d'un extrait d'huile de genévrier oxycèdre et de chrysanthème pyrèthre de Dalmatie. C'était un produit rare que les bergers provençaux utilisaient et elle avait eu la chance d'en obtenir auprès d'un colporteur italien qui écumait la côte et les îles de San Blas.

Paul n'était pas aussi armé. Il n'ignorait rien des habitudes des suceurs de sang. En deux semaines, il avait appris à se préserver de leur voracité en s'enduisant le corps d'une pâte préparée par les Indiens. Aujourd'hui, il avait renoncé à s'engluer la peau. Il ne voulait pas sentir le bouc. Il s'était même rasé, chose qu'il avait négligé de faire depuis son arrivée dans ce pays. Il aurait voulu « présenter bien », comme on disait dans les petites villes de province ; il était au mieux un épouvantail amélioré. Poisseux, suant de la tête aux pieds, décontenancé par l'exubérance de cette nature qu'il cherchait à enfermer dans le canevas de son art, il ne donnait pas la meilleure image de lui-même. Il lui fallait se hisser à la hauteur de ce que son âme évaluait. Coûte que coûte. Etre aussi à la hauteur du modèle qu'il avait choisi.

Il s'étonnait de l'absence d'inquiétude de Louise. La

jeune femme ne semblait pas craindre cette jungle. De temps à autre, il se retournait pour la protéger inutilement d'un regard. Louise était à la mesure de cette indescriptible profusion de couleurs et de bruits. Elle avait le visage serein, le pas sûr. Il essayait de lui donner le change. Pour l'heure, il jouait au matamore sur ce chemin ouvert par les habitants de la jungle. Son carton à dessin recouvert d'une toile cirée et sa petite valise cabossée le handicapaient. Piètre chevalier défendant sa dame contre les lianes et les branches, il s'en servait comme de boucliers.

Une clarté se fit. Leurs regards s'émerveillèrent à la vue d'une cascade d'orchidées pourpre et jaune qui offraient leurs calices sucrés à de gros papillons aux ailes écussonnées de points verts et de bandes orangées. Les lépidoptères ivres de nectar leur caressèrent le visage. Louise et Paul se figèrent. Une sorte d'extase les gagna. Les battements de soie leur firent oublier les dangers sournois, les bêtes tapies, les serpents et les fauves à l'affût. Ils crurent alors à leur impunité. La jungle les acceptait et se livrait.

Un chuintement se fit entendre ; il s'amplifia pour devenir grondement. C'était le Chagres qui s'exprimait à travers sa crue et le moutonnement de ses vagues brunes frangées d'écume.

— C'est magnifique ! s'exclama Gauguin.

— Peignez-moi ici !

— Je vais faire de vous une nouvelle odalisque ! cria-t-il en déballant son carton et ses fusains.

Le peintre était séduit, en phase avec le fleuve irisé d'un brouillard jaune. Une lumière d'or fondu coulait du ciel. Elle vivifiait les cimes des arbres, et de ces chevelures aux tons verts de serpentine, de jade et d'amazonite pleuvaient des insectes aux élytres étincelants. Il se retourna vers Louise. Il allait la croquer, la magnifier, jeter les jalons de son œuvre future et immortelle.

Blaise maudissait ces voix. Les intrus l'empêchaient de communier avec les êtres et les plantes qui l'environnaient. Le puma se volatilisa. Des oiseaux s'enfuirent à tire-d'aile. Des pécaris détalèrent et il entendit le cri perçant d'une harpie dérangée dans sa veille. Il n'avait jamais approché ce terrible rapace ; il en voulut terriblement à ces Français qui jacassaient mais qu'il ne voyait pas. Un rideau de feuilles les séparait de lui. Blaise s'avança vers eux et se glissa dans la houssaie d'émeraude toute bruissante d'insectes.

Ce qu'il vit le mit en déroute. Blaise avait l'impression d'avoir reçu sur le crâne quelque chose de lourd et de plat, un outil assené par-derrière. Pour le moment il ne sentait rien qu'un vide douloureux. Ses yeux papillotaient et tentaient d'effacer l'image qu'enregistrait son esprit. Les bribes de phrases qui lui parvenaient le persuadaient qu'il rêvait. Il n'avait aucune raison de se sentir blessé par ces paroles... Ce n'était pas l'intention de Louise, qui de toute façon ne pouvait pas l'apercevoir dissimulé dans les feuillages. Il eut cependant mal, très mal.

— Non, je n'aime personne, répondit Louise à Gauguin.

— Vous mentez !

— J'ai... Ça ne vous regarde pas, après tout !

— Pourquoi avez-vous accepté de me suivre ? demanda alors Gauguin tout en tournant autour d'elle pour saisir les différentes expressions de son visage.

— Parce que vous êtes différent des autres hommes. Vous ne m'inspirez cependant pas une absolue confiance. Je suis ici parce que je veux vous aider. Il y a une force en vous, je la sens ; elle veut s'exprimer.

Je ne connais rien à la peinture, mais je crois que la vôtre bouleversera les esprits.

— Vous ne savez pas comment je peins !

— Ai-je réellement besoin de le savoir ?

Louise était assise sur une souche, nimbée de lumière. Un parnassien, qui n'avait rien de commun avec ceux des montagnes européennes, se posa près d'elle. Il était d'un bel ocre pâle. D'ocre rouge, sanguine, étaient les lèvres de Louise. Gauguin se mordit la langue ; il regretta de ne pouvoir composer lui-même ses couleurs afin de trouver le juste équilibre entre l'argile, les oxydes de fer ou le manganèse. Comment traduire ce que ses yeux voyaient et ce que son génie entrevoyait ? Il manquait de tout. Il n'était pas au mieux de sa forme. Un mal au ventre contracté une semaine auparavant l'obligeait à serrer les dents. Il se déplaçait toujours autour d'elle, rétrécissant ses cercles ; et elle le regardait du coin de l'œil quand il disparaissait ou réapparaissait dans les angles de sa vision. Elle l'entendait souffler. A un moment, il s'arrêta derrière elle. Elle se crispa quand il toucha ses cheveux.

— Que faites-vous ? demanda-t-elle sur un ton courroucé sans toutefois rompre la pose.

— Laissez-moi faire. Ayez confiance.

Il défit les peignes qui retenaient sa chevelure. Un flot noir et soyeux se répandit sous ses doigts. Il se retint de prolonger son geste en une caresse. Il se voulait « professionnel ». Il arrangea la masse bouclée en une flamme de jais sur l'épaule droite de Louise, puis se planta face à elle avec l'expression d'un juge du salon des Indépendants.

Il ne fut pas satisfait. Son modèle ne cadrait pas encore avec ce qu'il désirait exprimer. Il avait la jungle, le Chagres, un paysage primaire que la main de l'homme n'avait pas entaché. Louise était encore trop citadine. Il voulait rompre le lien qui la rattachait à la civilisation. En faire une femme des premiers âges.

— Quelque chose ne va pas ? demanda-t-elle alors qu'il l'observait d'un froncement prolongé des sourcils.

— Hum !

Louise sut qu'il en voulait plus. Elle l'encouragea en abaissant volontairement les yeux, feignant de se soumettre. Elle rougit cependant lorsqu'il dit :

— Montrez-moi votre buste.

Elle croisa les bras sur sa chemise de coton. Ce geste spontané la mit encore plus mal à l'aise.

— Je vous en prie.

Blaise serra les poings. Ce ne pouvait être la réalité ; ce n'était pas la réalité. Il vit Louise défaire les cordons de son vêtement, les seins apparaître, les perles de sueur sur les mamelons d'ivoire que le soleil n'avait jamais patinés, mais que le regard animal du peintre mâtinait. Ce chien convoitait la femme qu'il aimait.

Il aimait Louise. Cet état s'imposa à lui avec une force inouïe. Il l'avait aimée dès leur première rencontre. Pourquoi avait-il tant attendu pour accepter ce sentiment qu'elle avait essayé de lui faire partager à maintes reprises ?

Il demeurait impuissant, se disant que tout était perdu et que cet aventurier armé de fusains et de crayons allait à présent lui ravir l'être le plus précieux à son cœur. Il aurait donné sa vie à cet instant pour qu'elle ne cédât pas à cet inconnu ; il se jura de la conquérir. Il ne lui restait que cela à accomplir sur cette terre. Il demeura ainsi pendant des heures, au bord de cette peur panique.

Ils partirent avant l'arrivée de la pluie. Et il versa pour la première fois des larmes depuis la mort des siens. Dès lors, il ne cessa d'espionner Gauguin sur le chantier et de rôder autour de la pension de Louise après les douze heures journalières qu'il sacrifiait à la Compagnie en débâcle.

Ils revinrent le dimanche suivant, ignorant qu'il était sur leurs traces et le témoin de leur étrange relation, de leurs attouchements qui engendraient des désirs réprimés et alimentaient sa rage. Et, nue, Louise posa. En reine du Darién. Blanche et lisse. Inaccessible.

Au soir de ce supplice, Blaise ne rentra pas dans la baraque qu'il occupait sur le chantier. Il grimpa dans le train qui emmenait Louise à Colón.

Trois wagons la séparaient d'elle. Cette distance se réduisit quand ils quittèrent la gare. Elle ne fut plus que de quelques pas dans la rue où habitait la jeune femme. Il ne la laissa pas pénétrer dans la pension et elle poussa un cri lorsqu'il l'attrapa par le bras.

— Vous !

— Louise, il faut que je vous dise...

Les mots qui suivirent ne passèrent pas sa gorge. Les bruits de la ville ne parvinrent plus à ses oreilles. Il perdit l'usage de ses sens pendant une longue minute. Louise le contemplait, interdite. Sa présence la pétrifiait.

— Que voulez-vous me dire ?

Il attendit encore, lutta contre lui-même. Il se saisit soudain des mains de Louise et les serra très fort. Enfin les mots sortirent.

— Je vous aime. Voulez-vous m'épouser ?

Louise posa la tête contre sa poitrine. Elle s'accrocha à lui pour ne pas défaillir. Tout à présent pouvait s'écrouler autour d'eux ; plus rien ne les atteindrait.

Et tout s'écroula lors des deux années qui suivirent.

36

Ils s'étaient installés au bord du champ de cacao, sous les kentias géants, là où l'herbe drue nourrie par les pluies de décembre sentait le poivre et l'anis, Blaise étendu de tout son long, Louise assise sur une natte, le buste droit, sa robe d'un jaune très pâle étalée autour d'elle en corolle. Tout près d'eux, d'autres couples et quelques enfants endimanchés attendaient le retour de Bunau-Varilla. Ils avaient été convoqués par la Compagnie en ce dimanche de février 1889 et s'étaient rassemblés comme pour communier en plein air sous les mâts où flottaient les drapeaux français et colombien. Des domestiques en gilet rayé, derniers représentants d'une caste issue de la « folie Dingler », leur apportaient des corbeilles de fruits, du vin chilien, du café et des petits pains sucrés que le maître des chantiers avait fait venir d'Ancón. Les Français étaient réunis comme au bon vieux temps et ils se donnaient l'illusion d'être encore puissants. Les nouveaux arrivés qui remplaçaient ceux tombés sur le champ de bataille du canal attendaient d'être initiés par les anciens, mais les survivants n'avaient plus le courage de former les jeunes diplômés envoyés par cet insensé de Lesseps. Ils auraient pu les préparer au mieux à l'idée que la moitié d'entre eux allaient mourir dès le retour des fièvres et des cyclones. Ils laissaient cette tâche à Philippe Bunau-Varilla. Ce diable d'homme était bien le seul à avoir la foi.

La demeure de l'ingénieur en chef se dressait au sommet de la colline. De la rive lointaine du canal crénelée de grues et de squelettes rouillés, des terrasses successives grimpaient jusqu'aux terres cultivées. La maison faite de panneaux blancs s'élevait en un élan plein de hardiesse tel un temple de la Grèce antique. Tout autour de l'édifice protégé par une escouade de fantassins colombiens, il y avait des calèches et des chevaux en grand nombre.

Tout l'avenir de Panamá, pensait-on, se jouait là-haut avec des inconnus venus de Paris, des administrateurs et des huissiers. En bas, dans le sillon saignant de l'isthme, il y avait les petits, les tâcherons, les milliers d'esclaves qui espéraient encore. Aucun des dix-sept mille hommes n'était reparti dans ses foyers, malgré l'arrêt progressif des travaux. Faute d'argent, on ne les payait plus. Il y en avait beaucoup cependant qui continuaient à creuser, par habitude, par rage, aveugles et sourds, fermés aux mauvaises nouvelles circulant depuis des mois. Blaise, comme la plupart des ingénieurs, ne pouvait se résoudre à abandonner cet endroit. Il aimait trop le Darién et ses mystères ; et Louise partageait ce sentiment. C'était leur pays ; ils y avaient laissé de la sueur, des larmes et du sang. Ils y élèveraient leurs enfants au milieu des Indiens, des fleurs et des dangers. Cela faisait dix mois qu'ils vivaient ensemble. Ils envisageaient de se marier, mais ils n'avaient pas fixé de date. On ne s'épousait guère par les temps qui couraient. On vivait au jour le jour, heureux de se réveiller sain et sauf à chaque aube alors que tant d'autres rejoignaient les fosses communes.

Louise avait moins de contraintes depuis que la saison sèche avait fait son apparition. Les cas de fièvre jaune étaient peu nombreux ; les accidentés n'encombraient plus les couloirs de l'hôpital. Elle avait du temps libre. Il lui arrivait de suivre Blaise dans la jungle et de chasser aux côtés des Kunas. Lorsqu'ils demeuraient dans les villages de feuilles et de lianes tressées, les Indiennes lui apprenaient les secrets des plantes, comment se préserver des miasmes et des poisons de la forêt. Elle éprouvait alors un bonheur incommensurable auprès de ces êtres épris de liberté et de l'homme qu'elle aimait et qui leur ressemblait tant.

Elle contempla Blaise dans l'herbe. Il était si différent hors de la jungle qu'il parcourait parfois à demi nu. Elle l'aimait aussi dans ses habits blancs de planteur, son « costume de mauvais ange » comme il l'appelait. Mais elle le préférait en pantalon et tricot maculé de graisse, en dompteur de machines colossales, en meneur d'hommes sur le chantier.

— J'aime à le regarder d'ici, dit Blaise. J'ai passé des journées à voir tourner sur lui la lumière à la fin de la saison des pluies. On pourrait le croire terminé maintenant.

— Il le sera, dit Louise.

Elle avait la foi de Bunau-Varilla, avec qui elle parlait souvent de l'avenir de l'Amérique centrale. Elle était persuadée que le canal allait être achevé.

— Nous naviguerons sur ce canal, dit-elle en se rapprochant de Blaise.

— Je le voudrais bien, mais nous sommes à bout, la Culebra...

— Nous vaincrons la Culebra avec ou sans Lesseps ! clama-t-elle d'une voix si forte que des têtes se redressèrent.

— Il faudrait des centaines de millions de francs

pour réaliser cette œuvre titanesque. Et nous n'avons plus un sou dans les caisses.

— Les caisses se rempliront à nouveau. J'ai vu les bateaux franchir les écluses, j'ai vu resplendir la cité de Panamá, j'ai vu les hommes se battre pour l'indépendance de ce pays. Tout s'accomplira.

Blaise en fut convaincu sur le moment. Depuis qu'elle partageait ses visions avec les Indiennes en suivant les voies du christianisme, Louise avait développé ce don de prescience inné chez les femmes de la Sainte-Baume qui descendaient des prêtresses celto-ligures. Elle avait renoué avec ses origines et les forces d'antan. Elle appartenait au monde de la forêt, aux grands arbres, aux esprits de la terre. Blaise l'aimait ainsi ; elle était si différente des autres femmes qui, déracinées, se réfugiaient dans leur confort bourgeois à Ancón et tentaient de vivre à la française.

— Je t'aime, murmura-t-il en ayant envie d'elle.

Louise se laissa glisser dans l'herbe, sur le ventre, le visage couché sur son bras replié, ses cheveux bruns épandus sur son bras nu replié, une main étendue sur celle de Blaise. Blaise regardait cette main dont les doigts palpaient la sienne avec un plaisir sensuel et il se fichait de la Culebra, du canal et de tous les gens qui les entouraient.

La vallée s'étendait à leurs pieds. A l'est, le lac de Gatún, nappe d'argent s'obscurcissant de vert sur les bords, appartenait aux flamants et aux pêcheurs chocoes. Louise et Blaise fermèrent les yeux et leurs esprits s'envolèrent à la rencontre des fleurs de lavande rouge et de magnolia, des balisiers et des palmiers, des colibris et des quetzals. Ils ne firent qu'un avec la jungle. Longtemps.

Un alouatta palliata les ramena brutalement parmi leurs compatriotes. Clignant des yeux, ils virent ce singe hurleur courir entre les cacaoyers. Il n'était pas dans son milieu naturel.

— Ce n'est pas un bon signe, dit Blaise en suivant le trajet fou de l'animal égaré qui cherchait à rejoindre la jungle.

Louise acquiesça. Un esprit mauvais se manifestait à travers l'alouatta. Les Indiens auraient dit qu'un événement grave allait se produire. Blaise et Louise eurent un regard navré pour leurs proches qui riaient du singe bondissant.

Il disparut quand Bunau-Varilla sortit de la villa blanche posée sous le ciel. Le directeur était accompagné d'hommes graves vêtus de costumes sombres et de hauts-de-forme. Ces croque-morts n'avaient pas jugé bon de sacrifier à la mode vestimentaire du pays ; ils ressemblaient à une bande de boursiers en déroute. Ils serrèrent hâtivement la main de Bunau-Varilla avant de monter à bord des véhicules tandis que des cavaliers armés enfourchaient leur monture.

Des fouets claquèrent. Des éperons tintèrent. Des roues grincèrent. Des essieux gémirent. Des chevaux renâclèrent. Une poussière se répandit, s'envola, salit le ciel. Les funestes voyageurs abandonnèrent Bunau-Varilla qui, chapeau bas, l'œil étincelant, aurait voulu les abattre un à un.

Louise et Blaise se relevèrent et marchèrent en direction du directeur, aussitôt imités par les ingénieurs et leurs épouses. Bunau-Varilla se tourna vers eux, sans parvenir à juguler sa colère.

— Tout est perdu ! leur dit-il.

— Perdu ? Comment : perdu ? s'inquiéta un polytechnicien fraîchement débarqué à Colón.

— Les administrateurs délégués viennent de m'apprendre que le tribunal civil de la Seine a prononcé la dissolution de la Compagnie universelle du canal interocéanique.

— C'est impossible ! Je n'en crois pas un mot.

Bunau-Varilla regarda l'homme bien en face. Jamais personne n'avait mis ses paroles en doute depuis qu'il dirigeait cette entreprise et il pouvait se targuer d'avoir toujours dit la vérité à ses ingénieurs, ne leur cachant pas son pessimisme sur la santé de la société. Il leur avait prédit la fin de l'aventure quand les députés, par 256 voix contre 181, avaient rejeté la demande d'une nouvelle émission d'obligations le 12 décembre 1888. Il ne ménagea pas ce polytechnicien qui n'avait pas encore fait connaissance avec la boue de la grande tranchée.

— Vous n'existez plus, mon cher ! Vous n'êtes plus qu'un nom sur une liste froissée et jetée à la poubelle. Nous n'avons plus la moindre valeur. La mise en liquidation a été ordonnée le 4 février et nous sommes le 24. Plus personne ne se soucie de notre avenir à Paris. Lesseps, Eiffel et leur réseau de combinards vont être mis en accusation. Estimez-vous heureux de ne pas en être. A votre place, je tarderais à rentrer en France. L'affaire Panamá commence et je gage qu'elle va sérieusement entacher notre honneur.

— Seigneur ! Qu'allons-nous devenir ? se lamenta une femme.

— Pas grand-chose si nous ne réagissons pas, intervint Blaise. Pensez aux ouvriers sur les chantiers. Eux ont tout perdu.

— Ces Noirs vont tous nous massacrer, lança quelqu'un.

— Pas si nous les aidons, répondit Blaise.

— Pensez-vous pouvoir maintenir la discipline sur le canal ? demanda Bunau-Varilla en posant sa main sur l'épaule de Blaise.

— Ce sera difficile.

— Vous avez du charisme, ces hommes vous aiment. Faites-leur comprendre qu'ils doivent regagner les îles Caraïbes. Nous paierons leur départ avec l'argent de la caisse noire.

— Je ferai de mon mieux.

— Je viens avec toi ! dit Louise.

Il n'essaya pas de la raisonner. On ne pouvait rien contre la volonté de Louise.

37

Louise était en croupe ; elle se tenait à la taille de Blaise. Le cheval filait sur la route empierrée qui serpentait jusqu'au chantier de la Culebra. Le plus gros chantier. Le plus gros désastre. A moins d'un kilomètre de ce chaos de terre rouge et de rochers bruns, elle aperçut leur maisonnette en bordure de la forêt, minuscule sous les arbres immenses.

Blaise l'avait louée à un bûcheron un an après le tremblement de terre qui avait anéanti les siens. Après sa déclaration, il l'avait emmenée dans ce nid. Elle avait tout accepté de lui : cette maison fragile, les fenêtres sans moustiquaire, les murs de bambou qui pliaient sous les bourrasques de juin, la lampe à pétrole qu'elle allumait le soir et la lumière qui repoussait les ombres et attirait les insectes, le lit qui grinçait quand ils se donnaient l'un à l'autre les nuits de tempête, conscients qu'à tout instant ils pouvaient mourir.

La mort les attendait peut-être au bout de cette route. Louise chercha à la repérer sur les fils ténus de sa prescience. Elle n'eut aucun frisson, aucun des symptômes qui annonçaient la présence de ce spectre appuyé sur sa faux.

Elle était présente cependant, habituée à ce lieu de

malheur qu'était la Culebra. Cinq mille hommes vivaient là. Ils étaient regroupés dans des baraquements, des cases et des tentes où pullulaient les punaises, les morpions et les scorpions. Ils crevaient les uns après les autres de fièvres, de syphilis, de tuberculose, sous les dents des caïmans ou les crochets des araignées.

Depuis sept semaines, ils erraient entre les voies de chemin de fer et dans les rues des villages. Ils harcelaient les compagnons et les chefs d'équipe, cherchaient les putes qui ne s'aventuraient plus sur les chantiers et dépouillaient les métis que le hasard mettait sur leur chemin.

L'intendance les nourrissait de haricots, de cochon bouilli et de bananes... et de boniments chaque fois qu'ils réclamaient leur paye. Au premier éclair dans le ciel, ils entreraient en révolte.

Le cheval se rapprochait de la terrible colline. Elle était fendue à son sommet sur un bon tiers. La Culebra faisait penser à un volcan au bord de l'éruption. Louise se crispa contre Blaise. Quelque chose ne tournait pas rond.

Ils parvinrent aux abords de la tranchée où s'accumulaient des milliers de tonnes de matériel. La gorge de Blaise se serra. Tout pourrissait. La vermine attaquait les madriers, les poutres, les planches et les échafaudages ; la rouille minait les articulations, les rivets, les tenons et les mortaises. Un effroyable gaspillage. Louise éprouva une sensation de fin du monde et fut prise d'angoisse. Un danger se précisait.

Blaise fit aller le cheval au pas. Les oreilles de l'animal se redressèrent. Des coups sourds retentissaient. Métal contre métal. Cela venait des parties inondées du canal, où les grosses dragues et les radeaux naviguaient en temps ordinaire. Mais, à l'endroit où ils se trouvaient, ils ne pouvaient pas apercevoir cette partie opérationnelle du canal. Devant eux, entre les alignements des baraques, des ateliers et des magasins, se dressait la colline blessée, lardée de coups de pioche, dynamitée, rongée, percée, éventrée, perdant son sang d'argile par une plaie de plusieurs kilomètres, mais victorieuse.

Soudain, il y eut un bruit d'avalanche. Du haut de l'une des rampes titanesques qui montaient vers la faille et permettaient aux trains d'évacuer les déblais, des wagonnets dégringolèrent.

— Les pauvres fous ! s'exclama Blaise.

Louise se redressa en prenant appui sur les épaules de son cavalier. Elle vit des hommes renverser d'autres wagonnets qui tombaient aussitôt dans le vide.

— Ils savent déjà, dit-elle. Nous ne les arrêterons plus, dit Louise en reconnaissant des domestiques d'Ancón mêlés à quelques manœuvres armés d'outils.

Les Noirs et les Chinois se mirent à débouler de tous les côtés. Les chefs d'équipe s'étaient enfuis, les compagnons et les techniciens français avaient choisi de se retrancher dans les faubourgs de Summit et de Parateo depuis que les travaux avaient été gelés par la direction.

Devant eux, un bâtiment s'effondra sous la charge d'une bande de furieux qui utilisaient des rails comme des béliers. Dans un vacarme assourdissant, le château d'eau s'écroula à son tour.

— Va ! cria Blaise en talonnant les flancs du cheval.

Il lui fit faire demi-tour.

— On ne passera pas ! s'inquiéta Louise.

Les manœuvres étaient déjà sur la route et s'attaquaient aux postes de contrôle abandonnés. Ils hurlèrent en découvrant le couple. Ils formèrent un triangle vibrant et les chargèrent.

Blaise poussa la monture, que la peur emballa. Il prit la direction du canal et comprit en arrivant près du plan d'eau qu'il leur serait impossible de trouver une issue. Les bandes occupaient les lieux. L'une d'elles essayait de couler une drague en perçant la coque à coups de barre à mine. Les amarres des radeaux avaient été coupées. Les cabanes sur pilotis brûlaient.

— Le pont est libre, dit Louise.

Le pont de bois n'avait pas encore attiré les révoltés de la Compagnie, trop occupés sur les bords du canal où il y avait beaucoup de matériel à casser. Les Caraïbes portaient le feu et la destruction partout. Il leur semblait que ces actes vengeurs hâteraient la fin de Lesseps, forceraient les juges à agir plus vite ; il leur semblait qu'ils agissaient au nom de tous ceux qui avaient été trompés depuis dix ans. Et soudain, ils les virent, l'homme et la femme, galopant entre deux voies ferrées vers le pont qui enjambait l'une des rivières descendant du mont Balboa. Ils étaient poursuivis par quelques-uns de leurs frères.

Blaise ne put faire bondir le cheval au-dessus de la corde qu'on tendit devant eux. Le choc fut si rude qu'ils furent projetés en avant et roulèrent entre les deux remblais. Louise se releva la première et agrippa la main de Blaise, qui tardait à retrouver ses esprits. Le pont était à une centaine de mètres et l'orée de la jungle à moins de deux cents.

— La jungle ! Ils ne nous suivront pas là-bas.

Elle se mit à courir, mais sa robe ralentissait le mouvement de ses jambes. Un Noir la dépassa, puis deux, trois, dix autres. Ils formèrent une barrière infranchissable entre elle et Blaise et le pont. Des machettes brillèrent. Blaise reçut un coup de manche de pioche et tomba sur les genoux.

— Vous venez de frapper le seul homme qui vous défendait auprès de la Compagnie ! dit Louise. Le seul qui vous permettra de quitter dignement ce pays.

La folie qui illuminait leurs regards parut s'atténuer. Ils reconnurent monsieur Moraud et sa compagne, la demoiselle Louise qui avait sauvé beaucoup d'entre eux pendant les épidémies. Les plus vieux n'ignoraient pas qu'elle avait connu et partagé les idées de Prestán. Ils baissèrent les poings et les armes.

Louise releva Blaise et le prit tendrement entre ses bras.

— Nous allons franchir ce pont à présent, dit-elle calmement aux hommes qui faisaient toujours barrage.

Aucun d'entre eux ne soutint son regard. Ils s'écartèrent. Blaise et Louise avaient couvert quelques mètres lorsque des cris de rage retentirent dans leur dos.

— Il faut les pendre ! Ce sont des chiens de Français !

Des furieux venaient de rejoindre le groupe qui s'était montré conciliant.

— A mort ! A mort !

Il n'y avait plus rien à négocier, plus rien à espérer. Les braillards avaient soif de sang. Ils bondirent sur l'entablement du pont et se lancèrent à la poursuite du couple en hurlant comme des bêtes.

Louise et Blaise n'avaient pas assez d'avance pour leur échapper.

— Sautons ! dit Blaise.

— Je ne sais pas nager !

— Je nagerai pour deux.

Il la souleva par la taille et la précipita dans les eaux verdâtres qui s'écoulaient paresseusement quinze mètres plus bas. Louise s'enfonça, vit la lumière s'amenuiser, la surface s'éloigner. Elle battit des bras et des jambes, toucha la vase. De l'eau commençait à pénétrer dans ses poumons quand la poigne de Blaise la ramena vers la lumière.

Ils émergèrent, provoquant des cris. Blaise poussa Louise vers la berge. Ils n'étaient pas encore en sécurité. Cinq ou six hommes plongèrent et nagèrent vers eux tandis que trois douzaines d'autres essayaient de rejoindre la rive en se frayant un chemin à travers la jungle.

Louise et Blaise s'arrachèrent à l'eau et à la vase. Des caïmans somnolaient tout près, l'œil fixe, pareils à des troncs morts. Mais le danger était ailleurs. Il se manifestait par les appels au meurtre, réveillant la forêt qui y répondait par des feulements et des sifflements.

Blaise retrouva l'espoir en écoutant ces messages.

— Nous ne sommes plus seuls, dit-il. Des amis arrivent.

Louise n'eut pas le temps de décoder les bruits qui fusaient des profondeurs vertes et brunes. Des traits passèrent au-dessus d'elle et allèrent se planter dans la poitrine d'un Noir qui surgissait de la rivière. L'homme tourna sur lui-même et retomba dans l'eau. Un second ne put se hisser sur la berge. Une flèche lui traversa le cou. On entendit des cris d'effroi, puis des cris de guerre. Les dards se mirent à pleuvoir sur les Caraïbes qui refluaient.

— Ce sont des Chocoes ! s'étonna Blaise.

Les Indiens apparurent. Ils avaient le corps teint d'un suc foncé. Des dents d'animaux montées en collier battaient sur leurs poitrines et à leurs boucles d'oreilles d'argent en demi-lune pendaient des talismans. Ils tendaient la corde de leurs arcs et visaient juste. Blaise comprit pourquoi les Chocoes étaient venus à leur secours quand il vit les Kunas apparaître à leur tour. Ils n'étaient pas là par hasard. Les grands esprits les avaient avertis plusieurs jours auparavant.

Et les grands esprits prirent possession des caïmans. Il y avait des hommes et des âmes à dévorer.

38

Les montagnes du Darién formaient un arc de cercle de cent cinquante kilomètres. Au sud, elles s'élevaient, majestueuses, à près de deux mille mètres d'altitude ; au nord, elles se séparaient en fourche et plantaient leurs deux dents dans l'isthme. Plus ils avançaient sur ce territoire, plus la nature se déployait devant eux, fantasque, généreuse, indomptable. Quand ils atteignaient un sommet, ils avaient une vue d'ensemble sur l'étendue de la forêt dans laquelle croissaient des millions d'orchidées.

Cela faisait quatre jours qu'ils marchaient en direction du pic sacré. Les montagnes séparaient les deux océans et s'étiolaient sous les brumes. Sous ses voiles que les rayons du soleil illuminaient d'une poudre d'or, leurs flancs colorés d'une multitude de verts changeaient d'aspect à toute heure. Des fumées qu'exhalait un monde de villages perdus montaient des vallées entaillant les versants de cette épine dorsale vierge. Les routes n'avaient pas porté les ravages des Blancs dans cet univers émeraude. Elles longeaient les côtes ou se perdaient rapidement en essayant de suivre les cours des rivières folles. Le gouvernement colombien avait abandonné l'idée de pacifier cette région. Il n'y avait rien à prendre dans le Darién, rien à voler, rien à gagner. On n'y survivait pas plus d'un mois. L'Eldorado était ailleurs.

Louise ne survivait pas. Elle vivait intensément. Elle ne ressentait pas la fatigue. Les femmes kunas et chocoes, qu'aucun explorateur n'avait vues ensemble auparavant, lui donnaient des racines à mastiquer, des baies et des feuilles à mâcher. Ces sucs et ces sèves décuplaient ses forces. Un sang vif courait dans ses veines. Elle se déplaçait comme un jaguar, aussi vite que les guerriers qui lui avaient coupé la robe à hauteur des cuisses. Transformée, elle entendait crisser les plus petits insectes, glisser les reptiles, chanter les parulines, les fauvettes, les toucans et les grenouilles venimeuses aux couleurs éclatantes.

Quelquefois, Louise tendait la main à Blaise pour mieux communier avec les êtres de la forêt. Elle ne se posait pas de question. Comme son amour, elle suivait les Indiens. Comme lui, au crépuscule, elle écoutait les flûtes répandre leurs notes tristes et monotones, puis elle rejoignait les femmes détentrices d'un immense savoir afin d'en apprendre des bribes.

La nuit cernait le village de huttes. On avait mangé le pécari tué la veille et le bollo dans sa feuille de maïs et on avait écouté les rugissements des fauves en chasse jusqu'à la mort des feux. Un sorcier chocoe avait conjuré les esprits tueurs ; une prêtresse kuna avait confié la garde du village à ses deux plus grands arbres. A présent les hamacs étaient lourds du poids des hommes, des mères et des nouveau-nés qui tétaient en dormant, des grappes d'enfants béats face à leurs rêves.

Louise et Blaise étaient dans le même hamac, nus, collés par la sueur, unis par les caresses et les baisers, à l'abri des prédateurs de toutes tailles qui rôdaient dans les ténèbres. Leurs peaux étaient imprégnées d'odeurs subtiles, des pommades protectrices utilisées par les Indiens depuis des siècles, des épices exsudées par leurs pores, des parfums distillés au cœur de la jungle. Louise prenait du plaisir à vivre comme une femme des origines, enroulée sur son guerrier, pénétrée avec lenteur, retardant sa jouissance qui montait comme une marée du sein de son ventre.

Il y avait l'après, le reflux du sang, les sens apaisés, la douceur du souffle de l'aimé. Elle écoutait battre la poitrine de Blaise et elle s'interrogeait sur leur devenir, elle parlait aussi de ce présent sur lequel elle avait si peu de prise.

— Je me sens très pauvre.

— Très pauvre ?

— Ici, chez les Indiens, sur cette terre si riche que je ne comprends pas bien. J'étais autrefois une fille de la garrigue ; je devrais ressentir les choses. Tout est différent. Je les admire. Ils connaissent le pouvoir des plantes et des racines, le langage des oiseaux, ils ne craignent pas les serpents, ils parlent à leurs ancêtres, à leurs dieux. Leurs femmes voyagent entre les mondes invisibles, se souviennent des temps anciens, voient l'avenir. Oui, je croyais avoir des dons ; je croyais à la suprématie des Français. Je nous croyais grands, invincibles. Et je découvre nos faiblesses. Je suis comme un enfant sans défense. Je viens de naître.

— Nous allons grandir, nous apprendrons tout ce que nous pourrons sur ce pays, et, si notre vie n'y suffit pas, celle de nos enfants y pourvoira. L'avenir appartient à ceux qui sauront prendre le meilleur de notre civilisation et le bon des peuples de la jungle.

— Je veux vieillir longtemps à tes côtés.

— N'est-ce pas ce quc les femmes kunas ont prédit ?

— Oui.

Les femmes kunas et les sorciers chocoes avaient prédit beaucoup de choses. Mais ils entrèrent véritablement en contact avec les forces de la nature lorsqu'ils parvinrent au pied du pic sacré. Un torrent du nom de Chucunaque bondissait de cascade en cascade sous ce croc de granit qu'une poussée de lave avait projeté vers le ciel deux millions d'années plus tôt. On n'approchait pas cet endroit vénéré par les peuples de la jungle sans être protégé. Il y eut une cérémonie, des paroles lancées vers les points cardinaux et des signes tracés sur l'humus et les écorces.

Louise et Blaise furent marqués d'un cercle ocre sur le front et burent une décoction de racines et de champignons. Puis ils firent leurs premiers pas dans le monde des grands anciens et des dieux. Cela commença par de la crainte et de la fébrilité, et, mêlée à l'ivresse, une curiosité de ce qui viendrait ensuite.

Louise n'était pas maîtresse de ses sens. La boisson sacrée les avait libérés. Les arbres lui parurent plus grands, plus inquiétants, juchés sur des racines gigantesques nouées à une terre regorgeant d'insectes qui se redressaient sur leurs pattes et faisaient claquer leurs mandibules. Venant du sein de la montagne, elle entendit s'approcher un grondement sourd entrecoupé de chants de flûtes, angoissants et graves, qui la prirent aux entrailles. Et entre les auras verdâtres de la forêt primaire, descendant des rochers chevelus, elle vit glisser vers elle les femmes vêtues de magnifiques parures et les hommes peints. Ils ululaient un chant dominé par les sons des flûtes que la paroi verticale du pic sacré plantée dans un chaos de rochers multipliait en échos.

Louise se laissa emporter par ce souffle haletant. Comme Blaise, elle fut entourée par les gardiens du pic. Comme Blaise, son esprit s'éveilla. Elle fit désormais partie des êtres du Darién et de toutes les forêts qui poussaient du Yucatán au Pantanal.

Louise et Blaise demeurèrent une semaine au cœur du territoire indien. Le dernier jour, les Kunas et les Chocoes les emmenèrent dans une grotte. Auparavant, on les prépara pour la cérémonie. Les ancêtres des deux peuples, après de longues palabres, en avaient fixé le moment. Louise fut prise en main par les femmes kunas. Une *mu*, grand-mère respectée et guérisseuse appartenant à la caste des *neles*, lui huila les cheveux puis les dissimula sous un large foulard rouge vif orné de dessins jaunes. Deux jeunes femmes cerclèrent chacune de ses jambes de *canilleras*, colliers formés de petites perles colorées, tandis qu'on lui passait la *mola*, l'habit traditionnel et magique fait de plusieurs étoffes superposées.

Vêtue de rouge, de jaune et de noir, protégée par les esprits des demeures sacrées invisibles que les Indiens appelaient les *kalus*, Louis rejoignit Blaise que les hommes chocoes avaient fait à leur image. Il ne portait qu'un pagne. Excepté le visage, tout son corps était teint d'un noir bleuté. Sur ses bras couleur de nuit, brillaient de larges bracelets d'argent. Sur son torse de guerrier, flottaient des plumes. Il était accompagné de deux sorciers albinos considérés comme des êtres surnaturels [1].

La grotte était sombre. Ils mirent du temps pour en discerner les contours. Elle était habitée par des *nuchus* que les Indiens avaient déposés à une époque reculée. Et ce fut devant ces statues aux pouvoirs fabuleux que Louise et Blaise s'épousèrent.

1. Les albinos ont toujours été nombreux chez les Chocoes. Ils sont encore plus vénérés s'il s'agit de filles.

39

Le vieux Café de la Marine avait été investi par le nouvel état-major de Bunau-Varilla. Sa façade écaillée et maculée de goudron n'attirait plus guère les consommateurs, sauf à la tombée de la nuit, lorsque les femmes dépoitraillées s'y montraient, un verre de rhum à la main.

Autour de l'ingénieur en chef, quelques officiers colombiens et américains bavardaient sans se soucier de la discipline de leurs hommes avachis sous les appentis de bois adossés aux entrepôts. Ils surveillaient avec une morne indifférence les mouvements de la population.

Bunau-Varilla avait le cœur lourd. Il ne parlait plus. Il regardait défiler les Caraïbes dans cette partie de la ville où les maisons rapetissaient de plus en plus et finissaient par se transformer en cabanes sur pilotis étroitement liées aux quais et aux pontons vermoulus. Ces hommes lui avaient donné tant de mal ces derniers mois ! Ils repartaient enfin vers leurs îles. Ils s'en allaient, amers, une petite prime en poche. Seuls les plus vieux et les plus sages, ceux que les maladies et les bêtes avaicnt épargnés, les survivants qui ne s'étaient pas détruits à l'alcool pouvaient se targuer d'avoir quelques francs en poche, une poignée de dollars ou de gros billets froissés en piastres, pas de quoi cependant acheter une pirogue de haute mer qui leur aurait permis de vivre de la pêche.

Ils étaient résignés et tristes. Tant des leurs étaient morts sans sépulture, tant de frères avaient disparu dans la jungle... Ils fixaient le bout d'un quai de madriers où un gros vapeur à voile frémissait de toutes ses élingues sous le vent de l'Atlantique. Le navire les happait un à un. Ils disparaissaient, le dos voûté, baluchon à l'épaule, dans son ventre riveté et brûlant.

Il y avait là, près de l'échelle de la coupée où s'agglutinaient les anciens manœuvres du canal, un homme et une femme. Les derniers Français venus les saluer. Louise et Blaise avaient tenu à leur rendre hommage malgré les interdictions des autorités du port et les craintes de Bunau-Varilla. Ils échangeaient des regards avec ces hommes fiers mais résignés qui quittaient l'isthme, forcés et contraints. Ils partageaient les ultimes peines, recueillaient les derniers et pauvres sourires de reconnaissance, serraient quelques mains.

— Nous ne vous oublierons pas, disait Louise en les revoyant sur les chantiers, la pioche dans leurs mains dures, les outils qu'ils enfonçaient dans l'argile et, genoux ployés, portant les couffins dégoulinants de boue jusqu'aux wagonnets.

— Vous reviendrez, ajoutait-elle quand elle voyait couler les larmes sur les visages de ces hommes rudes.

Blaise la soutenait moralement. Il croyait sentir parfois en lui le sang des Caraïbes, mais ce n'était que le sang de la révolte. Il avait l'impression de voir des esclaves qu'on réexpédiait au poids de la viande. Il en voulait à Lesseps et au gouvernement français de leur faire porter tout le poids du déshonneur.

Le déshonneur pesait aussi sur la propriété de la Chesnaye où le clan des Lesseps s'était retiré. Les membres de la famille et le peu d'amis qui soutenaient encore Ferdinand avaient érigé un rempart invisible entre eux et le monde extérieur. Rien ne devait venir perturber le Grand Français dans son bureau. On lui taisait les événements ; on triait son courrier ; on ne lui parlait surtout pas du déroulement des enquêtes et des rebondissements dans les procès en cours. On lui avait même caché la magnifique plaidoirie de maître Barboux à la barre du tribunal correctionnel : « Son étoile a pâli, l'audace a été vaincue, mais le nom... Vous oubliez donc, monsieur l'Avocat général, que ce nom depuis longtemps n'appartient plus à monsieur de Lesseps ; qu'il est à vous, à nous, à la France entière. Vous oubliez donc que, lorsqu'il y a quelques années ce vieillard encore vigoureux franchissait la frontière, les peuples se précipitaient au-devant de lui, dételaient ses chevaux, traînaient sa voiture et criaient non pas "Vive Lesseps !" mais "Vive la France !". Vous oubliez donc que, lorsqu'il se rendait dans les cours étrangères, les rois et même le vieil empereur qui nous a si cruellement vaincus et humiliés se levaient pour venir au-devant de lui. Et ce qu'ils saluaient ainsi dans sa personne, c'était le génie même de notre race, race passionnée, mais généreuse, confondant dans un même idéal la gloire et la fraternité, obstinée à travailler pour les autres, semant à pleines mains sur le monde des découvertes et des idées dont elle ne recueille pas le fruit, et toujours prodigue de son or comme de son sang dès qu'il s'agit d'être utile à la cause de l'humanité ! Voilà ce qu'ils saluaient, en la personne de monsieur de Lesseps. Et c'est là, monsieur l'Avocat général, ce que vos mains, vos mains honnêtement criminelles, s'efforcent de ternir ! »

Lesseps était loin des joutes oratoires, loin de son fils Charles et de leurs associés sur le banc des accusés. Il n'entendait même plus pépier ses enfants dans le parc aux feuilles jaunissantes, ni les pas des fidèles derrière la porte de son bureau, ni les mots de tendresse murmurés par sa femme.

L'œil larmoyant et fixe, les jambes tremblantes sous une couverture, assis dans son fauteuil capitonné à oreillettes, il contemplait la carte de Panamá traversée par une double ligne à l'encre de Chine. Mais comment faire maintenant pour enrayer la marche du destin ? Il abattait parfois sa main parcheminée sur ce bout de papier millimétré et grattait l'isthme du doigt. Il comprenait à présent qu'il avait été trompé dès le départ par les rapports stéréotypés et les informations erronées sur les conditions d'existence dans ce pays de cauchemar. Il s'était trompé lui-même. La gloire l'avait aveuglé.

Il n'y avait plus rien à tenter, plus rien à tirer de son génie stérile. Il s'égara doucement parmi les souvenirs de son enfance, les îles Ioniennes, Pise, les voyages avec son père. Il se revit fringant, enthousiaste, irrésistible dans son ascension. Brillant plus haut que les monarques de son temps. Il se souvint du bonheur.

Tout était révolu. Il tourna son regard vers le couchant où s'étaient embrasées ses pensées.

— Panamá, Panamá... balbutia-t-il.

A Panamá City, le soleil se levait au-dessus des collines verdoyantes. Tout ce qu'ils avaient, jusqu'alors, emprunté aux mondes imaginaires des Indiens, pour en peupler l'au-delà de l'océan Pacifique et le ciel indigo, prit forme dans les hautes vagues et la neige dorée des nuages. Louise et Blaise venaient souvent rêver sur la grande digue du port depuis qu'ils s'étaient installés, à la demande de Bunau-Varilla, dans la capitale de l'isthme.

Ils habitaient sur la plaza Ana dans un petit appartement face à l'église. Blaise travaillait provisoirement pour les ateliers du port, où il concevait des pièces de rechange ; il avait aussi en charge le maintien des machines françaises qui attendaient un repreneur. Louise avait quitté l'hôpital d'Ancón pour se consacrer à l'étude des plantes et des fleurs. Elle parcourait la jungle en compagnie des Kunas et des Chocoes. Elle avait vendu ses premières orchidées à des collectionneurs anglais et elle soignait bon nombre de citadins avec des potions indiennes.

Une vague se brisa près du phare et se dispersa en une bruine qui les mouilla. Louise se serra contre Blaise. Bunau-Varilla arrivait. Il leur avait donné rendez-vous sur ce môle, loin des oreilles indiscrètes. C'étaient les seuls sur qui il pouvait compter. Il ne jaugeait plus depuis longtemps ; il fut direct :

— Croyez-vous toujours à la réalisation du canal ?

— Oui.

— Voulez-vous vous battre à mes côtés ?

— Nous n'avons jamais cessé de nous battre depuis onze ans.

— J'ai besoin de vous pour les dix années à venir. Nous convaincrons les Américains de poursuivre le creusement. Cela ne se fera pas sans peine. Nous devrons aussi libérer ce pays de la tutelle de Bogotá et, par la force des choses, nous serons à la tête de la révolution pour l'indépendance. Il en ira de nos vies... Réfléchissez, mes enfants ; il est encore temps, vous pouvez retourner en France.

Louise redressa fièrement la tête. D'un regard puissant, elle coupa les collines qui dominaient la ville. Elle avait juré qu'elle verrait un bateau passer par là, et elle était décidée à poursuivre le rêve de Lesseps. Coûte que coûte. Elle resterait ici. Ils resteraient. Elle se tourna vers Blaise. Lui avait déjà la tête dans les excavatrices, les dragueuses et les locomotives.

Bunau-Varilla les contempla. Et il crut à l'existence du canal.

EPILOGUE

Louise et Blaise eurent une pensée pour Ferdinand de Lesseps et tous ceux qui avaient trouvé la mort dans ce canal lorsque les canons tonnèrent pour saluer le passage de l'*Alexandre-Lavalley*, un ancien bateau-grue français empanaché de drapeaux américains et panaméens. Ils avaient attendu ce moment pendant trente-quatre ans. Les Américains exultaient. Quelques mois auparavant, leur président, William Taft, avait fait sauter le dernier obstacle séparant les eaux du lac de Gatún de la tranchée de Culebra, en commandant électriquement depuis Washington l'explosion de quarante tonnes de dynamite. Louise et Blaise partagèrent leur joie. Ils appartenaient à la même communauté d'aventuriers. Après de rudes années passées aux côtés de l'ingénieur en chef Bunau-Varilla et d'un dernier carré de Français qui croyaient encore à la construction du canal, ils avaient été engagés par les Yankees quand la révolution de 1903 avait éclaté. La République de Panamá proclamée, les travaux avaient repris et s'étaient achevés la veille.

On était le 7 janvier 1914.

La sirène du navire de l'inauguration se mit à mugir. Au loin les portes gigantesques d'une écluse bâillèrent.

L'émotion gagna Louise. Léon Schwab avait trouvé la mort sur ce monstre de béton et d'acier lorsqu'un échafaudage s'était effondré sur lui. Trois ans s'étaient écoulés depuis ce drame, après lequel Lisa, désespérée, avait mystérieusement disparu dans le Darién. Blaise et les Indiens Kunas n'avaient pu la retrouver. On disait qu'elle avait réussi à atteindre le pays des grands anciens.

L'esprit de Louise s'évada. Au-delà des écluses et de la Culebra vaincue, au-delà de Panamá City, s'étendait le grand océan. Vingt-quatre ans auparavant, au moment de la débâcle de la Compagnie, un steamer battant pavillon américain avait emporté Michèle, Charles et leurs deux enfants vers San Francisco. Louise ne savait pas ce qu'ils étaient devenus.

Elle poussa un long soupir et referma la page des souvenirs. Elle aurait pu éprouver de la tristesse, mais son cœur se remplit soudain de joie à la vue d'un jeune homme bondissant sur la rive du canal.

Il s'appelait Jean-Baptiste. Il rejoignit deux jeunes filles en robe blanche qui agitaient des drapeaux et les prit par la taille. Delphine et Aglaé étaient assurément les deux plus jolies demoiselles de la ville d'Ancón. Le trio se retourna et fit des signes à Louise et à Blaise.

Le bonheur se peignit sur leur visage.

Louise posa sa tête sur l'épaule de l'homme qui lui avait fait ces trois enfants. Elle trouva enfin l'apaisement.

Le bateau passa de l'autre côté de la Culebra. Elle avait attendu ce moment pendant trente-quatre ans.

Cet ouvrage a été composé par Nord Compo
à Villeneuve-d'Ascq

Impression réalisée sur Presse Offset par

BRODARD & TAUPIN

GROUPE CPI

25174 – La Flèche (Sarthe), le 31-08-2004
Dépôt légal : septembre 2004

POCKET – 12, avenue d'Italie - 75627 Paris cedex 13
Tél. : 01.44.16.05.00

Imprimé en France